HEYNE

VALERIE LORD

HERZ HINTER DORNEN

Roman

WILHELM HEYNE VERLAG
MÜNCHEN

HEYNE ROMANE FÜR ›SIE‹
Nr. 04/402

Deutsche Erstausgabe 11/2002

Printed in France 2002
Umschlagillustration: Victor Gadino/Agentur Schlück
Umschlaggestaltung: Nele Schütz Design, München
Satz: Satzstudio Prechtl, Passau
Druck und Bindung: Brodard & Taupin, La Flèche Cedex

ISBN 3-453-86235-X
http://www.heyne.de

Prolog

Winchester und Rouen
Herbst 1088

Kälte breitete sich urplötzlich in Roselynnes Adern aus und lähmte ihren Geist. Die Sticknadel verfehlte den nächsten sorgsamen Stich und bohrte sich in die Kuppe ihres Daumens.

»Autsch …«

Der leise Schmerzenslaut erregte die Aufmerksamkeit der Prinzessin. Mathilda von England warf ihrer Edeldame einen fragenden Blick zu und entdeckte den roten Fleck auf der kostbaren schweren Seide.

»So passt doch auf!«, rief sie halb entsetzt, halb tadelnd. »Ihr ruiniert die Seide, Roselynne! Schnell, wascht das Blut aus! Was ist mit Euch? Ihr neigt doch sonst nicht zur Ungeschicklichkeit.«

Roselynne de Cambremer neigte den Kopf tiefer über die Stickarbeit und nahm den Verweis ohne Erwiderung hin. Prinzessin Mathilda, die jüngste Tochter des Eroberers, vereinte die zierliche Figur ihrer schönen Mutter und den herrschsüchtigen Charakter ihres willensstarken Vaters in sich. Es war nicht ratsam, ihr zu widersprechen, denn sie neigte dazu, ungehorsame Edeldamen mit Bergen von langweiliger Arbeit zu bestrafen. Roselynne hütete sich davor, aufzubegehren. Sie hatte schon früh gelernt, ihre wahren Gefühle und Gedanken hinter scheinbarer Folgsamkeit zu verbergen.

So murmelte sie demütig eine Entschuldigung und eilte davon, den Befehl auszuführen. Sie war dankbar, dass sie der ermüdenden Damenrunde im Sonnenzimmer und auch den merkwürdigen Empfindungen entkam, die sie so unerwartet verstört hatten. Noch jetzt raste ihr Herz, und es schien ihr, als wollten alle Farben, Laute und Gerüche dieses Herbsttages ihr bis unter die Haut dringen.

Sie hielt inne, um Atem zu schöpfen, sobald sie die Kammertür hinter sich geschlossen hatte. Wie kam es, dass sie außer dem eigenen Herzschlag so deutlich den eines anderen Menschen zu spüren glaubte? Eine unsichtbare Gegenwart, so verheerend eindringlich, dass sie in jäher Schwäche Halt an der nächsten Wand suchte. In aufkommender Panik blickte sie sich um.

Doch da war keine Menschenseele. Der hallende Gang vor den Gemächern der Prinzessin, dessen Boden in weiß-schwarzem Würfelmuster flirrte, war leer. Er führte um die nächste Ecke herum zur großen Treppe in die Halle hinunter, und von dort drang das übliche Stimmengewirr zu ihr herauf. Unten standen auch die Wachen, die niemanden nach oben ließen, der nicht von einem Mitglied der königlichen Familie dazu eingeladen wurde.

Dennoch, sie war nicht allein! Befremdliche Gefühle überfluteten sie gleich einem Sturzbach und machten sie zittern. Woher nur kamen der wilde Zorn, die Trauer, das hoffnungslose Verlangen nach Wärme und Licht? Weshalb sollte sie sich nach Rache und Vergeltung sehnen? Warum in einer Einsamkeit erstarren, die jeden Funken von Leben erstickte?

Gütiger Himmel, wenn ihr Auge niemanden wahrnahm, dann musste dieser rätselvolle Geist in ihr selbst geschlummert haben, wie eine teuflische Besessenheit, die aus einem nichtigen Anlass ausbrach und sie beinahe um den Verstand brachte. Der Blutstropfen hatte den Dämonen geweckt, und nun würde sie mit ihm und seinen Schmerzen leben müssen.

»Ist Euch nicht wohl, Dame Roselynne? Kann ich Euch zu Diensten sein?«

Roselynne fuhr zusammen. Ihre Hände zitterten und

zerknüllten die blutige Seide, und sie benötigte all ihre Kraft, um einen Schrei zu unterdrücken. Ein königlicher Page verharrte vor ihr im Gang und sah sie aus großen, bewundernden Knabenaugen an. Roselynne versuchte sich an seinen Namen zu erinnern, aber es waren zu viele Jünglinge, die bei Hofe ihre Pflicht taten; sie alle glichen sich in ihrem Bemühen, möglichst schnell erwachsen zu werden.

»Danke, das ist nicht nötig. Ich habe …«, sie holte tief Luft und zwang sich zur Beherrschung, »… nur eine kleine Schwäche. Es geht schon wieder.«

Roselynne lächelte ihn unsicher an, raffte ihre Röcke und eilte weiter zu den Wirtschaftsräumen der Burg. Sie wollte nicht zu allem Überfluss auch noch Gegenstand des Klatsches werden.

Als ihre Finger die Seide mit kühlem Brunnenwasser wuschen, um die hässlichen Blutspuren zu beseitigen, versuchte sie erneut ihre eigentümlichen Empfindungen zu deuten. Es kam ihr so vor, als hätte sie unverhofft die Grenze zwischen zwei Welten durchschritten. Einen Schritt getan, den sie nie hatte machen wollen.

Das Bild eines schroffen Turmes nahm vor ihrem inneren Auge Gestalt an. Kantig und mächtig wuchs er in den Himmel, aber seine dunklen Steine waren von einem Meer aus blühenden Rosen bedeckt, das Jahr um Jahr dichter wurde. Der Rosenturm von Hawkstone. Sie war im Schutze dieses Turmes aufgewachsen und man nannte sie und ihre Schwestern die Töchter des Rosenturmes. Jene, die in ihrem Herzen trotz der christlichen Priester noch dem alten Glauben anhingen und die große Mutter verehrten, wussten, dass die Lady von Hawkstone und ihre Töchter über eine Macht verfügten, die über den gewöhnlichen menschlichen Verstand hinausging. Eine Macht, die Roselynne im Gegensatz zu ihren Schwestern stets geleugnet hatte. Sie glaubte sich erhaben über diesen dummen Aberglauben und all den Hokuspokus. Es gab für alles eine logische Erklärung, und nur einfältige Gemüter ließen sich davon beeinflussen. Wenn sie auf etwas stolz war, dann auf den Adel ihres Namens, die Makellosigkeit ihres Blutes und die innere Ruhe, die sie von dem albern tratschenden Weibervolk unterschied.

Sie hatte früh gelernt, allzu heftigen Gefühlen zu misstrauen. Es brachte nur Unruhe und Verdruss, sich das Herz schwer zu machen. Sie hatte es einmal getan und ihre Lehren daraus gezogen. Weshalb aber versagte ausgerechnet jetzt ihre sonst so nüchterne und realistische Sicht der Dinge? Was hatte die Dämme zerstört und sie in diesen Mahlstrom der Verzweiflung gezogen?

Die Macht des Rosenturmes? War sie umsonst vor ihm geflohen? Reichte sein Schatten gar bis nach Winchester?

»Tut es nicht!«

Es waren weniger die Worte als der drängende Tonfall, der den Edelmann zu einem erstaunten Hochziehen der Brauen veranlasste, und sein stets gelassenes, marmorschönes Antlitz zeigte einen Hauch von Leben.

»Wovon sprecht Ihr, Gräfin?«

Die stattliche Edeldame, die sich auf einen Stock mit Silberknauf stützte und deren faltige Züge die Spuren lebenslanger Herrschsucht wie auch vergangener Schönheit in sich bargen, schnaubte unwillig.

»Ihr wollt, dass ich es ausspreche? Lasst Euch von unserem ehrgeizigen Herzog nicht ins Verderben schicken, mein Freund. Die Rolle des Spions passt nicht zu Euch und ich sehe keinen Sinn darin, dass Ihr das Meer überquert, um alte Wunden von Neuem aufzureißen.«

Es waren die falschen Worte. Die Gräfin hatte trotz ihres hohen Alters sehr scharfe Augen, und das kurze, unwillige Aufleuchten in dem saphirblauen, kalten

Edelsteinblick entging ihr nicht. Der junge Seigneur, verärgert über ihre persönliche Einmischung, suchte nach höflichen Worten, um sie zum Schweigen zu bringen.

»Erspart es Euch und mir.« Eine schroffe Handbewegung verlieh der Forderung der alten Dame Nachdruck. »Ihr wollt es nicht hören, aber ich sage es Euch trotzdem. Wilhelm selbst hat sein Erbe aufgeteilt und Rufus ist der rechtmäßige König von England. Unser allzu ehrgeiziger Herzog Robert von Anjou giert nach einer Krone, die ihm der eigene Vater verweigert hat. Lasst Euch nicht für einen Bruderkrieg missbrauchen, nur weil Euer Groll gegen eine Person sich auf ein ganzes Land ausdehnt.«

»Zum Henker, Gräfin! Findet Ihr nicht, dass Ihr Euch in Dinge mischt, die Euch nichts angehen? Woher wisst Ihr überhaupt davon?«

»Sie gehen mich sehr wohl etwas an«, beharrte die Greisin eigensinnig. »Hätte ich nicht um jeden Preis versucht, Euch zu meinem Enkelsohn zu machen – wenn auch vergebens –, so wäret Ihr durchaus noch der Mann, der auf den Rat einer alten Frau hört.«

Sie erhielt ein zynisches Lächeln zur Antwort, das wie Eis in seinen Augen glitzerte und reihenweise die Herzen der jungen Edeldamen am Hofe zu Rouen brach. Nicht, weil es so warm und Anteil nehmend war, sondern weil ihm die ferne, kalte Klarheit eines makellosen Edelsteins anhaftete. Eines Juwels, dessen sich jede der Schönen am Hofe des Herzogs gern gerühmt hätte, weil es der eigenen Verführungskraft den Ruf verliehen hätte, unwiderstehlich zu sein.

»Werft einem Mann nicht vor, dass er seinen Verstand entdeckt hat, verehrte Gräfin. Ihr erinnert Euch an einen grünen Spund, der noch nichts vom wirklichen Leben wusste«, entgegnete er in vollendeter Höflichkeit. »Ich weiß Eure Sorge zu schätzen, aber Ihr solltet sie nicht an mich verschwenden. Ich bin ein treuer Vasall meines

Fürsten, und wenn er geruht, mich um meine Dienste zu bitten, so ist auch dies eine Aufgabe, der ich mich gehorsam unterwerfe.«

»Papperlapapp«, schnaubte die Nobeldame, als hätte sie es mit einem ungehorsamen Pagen zu tun. »Ihr nehmt sie wahr, weil Ihr hofft, sie zu sehen! Ihr habt sie nie vergessen!«

Die jähe Stille zwischen ihnen klirrte vor frostiger Ablehnung, ehe der Ritter sie mit einem ebenso zynischen wie melodiösen Lachen brach. »Traut mir ein wenig mehr Verstand zu, teure Freundin. Ich werde weder Eurer bezaubernden Enkelin den Hals umdrehen noch meine Mission wegen persönlicher Eitelkeiten gefährden. Ich bin kein romantischer Held, der an gebrochenem Herzen leidet. Im Gegenteil, ich schulde der Dame Dank, dass sie mir beizeiten gezeigt hat, dass mein Vater in seiner Einschätzung des weiblichen Geschlechts am Ende doch richtig lag.«

Der Edelmann bedachte die Respekt einflößende Dame mit einer eleganten Reverenz und ging mit weit ausgreifenden Schritten durch die große Halle der Burg von Rouen. Man machte ihm ehrerbietig Platz, aber hinter ihm brandeten die Gerüchte auf. Es gab nicht viele Männer an diesem Hofe, die es wagten, Dame Elisabetta de Cambremer die Stirn zu bieten.

Er hatte sogar mehr als das getan, er hatte sie auf das Ärgste gereizt. Man sah es daran, wie sie den Stock wütend aufstieß und unwirsch ihre Begleiterin tadelte. Was immer er gesagt hatte, es versetzte sie in höchste Empörung.

Den fraglichen Seigneur kümmerte das Befinden der würdigen Edeldame nur am Rande. Er wusste jedoch, dass ein gut Teil der Eile, mit der er diesem Gespräch entflohen war, auch der Flucht vor den eigenen Gedanken zuzuschreiben war. Was hatte ihn tatsächlich dazu getrieben, dem Herzog seine Bereitschaft für ein so gefährliches Abenteuer zu signalisieren? Er verstand die

Einwände der Gräfin besser, als seine mütterliche Freundin ahnte. Robert spekulierte mit Instinkten, die der Ehre eines wahren Ritters unwürdig waren. Allein, die Macht ging ihm über alles, und Rechtschaffenheit war eine Tugend, derer sich die Fürsten nur bei Bedarf bedienten.

Während der Seigneur auf das Pferd stieg, das sein Page im Hof der Burg bereit hielt, und die Wachen am Tor passierte, gestattete er sich einen Blick in die Vergangenheit. Er würde sie also wieder sehen, jene Frau, die ihm die naive Torheit ausgetrieben hatte, an die Ehrlichkeit, Warmherzigkeit und Güte des weiblichen Geschlechts zu glauben. Die schöne Verräterin, die ihn belogen und hintergangen hatte, wie seine Mutter ihren Gatten und seinen Vater belogen und betrogen hatte.

Sie hatte ihn in die Einsamkeit zurückgedrängt, der er mit ihrer Hilfe zu entkommen versucht hatte. In jene Hölle aus Schuld und Hass, in der sogar die Träume nach Tränen schmecken und der Schmerz gewöhnlich war. Die Jahre hatten ihn gelehrt, damit zu leben und den Tod nicht mehr zu fürchten.

Es war ein Tod, den er nicht suchte, aber auch einer, der ihn nicht schreckte. Seit er gelernt hatte, seinen Gefühlen zu entsagen, kannte sein Dasein weder Furcht noch Freude. Er genoss sehr wohl die Annehmlichkeiten weiblicher Gesellschaft, aber er machte sich keine Mühe, mehr über das Geschöpf zu erfahren, das seinen Alkoven teilte und ihn zeitweilig amüsierte. Er suchte auch nicht länger eine Gemahlin, die ihm einen Erben schenkte. Wozu die Linie des Leides fortsetzen?

Und dennoch, der Gedanke, den Kanal zu überqueren und wieder einen Fuß auf den Boden zu setzen, auf dem sie lebte, brach die Dämme, die er zwischen sich und der Vergangenheit aufgerichtet hatte. Er rüttelte an den eisernen Stäben des Verlieses, hinter dem seine Gefühle schlummerten, und kostete erneut den bitteren

Geschmack von Verrat, Hass und Rache, von Blut, Verzweiflung und Einsamkeit.

Elisabetta de Cambremer hatte Recht. Es war höchste Narretei, was er plante, aber eine Macht, die stärker als jede Vernunft war, zwang ihn dazu, es zu tun.

1. Kapitel

Die ersten Sonnenstrahlen verdrängten den herbstlichen Nebel und brachen sich auf poliertem Zaumzeug, kostbaren Gewandborten und fein gearbeiteten Juwelenschließen in buntem Feuer. Die Jagdgesellschaft des Königs von England leuchtete mit dem jungen Morgen um die Wette und die unterdrückte Aufregung, die in der Luft lag, zauberte erwartungsvolle Röte auf die bleichen Wangen der Edeldamen und aufgeregtes Funkeln in die Blicke ihrer Begleiter.

Falkner, Hundeführer, Treiber, Pagen und Pferdeknechte hatten alle Hände voll zu tun, auch während der Hofjagd für das spezielle Wohl der eigenen Herrin oder des eigenen Herrn zu sorgen. Die nervösen Jagdvögel tänzelten auf den Fäusten ihrer Besitzer, weil sie trotz der glockengeschmückten Hauben über ihren stolzen Köpfen den Wirbel rings um sie herum ebenso spürten wie die lockende Freiheit des klaren, kühlen Herbsttages, der für die bevorstehende Jagd wie geschaffen war.

Roselynne de Cambremer zügelte den cremefarbenen Zelter ohne erkennbare Mühe. Unter der Krempe ihrer federgeschmückten Samtkappe blickte sie gelassen über das Getümmel hinweg zu den Zinnen, wo die Standarte des Königs die seiner Ritter und Gäste überragte. Keines der bedeutenden Wappen fehlte. Niemand wagte eine königliche Einladung zur Jagd abzuschlagen, wenngleich die Tatsache, dass sie ausgerechnet zu Ehren der schottischen Gesandtschaft gegeben wurde, doch für leichten Unmut unter den Rittern Seiner Majestät sorgte.

Die ständigen Scharmützel an der Nordgrenze zerrten nicht nur an der Geduld des Königs und seiner Ratgeber, sondern auch an der Verteidigungskraft des Reiches. Wenn es endlich gelang, diese Grenze zu sichern, dann konnte man alle Kräfte auf Robert Kurzhose, den älteren Bruder des Königs, konzentrieren, der die Ländereien des Eroberers auf dem Festland beherrschte. Die Krone seines neuen Königreiches hatte Wilhelm dem zweitältesten Sohn vermacht und damit einen Zwist entfacht, der vermutlich nur mit dem Tode des einen oder anderen Bruders enden würde.

Schon deswegen beging kein Vasall des jüngeren Wilhelms den Fehler, die Teilnahme der Schotten an dieser Jagd für den ersten Schritt zum Frieden zu halten. Es handelte sich lediglich um eine Atempause, die ihr Ende finden würde, sobald alle Gegner genügend Waffen, Krieger und Gold besäßen, um von Neuem aufeinander loszugehen.

Im Gegensatz zum schottischen König musste der Sohn des großen Eroberers, den alle nach seinem roten Haupthaar Rufus nannten – letztendlich auch, um ihn vom Vater zu unterscheiden –, an zwei Fronten kämpfen. Er war kriegerisch genug veranlagt, um nicht darunter zu leiden, aber er war auch klug genug, um die Mittel der Diplomatie einzusetzen, wenn er sich anders keine Gewinnchance errechnen konnte.

»Gütiger Himmel, dieser schottische Wilde hat Augen wie glühende Kohlestücke«, hörte Roselynne die Demoiselle de Lacey murmeln, während ihre Gefährtin vor Aufregung im Sattel herum rutschte. »Ich möchte wetten, er zieht dir mit seinen Blicken das Gewand aus, Roselynne! Sieh nur, wie er gafft!«

»Achte nicht auf ihn«, riet Roselynne dem Edelfräulein, das wie sie zum Gefolge der Prinzessin gehörte, aber kaum älter als ein Kind war. »Diese Krieger aus dem Norden sind ungeschliffene Barbaren. Sie wissen nicht, was Höflichkeit und Sitte gebieten.«

Margaret, zwischen Faszination und Abscheu hin und her gerissen, rümpfte die ein wenig zu groß geratene Nase. »Du gefällst ihm, Roselynne. Es ist mir schon beim Festmahl gestern Abend aufgefallen. Vielleicht will er dein Ritter werden.«

»Bitte hör auf mit dem Unsinn!« Roselynne milderte ihren heftigen Tadel mit einem Lächeln. Welch ein Glück, dass die dummen Worte des Mädchens im allgemeinen Lärm der Menschen, Tiere und Jagdhörner untergingen. »Der schottische Gesandte hat Besseres zu tun, als sich um das Lächeln einer Hofdame zu bewerben. Außerdem bin ich wahrhaftig nicht daran interessiert, mir einen Gemahl zu suchen. Egal ob Schotte oder Normanne.«

»Hast du deswegen all die guten Partien ausgeschlagen, die der König für dich arrangieren wollte?« Margaret erinnerte Roselynne an ihre kleineren Schwestern. Immer neugierig, ein wenig unbeholfen, aber doch so herzensgut und mit einer Bewunderung im Blick, die schmeichelte, sodass man ihr nicht unnötig weh tun wollte.

»Warum sollte ich meine Freiheit für einen Mann aufgeben?«, antwortete Roselynne de Cambremer mit einer kühlen Gegenfrage.

»Aus Liebe!« Margaret blühte bei diesem Thema förmlich auf. »Man sagt, deine Eltern verbindet eine Zuneigung, die jener des Eroberers für seine flämische Prinzessin gleicht. Auch der Baron von Aylesbury trägt deine schöne Schwester förmlich auf Händen. Er hat nur Augen für sie und keine andere Frau, wenn er bei Hofe ist.«

»Sophia-Rose besitzt eben die Fähigkeit, bei einem Mann eine ganz besondere Leidenschaft zu entfachen«, entgegnete Roselynne mit einem so unerwartet resignierten Unterton, dass die Demoiselle de Lacey nur eine einzige Erklärung dafür fand.

»Zweifelst du etwa an deiner eigenen Anziehungskraft?«, rief sie entrüstet.

»Heilige Mutter Gottes!« Roselynne hätte viel lieber

einen der herzhafteren Flüche ihres Vaters ausgestoßen, aber das schickte sich für eine Gefährtin der Prinzessin nun wirklich nicht. Sie hatte in den vergangenen Jahren gelernt, ihr ursprünglich quirliges Temperament hinter wohlerzogener Gelassenheit zu verstecken und ihre wahren Gefühle zu verbergen. »Was habe ich getan, dass du annimmst, ich würde im Vorfeld der königlichen Jagd mit dir über meine Mängel und Fehler debattieren?«

Dass sie dies nicht einmal im Sonnenzimmer der Prinzessin getan hätte, behielt sie für sich. Margaret war liebenswürdig und reizend, aber auch dem Klatsch zugeneigt und überaus einfältig. Ihr ein Geständnis zu machen bedeutete, dieses Geheimnis dem ganzen Hofstaat zur Kenntnis zu bringen.

»Der ganze Hof liegt dir zu Füßen, aber wenn du noch länger zögerst, dir einen Gatten zu suchen, wirst du als alte Jungfer enden«, behauptete ihre Gefährtin inzwischen naseweis. »Du bist schon jenseits der Zwanzig, Roselynne. Die meisten Seigneurs wünschen sich eine jüngere Gattin, damit sie ihnen kräftige Söhne schenken kann. Noch bist du schön, aber wenn du dich noch länger zierst, werden die Bewerber ausbleiben.«

Roselynne wusste nicht, ob sie verärgert oder amüsiert sein sollte. Dieses junge Küken, das noch kein halbes Jahr bei Hofe lebte, wagte es, sie mit der Nase auf Dinge zu stoßen, die nicht einmal ihre Mutter in dieser Deutlichkeit aussprach. Sie war einundzwanzig Sommer alt und damit schon ein gutes Stück über das Alter hinaus, in dem die Töchter des Adels verheiratet wurden. Immer wieder hatte sie es in den letzten Jahren geschafft, die Heiratspläne des Königs, ihres Vaters und auch die ihrer Mutter geschickt zu durchkreuzen.

Aber die Schlinge zog sich zu, sie spürte es. Obgleich ihre Eltern Geduld bewiesen, war sie eine zu gute Partie, um nicht in den Plänen des Königs eine Rolle zu spielen. Früher oder später würde er einen seiner besten Ritter mit ihrer Hand belohnen, und dann saß sie in der Falle. Man verweigerte seinem Fürsten nicht den Gehorsam, und es war das Los der Frauen, Gattin und Mutter zu werden.

»Du meinst also, ich bin schon so alt und ausgetrocknet, dass ich froh sein muss, wenn sich wenigstens ein schottischer Barbar für mich interessiert«, neckte sie Margaret, ohne sich ihre besorgten Gedanken anmerken zu lassen.

»Du machst dich lustig über mich!« Die Kleine hatte immerhin den Anstand, zu erröten. »Du weißt, dass du wunderschön bist! Die fahrenden Sänger sagen, du bist Morgana, die wieder auferstandene Fee des Nebelsees. Sie preisen deine Augen, die mit dem Violett der Frühlingsveilchen wetteifern, und die nachtschwarze Seide deiner glänzenden Haare. Sie loben die Geschmeidigkeit deiner Gestalt und die Eleganz deiner Tanzschritte. Ach, soll ich dir all die Huldigungen wiederholen, die unsereins bei deinem Anblick vor Neid grün werden lassen?«

»Bitte nicht!« Roselynne hob abwehrend die behandschuhte Rechte, die im Gegensatz zu vielen anderen Edeldamen keinen Jagdvogel trug. »Hör auf, meiner Eitelkeit zu schmeicheln, sonst muss ich bei meiner Beichte eine Sünde mehr aufzählen.«

»Deine Eitelkeit, pah!«, widersprach Margaret erneut. »Ich kenne keine Edeldame, die weniger auf ihr Aussehen und ihre Gewänder achtet als du. Bedeutet es dir denn so wenig, dass du mit solcher Schönheit gesegnet bist?«

Roselynne schwieg. Eine ehrliche Antwort hätte die Kleine nur verwirrt. Was nutzte ihr schon alle Schönheit, wenn es nicht die Farben der Cambremers waren? Schon in jungen Jahren hatte sie begriffen, dass es die verblüffende Ähnlichkeit ihrer großen Schwester mit Dame Elisabetta war, die ihr jenen Sonderstatus der

Bewunderung und Liebe eintrug, um den sie sie so heftig beneidete. Feuerfarbenes Haar, meergrüne Augen und ein stürmisch-störrisches Temperament. Was hätte sie nicht darum gegeben, Sophia zu gleichen!

Seit sie denken konnte, hatte Sophia alles, was sie sich wünschte. Die Farben des Vaters, die Zuneigung der Großmutter, die Nachsicht der Mutter. Am meisten neidete sie ihr jedoch die Liebe, die ihre Schwester achtlos fortgeworfen hatte, um einem Gemahl zu folgen, den Roselynne nie und nimmer gegen den Einen eingetauscht hätte.

Roselynne waren die Brosamen geblieben. Die Farben der Mutter, die Duldung der Großmutter, die Ermahnungen des Vaters. Und das verschwommene, goldene Bild einer Liebe, die das unberührte Herz eines 16jährigen Kindes geweckt hatte. Nicht einmal ihre sonst so kluge Mutter hatte damals begriffen, was ihrer zweitältesten Tochter widerfahren war. Sie hielt es für Schwärmerei und kindische Verehrung, was so endgültig in Roselynnes Herz eingebrannt war.

O ja, sie hatte versucht, dem Schmerz dieses Brandmals zu entfliehen. Sie hatte in jugendlichem Ungestüm Trost in der Religion suchen wollen, aber ihre Familie hatte nichts davon hören wollen, dass sie in ein Kloster eintrat. Danach hatte sie gelernt, den Schmerz zu verbergen und sich davor zu schützen, dass ihr ein zweites Mal eine so tödliche Wunde geschlagen wurde. Tief in ihr lauerte die Furcht, dass ein solcher Hieb das nächste Mal tödlich sein würde.

Ungerührt, wie eine Perle, an der das Wasser abglitt, schritt sie seitdem durch die Tage ihres Lebens. Jung noch und doch schon zu erfahren, um das Gift der Schmeicheleien zu trinken und sich am eitlen Tanz um Anerkennung und Bewunderung zu beteiligen. Gewappnet durch einen unsichtbaren Panzer, der keinen Menschen so nahe an sie herankommen ließ, dass er es vermocht hätte, sie zu verletzen.

»Ihr nehmt nicht Teil an der Jagd mit dem Falken, Dame Roselynne?«

Sie schrak zusammen. In ihrer gedankenverlorenen Zerstreutheit hatte sie den schottischen Botschafter übersehen, der nun seinen kräftigen Braunen neben ihrem Zelter bändigte und sie mit dem glühenden Kohlenblick bannte, vor dem sich Margaret eben so geängstigt hatte. Robert Duncan besaß die Unverfrorenheit, sie direkt anzustarren. Er ließ die dunklen Augen über ihre Gestalt wandern, als wäre der Samt ihres Jagdgewandes durchsichtig.

Es war indes weniger der freche Blick als die animalische Ausstrahlung purer, gewalttätiger Männlichkeit, die eine verärgerte Röte in Roselynnes blasse Wangen steigen ließ. Sie fühlte, dass er sie als persönliches Eigentum betrachten wollte. Als Sache, die ihm bereits gehörte, auch wenn er sich nach außen den oberflächlichen Anschein kantiger Höflichkeit gab.

Sein Begehren blieb ihr ebenso wenig verborgen wie die eindrucksvolle Breite seiner Schultern und das arrogante Lächeln unter dem Gestrüpp seines dunklen Bartes. Er war sich seiner vermeintlichen Beute so sicher, dass Roselynne einen hastigen Atemzug tat, weniger aus Angst, denn aus immer größerer Empörung. Was bildete sich dieser Rüpel ein?

»Ich besitze keinen Greifvogel, Graf Duncan«, antwortete sie dennoch in vollendetem Gleichmut. »Zudem pflege ich meine Jagderfolge nicht Dritten zu überlassen.«

Erst jetzt entdeckte der Schotte den zierlichen Bogen und den Köcher mit Pfeilen, der an Roselynnes Sattel befestigt war – in seinen Augen, die an schottische Langbogen und mächtige Zweihänder gewöhnt waren, ein Spielzeug, das nichts taugte.

Gereizt von seinem Unglauben und seiner unerwünschten Gegenwart, vergaß sie einen Moment lang ihre übliche Vorsicht. »Unterschätzt nicht meine Fähigkeiten, mit diesem Spielzeug umzugehen«, warnte sie ihn kalt.

Rob Duncan runzelte irritiert die Stirn. Er war ein Mann des direkten Wortes und direkten Kampfes, aber das mit dem Spielzeug hatte er doch gedacht und nicht geäußert. Woher wusste sie …?

Roselynne stellte sich dieselbe Frage. Es beunruhigte sie, an seinen Gedanken teilzuhaben. Sie entdeckte in diesen Tagen eine Sensibilität in sich, die es ihr leicht machte, die Gefühle anderer Menschen zu durchschauen. Es hatte mit jenem beunruhigenden Nachmittag im Sonnenzimmer angefangen und nahm ständig zu. Es machte sie nervös und rastlos.

Glücklicherweise winkte genau in diesem Augenblick Prinzessin Mathilda sie an ihre Seite. Gehorsam wie selten reagierte Roselynne auf diesen Ruf. »Entschuldigt mich, meine Herrin wünscht mich zu sprechen.«

Rob Duncan zerbiss einen Fluch hinter seinem Bart, als sie ihren Zelter abwandte und geschickt an die Seite der königlichen Schwester lenkte. Mit einem löcherigen Plaid Wasser zu schöpfen würde von mehr Erfolg gekrönt sein als der Versuch, diese schöne Fee zu fassen und zu halten. Im Getümmel des allgemeinen Aufbruchs gelang es ihm nicht mehr, an ihre Seite zurückzukehren.

Roselynne spürte seinen Blick zwischen den Schulterblättern wie die Berührung einer unerwünschten Hand. Sie verabscheute den aufdringlichen schottischen Gesandten sowohl wegen seiner rauen Art wie wegen seiner massigen, dunklen Erscheinung. Sie wünschte sich innig, dass er seine lästige Aufmerksamkeit einer anderen Edeldame zukommen ließe oder endlich in seine Heimat verschwände.

»Da ist etwas an Euch, das sogar einen schottischen Bären wie diesen Grafen des Nordens dazu bringt, Komplimente zu drechseln«, sagte Prinzessin Mathilda, die wie üblich alles gesehen hatte und richtig einordnete. »Ihr könntet ihn zähmen, wenn Euch daran gelegen wäre. Reizt es Euch nicht, Gräfin von Duncan zu werden?«

»Das sind Liebenswürdigkeiten, auf die ich gern verzichte, Hoheit!«, entgegnete Roselynne und tätschelte den Hals ihres Zelters, der sich langsam von der allgemeinen Ungeduld anstecken ließ und unruhig tänzelte. »Ich finde keinen Gefallen an der finsteren Direktheit dieses kaledonischen Wilden. Er jagt mir Angst ein.«

»Er kann Euch nichts tun, meine Liebe! Die besten Ritter des Königs umgeben und schützen Euch. Sicherer könnt Ihr diesen Tag auch im Schoße des Paradieses nicht verbringen.«

Roselynne dachte an das Versprechen der Prinzessin, während die Sonne höher stieg und die Falkner der königlichen Jagd gemeinsam mit den Treibern durch das herbstlich braune Gras strichen. Wie üblich ließ der König seinen Greifvogel als Erster steigen, danach gab er das Privileg an seine Gäste und Freunde weiter.

Die junge Edeldame beobachtete in einer Mischung aus Resignation und Bedauern den eleganten Flug der Vögel, die im jähen Sturz aus dem Himmelsblau und dem Tod eines anderen Lebewesens ihr Ziel fanden. In ihrer neuen, geschärften Empfindsamkeit schien es ihr, als könnte sie die Angst dieser bedauernswerten Geschöpfe fühlen, die dort starben. Das Schauspiel begeisterte sie immer weniger, ja es widerte sie zunehmend an.

Sie konnte weder die Freude Margarets noch den sportlichen Ehrgeiz der Prinzessin teilen. So begrüßte sie erleichtert die Rast, welche die Jagdgesellschaft endlich gegen Mittag unter den weit ausladenden Zweigen eines Eichenhaines einlegte. Ein kleiner Bach durchzog als flirrend silbernes Band die Lichtung, und das Gesinde hatte alles für die königliche Gesellschaft vorbereitet.

Der Haushofmeister dirigierte die Lakaien, die in silbernen Bechern frisch gekühlte Weine und herzhaftes Bier servierten. Auf weißem Leinen standen Körbe und Platten mit duftenden Pasteten und köstlichen Leckerbissen aus der Küche des Königs. Es war die Stunde der Edeldamen, die sich nun der ungeteilten Aufmerksamkeit ihrer Seigneurs sicher sein konnten und sie nicht mehr mit Falken und Fasanen teilen mussten.

Um König Rufus sammelte sich der übliche Trupp seiner Ratgeber, Gefährten, Knappen und Diener – eine Art Familie, in der seine Schwester die Rolle der Gastgeberin und Herrin übernommen hatte.

Da die Prinzessin ihre Dienste im Augenblick nicht benötigte, schlenderte Roselynne den Bach entlang auf der Suche nach einem verschwiegenen Plätzchen. Immerhin waren sie seit Sonnenaufgang unterwegs, und sie war nicht die einzige Dame, welche die Rast dazu nützte, Dinge zu erledigen, die absolute Abgeschiedenheit erforderten. Sie musste ziemlich weit gehen, ehe sie hinter ein paar Weidenbüschen ungestörte Deckung fand, in der sie sich erleichtern konnte.

Hier vernahm sie nur das leise Murmeln des Wassers, das sich seinen Weg über die Steine suchte. Das gedämpfte Herbstkonzert der Vögel und das leise Rascheln, mit dem der Wind durch Blätter und Gräser strich, beruhigte ihre angespannten Nerven. Es gefiel ihr, allein zu sein und nur die Natur zur Gesellschaft zu haben.

Allein? O nein! Roselynne fuhr jäh hoch und wirbelte im Schwung ihrer fallenden Röcke herum. Sie wich zurück, bis sie den Widerstand eines Weidestamms im Rücken spürte, und entdeckte den unerwünschten Betrachter halb versteckt hinter einem Busch.

»Ihr?«, rief sie außer sich. »Wie könnt Ihr es wagen, mir aufzulauern? Habt Ihr keinen Anstand, Herr?«

Robert Duncan, die muskulösen Arme vor der breiten Brust verschränkt, näherte sich unbeeindruckt.

Roselynne fühlte, wie ihr das Blut in den Kopf stieg. Wie lange beobachtete er sie schon?

»Ihr seid ein Rüpel!«, warf sie ihm entrüstet vor. »Ein aufdringlicher Gaffer!«

»Und Ihr seid hinreißend, Dame Roselynne!«, grinste der Graf so breit, dass sie im dunklen Gestrüpp seines Bartes überraschend kräftige, helle, wenngleich ein wenig schiefe Zähne aufblitzen sah. »Warum seid Ihr so böse, dass Ihr mir gefallt? Ihr seid eine unverheiratete Jungfer und Ihr seid schön. Ihr müsst es gewohnt sein, die Aufmerksamkeit der Männer zu erregen.«

Roselynne schüttelte die Falten ihres Gewandes zurecht. Die Peinlichkeit, bei einer so intimen Beschäftigung von dem Schotten überrascht zu werden, wich mehr und mehr der hellen Empörung über sein rüdes Benehmen.

»Ihr vergesst Euch, Seigneur! Lasst mich vorbei!«

Sie musste ihren ganzen Mut zusammen nehmen, um auf ihn zuzuschreiten, obwohl ihre Sinne zur Flucht rieten. Sie fürchtete, dass er überhaupt nicht daran dachte, sie gehen zu lassen. Allein, sie war die Tochter des Lords von Hawkstone. Sie würde nicht feige sein, auch wenn ihre Beine verräterisch zitterten.

»Nicht so hastig, Jungfer Roselynne!«

Eine Männerfaust umspannte ihren Oberarm, und sie fand sich grob gegen eine lederumspannte muskulöse Brust gepresst.

»Lasst mich los! Ihr müsst den Verstand verloren haben!« Roselynne zappelte hilflos in seinem Griff. »Ich bin keine dumme Magd, der Ihr Euren Willen aufzwingen könnt. Ich gehöre zum Hofstaat des Königs von England. Wie könnt Ihr Euch erdreisten …«

Im jähen Bewusstsein, dass ihn nichts von seinen Plänen abbringen würde, brach sie mitten im Satz ab. Sie las es in den glühenden Augen, sie roch es im Dunst aus Schweiß, Bier und Begehren, und sie kostete zum ersten Mal in ihrem Leben die demütigende Erkenntnis, jemandem hilflos ausgeliefert zu sein. Der Schotte war kein Mann, der Fragen stellte; er nahm sich, was ihm gefiel.

»Ich will dich, Kleines!«, knurrte Rob Duncan denn auch, und Roselynne spürte seine aufdringliche Pranke durch die Schichten von Mantel, Rock und Untergewand nach der Wölbung ihres Hinterteils tasten. Noch kein Mann hatte je eine derartige Aufdringlichkeit gewagt! Es war so ungeheuerlich, dass sie zu Eis erstarrte.

»Ihr seid närrisch!« Sie verachtete sich für den schrillen Unterton in ihrer Stimme, aber ihre Panik nahm überhand. »Ihr könnt nicht im Ernst daran denken, einer Ehrendame der Prinzessin Gewalt anzutun. Der König wird Euch vierteilen und den Hunden vorwerfen!«

»Dein König ist mir egal, und du redest zuviel, Mädchen!«

Roselynne japste entsetzt unter einem gewalttätigen Kuss, der ihr den Atem nahm, die Lippen quetschte und nach dem Bier schmeckte, das er vorhin so durstig in sich hineingeschüttet hatte. Zwischen Würgen und drohender Ohnmacht erschlaffte sie, und der Schotte hielt ihre plötzliche Ruhe für Kapitulation.

»So ist's gut«, lobte er sie, als wäre sie ein Karrenpferd, das seine Pflicht tat. Er umfasste gierig eine zarte Brust und erstickte ihren Protest, in dem er sich neuerlich ihrer Lippen bemächtigte. Er tat ihr weh, aber je mehr sie sich wehrte, umso derber packte er zu.

»Du kommst mit mir. Ich will dich. Ergib dich in dein Schicksal. Es ist nicht das Schlechteste, die Frau von Rob Duncan zu werden.«

»O Gott!« Roselynne wehrte sich heldenhaft gegen ihre aufkommende Verzweiflung. Dies war kein Moment, um mit schwindenden Sinnen aufzugeben. »Lasst mich! Ihr habt den Verstand verloren. Ich will niemandes Weib werden und Eures schon gar nicht!«

»Das zu entscheiden ist nicht länger deine Sache,

Liebchen. Du gefällst mir, und dass du auch noch Feuer hast, bestärkt mich nur in meinem Entschluss. Du hast nicht besonders viel Fleisch auf den Rippen, aber du bist flink und geschmeidig und wirst mir gesunde Söhne schenken.«

Der Graf betastete ebenso grob wie gründlich ihren Leib und kniff sie zu allem Überfluss auch noch in den Busen. Was sollte sie tun? Wie ihm begegnen? Schreien? Sie zweifelte, dass die Hofgesellschaft ihre Stimme auf diese Entfernung hörte, und sie scheute auch den Skandal, den ein solcher Alarmruf zur Folge gehabt hätte.

»Kommt zur Vernunft«, keuchte sie angestrengt und ignorierte erst einmal die beleidigenden Übergriffe. »Habt Ihr vergessen, dass Ihr der Gesandte Eures Königs seid? Ihr sollt über den Frieden verhandeln und nicht Anlass für einen neuen Krieg liefern. Wisst Ihr nicht, dass mein Vater der Lord von Hawkstone ist? Seine Rache müsst Ihr noch mehr fürchten als die des Königs.«

Das raue Gelächter des Schotten raspelte wie eine eiserne Feile über Roselynnes gespannte Nerven. »Keine Angst, Liebchen. Ich werde Tatsachen schaffen, die weder dein König noch dein Vater ignorieren können. Du gehörst mir und du wirst meine Kinder gebären! Am Ende werden sie beide noch froh sein, dass du die Gräfin von Duncan bist und deine Schande im Ehebett reingewaschen wird.«

In Roselynnes Ohren rauschte das Blut und unter dem groben Griff verschwamm die Welt vor ihren Augen. Sie fühlte, dass sie davon gezerrt wurde, mehr getragen, als auf eigenen Beinen gehend. Gütiger Himmel, sie wurde von diesem Wilden schnurstracks entführt! Aus einer vermeintlich sicheren Welt gerissen, ohne dass er sich um die Folgen scherte! Der verzweifelte Schrei in ihrer Kehle wurde zum krächzenden Seufzer, der kaum zwei Schritt weit trug.

Zweige peitschten ihr Gesicht, Äste zerrten an ihren

Röcken, und sie verlor die hübsche Federkappe, die ihre Haare bedeckt hatte, zusammen mit den perlenbesetzten Nadeln. Die schweren dunklen Haare lösten sich wie ein Wasserfall aus den aufgesteckten Zöpfen und flossen über ihre Schultern.

»Komm schon, hinauf mit dir, Liebchen! Erfolgreiche Raubzüge müssen beendet sein, ehe der Feind Verdacht schöpft.«

Roselynne spürte die fein gehämmerten Verzierungen ihres vertrauten Damensattels unter ihren Fingern. Wie kam ihr Zelter an das Bachufer? Sie hatte ihn auf der provisorischen Weide bei den Pferdeknechten gelassen.

Mit einem Male klärte sich der Nebel aus Angst, Zorn, Schmerz und Erniedrigung, der sie gelähmt hatte. Sie war kein Mann, der den Zweikampf suchen konnte. Aber sie war auch keine wehrlose Gans, die sich in das Unvermeidliche schickte.

Sie verengte die Augen und entdeckte, dass ihr Ross mit seinen Zügeln locker an den mächtigen braunen Hengst gefesselt war, den der Schotte bei der Jagd geritten hatte. Sie rang nach Luft und kämpfte darum, einen klaren Kopf zu bekommen. Der hübsche Zelter tänzelte nervös auf der Stelle, bedrängt von dem wuchtigen Braunen und verunsichert von der fremden Stimme, die ihm ihren Willen aufzwingen wollte.

Der Griff um Roselynnes Arm lockerte sich, aber ehe sie aufatmen konnte, wurde sie so roh um die Taille gepackt und auf den Sattel gehoben, dass sie zappelnd um ihr Gleichgewicht kämpfen musste. Die offene Flut ihrer Haarmassen raubte ihr die Sicht und sie warf den Kopf in den Nacken, während sie sich an Zügeln und Sattelhorn festklammerte, um das Gleichgewicht zu finden. Was sie durch die Haarsträhnen hindurch von den finsteren Zügen des Schotten sah, leuchtete in unverhohlener Befriedigung.

Es war dieser Triumph, der Roselynnes Furcht endgültig vertrieb und ihr Handeln diktierte. Sie war nicht das empfindliche Edelfräulein, für das er sie aufgrund ihres Aussehens und ihres Ranges halten musste. Sie war eine Tochter des Rosenturms von Hawkstone und Lady Liliana keine gewöhnliche Mutter. Sie hatte ihren Töchtern ein Wissen vermittelt, das sich nicht allein auf Haushaltsdinge und makelloses Benehmen beschränkte.

Roselynne riss an den Zügeln, um sie aus der Schlaufe des Braunen zu befreien. Der Zelter stieg, von so ungewohnter Heftigkeit erschrocken, steil mit den Vorderbeinen in die Luft und wieherte in panischer Angst.

»Blödes Weib!«, fluchte der Graf über den vermeintlichen Fehler und packte einen von Roselynnes bestiefelten Füßen. Im gleichen Moment stieß ihn der andere Fuß mit solcher Wucht gegen das Schlüsselbein, dass er nach hinten taumelte und gegen das eigene Pferd prallte. Der Stoß erschreckte auch den Hengst, der nun seinerseits schnaubte und stieg.

Zu seiner nicht geringen Verblüffung fand sich der Schotte jäh zwischen erregten Rössern und gefährlich schlagenden Hufen gefangen und musste sich in Sicherheit bringen. Währenddessen zwang Roselynne ihren Zelter aus dem Stand in einen halsbrecherischen Galopp und war bereits am Rand der Lichtung, als sie den wilden Regen gälischer Flüche hörte, der ihr folgte.

Schon nach kurzer Zeit hörte sie jedoch das Donnern trommelnder Hufe hinter sich. In Kürze würde der Graf sie eingeholt haben. Das hübsche Damenpferd war seinem ausgebildeten Schlachtross weder an Stärke noch an Geschwindigkeit gewachsen.

Heilige Mutter Gottes, was sollte sie tun? Sie duckte sich tiefer über den Hals des Tieres und stieß dabei gegen den Bogen, der noch immer am Sattel befestigt war. Der Schotte hatte sich nicht einmal die Mühe gemacht, die Waffe zu entfernen, so gering achtete er die Gefahr, dass ein so zierliches Geschöpf ihn damit ernsthaft bedrohen könnte.

Roselynne fasste jedoch mit der Präzision eines versierten Schützen nach Bogen und Pfeilen, während sie gleichzeitig ihr Pferd mit Worten und Schenkeldruck unter Kontrolle bekam. Sie hatte keine Zeit, besonders genau zu zielen, aber sie war geübt genug, sich einen Schuss zuzutrauen, der genügend Schaden anrichtete, um ihr die endgültige Flucht zu ermöglichen.

Robert of Duncan traute seinen Augen nicht, als sie sich mit wild flatternden Haaren im Sattel drehte und die Bogensehne spannte. Kaum gewahrte er den schlanken Eschenpfeil, der auf ihn zuflog. Noch verblüffender war indes die ungeahnte Wucht, mit der sich die feine, gefährliche Spitze durch Leder, Stoff und Haut tief in seine Schulter bohrte, ehe sie von einem Knochen aufgehalten wurde. Der Schlag warf ihn mitten im Ritt nach hinten. In einer Mischung aus Schmerz, Überraschung und Schock verlor er die Zügel und schwankte im Sattel.

Roselynne wagte keinen Blick zurückzuwerfen, um den Schaden zu besehen. Sie trieb den Zelter an die Grenzen seiner Kraft, den Waldrand entlang, in einem Wahnsinnsritt quer über die Felder. Dort hinten, in Richtung Norden, lag Winchester, die Stadt, die Burg, die Sicherheit.

Instinktiv wusste sie, dass es dicker Mauern und verschlossener Pforten bedurfte, um sie vor dem gewaltigen Schotten und seinen unerwünschten Aufmerksamkeiten wirksam zu schützen.

2. *Kapitel*

Schaum stand vor dem Maul des Pferdes, das unverhofft durch das Gestrüpp am Straßenrand brach, als hätte es ein Katapult mitten unter die Reisegruppe geschleudert. In einem Chaos aus bockenden hysterischen Rössern, kreischenden Packeseln, wütenden Stimmen und aufsteigenden Staubwolken dauerte es einige Zeit, bis sich die befehlsgewohnte, eisige Stimme eines Mannes über den infernalischen Aufruhr hinweg setzte. Eine Stimme wie Eis, die sich in makellosem, höfischem Französisch mitten auf einer englischen Landstraße über die Sitten einer barbarischen Insel ausließ und in gewohnter Autorität augenblicklich wieder für Ordnung sorgte.

Eine Stimme, die mühelos auch die Panik durchdrang, welche Roselynne de Cambremer in diesen tollkühnen Ritt getrieben hatte. Sie spürte die zitternden Flanken des erschöpften Zelters unter sich und die Hand, die gebieterisch in das Zaumzeug griff und ihn gewaltsam in den Stand zwang.

Der plötzliche Ruck brachte sie freilich um ihren letzten Halt. Sie verlor den Tritt am Sattel, geriet ins Rutschen und schwebte einen winzigen Herzschlag lang hilflos zwischen Himmel und Erde. Dann krachte sie so erbarmungslos in den Staub der Landstraße, dass es ihr den Atem nahm und sie für einen Moment das Bewusstsein verlor. Als ihr Wahrnehmungsvermögen wieder einsetzte, vernahm sie als Erstes einen beißenden Kommentar, der sie selbst betraf.

»Gott bewahre mich, eine aufgelöste sächsische Amazone! Auch das noch. Haltet die Pferde zurück, ihr Tölpel. Tragt sie zur Seite! Nein, lass mich das machen, das ist eine Frau und kein Sack Hafer, Bursche. Eine Dame, wenn man das Gewand und das Pferd zum Anhaltspunkt nehmen kann. Leg meinen Umhang dort auf das Gras, für die Lady, nun mach schon.«

Roselynne spürte einen energischen Griff um Schultern und Oberschenkel und letztendlich weichen Untergrund. Jemand machte sich an ihren Haaren zu schaffen, die ein seidiges Gespinst aus wirren Strähnen bildeten, das ihr Haupt mit seinem schieren Gewicht nach hinten zog.

»Hier, trinkt, Lady! Ihr seht aus, als könntet Ihr eine Stärkung gebrauchen. Was, um Himmels willen, hat diesen dummen Gaul so erschreckt, dass er mit Euch durchgegangen ist?«

Ein Weinschlauch wurde an ihre Lippen geführt. Roselynne schmeckte die leichte Säure eines kühlen Weißweins und schluckte zu hastig. Sie musste husten und ein Teil des Trunks landete auf ihrem Kleid und dem Mantel des Mannes, der sie mit seinem linken Arm stützte, während die Rechte ihr zu trinken gab.

»Schscht, nicht so hastig!«

Der Ermahnung folgten ein paar sachte Schläge zwischen ihre Schulterblätter und ein tadelndes Zungenschnalzen, das Roselynne an die Ermahnungen ihrer Kinderfrau erinnerte. Allein, die Gestalt und Erscheinung des Seigneurs, den sie jetzt endlich genauer betrachten konnte, hatten nichts mit der stämmigen Sächsin zu tun, die in Hawkstone über die ausgelassene Nachkommenschaft der Lady des Rosenturms regiert hatte.

Ihre Lippen formten ein stummes, fassungsloses »Oh!«, während ihre Augen fasziniert über das Antlitz des Ritters glitten. Sowohl die edlen Züge wie die straff gespannte, helle Haut und das goldene, in der Sonne funkelnde Haar waren für sich gesehen ein Meisterwerk der Natur. Gemeinsam formten diese jedoch das männlich edle Angesicht eines Ritters, dessen Schönheit ein fast übernatürliches Maß an Perfektion aufwies.

Es waren nobel strukturierte, maskuline Züge, mit Augen, deren Blau mit dem Kobalt des Himmels wetteiferte, und vollendet geschwungenen Lippen. Er glich einem lebendig gewordenen Erzengel oder einer jener marmornen Götterstatuen, die in Hawkstone davon kündeten, dass der weitläufige Landsitz seine Entstehung den römischen Besatzern und ihren kunstsinnigen Architekten und Steinmetzen zu verdanken hatte.

Roselynne erschauerte unter den schweren Schlägen ihres Herzens, deren Echo in den Tiefen ihres Blicks aufglomm und den Mann, der sie hielt, in seinen Bann zog. Das Farbspiel dieser großen Mädchenaugen zwischen Flieder und Violett besaß eine Faszination, die ihn an etwas Fernes erinnerte, ohne dass er diese Erinnerung auf Anhieb einordnen konnte.

»Ihr ...«, murmelte sie und begriff auf einer fernen Ebene ihres Bewusstseins endlich, weshalb sie all die Jahre gewartet hatte. Weshalb all ihre Wege, ihre Handlungen und Träume sie ausgerechnet zu dieser Stunde auf diesen Pfad, in diese Arme geführt hatten. Da war nichts zu leugnen, nichts hinzuzufügen, nichts zu ändern.

Die stumme Botschaft ihres Blickes verwirrte den Ritter. Wer war diese Frau, dieses mädchenhafte Wesen zwischen Kind und Fee? Woher nahm er das untrügliche Gefühl, sie zu kennen, wo er doch ebenso gut wusste, dass noch nie eine so verwirrende Elfe mit nachtschwarzen Haaren und Veilchenaugen seinen Weg gekreuzt hatte?

Eine viel zu vertrauensvolle Schönheit, die sich mit der Selbstverständlichkeit eines gezähmten kleinen Vogels an seinem Herzen niederließ und ihn jetzt mit der Glut eines unverhofften Sonnenstrahls anlächelte.

Welch ein Lächeln! Bei Gott, wäre er noch immer der jugendliche Narr, der er einmal gewesen war, er hätte der Aufforderung nicht widerstehen können, die ihm dieses entzückende Wesen stumm erteilte. Nicht einmal der Schmutz und die strähnig zerzausten Haare konnten davon ablenken, dass sie das Auge eines Mannes aufs Höchste ergötzte.

Die staunenden, großen Augen, die Alabasterhaut und die seidige Mähne luden ihn förmlich dazu ein, die verführerischen Einzelheiten der geschmeidigen Gestalt zu erkunden, die er da in seinen Armen hielt. Allein, die Zeiten, wo er sich für ein hübsches Mädchen zum Narren gemacht hatte, gehörten für immer der Vergangenheit an. Er hatte gelernt, vor dem Zauber auf der Hut zu sein, den Ladys ihrer Art auf Männer ausübten.

»Loup de Luthais, zu Euren Diensten, edles Fräulein«, stellte er sich mit einem höflichen Lächeln vor, das nicht seine Augen erreichte. »Es war mir ein Vergnügen, Euer durchgehendes Pferd zu bändigen. Wie fühlt Ihr Euch? Habt Ihr Schmerzen? Dröhnt Euch der Kopf? Was ist geschehen? Was hat Euer Reittier so erschreckt?«

Der unerwartete Name des Edelmannes verwirrte Roselynne ebenso sehr wie die anschließende Behauptung, Mondfleck sei durchgegangen. Schon der Gedanke war so absurd, dass sie lächeln musste. Die Pferde, die auf Hawkstone gezüchtet wurden, kannten keine solchen Kapriolen, und sie war eine hervorragende Reiterin. Allerdings hatte sie Mondfleck bei ihrer halsbrecherischen Flucht eine Geschwindigkeit abverlangt, die ihn bis an die Grenzen seiner Kraft gefordert haben musste.

»Woher kommt Ihr? Wo sind Eure Begleiter?«, ging das Verhör weiter, während sie vergeblich versuchte, das, was sie sah, und jenes, was sie gehört hatte, zu vereinen.

»Wie sagtet Ihr, ist Euer Name?«, fiel ihm Roselynne vorsichtig ins Wort. »Verzeiht, ich habe ihn nicht richtig verstanden.«

»Ich bin der Seigneur von Luthais, schönste Dame,

Vasall Seiner Gnaden des Herzogs von Anjou, auf dem Weg nach Winchester. Ich hoffe dort auf Seine Majestät den König zu treffen. Ich habe Botschaften meines Herrn für seinen Bruder.«

»Das tut Ihr«, murmelte Roselynne bestürzt und biss sich auf die Unterlippe, um alle weiteren Worte zurückzuhalten, die sich über ihre Zunge drängten.

War es möglich, dass es dieses Gesicht zweimal gab? Dass sie ihre fast vergessenen Träume inzwischen mit der Wirklichkeit verwechselte und ihr die Erinnerung einen närrischen Streich spielte?

»Der König ist zur Jagd geritten«, versuchte sie sich fürs Erste nur an die Tatsachen zu halten. »Bei Sonnenuntergang wird er in die Burg zurückkehren.«

»Ah, ich begreife.« Ihr Retter hatte keine Mühe, sich seine Geschichte zusammenzureimen. »Ihr wart Teil dieser königlichen Jagdgesellschaft, und dieses dumme Pferd ist mit Euch durchgegangen, nicht wahr?«

Roselynne schüttelte stumm den Kopf, eine Bewegung, die ihr freilich zu Bewusstsein brachte, dass sie noch immer in den Armen dieses Edelmannes ruhte. Eine Bewegung, die ihr auch einen leisen Seufzer entlockte, weil sie ihr das Gefühl vermittelte, dass ihr armer Kopf im nächsten Moment zerplatzen wollte.

»Ihr habt Schmerzen«, stellte er fest, ohne erneut zu fragen.

»Mein Kopf …«, murmelte Roselynne und gab müde dem ständigen Zug nach, mit dem das Gewicht ihrer Mähne ihn nach hinten zog. Es war ihr nicht klar, dass sie damit die schlanke Säule ihres Halses in den Mittelpunkt seiner Aufmerksamkeit rückte. »Ihr kniet auf meinen Haaren, Seigneur!«

»Himmel, wie dumm von mir, verzeiht!«

Er verbot sich, wie ein kindischer Narr auf das Pulsieren der bläulich schimmernden Adern an dieser marmornen Säule zu starren, die den schönen Kopf trug. Beflissen hob er das Knie, auf das er sich die ganze Zeit gestützt hatte. »Könnt Ihr aus eigener Kraft aufstehen? Lasst Euch helfen. Vorsicht, nicht so hastig, sonst dreht sich die Welt vor Euren Augen und womöglich wird Euch übel.«

Mit seiner ebenso beredten wie tatkräftigen Hilfe gelang es Roselynne, wieder auf eigenen Beinen zu stehen. Erst jetzt entdeckte sie den Rest der Reisegruppe, die sich um Pferde und Lasttiere scharte. Ein paar Bewaffnete, die für den nötigen Schutz auf den Landstraßen sorgten, und fünf Knechte, die sich um die Packesel kümmerten. Zahllose fest verschnürte Bündel, Kästen und Rollen erregten ihre Aufmerksamkeit.

»Ihr seid auch ein Händler?«, fragte sie, verblüfft über diese Fülle der Gepäckstücke.

»Da sei Gott davor!« Mit einer seltsam gespreizten Geste hob er die schlanken, edel geformten Hände, über deren feinem Leder mehrere Ringe auf den Handschuhen funkelten. »Ich pflege nie ohne die Grundausstattung meines persönlichen Haushalts zu verreisen, schönste Dame. Und natürlich sind auch ein paar Geschenke für Seine Majestät mit dabei, die ich ihm mit den besten Wünschen meines Herrn übergeben darf.«

Ohne die Stütze seines Griffs kam es ihr mit einem Mal so vor, als fröre sie trotz der wärmenden Sonne. Aus der Distanz fiel ihr indes auf, dass er mit diesem Stern um die Wette strahlte, so prächtig schimmerten seine Kleider. Spitzen, Bänder, Stickereien und Juwelen blendeten das Auge geradezu. Er bot das vollendete Bild eines normannischen Höflings, der die englischen Barbaren mit der Eleganz von Sprache, Benehmen und Erscheinung in die Schranken verwies. Ihr kam es ein wenig übertrieben und verweichlicht vor.

Der Mann, dessen Bild er ihr vorgaukelte, war ebenfalls elegant gewesen, aber nicht so prahlerisch und auffallend modisch. Er hatte sich mit der athletischen Selbstverständlichkeit eines jungen Kriegers bewegt, der keine affektierten Gesten nötig hatte. Nie und nimmer hätte er sich mit einer solchen Fülle von Juwelen und Spitzen behängt.

Roselynne seufzte enttäuscht und sagte sich, dass ihr das eigene Erinnerungsvermögen einen Streich spielte. Sie verwechselte ihn. Die Panik, die Aufregung, der rasende Ritt und ihr Sturz hatten sie völlig durcheinander gebracht. Das hier war nie und nimmer Justin, der gut aussehende junge Graf von Amonceux, der sein Herz vor Jahren an ihre stolze große Schwester verloren hatte und von ihr abgewiesen worden war. Es lag nur an ihrem albernen Gespräch mit Margaret, dass sie sich ausgerechnet heute in diesen dummen Illusionen verlor.

Der Justin, der das empfindsame Herz eines jungen Mädchens an der Schwelle zur Frau bezaubert hatte, war das Idealbild eines edlen Ritters gewesen. Stolz und mutig, freundlich und souverän, liebenswürdig und hilfsbereit, aber weder auf sein Äußeres bedacht noch von solch geschwätziger Gesprächigkeit.

Der erstaunliche Seigneur von Luthais teilte mit Ausnahme einer überraschenden äußeren Ähnlichkeit wenige dieser noblen Eigenschaften. Immerhin bot er Roselynne besorgt an, einen Knecht vorauszuschicken, um eine Sänfte für sie aus der Stadt zu holen.

»Nach einem so grässlichen Sturz könnt Ihr unmöglich wieder in den Sattel steigen, Mylady«, sagte er gestelzt. »Wir müssen dem Himmel danken, dass Ihr Euch nicht den schönen Hals gebrochen habt.«

»Es ist nicht das erste Mal, dass ich vom Pferd gestürzt bin, Seigneur«, lehnte Roselynne diese Beförderungsmöglichkeit entrüstet ab. »Je eher man danach wieder in den Sattel steigt, umso schneller vergisst man die leidige Angelegenheit. Mondfleck wird mich sicher nach Hause tragen, macht Euch keine Sorgen. Ich bin Euch indes dankbar, wenn ich im Schutze Eurer Begleitung reiten darf.«

Während sie sprach, suchte sie mit schmalen Augen

verstohlen die Umgebung ab. Der Waldrand und die abgeernteten Felder zogen sich menschenleer bis zum Horizont hin. Dennoch bestand auch weiterhin die Gefahr, dass der Graf von Duncan sie verfolgte. Wenn sie ihn nicht lebensgefährlich verletzt hatte, würde ihn die Wunde nur noch mehr anspornen, die Frau, die ihm diese zugefügt hatte, in seine Gewalt zu bringen. Im Kreise der normannischen Reisegruppe wäre sie vor ihm geschützt. Mit zehn Männern auf einmal würde es auch ein verletzter Schotte nicht aufnehmen wollen.

»Es ist mir eine Ehre, Euch behilflich zu sein«, hörte sie den Seigneur jetzt antworten. »Ihr müsst mir sofort sagen, wenn wir zu schnell sind oder Euch die Folgen dieses Abenteuers zu sehr zusetzen. Herrje, es wäre mir geradezu unangenehm, wenn …«

»Ich verspreche es Euch, aber Ihr macht Euch zu viele Sorgen«, unterbrach ihn Roselynne sanft.

Die gekünstelt normannische Stimme machte sie zunehmend gereizt. Es war nicht gerecht, dass er ihr Bilder vorgaukelte und diese gleichzeitig durch sein übertrieben geziertes Benehmen wieder zerstörte. Sie schüttelte den Schmutz und die Grasreste von ihren Röcken, dann flocht sie ihre hüftlangen Haare geschickt zu einem fast armdicken Zopf, der auf dem schmalen Rücken ihres blauen Jagdgewandes hin und her schwang. Ein lebendiges Pendel, von dem ihr Begleiter nicht die Augen nehmen konnte, als sie ihren Weg fortsetzen. Das verblüffende Gefühl von vertrauter Einmütigkeit, das ihn an ihrer Seite überkam, mutete ihn seltsam beunruhigend an. Fast, als wären sie sich in einem anderen Leben schon einmal begegnet.

»Wollt Ihr mir nicht Euren Namen verraten?«, erkundigte er sich aus diesen Gedanken heraus.

Roselynne zögerte, ohne zu wissen warum. Am liebsten hätte sie sich geweigert, solange sie noch nicht wusste, wie sie all die wirren Gedanken und Gefühle einordnen sollte, die sie an seiner Seite verspürte.

Allein, was hatte sie für einen Grund, eine solche Auskunft zu verweigern? Keinen. Und ebenso wenig hatte sie Anlass, sich für diesen Namen zu schämen. Sie gab sich einen Ruck.

»Mein Name ist Roselynne de Cambremer. Ich bin die Tochter des Lords von Hawkstone und eine Ehrendame der königlichen Prinzessin«, sagte sie mit hörbarem Selbstbewusstein in der sonst so sanften Stimme. »Mein Vater zählt zu jenen Rittern, die mit dem Eroberer die große Schlacht bei Hastings gewonnen haben.«

Hawkstone? Im letzten Moment konnte der Mann an ihrer Seite einen Ausruf unterdrücken. Verdammt! Er versuchte in den Tiefen seines Gedächtnisses Aufklärung zu finden, aber er scheiterte. Damals hatte es nur ein Antlitz für ihn gegeben, dessen Züge sich mit grausamer Endgültigkeit in sein Herz gegraben hatten. Aber er erinnerte sich an Schwestern. Kinder, die ein wundervolles Haus mit Lachen und Übermut erfüllt hatten, die einem Fremden Trost anboten, wo es keinen Trost geben konnte.

Der Zorn, den er sonst so geschickt unter Kontrolle hielt, drohte ihn für einen Moment lang zu ersticken. Er brachte keine der notwendigen Höflichkeiten über die Lippen, auf die seine Begleiterin sicher wartete.

»Ihr kennt den Lord von Hawkstone?« Roselynne warf ihm einen erstaunten Blick zu. »Die Familie meines Vaters kommt aus der Normandie. Die Herren von Cambremer in der Normandie sind ebenfalls Vasallen von Herzog Robert.«

Der Stolz auf ihre Familie, ihren Namen und ihre Abstammung war aus jedem einzelnen Wort zu vernehmen. Der Reiter neben ihr meisterte den Aufruhr seiner Gedanken und Gefühle in einer einzigen fließenden Bewegung. Roselynne spürte, wie sich die Zusammensetzung der Luft zwischen ihnen änderte. Sie hätte nicht zu sagen gewusst, was diesen Wechsel verursacht hatte, aber mit einem Male lauerte zwischen ihnen die elektrisierende Spannung eines aufziehenden Gewitters.

»Ich bevorzuge Rouen«, entgegnete er im selben Augenblick so blasiert, als wäre die wohl befestigte und noble Burg von Cambremer eine jener zugigen Festungen, die man nach besten Kräften meiden musste. »Wäre es nicht im Auftrag des Herzogs erforderlich, ich hätte meine Heimat nie verlassen. Ich glaube nicht, dass mir diese Insel sonderlich gefällt. Man sagt, das Wetter sei auf die Dauer ganz abscheulich, und diese Straßen … je nun …«

Das Wetter? Roselynne blinzelte verwirrt in den goldenen Sonnenschein dieses makellosen Herbsttages und wusste nichts mehr zu sagen. Ihre sonst so erstaunliche Kunst, andere Menschen einzuschätzen und zu durchschauen, versagte mit einem Schlage, als hätte der Normanne einen unsichtbaren Vorhang zwischen ihnen aufgezogen.

Die Stimme der eigenen Vernunft riet ihr, nicht an diese Barriere zu rühren. Es war verheerend genug, dass er ihr das Trugbild eines Traumes vorgaukelte. Hatte sie nicht geschworen, die mühsam errungene Ruhe ihres Herzens nie wieder aufs Spiel zu setzen?

Sicher lag es allein an den Erschütterungen dieses ungewöhnlichen Jagdtages, dass es dem Normannen überhaupt gelungen war, sie dermaßen zu betäuben. Halb entführt, mit rüder Vergewaltigung bedroht, beleidigt, misshandelt, bis auf die Knochen durchgeschüttelt und vermutlich von Kopf bis Fuß mit blauen Flecken übersät, fehlte es ihr erbärmlich an der üblichen Gelassenheit. Je eher sie diese Haltung wieder fand, umso leichter würde sie den Seigneur in seine Schranken verweisen können.

Sie ahnte nicht, dass der Edelmann sie unter halb gesenkten Wimpern in einer Mischung aus Schock und Neugier musterte. Wie hatte er die bemerkenswerte Lady vergessen können, deren Züge sie trug? Sie war das jugendliche Ebenbild der stolzen Liliana von Hawkstone, eine Keltin vom Scheitel bis zur Sohle, bei der ein Schuss normannisches Blut nur dafür gesorgt hatte, dass die vollkommenen Züge eine sinnverwirrende Pikanterie bekommen hatten, die das Auge eines Mannes fesselte wie der Duft aufbrechender Frühlingsblüten ein Bienenvolk.

Jetzt, da das Rätsel gelöst war, lieferte ihm seine Erinnerung die schwachen Bilder eines wendigen, zutraulichen Kindes, das, noch fern aller weiblichen Formen, seine Tage in Hawkstone begleitet hatte. Die Anführerin einer Kinderschar, die im Schatten des Rosenturms von Hawkstone eine verblüffende Freiheit des Geistes und der Umgangsformen besessen hatte. Mehr Kobold als Mädchen, mehr Page als Jungfer. Die zurückliegenden Jahre hatten diesen Eindruck wahrhaftig korrigiert.

Heute besaß die zweite Tochter des Lords von Hawkstone einen bestürzenden Reiz, der unabhängig von Kleidung und Aussehen das Auge fesselte. Sie wirkte sanft, obwohl er Kraft und Leidenschaft in ihr spürte. Zerbrechlich und des Schutzes bedürftig, obwohl der waghalsige Ritt und die Tatsache, dass sie ihn im Großen und Ganzen schadlos überstanden hatte, von körperlicher Kraft und reichlich vorhandenem Mut sprachen.

Er hatte schmerzhaft gelernt, dass die Töchter des Rosenturms nicht jene harmlosen Engel waren, die ihr Äußeres vermuten ließ. Er würde kein zweites Mal den leichtsinnigen Fehler begehen, eine Frau aus dieser Familie zu unterschätzen. Immerhin besaß diese wenigstens nicht die Teufelsfarben ihrer Schwester, und vielleicht war dies ein Zeichen dafür, dass er sie eher manipulieren und täuschen konnte.

3. Kapitel

Die großen Wachskerzen auf dem Altar flackerten trotz des geschlossenen Portals in einem frischen Nordostwind, der seit dem vergangenen Abend über Winchester hinweg fegte. Der Herbst hatte seinen Einzug gehalten, und die Gläubigen, die sich zur Morgenandacht in der Burgkapelle versammelt hatten, waren fröstelnd in gefütterte Umhänge und pelzbesetzte Gewänder gehüllt.

Roselynne kniete zwischen den Damen der Prinzessin, den Scheitel mit einem zarten Schleier bedeckt, das Profil anmutig über die gefalteten Hände gesenkt. Unter den halb geschlossenen Lidern fehlte es ihr jedoch nicht nur wegen der empfindlichen Kälte an der nötigen Frömmigkeit, der morgendlichen Andacht zu folgen. Ihre Gedanken glichen einmal mehr aufgescheuchten Vögeln. Sie flatterten unterhalb der geschnitzten Balkendecke des Gotteshauses und ihr Ziel spottete der Heiligkeit des Ortes.

Die vergangenen Tage hatten ihr so geregeltes Leben auf eine Weise durcheinander gewirbelt, dass sie nicht einmal mehr im Gebet Frieden vor sich selbst fand. Zwar hatte die Prinzessin ihre Ehrendame für ihr eigenmächtiges Verschwinden bei der Falkenjagd gerügt, aber nicht näher nach den Gründen für ihren Ungehorsam geforscht. Es war ihr bekannt, dass Roselynne kein großes Vergnügen an der Jagd empfand und jede Gelegenheit ergriff, sich davor zu drücken.

Die junge Frau hatte den Tadel ihrer Herrin wortlos akzeptiert und den hässlichen Zusammenstoß mit dem schottischen Gesandten aus den vielfältigsten Gründen verschwiegen. Da war einmal der Wunsch, das unangenehme Erlebnis schnell zu vergessen und ihm nicht mehr Wichtigkeit beizumessen, als ihm zukam. Zum anderen aber auch die Erkenntnis, dass ein Skandal weder ihrem Ruf noch ihrer Ehre diente.

Im schlimmsten Fall würde sich der König veranlasst sehen, die Schotten zur Rechenschaft zu ziehen. Es lag ihr nichts daran. Es genügte ihr, dass der Graf seit ein paar Tagen das höfische Leben mied und sich in seine Gemächer zurückgezogen hatte. Sie wollte ihm nicht begegnen, und sie hoffte inständig, dass ihn der Pfeil von jeder Neigung für sie kuriert hatte.

Dennoch achtete Roselynne darauf, sich stets im Kreise der anderen Hofdamen zu bewegen und niemals ohne Begleitung unterwegs zu sein. Nicht einmal ein Barbar würde es wagen, sie gewaltsam von der Seite der Prinzessin zu zerren. Dass sie trotzdem ständig den Eindruck hatte, beobachtet zu werden, führte sie auf den Schock dieses Erlebnisses zurück. Sicher würde sie sich ruhiger fühlen, wenn die Gesandtschaft der Schotten endlich in ihre Heimat aufbrach. Man sprach davon, dass dies bald der Fall sein würde.

Auch jetzt, inmitten ihrer Gefährtinnen und während der Morgenandacht des Hofes, konnte sie nicht zu ihrer gewohnten Ruhe zurückfinden. Wenn sie ehrlich mit sich selbst war, besorgte sie indes heute weniger die rücksichtslose Begierde des Mannes aus dem Norden als die Gegenwart eines anderen. So sehr sie sich auch bemühte, den allzu schönen normannischen Edelmann aus ihrem Bewusstsein zu verbannen, die Umstände ließen es nicht zu.

Der König lastete dem Boten des Herzogs von Anjou nicht die Fehler seines Bruders an. Im Gegenteil, er hatte den blonden Edelmann in spontaner Freundschaft im Kreise seiner engsten Gefährten willkommen geheißen. Schon nach wenigen Tagen schien es, als könnte Rufus keinen Schritt ohne den Seigneur von Luthais mehr tun.

Rufus mochte gnadenlos ehrlich, schroff, rücksichtslos, jähzornig und ebenso machthungrig wie sein Vater sein, aber er hatte eine allzu menschliche Schwäche: Es gefiel ihm, sich mit gut aussehenden jungen Männern zu umgeben. Seine Knappen, Diener, Gefährten und Kampfgenossen schienen geradewegs von den hoch gewachsenen blonden Nordmännern abzustammen, welche die Küsten Englands und Frankreichs erobert hatten.

Der Seigneur de Luthais hatte von der ersten Reverenz an das nach Schönheit hungernde Auge des Monarchen gefesselt. In seiner unnachahmlichen Mischung aus Eleganz, Arroganz und vollendeten Manieren, war er quasi über Nacht zum neuen Stern des Hofes von Winchester aufgestiegen. Ein Mann von geschliffener Bildung, spöttischem Intellekt und so viriler, charmanter Anziehungskraft, dass ihn die englischen Ratgeber und Freunde des Königs auf Anhieb ebenso verabscheuten wie Rufus ihn schätzte.

Die Damen des Hofes waren auf Seiten des Königs. Sie umschwärmten den schlanken Normannen, der sich diese Aufmerksamkeit in einer Mischung aus Überheblichkeit und Zuvorkommenheit gefallen ließ. Sie buhlten um seine Komplimente und überschlugen sich im gegenseitigen Bemühen, ihn von der Schönheit der englischen Damen zu überzeugen.

Roselynne hielt sich betont im Hintergrund, aber sie konnte nicht umhin, über jeden Schritt von ihm informiert zu sein. Margaret de Lacey und all die anderen kannten kein anderes Thema mehr. Dabei hatte Roselynne ihren Klatsch gar nicht nötig, um alles über ihn zu wissen. Zu ihrer hilflosen Verblüffung hatte sie festgestellt, dass sie auf rätselhafte Weise mit ihm verbunden war.

Auch jetzt musste sie nicht einmal zur Seite sehen, um zu wissen, dass er sich mit ihr in einem Raum befand. Jeder winzige Nerv unter ihrer Haut empfing die Signale seiner Anwesenheit. Es zog sie so unwiderstehlich zu ihm hin, dass es ihr Nachts den Schlaf raubte und sie des Tags gereizt und ungeduldig machte.

Anfangs hatte sie geglaubt, die gespenstische Ähnlichkeit mit Justin d'Amonceux wäre der Grund dafür, aber inzwischen war sie sich nicht mehr sicher. Je öfter sie Loup de Luthais beobachtete, umso schwächer wurde die schwärmerische Erinnerung an den Ritter, der sie für alle anderen Männer verdorben hatte. Zumindest hatte sie das bisher gedacht.

Der normannische Seigneur hingegen duldete keine fremden Träume neben sich. Der kristallklare Schimmer seines Blickes brannte neue Spuren in Roselynnes empfindsame Seele und tilgte die alten Runen. Sie spürte es, auch wenn sie es nicht wahrhaben wollte und sich dagegen wehrte. Kein zweites Mal! Nie wieder!

Jeden Morgen schwor sie sich aufs Neue, sich nicht um seine Anwesenheit zu kümmern, und jeden Abend musste sie sich ihr Scheitern eingestehen. Ungerührt von der Bewunderung, der Kritik und dem Neid, den er hervorrief, ging er durch die Tage. Er amüsierte den schroffen und ungeduldigen Monarchen mit seinen spöttischen Bemerkungen, war ihm in allen sportlichen Übungen ein gleichwertiger Partner und verblüffte den Hof mit seinen modischen Gewändern, die in so krassem Gegensatz zu der sehnigen Gestalt standen, die er bei den Kriegsübungen zeigte.

Sogar für diese simple Morgenandacht hatte er ein reich verziertes Wams aus kobaltblauem, gepresstem Samt mit Silbertressen angelegt, das an der Seite des jungen Königs alles Licht auf sich zog. Roselynne wagte jedoch zu bezweifeln, dass er betete. Er hatte eine Art, über die Köpfe seiner Begleiter hinweg zu schauen, die eher an die Bestandsaufnahme eines Feldherrn erinnerte, der seine Truppen prüfte, denn an eine fromme Andacht.

Sie selbst senkte die Nasenspitze noch eine Spur tiefer über ihre fromm gefalteten Hände. Es fehlte gerade noch, dass er sie dabei ertappte, wie sie nach ihm Ausschau hielt. Sie wollte um keinen Preis die Schar der Damen vergrößern, die sich in gackernde Hühner verwandelten, wenn er auftauchte, und seufzend hinter ihm her schmachteten, sobald er sie ignorierte. Dass sie heimlich eben diese albernen Seufzer teilte, verärgerte sie dermaßen, dass auch ihr die Frömmigkeit abhanden kam.

Der abschließende Segen des Hofpredigers wurde vom ungeduldigen Rascheln der Gewänder und dem allgemeinen Aufbruch der Damen und Herren fast übertönt. Rufus wahrte die Form, aber man konnte ihm gewiss keine übergroße Frömmigkeit nachsagen. Er vertraute eher auf die Kraft seines Schwertes und seinen Verstand als auf den himmlischen Beistand, und sein Hofstaat tat es ihm nach.

Sicher lag es auch daran, dass der junge König die Macht der Bischöfe und Prälaten so energisch eingeschränkt hatte. Die Rebellion seines eigenen Onkels, des Bischofs von Bayeux, der es gewagt hatte, sich auf die Seite von Robert Kurzhose zu schlagen, hatte nichts dazu getan, sein Misstrauen gegen die Kirche zu besänftigen.

Roselynne ließ sich im Kreise der Prinzessin nach draußen treiben, wo der Wind die ersten braunen Blätter über den Burghof jagte und böig in Schleier und Rocksäume fuhr. Die Sonne hatte nicht mehr Kraft genug, die feuchte Luft zu erwärmen, aber sie blendete dennoch in so gleißender Helligkeit, dass man kaum etwas erkennen konnte. Roselynne kämpfte wie alle anderen Ladys mit ihrem flatternden Kopfputz. Der Schleier zerrte an den Nadeln in ihrem Haar und behinderte ihre Sicht, sodass sie die letzte Stufe, die das Portal des Gotteshauses vom gepflasterten Hof trennte, übersah.

Sie trat falsch, geriet ins Taumeln und fand sich von einer eisernen Hand gestützt, die den unvermeidbaren

Sturz im letzten Moment glücklicherweise verhinderte. Als sie aufsah, um ihren Dank zu bekunden, blickte sie in das bärtige, beunruhigende Gesicht des Grafen von Duncan.

»Ihr neigt zum Leichtsinn, Dame Roselynne«, zischte er aus dem Gestrüpp seines dunklen Bartes heraus. »Ihr solltet ein wenig achtsamer mit Euch umgehen, wenn Euch Euer Leben lieb ist.«

Sie erschauerte unter der unverhüllten Drohung seines Blickes und seiner viel sagenden Worte. Angst überflutete sie inmitten des königlichen Hofes und bannte sie jäh auf die Stelle. So unverhofft eingeschüchtert, gelang es ihr nicht einmal, jenen Mut aufzubringen, den sie gewöhnlich mit purer Willenskraft in sich wecken konnte, wenn es ihr nötig erschien.

Der Schotte betrachtete die erschrocken aufgerissenen Veilchenaugen und entdeckte eine pochende Ader an ihrem schlanken Hals.

»Es ist Euch zwar gelungen, mich einmal zu überraschen, mein Fräulein, ein zweites Mal könnt Ihr es indes vergessen! Ich weiß jetzt, dass die Katze Krallen hat, aber denkt nicht, dass mich dieser Umstand dazu bringt, die Jagd aufzugeben.«

Roselynne versuchte vergeblich ein Zusammenzucken zu verbergen. Der Schotte hatte es geschickt bewerkstelligt, sie innerhalb weniger Schritte vom Strom der Kirchgänger zu trennen. Jetzt standen sie neben einem Bogengang, der zu den Quartieren der bewaffneten Burgmannschaften führte, und für einen flüchtigen Beobachter mochte es sogar so aussehen, als machte sich der Graf die Mühe, eine hübsche Edeldame sorgsam vor dem scharfen Wind zu schützen.

Was sollte sie tun? Panisch um Hilfe rufen? Sich losreißen und ohne Rücksicht auf Sitte und Anstand mit gerafften Röcken davon stürzen? Närrischer Unsinn, sie brachte es ja nicht einmal fertig, den Mund zu öffnen. Sie war wie hypnotisiert von dem stummen, gewalttätigen Zorn, der den Gesandten beherrschte. Erst jetzt fiel ihr auf, dass er sie mit der Linken hielt und den rechten Arm in einem eigenartigem Winkel am Körper ließ und schonte. Eine Schulterwunde, kein Zweifel. Gerechterweise musste sie einräumen, dass er allen Grund hatte, ihr zu zürnen.

»Wie schön, dass Ihr auch die Kunst des Schweigens beherrscht«, stellte er jetzt trocken fest und rückte noch eine Spur bedrohlicher auf sie zu.

Roselynne stieß endlich den angehaltenen Atem aus. Es klang wie ein Seufzer. War es möglich, dass niemand auf diesem Hof erkannte, wie sie bedroht und eingeschüchtert wurde? Die Schotten hatten keine Freunde in Winchester. Alle Welt machte einen Bogen um sie, und wäre nicht das Gebot der königlichen Gastfreundschaft gewesen, man hätte sie völlig ignoriert. Dennoch konnte doch kein vernünftiger Mensch annehmen, dass es ihr Vergnügen bereitete, von diesem groben Rüpel wie ein Stück Torf herumgezerrt zu werden!

»Ist das Sitte in Eurem rauen Norden, dass man hübsche Ladys auf diese gewaltsame Weise bedrängt?«, sagte in diesem Augenblick eine kühle, glasklare Stimme in Roselynnes Nacken. Der Tonfall schwang melodiös zwischen gelangweiltem Interesse und sanfter Drohung.

Sie sah, wie der Graf von Duncan seine Augen über ihren Kopf hinweg auf den Sprecher richtete und in wölfischer Art die Zähne im Dunkel seines Bartes fletschte. »Geht's Euch etwas an, Seigneur?«

»Das möchte ich meinen«, vernahm Roselynne die ebenso distanzierte wie gelassene Erwiderung des Normannen. »Wenn es Euch noch niemand gesagt hat, dass es ungezogen ist, einer Edeldame gewaltsam seine Aufmerksamkeit aufzuzwingen, dann fühlt Euch jetzt von mir darüber aufgeklärt, mein Freund! Gebt die Dame von Cambremer frei, Schotte!«

Roselynne blinzelte mindestens ebenso verblüfft wie

ihr grober Verehrer. Glaubte der Seigneur de Luthais im Ernst, dass er einen solchen Mann mit Auskünften über das tadellose Benehmen bei Hofe von seinem Vorhaben abbringen konnte? Sah er denn nicht, dass er es hier mit roher, ungezügelter Gewalt zu tun hatte?

Robert Duncan reagierte mit brüllendem Gelächter auf den Ratschlag. In seinen Augen war der andere nichts als ein schmaler, bunter Pfau, der sich spreizte, um sich wichtig zu machen.

Das Gelächter brach jedoch ebenso jäh wieder ab, wie es begonnen hatte. Roselynne taumelte neuerlich, als sie unvermittelt frei gegeben wurde. Bis sie sich gefangen hatte und die beiden Gegner ins Auge fasste, war die Szene zu einem reglosen Tableau des Schreckens erstarrt.

Das blaue Wams des Normannen leuchtete vor dem stumpfen dunklen Leder und dem düsteren Grünrot des schottischen Plaids wie ein unschuldiger, mit Silberborte bekränzter Sommerhimmel. Weniger harmlos wirkte indes der scharf geschliffene sarazenische Dolch, dessen Spitze sich gegen die Halsschlagader des Grafen drückte und ihn dazu veranlasst hatte, Roselynne so überstürzt freizugeben. Ein winziger roter Tropfen löste sich zwischen Messer und Haut und rann in den Kragen des Schotten.

»Das wagt Ihr nicht«, knurrte Robert Duncan, ohne mit der Wimper zu zucken.

»Es liegt an Euch, es herauszufinden«, bot de Luthais geradezu heiter an.

Dennoch las der Schotte etwas in seinen Augen, das ihn davon abhielt, einen solchen Versuch zu unternehmen. Er trat zurück, um sich aus der Reichweite des tödlichen Dolches zu bringen. Roselynne sah, dass er seine verwundete Schulter zu schonen vergaß und zusammenzuckte. Bisher war es ihm gelungen, die Pfeilwunde zu verbergen, und sie trug vermutlich auch mit dazu bei, dass er kein Risiko eingehen wollte.

»Gott befohlen, Lady Roselynne«, knurrte er jetzt so unhöflich, dass der Gruß zum Fluch wurde, und machte auf dem Absatz kehrt.

Die junge Edeldame starrte ihm nach und erst als er außer Sichtweite war, kehrte ein wenig Farbe in ihre viel zu bleichen Wangen zurück. Sie presste die Hand auf ihr wild pochendes Herz und versuchte sich zu fassen, Worte des Dankes für ihren Retter zu formulieren.

»Seid Ihr sicher, dass Ihr Euch so gedankenlos den Aufmerksamkeiten dieses kaledonischen Rüpels aussetzen solltet?«, erkundigte er sich in diesem Moment und ließ mit einer geschmeidigen Bewegung den Dolch in die Scheide an seinem Gürtel gleiten.

Es hörte sich an, als wollte er ihr eine Rüge erteilen. Als nähme er an, dass sie mit dem Schotten mutwillig kokettiert hätte. Roselynne vergaß auf der Stelle, dass sie eben noch dankbar gewesen war und dass es nicht die Art einer Lady war, Zorn zu zeigen.

»Er hat mich aufgehalten, als ich soeben von der Morgenandacht kam«, verteidigte sie sich entrüstet. »Ich bin Euch für Eure Hilfe verbunden, aber ich schulde Euch keine Rechenschaft über mein Betragen, Seigneur. Es ist der Schotte, der den guten Ton verletzt hat. Nicht ich.«

»Je nun, macht es aber auf jeden Fall nicht zu Eurer Angewohnheit, mit meiner Hilfe zu rechnen, wenn Ihr Euch in Gefahr begebt«, entgegnete er müde und entfernte ein unsichtbares Staubfusselchen von seinem Ärmel. Erst danach bedachte er sie mit seinem unnahbaren Blick, der sie verdrießlich und unruhig machte. Sie hätte die Distanz schätzen sollen, die er spiegelte, aber es gefiel ihr ganz und gar nicht, dass er auf Abstand ging, statt zu akzeptieren, dass sie es tun wollte. Was für eine närrische Situation. Wo blieb nur ihre Vernunft? Ihre Ruhe?

»Habt Ihr eigentlich keinen Verlobten, der Euch beschützt? Dem Eure Ehre am Herzen liegt?«, erkundigte er sich wie ein gelangweilter Vater, der nach der Kinderfrau für ein ungebärdiges kleines Mädchen forscht.

Roselynne errötete. Es war das erste persönliche Gespräch, das sie seit jenem Zusammenstoß auf der Landstraße führten, und es lief nicht so, wie sie es sich gewünscht hätte. Er hatte also nicht die kleinste Erkundigung nach ihr eingezogen, sonst könnte er keine solche Frage stellen.

Auch der dümmste Küchenjunge in Winchester wusste über ihre hartnäckige Weigerung Bescheid, die glanzvollen Partien anzunehmen, die ihr angetragen wurden. Alle Welt tratschte über die Tatsache, dass sie in ihrem Alter noch keinen Gemahl besaß und dass ihr Vater diese Grillen duldete und unterstützte.

»Ich habe gelernt, für mich selbst einzutreten, Seigneur«, murmelte sie hochnäsig.

»Welch ein Unsinn!«, machte er jeden Versuch zunichte, ihr Ansehen und ihre persönliche Unabhängigkeit hervorzuheben. »Wie Euch das gelingt, haben wir ja gesehen. Vor ein paar Tagen hättet Ihr Euch auf einem durchgehenden Pferd fast den Hals gebrochen, und jetzt tändelt Ihr mit einem Mann herum, der Euch in einem Happen zum Morgenmahl verspeisen könnte. Welche Einfalt in einem so hübschen Kopf!«

»Ihr vergesst Euch!«, protestierte sie aufgebracht. »Ich bin Euch dankbar für Eure Hilfe, aber Ihr habt nicht das Recht, mich herunterzuputzen, als wäre ich Euer ungehorsamer Knappe. Habt Ihr nicht eben dem Grafen fehlende höfische Sitten vorgeworfen?«

Sie konnte keinerlei Reaktion in den allzu schönen, ungerührten Zügen entdecken. Wenn sie einmal von der Andeutung eines spöttischen Hebens der Mundwinkel absah, war sein Gesicht so blank wie die Wasserfläche eines Teichs an einem windstillen Tag.

Gütiger Himmel, wieso wurden ihre eben noch

geordneten, klaren Gedanken zu einem wirren Durcheinander, wenn sie ihn ansah? Was war das für eine Wärme, die sie vom Scheitel bis zu den Zehenspitzen überflutete? Wie musste sie das schmerzliche Sehnen einordnen, das irgendwo in den Tiefen ihres Leibes erwachte und allen Zorn und alle Empörung unter sich begrub?

»Ihr seid zu jung und zu schön, um allein zu sein, Dame Roselynne«, hörte sie seine Stimme durch die betäubende Wolke der eigenen Gedanken flüstern. »Habt ein wenig Erbarmen mit dem armen Geschlecht der Männer und seinen niederen Wünschen. Es hält anmutige Damen für Trophäen, die man erobern und besitzen muss. Nehmt Euch den reichsten und stärksten dieser Tröpfe und beendet das unwürdige Gezerre um Eure Person, dann müsst Ihr keine unliebsamen Aufmerksamkeiten mehr fürchten.«

Roselynnes zarte Empfindungen erstarben unter dem eiskalten Guss dieses dreisten Ratschlags und machten umgehend einem Jähzorn Platz, den sie aus dem kriegerischen Erbe ihres Vaters für sich beanspruchte.

»Ist das die Sprache, in der Ihr die Damen des Hofes umgarnt, Seigneur?«, fauchte sie unwillig. »Ihr mögt mich für eine einfältige Gans halten, aber ich habe sehr wohl gelernt, hinter die Masken der Menschen zu schauen. Eure Seigneur, verbirgt beispielsweise einen Mann, der nicht die Wahrheit sagt.«

Seine Finger schossen vor und umfassten das zierliche Handgelenk knapp unter Roselynnes wütend geballter, kleiner Faust. Sie spürte die gebändigte Kraft dieses Griffes, aber auch die Wärme und den intensiven, befremdlichen Kontakt, den er über die bloße Berührung hinaus verursachte. Zum ersten Mal spürte sie die Wärme seines Griffes und seiner Haut, da er an diesem Tag keine Handschuhe trug. Der Effekt war verheerend.

Es fühlte sich an, als würde sich sein Blut mit dem ihren mischen und durch ihren Körper rauschen. Gleichzeitig erbebte ihr Geist unter der Fülle der widerstreitenden Gefühle, die ihn selbst durchliefen und die er so eisern unter Kontrolle hielt, dass sie kaum eine winzige Verdunkelung seines Blickes erkennen konnte.

Glühende Hitze rieselte in der Folge durch ihren Leib und brannte allen Widerstand aus. Wie verzaubert machte sie einen winzigen Schritt auf ihn zu, damit er die Verbindung nicht löste. Sie hob die Augen und ertrank im klaren, ungetrübten Pastell seines Blicks. Einen zeitlosen Herzschlag lang waren sie eins. Etwas Ganzes, Vollkommenes, von dem sie mit unerwarteter, hell aufflammender Sicherheit wusste, dass es genau jenes Mirakel war, nach dem sie sich immer gesehnt hatte. Gemeinsam gehörte es ihnen.

»Zum Henker!«, hörte sie ihn heiser murmeln. Bei der ersten Silbe gab er ihre Hand wieder frei, und schon lag die Spanne eines ausgestreckten Armes zwischen ihnen. »Eure Verführungskünste sind von jener Art, die einen Mann sehr wohl um den Verstand bringen können. Ich hätte den schottischen Grafen bedauern und nicht bedrohen sollen.«

Er wies sie mit Worten und Taten gleichzeitig ab. Wieso tat er das? Hatte er es nicht auch gefühlt? Er musste es empfunden haben! Unzweifelhaft. Sie wusste es.

»Ihr seid absichtlich hässlich zu mir«, sagte sie ihm in ihrer Verwirrung auf den Kopf zu. »Warum tut Ihr das? Habt Ihr Angst vor dem, was zwischen uns sein könnte, wenn Ihr es zulasst?«

Im ersten Augenblick konnte sie selbst nicht glauben, was sie da gerade offenbart hatte. Dann drang ein so hässlicher Fluch an ihr Ohr, dass sie sich, obgleich sie die Worte hörte, vor deren Sinn verschloss. Sie heftete ihre großen, fragenden Augen auf den Seigneur de

Luthais, voll von Fragen, von Unschuld und gekränkter Wärme.

»Allmächtiger Gott, hat Euch nie jemand beigebracht, dass es gefährlich ist, mit dem Feuer zu spielen, Dame Roselynne? Ich könnte Eure Worte sehr wohl für ein höchst verlockendes Angebot halten. Ihr begebt Euch in das Revier der Dirnen«, zischte er mit verkrampften Kiefermuskeln.

Roselynne erbebte unter der bewussten Unverschämtheit seines Tones ebenso wie unter dem Schock seiner Ablehnung. Sie war es seither nicht gewohnt, zurückgewiesen zu werden. Normalerweise war sie es, die auf Abstand und kühler Überlegung bestand. Zählte bei diesem Mann den nichts von dem, was sie bot? Weder Schönheit noch Klugheit, weder Adel noch Reichtum?

»Ihr macht Euch absichtlich lustig über mich«, wiederholte sie ihren Vorwurf.

»Teufel aber auch.« Er lächelte kühl, nahm einen tiefen Luftzug und schlüpfte so nahtlos in die Rolle des unbeteiligten Beobachters zurück, dass sie es kaum glauben konnte, obwohl sie ihm dabei zusah. »Ich mische mich in Dinge ein, die mich nichts angehen. Verzeiht mir.«

Eine Entschuldigung war das Letzte, was Roselynne in diesem Augenblick erwartet hatte. Sie war nicht bereit zuzulassen, dass er sich mit banalen Höflichkeiten aus der Schlinge zog.

Sie wusste, was sie gefühlt hatte, über alle Zweifel und alles Leugnen hinweg. In der Berührung ihrer Seelen hatte keine Lüge Platz gefunden. Dieses Mal konnte sie ihre gesteigerte Sensibilität auch nicht auf die Erschütterung eines Sturzes und einer gewaltsamen Bedrohung schieben. Es gab keine Täuschung, nur Gewissheit und Sicherheit.

»Ihr müsst keine Furcht davor haben«, wisperte sie.

Sie überwand anmutig die Entfernung zwischen ihnen und legte eine Hand in Höhe seines Herzens auf das gefältelte Wams. Sie spürte nicht den Samt und die Silberborte, sondern das lebendige Schlagen darunter. Es pochte im selben unruhigen Rhythmus wie ihr eigenes Herz. »Es wäre gut, so wie es ist!«

»Törichtes Geschöpf!« Loup de Luthais knirschte mit den Zähnen, solche Anstrengung kostete es ihn, den befremdlichen Bann zu überwinden, den Berührung und Stimme um ihn woben. »Was faselt Ihr da? Mir scheint, die Grobheit des Schotten hat Euch mehr verwirrt, als Eurem armen Kopf gut tut. He, du da! Lauf in den Palast und bring mir die Zofe der Dame Roselynne. Ihr ist nicht wohl!«

Der letzte Befehl galt einem jungen Knappen, der unweit der Pferdeställe herumtrödelte und wie von der Sehne geschnellt davon lief, als ihn der Befehl des herrischen Edelmannes erreichte.

»Es wird Euch nichts nützen«, wisperte Roselynne betrübt. Er handelte wider bessere Einsicht, und sie spürte die grausame Willkür, mit der er die eigenen Gefühle gewaltsam unterdrückte. Wenn es darum ging, Gefühle zu leugnen, so hatte sie ihren Meister gefunden.

Bis er sie in Margaret de Laceys Obhut gab, die gemeinsam mit ihrer Kammerfrau Maud herbeieilte, fiel keine Silbe mehr zwischen ihnen. Er blieb an ihrer Seite, aber die Geschwindigkeit, mit der er sich abwandte, als er sie in Sicherheit wusste, verriet alles über seinen Wunsch, ihrer Gegenwart zu fliehen.

Roselynne lächelte ihm traurig nach und trug damit nur noch mehr dazu bei, Margarets ohnehin schon wache Neugier anzustacheln.

»Was ist geschehen? Was hast du mit dem Normannen zu schaffen?«, drängte sie emsig nach einer Auskunft. Sie spürte, dass sich etwas ereignet haben musste. »Der Junge sagte, du befändest dich nicht wohl?«

»Nur eine kurze Schwäche«, entgegnete Roselynne

und hüllte sich dankbar in den wärmenden Umhang, den ihr die Kammerfrau stumm hinhielt.

»Ich weiß, Maud«, nahm sie der Dienerin den Wind aus den Segeln. »Du hast mir gleich gesagt, dass ich den Umhang tragen soll. Es war pure Eitelkeit, und jetzt scheine ich dafür zu büßen!«

Das neue pflaumenblaue Gewand mit den feinen Silberstickereien verschwand unter dem Stoff des Mantels. Es hatte ihr ohnehin nicht die geplante Aufmerksamkeit des Seigneurs von Luthais eingetragen. Dazu hatte es erst eines schottischen Rüpels bedurft. Roselynne war ungewohnt schwach und wirbelig zumute, aber sie überspielte dies mit einem winzigen Achselzucken.

»Eine Schwäche, die dich im Angesicht des faszinierendsten Ritters überfällt, der weit und breit zu finden ist«, wiederholte Margaret neidisch und riss die dunkelbraunen Augen weit auf. »Ich wäre ihm ohnmächtig in die Arme gesunken. Wie kannst du eine solche Gelegenheit verspielen? Alle Edeldamen dieses Hofes sind ganz wild darauf herauszufinden, ob er gegen weibliche Reize wirklich so gefeit ist, wie es den Anschein hat.«

»Närrisches Kind«, antwortete Roselynne schärfer, als es sonst ihre Art war. »Schlag dir solche Dummheiten aus dem Kopf, ganz besonders im Zusammenhang mit diesem Edelmann. Er ist gefährlich!«

»Aber das macht ihn ja so interessant«, platzte Margaret unverbesserlich freimütig heraus. »Man sagt, der König bemüht sich um ihn, dass er bei Hofe bleibt. Vielleicht bietet er ihm gar eine Gemahlin und ein Lehen an. Wenn ich mir vorstelle, in seinen Armen zu liegen …«

»Das genügt!«, unterbrach Roselynne ihr Geplapper, ehe sich Margaret in Details verlor, die sie weder in diesem Moment noch in einem anderen von ihr hören wollte. »Man möchte meinen, niemand habe dir ordentliche Manieren beigebracht.«

»Pffft!«, antwortete Margaret gekränkt, aber dieses Mal verzichtete ihre Gefährtin darauf, sie zur Rechenschaft zu ziehen. Sie war viel zu froh darüber, dass sie die Kleine zum Schweigen gebracht hatte.

Die drei Frauen eilten zum Palast, ohne zu bemerken, dass ihnen ein Paar blauer Augen folgten, die so düster dreinschauten, dass sie fast die Farbe der grauen Regenwolken annahmen, die sich am Himmel auftürmten.

4. Kapitel

»Das ist nun wirklich ärgerlich!« Prinzessin Mathilda sah für einen Augenblick so aus, als wollte sie enttäuscht mit dem Fuß aufstampfen. »Es fehlt uns an den nötigen Mistelzweigen, um die üblichen Girlanden für den Tafelschmuck am Erntedankfest zu winden. Wieso habt Ihr nicht daran gedacht, die Mägde darum zu schicken, Margaret? Wo habt Ihr nur Eure Gedanken, Mädchen?«

Die gescholtene Edeldame senkte betrübt den schleierbedeckten Kopf. Es war nicht ratsam, die königliche Dame zu reizen, und sie hatte sich heute schon einige Male ihren Unwillen zugezogen. Die Vorbreitungen für das große Mahl zum Erntedankfest brachten eine solche Fülle von Befehlen, Aufträgen und Botengängen mit sich, dass es in ihrem Kopf nur so schwirrte. Jetzt hatte sie zu allem Überfluss auch noch die dummen Zweige vergessen.

Das unheilvolle Schweigen drang sogar zu Roselynne, obwohl sich ihre Gedanken beileibe nicht mit der unvollständigen Dekoration der großen Tafel beschäftigten. Eher schon mit der Frage, welches Gewand sie für dieses festliche Ereignis wählen sollte. Immerhin musste es die verwöhnte Aufmerksamkeit eines ganz besonderen Seigneurs fesseln. Jetzt indes stellte sie die Frage zurück und mischte sich zu Margarets Gunsten ein.

»Dem ist leicht Abhilfe zu schaffen, Madame«, meldete sie sich mit ihrer sanftesten Stimme und lächelte die Prinzessin heiter an. »In den Obstgärten am Fuße der Festungsmauern habe ich erst vor ein paar Tagen eine Menge Misteln gesehen. Ich werde mich darum kümmern, dass wir die nötigen Zweige bekommen.

Wenn Ihr erlaubt, nehme ich die Sache sofort in die Hand.«

»Tut das, Dame Roselynne!«

Die Prinzessin erteilte ihre Erlaubnis mit einer knappen Handbewegung, ehe sie sich wieder den Wäschetruhen zuwandte, in denen die kostbaren Gewebe gelagert wurden, die nur zu den höchsten Feiertagen über die Schragentische der großen Halle gelegt wurden. Von ihren Damen umringt, machte sie sich an die Prüfung der Bahnen, während Roselynne erleichtert den haushälterischen Debatten entfloh.

Auch in Hawkstone war das Erntedankfest eine feierliche Angelegenheit, aber sie konnte sich nicht daran erinnern, dass ihre Mutter ein einziges Mal deswegen so viel Durcheinander und Aufruhr veranstaltet hatte wie die königliche Prinzessin. Vom Keller über die Küche bis zu den Boten, welche die begehrten Einladungen austrugen, kümmerte sich Mathilda in eigener Person um jede noch so kleine Einzelheit.

Mit ihren besorgten Bemühungen erreichte sie jedoch nur das Gegenteil, da sie das Gesinde ständig unterbrach und die eigenen Anweisungen widerrief. Gewöhnlich bemühte sich Roselynne, jenes Chaos zu vermeiden, aber in diesen Tagen versah auch sie ihren Dienst nicht mit der gewohnten Perfektion.

Seltsamerweise fand sie nicht mehr die gewohnte Befriedigung in ihrem Amt als Hofdame. Das stetige Einerlei der Tage zwischen Wäschekammer, Vorratsräumen und Kapelle war mit einem Mal öde und schal geworden. Ihre gesamte Energie, ihre Gedanken und ihre Zeit waren ausschließlich darauf gerichtet, ein bestimmtes Gesicht im Gewimmel der Höflinge zu entdecken und die Umrisse einer gewinnenden Gestalt zu suchen. Dass all diese Aufmerksamkeit nicht erwidert wurde, stand auf einem anderen Blatt.

Trotz des berauschenden Gefühls der unerwarteten Freiheit vergaß Roselynne nicht, sich umzusehen, ehe sie aus einer Seitenpforte zum Obstgarten lief. Der Graf von Duncan hatte mittlerweile die unheilvolle Gewohnheit entwickelt, ihr an den unmöglichsten Plätzen über den Weg zu laufen. Er belauerte sie, daran konnte es keinen Zweifel geben. Aber soweit sie wusste, hatte Rufus ihn und seine Männer gemeinsam mit anderen Rittern zu einem Wettbewerb im Bogenschießen aufgefordert. Der beste Schütze sollte beim Festmahl vom König persönlich geehrt werden.

Der Wettbewerb fand auf der großen Turnierwiese statt, weit genug entfernt, damit sie den unerwarteten Luxus genießen konnte, mit sich und ihren Gedanken allein zu bleiben. Margaret und die jüngeren Ehrendamen hatten heimlich dagegen protestiert, dass sie nicht an dieser Veranstaltung teilnehmen und dem Sieger Beifall zollen konnten. Dass die Prinzessin die Organisation des Festmahles nicht den Dienstboten überließ, wollte ihnen nicht in den Sinn. Aber Mathilda teilte die nüchterne Auffassung ihrer verstorbenen Mutter von Pflicht und Ehre. Solange ihr Bruder keine Gemahlin nahm, war sie die erste Dame des Hofes, und sie würde dieses Amt nicht vernachlässigen.

Glücklicherweise war der König viel zu sehr damit beschäftigt, seine Feinde in Schach zu halten und den ungesunden Ehrgeiz seines Bruders zu dämpfen, um allzu oft Feste zu feiern oder Pomp zu entfalten. Es lag ihm wenig an Prunk und glänzenden Auftritten. Turniere hielt er für Kraftverschwendung und die Jagd blieb sein einziges echtes Vergnügen.

Desgleichen war er weit davon entfernt, Musiker, Poeten oder Gelehrte um sich zu scharen. Ihm ging es allein darum, das Reich seines Vaters zu stärken und seine Feinde zu vernichten. Kein Wunder, dass ein Edelmann von wahrer Kultur und raffinierter Eleganz, wie ihn Loup de Luthais auf so herausfordernde Weise verkörperte, aus dem Kreis seiner Ritter und Gefährten herausstach wie eine Rose aus gemeinen Feldblumen.

Roselynne schloss das Gatter zur Obstwiese sorgsam hinter sich, denn die frei herumlaufenden Ziegen und Schweine der Burg schätzten die Früchte dieses Gartens ebenso wie die Menschen. Sie raffte die feinen Wollröcke ihres leuchtend blauen Obergewandes, damit sie den Falläpfeln ausweichen konnte, in denen die letzten Bienen summten. Sie wollte weder gestochen werden noch ihre Säume an den faulenden Früchten beschmutzen.

Es roch betäubend nach Most, nach warmer Erde und reifenden Äpfeln. Im Vorbeigehen griff sie sich einen davon aus einem nieder hängenden Zweig und polierte ihn am Ärmel sauber, ehe sie ihre Zähne in die duftende Schale grub. Die Süße der Frucht füllte ihren Mund und rief eine Fülle von Erinnerungen an Hawkstone in ihr wach.

Sicher waren ihre Schwestern mit Grytha und den Mägden zu Hause dabei, die Ernte einzubringen. Im Keller würden die Mostfässer nach und nach gefüllt werden und die Köchin würde wahre Wunderwerke von duftenden Aufläufen und feinen Törtchen zaubern. Wie hatte sie das Leben dort jemals eintönig und unerträglich finden können?

Weil ihr Herz mit Justin d'Amonceux davon geritten und sie davon überzeugt war, dass er niemals wieder an das Ufer des Cuckmere zurückkehren würde? Wie fern und kindisch diese Träume plötzlich wirkten. Romantische Erinnerungen, vom realen Bild eines Mannes überlagert, der dem Ritter ihrer Träume vielleicht ein wenig glich, aber doch eine völlig andere Person war. Sie konnte das Gefühl, das sie in seine Nähe zog, nicht benennen. Der Wunsch, von ihm beachtet und bewundert zu werden, kämpfte mit dem Bewusstsein, dass sie ihn meiden sollte, wenn sie nicht auch von ihm verletzt werden wollte.

Eine Schar zeternder Amseln stob in diesem Augenblick aus der Krone des nächsten Baumes, und Roselynne entdeckte neben ihnen die Misteln, die sie gesucht hatte. Ziemlich hoch oben in den Zweigen, von der Erde aus kaum zu erreichen. Schon gar nicht für ein Mädchen ihrer zierlichen Größe.

Sie sah sich auf der Suche nach einer Leiter um, aber ausgerechnet heute schien der Garten wie leer gefegt. Keine Magd beim Apfelernten, kein Knecht, der die vollen Körbe in den Vorratskeller trug. Sie würde klettern müssen, denn sie verspürte keine Lust, wieder zurückzugehen und einen der Dienstboten um Hilfe zu bitten.

Mit einem flüchtigen Stirnrunzeln prüfte sie ihr Gewand. Zuviel empfindliches Gewebe für einen Ausflug in die knorrigen Zweige eines alten Apfelbaumes. Sorgsam löste sie die seitlichen Schlaufen der feinen Tunika mit der zart bestickten Saumborte, die sie über einem helleren Untergewand trug, und schlüpfte aus dem Kleidungsstück. Auch den eleganten Schleier und den schlichten goldenen Reif, der ihn auf ihrem Scheitel hielt, legte sie auf das Kleiderbündel. Strümpfe und Schuhe folgten.

Jetzt musste sie nur noch die Säume des Unterkleides in den Kordelgürtel um die Taille stecken, dann hatte sie genügend Bewegungsfreiheit, um mit bloßen Beinen den ersten Ast zu erreichen. Keine Schwierigkeit für ein Mädchen, das am Ufer des Cuckmere aufgewachsen war und zusammen mit seinen Geschwistern auf mehr als einen Baum geklettert war, um seine Früchte zu kosten.

Wenig später segelten die kugeligen Nester der Misteln in weitem Bogen durch die Äste, gefolgt von gelben Blättern und überreifen Äpfeln, die mit einem dumpfen Klatschen im Gras landeten, auseinander brachen und ganze Heerscharen von Bienen und Wespen anlockten. Es war dieses hektische Gesumme und Geraschel, das die Aufmerksamkeit des Mannes erregte, der tief in Gedanken versunken umherschlenderte.

Erst auf den zweiten Blick entdeckte er das Häufchen Stoff, die schmalen, fein gearbeiteten Ziegenlederschuhe und die weißen Strümpfe. Sie verrieten, dass ihre Trägerin jung, wohlhabend und unbesonnener war, als ihr gut tat. Das Nächste, was ihm ins Auge fiel, waren ein Paar schlanker Füße, zierliche Fesseln und vollendet geformte Beine, die, bis auf Höhe der Knie entblößt, in akrobatischem Geschick von Ast zu Ast aus dem Gewirr der Früchte und Blätter tauchten. Straffe, knabenhafte Waden, die fast einem Pagen gehören konnten, wäre da nicht die Wolke eines blassblauen, achtlos hoch gestopften Untergewandes gewesen, das sich eben in einem hervorstehenden Zweig verfing und seine Trägerin mit dem Oberkörper und erregend entblößten Schenkeln im Apfelbaum festhielt.

Ein bezaubernder Anblick, der einem Mann das Blut in gewisse Körperteile trieb und ihn auf die Idee brachte, seine Anspannung und Nervosität, die ihn um seine Ruhe brachte, auf höchst angenehme Weise zu lindern. Junge Damen, die mit so viel Unverfrorenheit in Bäumen herum kletterten, waren vermutlich einem kleinen Abenteuer nicht abgeneigt, und er hatte schon viel zu lange auf weibliche Gesellschaft verzichtet.

»Zum Donnerwetter noch mal«, schimpfte eine helle Stimme jetzt auch noch ungeniert, und die verlockenden Beine zappelten im vergeblichen Versuch, sich aus dieser Falle zu befreien.

Handeln und zupacken war eines für ihn. Seine Körpergröße erlaubte es ihm, sich so weit zu recken, dass er den weiblichen Kobold um die Taille zu fassen und mit der anderen Hand den Stoff aus der Astgabel befreien konnte. Ohne den erschrockenen Aufschrei und das heftige Zappeln zu beachten, ließ er seine pikante Beute in aufreizender Langsamkeit an seinem Körper zu Boden gleiten. So gemächlich, dass er sowohl die geschmeidige Anmut wie die verführerischen Rundungen der Kleinen in größter Seelenruhe erkunden konnte und sein eigenes Verlangen sich in gieriger Stärke bemerkbar machte.

»Was erlaubt Ihr Euch ...« Roselynne verstummte mitten im Satz.

Aber auch Loup de Luthais brachte nur ein heiseres: »Da soll doch gleich der Satan dreinfahren!« heraus.

Da hatte er sich Tag für Tag aufs Neue bemüht, der Dame aus dem Weg zu gehen, und nun pflückte er sie aus purer Dummheit mit eigenen Händen aus den Zweigen eines Apfelbaums. Wenn das nicht mit dem Teufel zuging? Außerhalb von Zeit und Raum begegneten sich ihre Augen und er vergaß weiterzudenken.

Von einer Fülle der verwirrendsten Gefühle durchrieselt, fand sich Roselynne auf gefährlich intime Weise gegen seine athletische Gestalt gepresst. Durch das dünne Hemd und das feine Untergewand drückten sich ihre Brüste gegen die minzegrüne Tunika, die er heute trug, und sie spürte, dass sich die Knospen verhärteten. Der Kontakt war so unschicklich eng und intensiv, dass sie auf ihrer Haut sogar die kunstvoll geschmiedeten Glieder der breiten Goldkette fühlte, die er über dem Wams trug.

Gleichzeitig stieg aus dem Innersten ihres Leibes eine Wärme auf, die sie förmlich dahinschmelzen ließ. Eine Hitze, die jeden vernünftigen Gedanken verbrannte und nur Fühlen übrig ließ. Sie atmete in schnellen Zügen, als wäre sie gerannt, und befeuchtete ihre trockenen Lippen nervös mit der Zungenspitze. Wie kam er in diesen Garten? Hatte er sie verfolgt? Welchen Zauber schickte er über sie, dass ihr Leib sich ihm so schamlos entgegenwölbte und mit dem seinen verschmolz?

In den gläsernen Tiefen seines klaren Blickes entdeckte sie den Widerhall der eigenen hilflosen Verwirrung. War es möglich, dass er ebenso wenig wusste, wie ihm geschah, wie sie es begreifen konnte? Das sonst so unschuldige Blau entzündete sich in jähem feurigem Funkeln. Die Luft zwischen ihnen veränderte sich, vibrierte in einer Spannung, die in der leisen Stimme widerhallte, die in ihr Bewusstsein drang.

»Wildfang!«, hörte sie ihn murmeln, und es klang gleichzeitig wie unterdrücktes Lachen und wie ein heiserer Fluch. »So etwas fällt also barfuß und mit hochgesteckten Röcken von den Apfelbäumen des Königs. Mal wieder mit wirren Haaren und ohne jede Spur von Benehmen und vornehmer Zurückhaltung. Was hast du eigentlich in Winchester zu suchen, wunderliches Mädchen vom Cuckmere? Du passt nicht unter die feinen Damen der hochnäsig langweiligen Prinzessin! Du solltest nach Hause gehen, ehe dir Böses geschieht.«

Geneckt zu werden hatte Roselynne von allem am wenigsten erwartet. Es entwaffnete sie, brachte sie noch mehr durcheinander, verletzte und erfreute sie zugleich. Sie wusste nicht mehr, was sie denken und sagen sollte. Am Ende behielt das ärgerliche Empfinden Oberhand, dass er sie nicht ernst nahm. Dass er sie für ein ungezogenes Kind hielt, das er einmal mehr davon schicken würde, weil es ihn nicht interessierte.

Sie ahnte nicht, wie sehr sie sich täuschte. Der normannische Seigneur war sich mit jeder Faser seines angespannten Körpers ihrer herausfordernden Weiblichkeit bewusst. Das eng anliegende Oberteil des Untergewandes spannte sich wie eine zweite Haut um die wohl geformten, verführerischen Brüste. Die silbern bestickte Borte um den halbrunden Ausschnitt gab den Ansatz zweier cremeweißer Wölbungen frei, die einen Heiligen in Versuchung geführt hätten. Eine glänzende Strähne schwarzen Haars fiel wie ein Rabenflügel darüber und betonte die Durchsichtigkeit der seidigen Haut. Fast schien es ihm, als könnte er den Strom des Blutes darunter erkennen, das Pochen ihres flatternden Herzens beobachten.

Er versuchte die verlockenden Einzelheiten zu ignorieren und konzentrierte seine Aufmerksamkeit auf das ovale, fein gezeichnete Gemmengesicht mit den Veilchenaugen. Allein, der feuchte Schimmer ihrer bebenden Lippen und der tiefschwarze Fächer der langen, sanft gebogenen Wimpern waren mehr, als ein Mann ertragen konnte. Er vermochte nicht zu sagen, wann er jemals ein so unbeherrschtes Verlangen nach einer Frau empfunden hatte. Diesen primitiven, ausschließlichen und drängenden Wunsch, zu erobern, zu besitzen und mit Leidenschaft zu unterjochen. Eine ungehemmte Gier, die alles andere belanglos werden ließ.

»Zum Donnerwetter, sieh mich nicht so an, Wildfang, sonst muss ich meinen, es ist dir Recht, dass wir uns im Garten des Königs vergnügen«, raunte er mit mühsam gezügeltem Atem.

Roselynne erschauerte unter der sachten Berührung des warmen Luftzugs aus seinem Mund, der sich deutlich von der frischen Brise unterschied, die durch die Bäume strich. Alle winzig feinen Härchen auf ihrer Haut schienen ein Eigenleben zu entwickeln. Sie sah ihn den Kopf tiefer neigen, spürte einen Finger, der ihr Kinn ein wenig hob und schließlich Hände, die ihre Wangen sachte umfingen, noch ehe seine Lippen die ihren berührten.

Der Griff ließ kein Zurückweichen zu. Er nahm ihr die Entscheidung ab, und so hielt sie still unter dem anfangs zarten, raffinierten Streicheln der straffen, warmen Lippen. Aber mit dem Staunen kam das Erwachen der eigenen Wünsche, und ihr Mund erwiderte den Kuss, als hätte er nur darauf gewartet. Mit völlig unerwartetem, plötzlich losbrechendem Hunger antwortete sie auf den seidig warmen Druck, der ihren Mund erschloss und die Lippen öffnete.

Sie konnte nicht genug davon kriegen und überließ sich willig dem Drängen der heißen Zunge, die eine verwirrende, nie gefühlte Nähe schuf. Die Liebkosung fegte wie ein Blitzschlag durch ihren Körper. Sie vergaß, wo sie war und wer sie war. Es gab Nichts als diesen unendlichen, wundervollen, maßlosen Kuss, der ihren

Leib in Wachs unter seinen Händen verwandelte. Flüssiges Öl, durch das seine Finger strichen, und ein Gespinst aus Feuer, das ihre Haut in Flammen setzte.

Die vertrauensvolle, unaufgeforderte Hingabe, mit der Roselynne auf den aufwühlenden Kuss reagierte, brachte den Seigneur de Luthais um den Rest seiner Haltung. Die süße Tiefe ihres Mundes, die straffen Brüste, die sich gegen seinen Oberkörper drückten, und der verschwimmende Blick unter halb gesenkten Lidern ließen ihn Vernunft, Vorsätze, Schwüre und Vorsicht vergessen.

Während er genüsslich den Geschmack ihrer Zunge kostete, wanderte seine Hand zwischen ihre Leiber und umfing begehrlich eine runde Brust, die genau in diese Wölbung passte. Wie eine pralle Frucht schmiegte sie sich in seine zärtliche Hand; die kecke Spitze eine frivole, harte Knospe, die sich durch den Stoff drückte und seine Aufmerksamkeit forderte. Er strich entzückt mit der Kuppe des Daumens über den winzigen Hügel und entlockte Roselynne ein heiseres Wimmern nie erlebter Lust, als er den Stoff tiefer zog und bloße Haut berührte.

Sie keuchte unter dem Ansturm fremder, sinnlicher Empfindungen, die sich gleich einer sehnsüchtigen Schlange in ihrem Leib entrollten. Die Suche nach Erleichterung ließ sie ihre Hüften an ihm reiben, ohne dass sie ahnte, welch verheerende Wirkung dies auf ihn ausübte. Ihre schweren seidigen Haare hüllten sie beide in einen Vorhang aus Apfelduft und Sonne, der sie von der Welt abschloss. Ein Schleier, der alles Denken überlagerte und nichts als sinnlichen Genuss erlaubte. Der eine Fülle delikatester Eindrücke bis ins Unerträgliche steigerte.

»Ich muss dich haben«, raunte er und schloss die andere Hand um die irritierend feste Wölbung ihres jungenhaften Hinterteils. Er presste sie nahezu gewalttätig gegen das eigene fieberhafte Begehren, was ihm Qual und Lust zur selben Zeit verschaffte. Er hatte jede Fähigkeit zur Kontrolle über sich selbst verloren.

Aus Roselynnes Kehle löste sich ein winziger Laut, der ebenso von Verblüffung wie Schrecken kündete. Die starke Ausbuchtung in seinen Beinkleidern, die gegen ihre Hüfte drückte, konnte doch unmöglich … Vages Wissen mischte sich mit aufkommender Furcht.

Dem kindlich erstaunten Laut gelang, was keine Worte fertig gebracht hätten: Er zerriss den roten Schleier des wilden Begehrens und der normannische Ritter gab Roselynne so unvermittelt frei, dass sie gegen den Stamm des Baumes taumelte und vor lauter Verwirrung vergaß, die bloßen Brüste zu bedecken. Auf ihrer Alabasterhaut zeichneten sich die roten Spuren seiner begehrlichen Finger ab, während sich die kirschroten Perlen der Spitzen im Rhythmus ihrer heftigen Atemzüge hoben und senkten. Er ballte die Hände zu Fäusten, damit sie nicht gegen jede Vernunft von neuem die Köstlichkeiten berührten.

»Gütiger Himmel, was mache ich? Hast du mich verzaubert, kleine Hexe?«, hörte sie ihn murmeln, während sie sich gegen die raue Borke stützte und zu begreifen versuchte, was geschehen war.

Es gelang ihr nicht. Die verwunderte Frage, mit der sie die veilchenfarbenen Augen zu ihm hob, entlockte ihm einen neuerlichen unwirschen Fluch.

»Fasse dich!«, sagte er so kalt und vorwurfsvoll, dass ihr ein weiterer Laut des Protests entfloh. »Es wird dir nicht gelingen, mich in einen lüsternen Trottel zu verwandeln, der zu deinen Füßen winselt. Ich bin nicht der Mann, der sich noch einmal um einer Frau willen zum Narren macht.«

Roselynne fand keine Worte. Die Wechselbäder der vergangenen Augenblicke hatten sie betäubt und jeder Fähigkeit zur Reaktion beraubt. Sie strich sich in einer mechanischen Bewegung die Haare über die Schultern, ohne zu realisieren, dass sie damit ihren Busen von neuem entblößte und ihm das Bild einer Eva bot, die fern von jeder Eitelkeit mit natürlicher Schönheit und Anmut verzauberte.

Loup de Luthais starrte sie einen ewig langen Moment schweigend an, ehe er unter den Bäumen davon stürmte, in erster Linie wütend auf sich selbst, weil er die Grenzen der eigenen Beherrschung beschämend schwach gefunden hatte. Wie konnte er dermaßen den Kopf verlieren? Er hatte sich wie ein Jüngling in der ersten Hitze benommen. Ein dummer Page, der zur Beute seiner eigenen Lüste wurde.

Roselynne sah ihm nach und sank mit schwachen Beinen in das dürre herbstliche Gras. Ihr Herz raste, ihr Körper pochte und vor ihren Augen verschwammen die braungoldenen Apfelbäume des Königs. Was, um Himmels willen, war mit ihr geschehen?

Versonnen berührte sie die Lippen mit den Fingerspitzen, als könnte sie die überraschenden, leidenschaftlichen Küsse auf diese Weise besser begreifen. Das seltsam drängende Pochen zwischen ihren Schenkeln hatte sich in ein dumpfes, enttäuschtes Pulsieren verwandelt, und ihre kleinen Brüste schienen ihr voller und schwerer, seit er sie berührt hatte. Himmel, sie waren nackt! Hastig zog sie das Untergewand über die steifen Knospen und erschauerte, als der Stoff verheißungsvoll darüber streichelte.

Noch kein Mann hatte je gewagt, sie so lüstern anzufassen! Es war ebenso aufregend wie seltsam und berauschend gewesen. Sie hatte nicht gewusst, dass es körperliche Empfindungen gab, die alle Sinne verzauberten und die einen vergessen ließen, wo man sich befand, und wünschen, dass es weiter ging. Die Entdeckung war freilich ebenso aufreibend, wie in der Folge kompliziert.

Sicher, sie hatte sich seit ihrem Streit vor der Kapelle bemüht, die Aufmerksamkeit des normannischen Edelmannes zu erregen. In einer Art von dummem Stolz hatte sie sich gewünscht, dass er sie ebenso wie alle anderen anbetete. Erst danach wollte sie entscheiden, was sie mit dieser Anbetung anzufangen gedachte. Sie wollte die Oberhand in diesem faszinierenden Duell um Aufmerksamkeit und Verlangen behalten, das sie belebte und aus dem eintönigen Einerlei ihrer Tage riss.

Allein die Art und Weise, wie sie gerade eben dieses ersehnte Ziel erreicht hatte, bekam nach und nach einen üblen Beigeschmack. Je länger sie über die Ereignisse nachdachte, je langsamer ihr Herz schlug, umso deutlicher erkannte sie, dass nur der Zufall sie davor bewahrt hatte, sich ihm wie eine Dirne hinzugeben. Ihr Körper hatte sich jeder Kontrolle des Geistes entzogen und nur der eigenen Lust gehorcht.

Der Ritter hingegen hatte dies weder mit Zuneigung noch mit Respekt vergolten, sondern mit Schamlosigkeit und frecher Tollkühnheit. Genau genommen hatte er sie geneckt, belästigt und sie Wildfang genannt, ehe er sich auf höchst unschickliche Weise ihres unschuldigen Leibes bemächtigt hatte. Für ein wildes Mädchen vom Cuckmere hielt er sie, dem er keine Höflichkeit schuldete …

Roselynne schnappte erschrocken nach Luft und presste die Hand auf ihr erneut jagendes Herz. Es war das erste Mal, dass er den Fluss erwähnt hatte, in dessen Schleife das Herzstück des Lehens von Hawkstone lag. Das fruchtbare Land hinter der schroffen Küste zwischen Hastings und Lewes war eine Gegend, die nicht besonders viele Reisende sah. Man musste sich auskennen, um die Windungen des Cuckmere zu erwähnen, oder – man musste schon einmal dort gewesen sein!

Eine zweite Erinnerung fügte sich nahtlos in das Bild. Was hatte er gesagt? *Ich bin nicht der Mann, der sich noch einmal um einer Frau willen zum Narren macht!*

Heilige Mutter Gottes, dann war es also doch keine simple Ähnlichkeit, die ihn wie Justin aussehen ließ, den schönen Grafen von Amonceux, einen der mächtigsten Vasallen des Fürsten von Anjou. Er war dieser Graf in höchsteigener Person! Ihr verwundetes Herz hatte es vor ihren Augen gewusst.

Die Jahre hatten ihn verändert, älter, arroganter und härter gemacht, aber ihr Herz hatte ihn dennoch gefunden. Jenes Herz, das sich vor mehr als vier Jahren bedingungslos und auf immer für ihn entschieden hatte. An diesem Punkt angelangt, fand Roselynne sich jedoch von einem Wald aus neuen Fragen umgeben.

Weshalb präsentierte sich der Edelmann an Rufus' Hof unter fremdem Namen? Sie wusste keinen Grund dafür. Die meisten Familien am Hof hatten Bindungen zu der alten normannischen Heimat. Nicht wenige von ihnen hatten sogar die Loyalität ihrer Söhne zwischen den Söhnen des Königs geteilt. Es gab keinen Grund, einen bekannten Namen zu verschweigen und sich unter falschen Vorspiegelungen unter Rufus' Freunde zu mischen.

Es sei denn, jemand hätte Beweggründe, die nicht mit der Ehre eines Ritters im Einklang stünden. Robert von Anjou war nicht nur machthungrig, sondern vom Ehrgeiz auf die englische Krone geradezu zerfressen. Er hatte schon zu Lebzeiten des großen Eroberers Revolte auf Revolte angezettelt, um auf den Thron des Vaters zu kommen. Seine engsten Ratgeber, Gefährten und Ritter teilten diese gefährlichen Ambitionen. Es passte nicht zu ihm, dem Bruder zu schmeicheln und ihm Geschenke zu schicken.

War es möglich, dass der Seigneur von Amonceux inzwischen ein Mitglied dieses unheilvollen Zirkels geworden war und seine Anwesenheit in Winchester Teil eines neuerlichen heimtückischen Plans? Roselynne vermochte es nicht zu beurteilen. Sie konnte sich nur auf ihre Intuition verlassen, und die verriet ihr, dass er ein lebensgefährliches Spiel spielte, in dem weder eine Frau noch Gefühle einen Platz hatten; eines jener höchst befremdlichen Macht- und Männerspiele, die Frauen ausschlossen. Wenn sie es zuließen …

Der Zorn gab Roselynne die Kraft, endlich wieder aufzustehen. Sie warf den Kopf in den Nacken und richtete ihre Kleider. Als sie die Tunika über dem Untergewand in Form zupfte und ihre Brustspitzen sich bei der zufälligen Berührung erneut sehnsuchtsvoll aufrichteten, errötete sie. Ihr Körper wollte diesen Mann und seine kühnen Zärtlichkeiten.

Allein, weshalb sollte sie ihn dafür tadeln? Loup de Luthais war nicht länger ein Fremder, der sie verwirrte. Er war Justin d'Amonceux, ihre Liebe. Heute noch mehr als vor vielen Jahren. Denn sie war kein Kind mehr, sondern eine Frau mit den Wünschen einer Frau! Er war der Mann, auf den sie all die Jahre gewartet hatte, egal woher er kam, wie er sich nannte und was er im Schilde führte.

Sie würde ihm beweisen, dass sie nicht mehr das dumme Mädchen war, an das er sich erinnerte. Sie würde nicht zulassen, dass er sie respektlos behandelte oder ihr wehtat. Sie würde Wege finden, damit er in allen Ehren einsah, dass sie vom Schicksal füreinander bestimmt waren.

Bis dahin war es immerhin gut zu wissen, dass er nicht der gefühllose Eisblock war, für den ihn alle hielten. Sie mochte eine unschuldige Jungfer sein, aber sie hatte das heiße Begehren in seinen Augen gesehen und gedachte es zu nutzen. Es gab der Wege viele, einem Edelmann den Kopf zu verdrehen. Bisher hatte sie es zwar noch nie nötig gehabt, zu solchen Mitteln zu greifen, aber sie würde auch nicht davor zurückschrecken.

Roselynne strich sich die seidige Haarfülle über die Schultern und versuchte den Schleier ohne die Hilfe einer Magd zu befestigen. Ihre Hände bebten. Sie musste sowohl ihre Finger als auch ihre Gedanken gewaltsam zur Ruhe zwingen. Ihre Augen brannten, aber sie weigerte sich, dem Wunsch zum Weinen nachzugeben.

Dies war keine Zeit zum Weinen. Es war eine Zeit zum Kämpfen.

Sie eilte aus dem Obstgarten schnurstracks in den Palast zurück. Es gab noch eine Menge Arbeit bis zum abendlichen Bankett. Da war nicht nur der große Saal zu schmücken, sondern auch die eigene Person!

5. Kapitel

Justin d'Amonceux schlug die Tür des schmalen Gemachs hinter sich zu, das er im Palast von Winchester bewohnte, und lehnte sich keuchend von innen dagegen. Die Gastfreundschaft des Königs hatte ihm zwar den Luxus eines eigenen Quartiers verschafft, aber damit hörte sich die Bequemlichkeit auch schon auf. Die schmalen Fensteröffnungen enthielten weder Glas noch Läden und der steinerne Kamin qualmte erbärmlich, wenn man den törichten Versuch unternahm, mehr als drei Scheite auf einmal zu verbrennen.

Dennoch war es ihm gelungen, mithilfe des mitgebrachten Gepäcks einen Anschein von sorglosem Reichtum zu erwecken. Zum einen sollte dieser Umstand erklären, weshalb er so gar keine Anstalten machte, sich um ein Amt oder eine Position zu bewerben, zum anderen den Ehrgeiz eines Königs erregen, der an mehreren Fronten zugleich Krieg führen musste. Rufus hielt ständig nach Quellen Ausschau, die seine Finanzen aufbesserten. Ein reicher Edelmann konnte sicher sein, dass der junge Monarch jeden Versuch unternahm, ihn für seine Zwecke zu verpflichten.

Wenn er erst das Vertrauen des Königs besaß, sollte er seinem Herzog jene Informationen zukommen lassen, die sich bislang dem Wissen der geschicktesten Spione entzogen. Es war schwierig, Rufus persönlich nahe zu kommen, und Robert setzte dabei schamlos und boshaft auf die männliche Schönheit des Grafen. Justin d'Amonceux hatte sich dem Befehl zum falschen Spiel unterworfen, weil es ihm ohnehin gleichgültig war, womit er sein Leben zerstörte.

In diesem Augenblick indes war sein aufgewühlter Gefühlszustand weit entfernt von der üblichen Gelassenheit. Die Ereignisse im Obstgarten des Königs hielten ihn noch immer in ihrem Bann. In seinem Körper pochte das Verlangen und auf seinen Lippen schmeckte er den Duft von Roselynnes Küssen. Wie blind starrte er vor sich hin.

Er sah weder die Felldecken auf dem Alkoven noch die von Meisterhand ziselierten Silberkannen und Becher auf dem Tisch, noch die geschnitzten Reisetruhen, die seine Hofkostüme bargen. Vor seinem Auge flimmerten feuchte, verlockende Mädchenlippen, ein verschwimmender Fliederblick und die köstliche Einladung bebender, bloßer Brüste. Nur die Illusion genügte schon, dass die Enge in seinen Beinkleidern drängend wurde. Er murmelte einen Fluch.

Ein junger Mann im schlichten Wams des Dieners, dessen ansprechende Züge jedoch das vertraute Lächeln eines Freundes darboten, war eben dabei, Feuerholz neben den mangelhaften Kamin zu schlichten. Jetzt erhob er sich und betrachtete seinen zornig abwesenden Seigneur mit der Miene eines Mannes, der sich auf Hiobsbotschaften vorbereitete.

»Was ist geschehen?«

Der Graf winkte mit einer unwilligen Geste ab und zwang sich stattdessen die Frage zu stellen, die von ihm erwartet wurde. »Warst du erfolgreich? Hast du mit dem Schotten gesprochen?«

Der Diener nickte. »Er ist bereit, Euch heute Abend zu sehen. Wenn das Festmahl zu Ende geht und die Aufmerksamkeit nachlässt. Er wirkte ziemlich überrascht, in Eurer Person den erwarteten Kontaktmann zu finden.«

Der Edelmann schnaubte und fühlte eine Spur von Verständnis für den Schotten. Seine Mission sah nicht vor, dass sie sich wegen einer hübschen Hofdame in die Haare gerieten. Seit Roselynne de Cambremer in sein Leben geritten war, neigte er dazu, erst zu handeln und dann zu denken. Das musste wieder anders werden.

»Er kommt in den alten Garten der Königin?«, versicherte er sich.

»Es hat ihm missfallen.« Der Diener zuckte mit den Achseln und schickte ein Grinsen hinterher. »Man könnte fast meinen, er fürchte dort den rächenden Geist der kleinen Königin. Diese Schotten sind seltsame Männer. Erschreckende Krieger, stark wie die Bullen, aber abergläubisch wie alte Jungfern. Dennoch, er wird Euch dort treffen, weil ihm nichts anderes übrig bleibt.«

»Gut.«

Der Ritter trat an die schmale Fensteröffnung und starrte auf das Stückchen blassblauen Himmel, das sich über den Dächern von Winchester seinem Blick darbot.

»Werden wir nach dem Festmahl abreisen oder habt Ihr andere Pläne?«

Einen Augenblick lang sah es so aus, als hätte der Graf die Frage nicht gehört. Dann jedoch ging ein Ruck durch die sehnige Gestalt, und die Antwort kam kühl und ohne jedes Gefühl. »Wir reisen nur, wenn mir der König die Gastfreundschaft kündigt, und da dies mitnichten der Fall ist, werden wir unsere Heimat nicht so schnell wieder sehen. Dennoch wäre es gut, wenn du dafür sorgst, dass wir stets für alle Eventualitäten gerüstet sind.«

»Das tu ich doch immer«, entgegnete der junge Mann. Er zögerte einen Herzschlag, dann trat er neben den Ritter und legte eine Hand auf seinen Arm.

»Du hattest Ärger? Droht Gefahr?«, fragte er dieses Mal in einem völlig anderen Ton und mit dem freundschaftlichen *Du* großer Vertrautheit.

Justin d'Amonceux wich seinem Blick aus. Jacques Boscot hatte nicht nur die Amme mit ihm geteilt, sondern auch die zurückliegenden 28 Jahre ihres gemeinsamen Lebens. Aus dieser Zeit besaß er die Fähigkeit, hinter die kühle Maske zu sehen, die sein Herr und Freund der Welt bot. Eine Maske, die seit jener unheilvollen Episode der kurzen Verlobung mit der schönen

Demoiselle von Cambremer noch undurchdringlicher und gefährlicher geworden war.

Jacques war der einzige Mensch, dem Justin bedingungslos vertraute, und diese Tatsache hielt ihn davon ab, ihn mit einer belanglosen Antwort abzuspeisen.

»Ich kann es nicht sagen«, entgegnete er dennoch ziemlich abweisend. »Ich muss erst selbst darüber nachdenken.«

»Dann lass ich dich allein«, nickte Jacques mit der Geduld eines Mannes, der die Grillen seines Freundes respektiert.

Die Tür fiel hinter ihm zu, und Justin d'Amonceux trat an den Tisch, um sich aus der bereitstehenden Karaffe einen Becher Wein einzuschenken. Am Ende jedoch zögerte er, zu trinken. Er stand da, starrte in das dunkle Rot des Burgunders und sah es ebenso wenig wie zuvor den Himmel oder die Dächer von Winchester.

Das zarte, fein gemeißelte Antlitz der schönen Roselynne de Cambremer stand vor seinem Auge und verdarb es für alle anderen Bilder. Sie unterschied sich von ihrer Schwester Sophia-Rose wie die sternenbestickte Nacht von einem flammenden Sonnenuntergang.

Die Kombination der unglaublichen violetten Augen mit dem schweren, schwarzen Seidenhaar stammte von ihrer schönen Mutter. Aber die Art, wie sie den Kopf neigte, ein verführerisches Lächeln in den Mundwinkeln erblühen ließ oder mit Anmut die Falten ihres Gewandes ordnete, gehörte ihr allein. Unverwechselbar wie der sinnlich dunkle Tonfall ihrer Stimme und die verhaltene Spannung ihrer zierlichen Gestalt.

Sie war geheimnisvoll, rätselhaft und dunkel, wo ihre Schwester leuchtend, kindlich in sich selbst verliebt und offen ehrgeizig gewesen war. Dieser Ehrgeiz hatte auch dafür gesorgt, dass sie sich einem anderen Mann zugewandt hatte, von dem sie sich mehr versprochen hatte.

Nie würde er die bittere Demütigung jener Tage in Hawkstone vergessen, als sie ihn davon geschickt hatte: einen lästigen Verehrer, dessen Anblick ihr ein wenig peinlich war und den sie nicht mehr sehen wollte. Einen Ritter, dessen Werbung ihr Vater mit einem erkennbaren Mangel an Zustimmung nur geduldet hatte. Worauf bildete sich diese Familie eigentlich so viel ein?

Mit einem unterdrückten Fluch setzte er den Weinbecher an die Lippen und stürzte den Inhalt hinunter. Der bittere Geschmack wurde jedoch vom Wein nicht fortgespült. Es war die Bitterkeit eines abgewiesenen Mannes, der sich selbst die größte Schuld dafür gab, dass er dumm genug gewesen war, sich verletzen zu lassen.

Der Schwester dieser Jungfer würde er dergleichen Freiheiten sicher nicht gestatten, soviel stand fest. Justin d'Amonceux knallte den silbernen Becher auf die Platte des Tisches und legte die Hand in Höhe des Herzens auf sein gefälteltes Wams. Nicht weil er an Roselynne dachte, sondern weil er sich vergewissern wollte, dass der vertraute Umriss eines Gegenstandes sicher in der geheimen Tasche seines Hemds verwahrt war. Es war an der Zeit, dieses Pfand loszuwerden. Solange es sich in seinem Besitz befand, wurde er das Gefühl von Gefahr und Unheil ohnehin nicht mehr los.

Allein, noch nie hatte ihn die bloße Verführungskraft einer hübschen Jungfer dazu gebracht, dermaßen den Kopf zu verlieren und sowohl seine Sicherheit als auch seinen Auftrag zu vergessen. Es hätte nicht viel gefehlt, und er hätte sein Verlangen nach Roselynne unter den Apfelbäumen des Königs gestillt, ohne sich um die Folgen zu kümmern.

Womit hatte sie ihn verhext? Mit diesen rassig schlanken Jünglingsbeinen? Dem hingerissenen Staunen in ihrem Veilchenblick? Der sinnlichen Anziehungskraft ihrer anschmiegsamen Weiblichkeit? Welche Magie verströmten die Töchter des Lords von Hawkstone, dass er ihnen nicht widerstehen konnte?

Er hatte alle Eventualitäten durchdacht, ehe er den gefährlichen Auftrag des Herzogs angenommen hatte. Geschützt von einem unbekannten Namen, von der augenblicklichen politischen Situation und dem eigenen geschliffenen Intellekt, der ihm Auswege zeigte, die einem trägeren Geist verschlossen blieben, hatte er sich in Sicherheit gewähnt. Behütet auch durch seine Fähigkeit, Gefühle auszuschalten und nur der Logik und der Vernunft zu gehorchen.

Was sollte ihm schon geschehen? Wer konnte ihn erkennen? Raynal de Cambremer, der mächtige Lord von Hawkstone, gehörte nicht mehr zu den Männern des Hofes. Er hatte sich nach dem Tod des großen Eroberers nach Hawkstone zurückgezogen, und die einzige Dame, die seine Mission möglicherweise dennoch gefährdet hätte, lebte seinen Informationen nach an der Mündung des Solent und zog dort eine stetig wachsende Kinderschar mit ihrem sächsischen Gemahl auf. Justin d'Amonceux war für die Engländer nicht mehr als ein Name, niemand brachte ihn mit Loup de Luthais in Verbindung, wenn er sich nicht selbst aus törichter Verblendung heraus verriet.

Eine Grimasse des Schmerzes verzog den schönen Mund und das klar gezeichnete Männergesicht, das sogar für einen Edlen normannischer Abstammung extrem hell und golden schimmerte. Was immer hinter der glatten Stirn vorging, es trübte mit keinem Anzeichen die Makellosigkeit der straffen Haut und den Glanz der kristallklaren Edelsteinaugen. Und dennoch stand die blendende Erscheinung in krassem Gegensatz zu dem finsteren Aufruhr in seinem Innern.

Er musste diesen Aufruhr überwinden und wieder zu seiner gewohnt klaren Urteilskraft finden. Er füllte den Weinbecher von neuem und trank ihn in einem Zug aus. Es war sein eigener Wein, den er mitgeführt hatte, aber er schmeckte dennoch wie Brackwasser auf seiner Zunge.

Er war nicht zum Agenten geboren, und im Grunde seines Herzens bereute er es nun, dass er sich aus Langweile und Überdruss bereit erklärt hatte, diese Rolle für seinen ehrgeizigen Herzog zu spielen. Immerhin würde der heutige Abend die Dinge endlich in Bewegung bringen.

Prinzessin Mathilda hatte den ganzen Nachmittag ihre Damen, Mägde, Knechte, Köche und Kellermeister sowie den erschöpften Haushofmeister auf Trab gehalten. Das aufwändige Bankett versprach ein großes Ereignis zu werden. Seine Kulisse würde dem Grafen endlich die Gelegenheit verschaffen, einen Teil seines Auftrags zu erledigen, ohne dass er Verdacht bei dem jungen König erregte.

Er schätzte Rufus wesentlich vorsichtiger und überlegter ein, als Robert dies von seinem Bruder behauptet hatte. Ein weiterer Punkt, der ihn am eigenen Scharfblick zweifeln ließ.

»Gib genügend Rosenöl in das Badewasser und bereite warme Tücher vor, damit wir die Haare schneller trocknen können«, befahl Roselynne.

Ihre Stimme klang gedämpft, denn sie steckte mit dem Oberkörper in den Tiefen der großen, geschnitzten Kleidertruhe, in der ihre kostbarsten Gewänder lagerten. Ihre suchenden Hände glitten über Seiden- und Samtstoffe, über feine Schleiergewebe und kunstvoll bestickte Tuniken. So schwer war es ihr noch nie gefallen, sich für eines davon zu entscheiden.

Fern von jeder Eitelkeit liebte sie es, sich zu schmücken. Nicht weil sie Schönheit oder Reichtum zeigen wollte, sondern weil sie edle Stoffe, geschmackvolle Kleider und die Harmonie passender Farben schätzte. Schon als kleines Mädchen war sie diejenige ihrer Schwestern gewesen, die sich um jedes neue Gewand die meisten Gedanken gemacht hatte. Vielleicht auch, weil sie beizeiten das Gefühl gehabt hatte, dass sie ihre große Schwester nie an Schönheit, sondern höchstens an modischer Eleganz übertreffen könnte.

Inzwischen hatte sie gelernt, diesen kindischen Neid zu überwinden, aber die Freude an feudalen Roben war ihr geblieben. Genau aus diesem Grund stand sie jedoch vor einem handfesten Problem. Welches von all diesen exklusiven Gewändern eignete sich für ihre Zwecke am besten? Wie konnte sie Eleganz und Herausforderung so geschickt verbinden, dass ein gewisser Seigneur davon unwiderstehlich angezogen wurde?

»Rosenöl im Überfluss, unzählige warme Tücher, Seidenstoffe … Ei, was noch alles?! Man könnte meinen, Ihr schmückt Euch für Eure Verlobung und nicht für das Festmahl zum Erntedank! Weshalb all die Mühe? Habt Ihr Euch doch entschlossen, den Lord von Exham zu erhören? Eure Frau Mutter wird erleichtert sein, wenn sie davon erfährt.«

Roselynnes Kammerfrau stammte wie ihre junge Herrin aus Hawkstone. Sie war eines der zahllosen Frauenzimmer aus der Familie ihrer Kinderfrau Grytha, und sie kommentierte all die Anweisungen mit der Ungeniertheit eines Haushaltsmitglieds, das seine Herrin umsorgte, seit jene das Laufen gelernt hatte.

Roselynne tauchte mit hochroten Wangen aus der Truhe auf und schnappte empört nach Luft. Sie empfand weder den Wunsch, ihre Geheimnisse mit der Kammerfrau zu teilen, noch wollte sie den betagten Lord heiraten, den man ihr seit neuestem von allen Seiten anpries wie ein angeschimmeltes Stück Brot.

»Bist du verrückt, Maud? Mylord Exham ist doppelt so alt wie ich und zum zweiten Male Witwer. Ich wäre nicht seine Gemahlin, sondern seine Krankenpflegerin.«

»Ein älterer Gatte ist nicht das Schlimmste, was einem Mädchen widerfahren kann«, hielt ihr die Kammerfrau mit der Überzeugung einer Matrone entgegen, die in einer Ehe das Maß aller Dinge sah. »Er plagt Euch nicht Nacht für Nacht, um einen Erben zu machen, denn er hat ja schon einen, und wenn er vor Euch das Zeitliche segnet, lässt er Euch als unabhängige Lady und Herrin eines großen Hauses zurück.«

»Du hast wirklich den Verstand verloren«, rief Roselynne empört. »Kümmere dich lieber um die warmen Tücher und sag der Magd, dass sie genügend Feuerholz bringen soll.«

Roselynne maß ihre rundliche Dienerin mit einem strafenden Blick, aber sie erntete nur ein unverändert freundliches Lächeln.

»Wer ist es dann, für den Ihr Euch herausputzen wollt wie die Maikönigin?«, setzte die Ältere ihr Verhör unverdrossen fort.

»Niemand«, entgegnete Roselynne unwirsch und schüttelte das silberblau glänzende Untergewand aus, das sie eben aus der Truhe zog. »Wie hässlich, es hat Knitterfalten!«

»Und es ist Euch ein wenig zu eng«, wurde sie an einen Umstand erinnert, der ihr sehr wohl bekannt war. »Ihr wolltet es einer Eurer jungen Schwestern schenken und habt es deswegen zur Seite gelegt.«

»Da täuschst du dich. Ich will es heute anziehen«, erklärte Roselynne betont gebieterisch. »Kannst du versuchen, die Falten zu entfernen? Ich werde die veilchenfarbene Tunika mit den Silberstickereien dazu tragen und keinen Schleier. Nur den silbernen Stirnreif mit dem Mondstein, den mir mein Vater im vergangenen Jahr geschenkt hat.«

Sie wartete mit angehaltenem Atem auf weiteren Widerspruch von Maud, denn auch das Oberteil der veilchenfarbenen Tunika war reichlich knapp bemessen, und sie würde weit mehr von ihren Brüsten zeigen als gewöhnlich. Hinzu kam, dass der weiche Stoff ihre Figur betonte, statt sie zu verhüllen.

Bisher hatte sie tiefe, höfische Ausschnitte und aufreizende Faltenwürfe den anderen Edeldamen überlassen. Schon weil sie keinen Wert darauf legte, dass man ihr den Hof machte und ihren Vater mit Anträgen belästigte, an denen ihr nichts lag. Sie war nicht auf der Suche nach einem Gemahl, und wenn sie auch geübt darin war, ihre Gründe dafür hinter zahllosen Ausreden zu verstecken, so blieb die Tatsache an sich bestehen.

»Wer ist es, wenn es nicht Mylord Exham ist?« Maud glich einem Jagdhund, der eine Erfolg versprechende Fährte aufgenommen hatte.

»Niemand, sag ich doch!«, schwindelte Roselynne betont unschuldig und vermied es, dem Blick ihrer Kammerfrau zu begegnen. »Ist der Badezuber bereit? Dann hilf mir mit diesen Schlaufen, wir haben keine Zeit zu vertrödeln. Ich will bereit sein, wenn die ersten Fanfaren zum Festmahl rufen.«

Wenig später saß sie mit halb angezogenen Knien im dampfend warmen Wasser. Der raue Holzbottich war mit einem Leinenlaken ausgelegt und feiner Rosenduft beruhigte Roselynnes angespannte Nerven. Sie schloss die Augen, während Maud die zweite Magd beaufsichtigte, die ihr die langen Haare wusch. Nur das leise Plätschern des Wassers und das angestrengte Schnaufen der Dienerin, die mit den feuchten Strähnen kämpfte, durchbrachen die Stille.

Der häusliche Friede trug das seine dazu bei, dass Roselynne ein wenig zuversichtlicher wurde. Hinter geschlossenen Lidern wagte sie endlich das Bild, das sie seit vielen Jahren in ihrem Herzen trug, gegen das des älteren, kühleren und distanzierteren Mannes zu ersetzen, in den Justin d'Amonceux sich verwandelt hatte. Trotz allem war es das Bild eines Mannes, der den Kopf verloren hatte, als sie aus einem Apfelbaum in seine Arme fiel. Ein Grund für kühnste Hoffnungen, oder etwa nicht?

Es fiel ihr nicht auf, dass die beiden Frauen, die sich um sie bemühten, einen viel sagenden Blick miteinander tauschten. Aber ehe Maud eine neuerliche Bemerkung machen konnte, drang der scheppernde Lärm eines häuslichen Malheurs vom Flur in die stille Kemenate. Streitende Stimmen rissen Roselynne aus ihrer Versunkenheit, und sie warf einen prüfenden Blick auf die Stundenkerze am Kaminsims. Schon so spät! Sie hatte keine Zeit mehr zum Träumen.

Sie nahm sich von der Seife und verteilte sie auf Armen und Beinen, ehe sie mit reichlich Wasser alles abspülte. Es kam ihr so vor, als wäre ihre Haut von einer völlig neuen, fremden Empfindsamkeit. Noch nie hatte sie das Gespinst der sensiblen Nerven, die jede Berührung weiter trugen, so deutlich gespürt. Zum ersten Mal war sie sich auch ihres weiblichen Körpers voll bewusst, und unter halb gesenkten Wimpern prüfte sie verstohlen, ob er tatsächlich wohlgefällig genug aussah, um die Begehrlichkeit des Seigneurs zu wecken.

Sie war eine gute Spanne kleiner und viel schmaler gebaut als ihre ältere Schwester, die er so leidenschaftlich geliebt hatte. Ihre dichten Haare wiesen zudem nicht die kleinste Spur der gefälligen Locken auf, die den Schopf Sophias wie einen rotgoldenen Sonnenuntergang aufleuchten ließen. Was auch immer sie versuchte, die schwarze Mähne stürzte sich unverändert glatt und schwer über ihren Rücken.

Roselynne unterdrückte einen traurigen Seufzer, je weiter die Bestandsaufnahme ging. Die Brüste, die sie betonen wollte, waren ebenfalls nicht besonders üppig geraten. Erbittert rieb sie mit der Seife darüber, aber die Spitzen richteten sich weniger wegen der lieblosen Behandlung auf, sondern weil die Berührung die Erinnerung an tollkühne Hände weckte, die ihre mangelnde Fülle dennoch gestreichelt hatten. Würde er es wieder tun, wenn sie ihm Gelegenheit dazu verschaffte?

Sie musste sich mit aller Gewalt beherrschen, damit sie nicht auch die anderen sensiblen Stellen ihres Körpers berührte, um das Echo der aufregenden Zärtlichkeiten wieder zu finden. Wie eigenartig, denn der Gedanke, sich selbst zu liebkosen, war ihr noch nie gekommen. Warum ausgerechnet heute? Was waren das für Wünsche, die plötzlich ihren Leib beherrschten, sobald sie an den goldenen Ritter dachte?

Eine Spur zu hastig stand sie auf und strich sich die Wassertropfen von den Gliedern. Sie fröstelte trotz der Wärme des Kaminfeuers und hüllte sich fast ein wenig panisch in das weiche Tuch, das ihr Maud hinhielt. Sie rieb sich so heftig ab, dass ihre blasse Haut danach rötlich schimmerte und sie den Fluss des eigenen Blutes darunter spürte. Dann schlüpfte sie in einen wärmenden Hausmantel und überließ es ihrer Kammerfrau, die nassen Haare auszukämmen und mit ihrer Gehilfin über ein warmes Tuch zu breiten, damit die dicken Strähnen vor der Wärme des Kaminfeuers schneller trockneten.

Sie saß mit dem Rücken zum Feuer und konnte im Augenblick nichts anderes tun, als die Hitze in sich aufzunehmen und Geduld zu haben. Genau das Letzte fiel ihr jedoch unerwartet schwer. Der seltsame Zwiespalt ihrer Gefühle führte dazu, dass sie ihr Leben mit völlig neuen Augen betrachtete.

»Zappelt nicht ständig herum«, mahnte die Kammerfrau, weil die dunklen Seidenhaare bei jeder Bewegung der jungen Edeldame wieder vom Tuch rutschten. »Ich werde inzwischen sehen, ob ich das Festgewand glatt bekomme.«

Roselynne nickte und erntete ein ungeduldiges Schnalzen für die gedankenlose Geste. Seltsamerweise erinnerte sie sich ausgerechnet in diesem Augenblick an eine Bemerkung Lady Lilianas, ihrer Mutter. Sie hatte ihren Gatten damit beruhigt, als jener sich vor geraumer Zeit einmal mehr Sorgen darum gemacht hatte, dass seine zweite Tochter so gar keine Anstalten traf, sich um einen der vielen Edelmänner zu kümmern, die bei ihm um ihre Hand anhielten.

»Nicht eine Eurer Töchter wird als alte Jungfer enden, mein Lord. Aber bei keiner wird es Euch so schwer fallen, den Gemahl zu akzeptieren, den sie sich aussucht, wie bei dieser.«

Die Lady des Rosenturms setzte ihre seherische Gabe nur selten ein. Aber man konnte sich immer darauf verlassen, dass die Dinge, von denen sie sprach, auch eintrafen. Der mächtige Lord von Hawkstone respektierte die besondere Fähigkeit seiner Gemahlin, wenngleich er stets einen unbehaglichen Schauer unterdrücken musste, sobald er damit konfrontiert wurde.

Damals hatte Roselynne ebenso geschwiegen wie ihr Vater. Je weniger darüber geredet wurde, dass es an der Zeit war, einen Gatten für sie zu finden, umso sicherer fühlte sie sich. Heute fragte sie sich, ob es nicht ein Fehler gewesen war. Sie wusste nicht, woher sie mit einem Mal die feste Überzeugung nahm, dass es sich um Justin d'Amonceux gehandelt haben musste, von dem ihre Mutter sprach. Wenn er es tatsächlich war, dann traf auch der Rest dieser Prophezeiung zu. Der Lord von Hawkstone würde nicht damit einverstanden sein, dass sich seine Tochter mit einem Spion des Herzogs von Anjou zusammen tat.

Wie konnte Justin ein so lebensgefährliches Risiko eingehen? Auch wenn er bei seinem ersten Besuch in England lediglich in Hawkstone gewesen war, er musste doch damit rechnen, dass er auf Mitglieder der Familie Cambremer bei Hofe traf. Oder glaubte er tatsächlich, dass man ihn vergessen hatte?

Roselynne stieß einen leisen Seufzer aus und straffte die Schultern. Sie konnte nicht alle Schwierigkeiten zur gleichen Zeit überwinden. Zuerst musste sie ihren normannischen Ritter davon überzeugen, dass sie füreinander bestimmt waren. Danach konnte sie darüber nachdenken, wie sie verhindern sollte, dass die Ränkespiele der Politik ihrer beider Glück in Gefahr brachten.

Sie verschränkte die Arme vor dem Busen und vergrub die kühlen Hände in den Ärmeln ihres seidengefütterten Mantels. Ihr tapferer Versuch, jegliche Gefühle auszuschalten, scheiterte jedoch ein zweites Mal. Da war es wieder, jenes eigenartige, bedrohliche Gefühl, das sie zum ersten Mal im Sonnenzimmer der Prinzessin überfallen hatte.

So viel Verzweiflung, Einsamkeit und Hass, dass sie trotz des Kaminfeuers fröstelte. Was, wenn die Spur dieser Trostlosigkeit ebenfalls zu Justin d'Amonceux führte?

6. Kapitel

»Du siehst einfach wunderschön aus!« Margaret de Lacey klang ein winziges bisschen neidisch. Sie stand an Roselynnes Seite und wartete ab, bis zwei andere Ehrendamen letzte Hand an das Festgewand von Prinzessin Mathilda gelegt hatten. »Irgendwie anders als sonst.«

Der Nachsatz zauberte eine Spur von Röte auf die blassen Wangen der Demoiselle von Hawkstone. Roselynne war sich der Tatsache nur zu bewusst, dass sie zwar elegant, aber ausgesprochen herausfordernd gewandet war. Breite silberne Bänder fassten die knisternden Falten ihres Untergewandes zusammen. Sie waren unter dem Busen gekreuzt und ihre Enden, von winzigen Perlen besetzt, fielen fast bis auf den Boden. Das fliederfarbene Übergewand aus morgenländischer Seide glich eher einem ärmellosen Mantel, denn es wurde zwischen den Brüsten mit einer alten keltischen Brosche als einzigem Verschluss gehalten.

Bei jeder Bewegung klaffte der glatte Stoff auf und gab Wellen von zarten Silberfalten frei, die wie Quellwasser über ihre Glieder glitten. Die raffiniert langen Ärmel des Untergewandes waren an den Handgelenken mit Bändern geschlossen und bauschten sich bei jeder Bewegung Roselynnes wie glänzende Nebelschwaden.

Absoluter Blickfang indes war die altehrwürdige silberne Fibel, beinahe handtellergroß und zu einem heidnisch heiligen Knoten ohne Anfang und Ende geschlungen, die zwischen ihren Brüsten schwebte. Das ungewöhnliche, archaische Schmuckstück lenkte an dieser Stelle die Aufmerksamkeit natürlich auch auf das blasse Tal zwischen Roselynnes halb enthüllten Brüsten.

Zusammen mit dem silbernen Stirnreif, der einen nebelfarbenen Mondstein in seiner Mitte trug, war es die einzige Zierde ihrer Erscheinung.

Der glatte Reif bändigte die Flut ihrer tiefschwarzen Haare, die über ihre Schultern und ihren Rücken fielen und sie in einen zweiten Mantel hüllten. Maud hatte lediglich die kürzeren Strähnchen an ihren Schläfen zu dünnen Zöpfchen geflochten und mit Silberdraht umwickelt. Jetzt ringelten sie sich gleich den geheimnisvollen Zeichen eines alten Kultes auf ihrer durchscheinenden Haut.

»Findet Ihr es gut, Euch zur Feier eines christlichen Festes wie eine Priesterin aus fernen Tagen zu gewanden?«, hatte sich die Prinzessin bei Roselynnes Anblick ein wenig kritisch erkundigt.

Roselynne hatte die schmale Hand auf die Brosche gelegt und den Blick ihrer Herrin gemieden. »Ich werde mich sofort umziehen, wenn ich Euch missfalle«, hatte sie gewispert, wohl wissend, dass die Prinzessin ein solches Angebot nicht annehmen würde.

Bereits in frühester Jugend hatte sie festgestellt, dass besonders eifrig angebotener Gehorsam bei den anderen meist dazu führte, dass sie ihn nicht annahmen, weil sie ihre Forderungen plötzlich selbst für übertrieben hielten. Auch Prinzessin Mathilda ließ sich auf diese Weise überlisten. Die Schwester des Königs hatte nach einem kurzen Stirnrunzeln sogar gelacht.

»Lasst nur. Es wird unsere sächsischen Edelmänner freuen, Euch so zu sehen. Vielleicht findet ja einer von ihnen eher Gnade vor Euren sonst so gestrengen Augen, Dame Roselynne!«

Auch Margaret de Laceys Gedanken kreisten um eine solche Möglichkeit. Sie klatschte aufregt in die Hände. »Wer ist der glückliche Ritter, für den du dich so schön gemacht hast? So viel Mühe hast du dir noch nie gegeben. Verrat mir seinen Namen!«

Roselynne verdrehte die Augen, um sich über so viel

vermeintliche Einfältigkeit zu entsetzen. »Du redest Unsinn, Margaret, und du weißt es!«

Die junge Hofdame blinzelte ihr mutwillig zu. »Ich wette, das Rätsel löst sich, wenn ich sehe, mit wem du beim Bankett das Mahl teilst! Pass aber auf, dass du nicht dem schottischen Grafen in die Hände fällst, er vertreibt alle anderen Ritter mit seinem finsteren Blick!«

Die Prinzessin ersparte Roselynne eine Antwort, denn die Fanfaren aus der großen Halle riefen zum Festmahl. Sie ordnete sich an ihrem üblichen Platz im Gefolge der hohen Frau ein und raffte mit angeborener Grazie ihr spektakuläres Gewand. Es fiel ihr nicht auf, dass die Gewebe und Stickereien das Licht der Fackeln und Kerzen, die in verschwenderischer Fülle brannten, förmlich anzogen. Sie leuchtete in dem Kreis der Ehrendamen wie eine strahlende Lichtquelle auf einer Waldlichtung.

Sie zog auch die Augen des Seigneurs von Luthais wie magisch auf sich, obwohl er sich geschworen hatte, nicht nach ihr Ausschau zu halten. Aber wie sollte er es vermeiden, wenn sie aussah wie eine Gestalt aus den alten Sagen? Eine höchst lebendige Göttin, denn seine Hände erinnerten sich wie von selbst an die seidige Glätte ihres Fleisches und die verwirrende Festigkeit ihrer Brüste. Himmel, jene Brüste, die nun fast aus dem Rahmen ihres Ausschnitts quollen und nur von einer barbarischen Brosche im Zaum gehalten wurden, deren Form sich so schwer in ihre Haut drückte, dass er sie am liebsten davor geschützt hätte.

Er vernahm ein unterdrücktes Knurren neben sich und entdeckte erst jetzt, dass ausgerechnet jener Mann neben ihm stand, dessen Aufmerksamkeit er auf diplomatische Weise bisher vergeblich gesucht hatte. Der schottische Graf von Duncan war indes völlig verloren im Anblick der Ehrendamen. Kam es ihm nur so vor, oder gingen auch die Augen des Schotten in die eine, ganz besondere Richtung? Und konnte er es ihm verübeln, dass er so viel provozierende Weiblichkeit ebenfalls anziehend fand?

Der blonde Normanne ertappte sich bei dem wütenden Wunsch, einen Mantel um Roselynne de Cambremer zu legen. Am besten einen weiten, blickdichten und dunklen, damit nicht jeder gierige Laffe seine sabbernden Blicke auf diesen hinreißenden Ausschnitt heften konnte. Jetzt neigte sie das Knie vor dem König, und der Gedanke daran, was Rufus aus dieser Perspektive von ihrem verführerischen, mädchenhaften Busen zu sehen bekäme, fachte seinen Zorn nur noch mehr an.

Dass es in Rouen ebenfalls begehrenswerte Edelfrauen gab, die sich weit provozierender kleideten und benahmen, wollte ihm in diesem Moment nicht einfallen. Er bekam schmale Augen, während Rufus der Schönen einen Platz an der hohen Tafel zuwies und suchend seine Augen durch die Halle gleiten ließ.

Der König behielt es sich höchstpersönlich vor, einen Ritter zu suchen, dem er die Ehre zuteil werden lassen konnte, das Mahl mit der liebreizenden Ehrendame seiner Schwester zu teilen.

Dass ihm selbst diese Ehre zuteil wurde, begriff der Seigneur von Luthais erst, als der Haushofmeister des Königs vor ihm stand, um ihn an die Tafel zu führen. Rufus bedachte seinen Gast mit einem leicht zynischen Lächeln, das ihm zu eigen war und hinter dem er so vortrefflich seine wahren Gefühle zu verbergen verstand.

»Erlaubt, dass ich Euch für diesen Abend eine der schönsten Rosen meines Hofes anvertraue, Seigneur«, sagte er trocken. »Roselynne de Cambremer ist die Tochter eines Waffengefährten meines Vaters und mir und meiner Familie lieb und teuer.«

Der Seigneur de Luthais quittierte die unerwartete Ehre mit einer ebenso eleganten wie knappen Reverenz. Als er sich aufrichtete, streifte sein Blick für einen Herzschlag lang das bärtige Gesicht des Grafen von Duncan.

Er wirkte noch finsterer als sonst, ein mürrischer, bedrohlicher Fremdkörper inmitten eines fröhlichen Festes. Wenn er so weiter machte, würde er sich allein mit dieser Miene als Feind des Königs verraten. Die Kaledonier aus dem Norden besaßen weder Manieren noch diplomatisches Feingefühl.

Am liebsten wäre er zu ihm geeilt und hätte ihn ermahnt, sich zusammenzureißen, aber das kam natürlich nicht infrage. Der König wartete darauf, dass er Roselynne de Cambremer seine Komplimente entbot und sich für die erwiesene Gnade dankbar zeigte. Er neigte sich über die unmerklich bebende weiße Hand, die sich ihm entgegen reckte, und küsste die zarten Fingerspitzen. Ein feiner Duft nach Rosen und Lavendel lag über ihrer Haut, und die Hand wog nicht mehr als ein Lufthauch.

»Ihr seht mich entzückt von einer unerwarteten Ehre, Sire!«, murmelte er an den König gewandt und nutzte die Worte, um endlich den Atem auszustoßen, den er seit geraumer Zeit angehalten hatte, ohne dass es ihm selbst zu Bewusstsein gekommen wäre. »Erlaubt, dass ich Euch zur Tafel führe, Dame Roselynne!«

Er sah, wie die Blässe auf ihren Wangen feiner Röte wich, als er auf der Bank neben ihr Platz nahm und sie in einer Mischung aus unterdrücktem Zorn und aufflammender Erregung ansah. Der zarte Frühlingsduft ihrer Person setzte sich mühelos über die Wärme des Festsaals und den Dunst der zahllosen anderen Körper hinweg. Er trieb ihm das Blut schneller durch die Adern, und am liebsten hätte er das Band seines Wamses gelockert und mehr Abstand von ihr gehalten.

Allein, an der königlichen Tafel wurde mit jeder Handbreit Raum gegeizt, damit alle Ehrengäste Platz fanden. Sie mussten so eng nebeneinander sitzen, dass die Säume ihres Gewandes seine Schuhe bedeckten und ihre Oberschenkel unter der bestickten Seide bei jeder Bewegung viel versprechend die seinen berührten.

»Ich weiß nicht, wie ich zu der unverhofften Ehre komme, werte Dame«, knurrte er. »Es lag nicht in meiner Absicht, Euch noch einmal meine Gegenwart aufzuzwingen.«

»Ich habe den König darum gebeten«, sagte Roselynne in entwaffnender Ehrlichkeit und mit einem so unschuldigen Augenaufschlag, dass ihm die Worte fehlten. »Er ist mir verbunden, und hin und wieder erfüllt er mir aus Zuneigung zu meinem Vater kleine Wünsche. Findet Ihr nicht auch, dass wir miteinander reden sollten?«

Justin d'Amonceux, der stolze normannische Graf, biss die makellosen weißen Zähne zusammen. Der kleine Wunsch einer einflussreichen Dame zu sein gefiel ihm nicht. Wofür hielt sie ihn? Für eine Art Schoßhündchen? Welches Spiel wollte sie mit ihm wagen?

Dann jedoch gelang es ihm mit der Übung langer Jahre, seine Gefühle unter Kontrolle zu bringen und eine Miene unveränderlicher Gelassenheit zu zeigen, die ebenso attraktiv wie geheimnisvoll wirkte.

»Ich bin Euer Diener«, entgegnete er in hartnäckiger Wohlerzogenheit und hob ihr den juwelenverzierten Pokal entgegen, den ein Page soeben mit Wein gefüllt hatte. »Auf Euer Wohl und Eure Gesundheit, Dame Roselynne!«

Ihr Diener? Roselynne sah ihn unter dem Fächer ihrer dichten Wimpern an. Er war alles andere als ein gehorsamer Lakai. Er hasste es, manipuliert zu werden, und hätte er nicht den Unwillen des Königs gefürchtet, säße sie schon längst allein an dieser Tafel. Sie nippte vorsichtig am Wein und reichte das schwere Trinkgefäß mit beiden Händen an ihn zurück. »Auf ein schönes Fest, Seigneur!«

Die Bewegung presste ihre Brüste noch eine Spur herausfordernder gegen den Rand des Ausschnitts und die ungewöhnliche Silberschließe. Seidig glänzendes, festes Fleisch, an dessen unverwechselbare Beschaffenheit er sich in plötzlicher Hitze entsann. Justin d'Amonceux stürzte den Burgunder des Königs in unziemlicher Hast hinunter.

Roselynne bemerkte die Spannung, die sich unaufhaltsam zwischen ihnen aufbaute, ebenso sehr wie sein Bemühen, sie zu leugnen. Er wappnete sich mit makelloser Höflichkeit und eisig überheblicher Distanz. Ein Holzklotz zeigte nicht mehr Gefühle als dieser Kerl! Wie konnte er es wagen, sie wie eine Fremde zu behandeln? Er hatte sie geküsst, gestreichelt, berührt! Woher nahm er die Stirn, so zu tun, als wäre nichts vorgefallen?

Der Ritter seinerseits hatte alle Mühe, nicht wie ein behexter Dorftölpel auf die alabasterfarbenen Wölbungen ihres Busens zu starren. Er hörte das Blut in seinen Ohren rauschen und schmeckte weder die schwere Süße des Weines noch die Köstlichkeiten der königlichen Tafel. Dafür empfand er die Anwesenheit seiner Tischgenossin wie eine berauschende Droge. Ihre Stimme, ihr Duft und ihre Gegenwart umschmeichelten seine Sinne auf eine Weise, die ihn am eigenen Verstand zweifeln ließ.

Was war so Besonderes an der Anmut, mit der sie ihre Fingerspitzen in das Rosenwasser tauchte, das ihr ein Page hinhielt, und sie danach an einem makellosen Leinentuch trocknete? Auch andere Damen des Adels handhabten das kleine silberne Messer, mit dem sie das Fleisch schnitten, voller Eleganz und vermieden es, die tropfende Soße überall zu verteilen. Aber wenn er aus den Augenwinkeln verfolgte, wie sie die Bissen zum Munde führte und mit einer winzig rosigen Zungenspitze die schönen Lippen säuberte, vergaß er selbst zu kauen.

Niemand, nicht einmal ihre wahrhaft schöne Schwester, hatte jemals diese unerklärliche Wirkung auf ihn ausgeübt. Es musste an der gefährlichen Anspannung seines Auftrags liegen, dass er dem Blendwerk ihrer

Anziehungskraft so hilflos ausgeliefert war. Wie gut, dass er die Gefahr unter den Apfelbäumen erkannt hatte, bevor er einen verhängnisvollen Fehler beging.

An diesem Punkt seiner Überlegungen angelangt, beschloss er, seinen Hunger auf andere Art zu stillen. Er griff herzhaft zu und tat sich an dem Wildschweinbraten ebenso gütlich wie an den gefüllten Fasanen. Die riesige Brotscheibe, die ihnen als gemeinsamer Teller diente, saugte sich mit den Fleischsäften voll und der Page musste immer öfter den Wein im Pokal nachfüllen.

Roselynne warf ihm unter ihren langen Wimpern einen vorwitzigen Blick zu. Es war an der Zeit, die Schlacht zu eröffnen.

»Gegen die prächtigen Gastmähler am Hofe Eures Herzogs muss Euch unser bescheidenes Fest ärmlich vorkommen, Seigneur«, sagte sie betont liebenswürdig. »Ich hoffe, Ihr werdet wenigstens satt.«

»Ihr scherzt, Demoiselle«, sah er sich zu einer höflichen Antwort gezwungen. »Die Gastfreundschaft des Königs sucht Ihresgleichen!«

»Auf dieser Insel vielleicht, aber bestimmt nicht in der Normandie«, beharrte Roselynne auf ihrem Einwurf. »Unsere Großmutter pflegt bei ihren seltenen Besuchen die feine Lebensart und das gute Benehmen des normannischen Hofes als leuchtendes Beispiel hinzustellen. Ich bin in dem Bewusstsein aufgewachsen, dass der simple sächsische Geist kaum für derlei Feinheiten geschaffen ist. Nicht einmal ein ausreichend kultiviertes Tischgespräch vermögen wir zu führen, Ihr müsst mir verzeihen ...«

Ein flüchtig aufblitzendes Koboldlächeln verriet ihm, dass sie es wagte, sich über ihn lustig zu machen. Noch ein Charakterzug, der sie deutlich von ihrer Schwester unterschied. Sophia-Rose war stets von untadeliger Haltung und makelloser Erziehung gewesen, bis zu jener Reise, die sie und ihr Leben verändert hatte.

Oh, zum Henker, musste er ausgerechnet jetzt daran

denken? Welche Laune des Geschicks hatte ihn an die Seite dieses sinnlich aufreizenden Teufelchens verschlagen, das bei jeder Begegnung eine andere verblüffende Facette seiner Person vorstellte?

»Es steht mir nicht zu, Eure Großmutter zu kritisieren«, sagte er ihr mit mühsam unterdrücktem Grimm. »Aber ich bin sicher, dass keine Person von Vernunft Euch je für einfältig halten könnte. Sächsisches und normannisches Blut vermischen sich auf das Vollkommenste in Eurer Person, Mylady Roselynne.«

Ihr Lächeln vertiefte sich und weckte den unwiderstehlichen Wunsch in ihm, diese wohlgeformten, ausdrucksstarken Lippen zu küssen. So lange, bis sie sich weich und zärtlich gaben und jene Fähigkeit zum Spott verloren, die ihn so erboste.

»Wie freundlich Ihr sein könnt, wenn Ihr Euch bemüht, Seigneur. Ich hatte schon befürchtet, ich hätte Euch missfallen ... heute ...«

Das letzte Wort setzte sie mit so unmissverständlicher Bedeutung hinter eine winzige Pause, dass er nicht umhin konnte, das Geschick zu bewundern, mit dem sie ihn zu einer Stellungnahme zwang, die nur eine Entschuldigung der eigenen Rüpelhaftigkeit sein konnte.

»Würdet Ihr meine demütigste Entschuldigung für mein unverzeihliches Verhalten annehmen, Dame Roselynne?«, wählte er seinerseits den Angriff anstelle der Verteidigung. »Es ist nicht meine Art, mich von einem Paar hübscher Beine um den Verstand bringen zu lassen, sogar wenn sie von nie gesehener Vollendung sind.«

Roselynne spürte, wie feine Röte in ihre Wangen stieg, als er so verblüffend ungeniert auf die Ereignisse im Apfelgarten zu sprechen kam. Dann freilich durchschaute sie seine Taktik. Er wollte sie in Verlegenheit bringen, damit sie das Thema von sich aus fallen ließ. Aber damit würde er keinen Erfolg haben. Der Hof hatte sie gelehrt, mit derlei Angriffen fertig zu werden.

»Ich vergebe Euch«, entgegnete sie mit der fürstlichen Arroganz, die allen Töchtern Lady Lilianas zur Verfügung stand, wann immer sie nötig wurde. »Eure angegriffenen Manieren sind sicher eine Folge davon, dass Euer Herzog so innigliche Kontakte mit Schotten, Dänen und anderen Barbaren pflegt. Die Grobheiten der nordischen Krieger sind ansteckend, nicht wahr? Wie schade, dass es nur einen wahren Eroberer gegeben hat, der mit seinen kriegerischen Talenten ein Königreich zu schmieden vermochte.«

Sie spürte den Schock, der ihn durchrieselte, und wusste, dass sie ahnungslos mit einem Pfeil ins Schwarze getroffen hatte. Die Frage war nur: mit welchem? Was hatte sie gesagt, um ihn so zu erschrecken?

Er verriet sich mit keiner Silbe. Er senkte lediglich in vollendeter Komödie das Haupt und die Kerzen entzündeten goldene Reflexe in den dichten honigfarbenen Haaren. Ein Blick, kühl wie das gefrorene Wasser des Winters, glitt über sie hinweg, gefolgt von einem Lächeln, so unschuldig heiter, dass sie es jederzeit für echt gehalten hätte, wäre es ihr nicht gegeben gewesen, den heißen Zorn unter dieser strahlenden Fassade zu erspüren.

»Schönste Dame, Ihr seht mich untröstlich zerknirscht. Was soll ich tun, um Euch zu versöhnen? Mich unter das Futter jenes Zotteltiers dort legen und meine Seele dem Himmel befehlen?«

Seine Kinnbewegung deutete auf den dressierten Bären, der zusammen mit den Gauklern die geschmückte Halle betreten hatte, um die Gäste des Königs zu unterhalten. Es war ein räudiges, krankes Tier, dessen Sehnsucht nach Ruhe und Tod Roselynne ebenso spürte wie den angespannten Geist des Edelmannes, der nur mit ihr tändelte, um sie von einer Spur abzulenken. Aber genau das machte sie umso neugieriger.

Es lag ihr auf der Zunge zu antworten: ›Ihr könntet mir verraten, weshalb Ihr Euch unter fremdem Namen unter die Gefährten des Königs gemischt habt!‹ Aber das ging natürlich nicht an. So beschränkte sie sich lediglich darauf, das Lächeln zu erwidern, während sie im Moment scheinbar ganz vertieft darin war, aus einer Schale mit gezuckerten Mandeln die appetitlichste auszuwählen.

Der Seigneur ertappte sich schon wieder beim Zähneknirschen, als sie das Naschwerk zwischen die roten Lippen schob und sich danach auch noch hingebungsvoll die Fingerspitzen ableckte. Auf der hastigen Suche nach vorübergehender Ablenkung kreuzte sein Blick erneut jenen des schottischen Grafen.

Der König hatte Robert Duncan zwar den Ehrenplatz auf der Empore verweigert, aber er saß als Erster an der rechten Längsseite der Tafel. Umgeben von seinen schottischen Gefährten, lockerte kein einziges Frauengewand die beunruhigende Männergruppe auf. Es waren bärtige, finstere Gestalten, die mit gefährlich aussehenden Dolchen ihr Fleisch teilten und das frische Ale dem französischen Wein vorzogen. Die düsteren Augen des Grafen glitten über die hohe Tafel, und wie es aussah, blieben auch sie an Roselynne de Cambremer hängen.

Ich kann es dir nicht nachtragen, mein schottischer Kamerad, teilte der Seigneur de Luthais in Gedanken diese Aufmerksamkeit. *Es ist etwas Besonderes an der jungen Dame. Ein Geheimnis, das sie von der übrigen Heerschar hübscher Edeldamen unterscheidet*. Das Mädchen mit den schwarzen Seidenhaaren besaß jene unerklärliche Ausstrahlung, die Männer anzog wie das Licht der Kerzen die Insekten eines Sommerabends.

Im nächsten Augenblick verschwand das Bild des Schotten jedoch hinter einer Gruppe wagemutiger Akrobaten, die, einer auf den Schultern des anderen stehend, eine menschliche Pyramide formten und den jubelnden Beifall der Festgesellschaft einheimsten. Münzen flogen in das Stroh, das den Boden bedeckte, und die Gaukler und Musikanten versuchten ihrer habhaft zu werden, ohne die Vorstellung zu unterbrechen.

Auch Roselynne warf eine großzügige Hand voll Pennies in das Halbrund, aber sie achtete darauf, dass sie in die Richtung des Bärenführers flogen. Vielleicht bekam das arme Tier ja wenigstens etwas mehr Futter ab. Ihr Tischgefährte sah die Geste und deutete sie überraschend richtig.

»Es gefällt Euch nicht, wenn Tiere dressiert und angekettet werden«, sagte er leise, während der Jubel um sie aufbrandete.

Roselynne hob das Kinn im Bewusstsein, sich einmal mehr verteidigen zu müssen. Die wenigsten Menschen in ihrer Umgebung verstanden, dass sie Tiere für schätzenswerte Lebewesen hielt.

»Ist es nicht traurig, dass ein so mächtiges und stolzes Tier gebrochen und zur Schau gestellt wird?«, sagte sie eindringlich. »Ginge es nach mir, ich würde keine Pennies, sondern einen Dolch schleudern. Man sollte den Ärmsten von seiner Qual erlösen. Die Menschen haben kein Recht, ihn zu ihrem Vergnügen zu peinigen.«

»Besser, Ihr unterlasst das mit dem Dolch. Ihr würdet vielleicht den Grafen von Duncan treffen und unübersehbare diplomatische Schwierigkeiten für uns alle heraufbeschwören. Dem König liegt viel daran, mit den Schotten in Frieden zu leben.«

»Daran liegt jedem vernünftigen Menschen«, bestätigte Roselynne, wenngleich ihr der Gedanke durchaus zusagte, den Grafen von Duncan für immer zu beseitigen. Sie mochte die Blicke nicht, die er in ihre Richtung warf. Seine Drohungen hatte sie nicht vergessen.

»Wobei ich vermutlich nicht für Euren Fürsten, den Herrn von Anjou, sprechen kann«, berichtigte sie ihre spontane Antwort nach kurzem Nachdenken. »Ginge es nach ihm, so würde er diese Insel mit Krieg überziehen, nur damit er endlich seine Krone bekommt. Er scheint ein Mann zu sein, dem die Macht alles bedeutet.«

»Woher wollt Ihr das wissen?«

Der Seigneur versuchte seine Verblüffung zu verbergen. Mit Ausnahme der beeindruckenden Dame Elisabetta de Cambremer hatte er noch nie ein weibliches Wesen kennen gelernt, das seine Meinung zu politischen Dingen so ungeschminkt zur Kenntnis gab.

Frauen kümmerten sich gewöhnlich nicht um solche Angelegenheiten. Wie sollten sie auch, da der Himmel den wenigsten von ihnen den nötigen Verstand gegeben hatte, um die Zusammenhänge zu erfassen?

»Ich bin nicht einfältig«, entgegnete Roselynne ein wenig trotzig, denn sie las seine Gedanken wie die Seiten eines Stundenbuches. Er dachte wie alle anderen Männer, mit Ausnahme ihres Vaters. »Warum akzeptiert der Herzog das Testament des Königs nicht? Es ist der Wille des Eroberers, und schon die normale Sohnespflicht müsste ihn dazu veranlassen, es zu tun.«

»Robert ist der Erstgeborene«, rief er ihr die Tatsachen in Erinnerung.

»Ein Erstgeborener, der das Vertrauen seines Vaters in zahllosen Revolten verspielt hat und dem dieser sein neues Königreich nicht anvertrauen wollte«, beharrte Roselynne auf ihrem vernichtenden Urteil. »Würdet Ihr wirklich wünschen, dass auf dieser Insel Krieg geführt wird?«

»Warum nicht, wenn es dazu dient, der Gerechtigkeit zum Sieg zu verhelfen?«

»Nennt Ihr das Gerechtigkeit, andere Menschen in Not und Kummer zu stürzen? Vielleicht sogar Menschen, die Ihr selbst schätzt?«

Er ging nicht in die gestellte Falle, sondern lächelte kalt. Nur er selbst wusste, wie schwer es ihm fiel, sich dem Flehen in den schönen Augen zu verweigern. »Auf dieser Insel gibt es keine Menschen, die ich so schätze, dass mich ihr Schicksal sonderlich bekümmern würde.«

»Himmlische Mutter! Ihr wisst nicht, was Ihr sagt, Seigneur!« Die anmaßende Abfuhr traf Roselynne wie ein Hieb. »Ihr fordert das Schicksal heraus!«

»Das tue ich, seit ich zu denken und begreifen gelernt habe, Mylady. Es ist nicht nötig, dass Ihr Euch deswegen um mich sorgt.«

»Ich mich um Euch sorgen? Pah!«

Es war mehr, als sie ertragen konnte. Warum verleugnete er sich selbst und die edle Seite seines Gemütes so rücksichtslos? Sie stand abrupt auf, hob die Säume ihres Gewandes und rauschte wortlos davon. Sie brauchte frische Luft und einen ungestörten Platz, an dem sie sich beruhigen konnte, ehe sie etwas unverzeihlich Falsches sagte und das ohnehin schon dünne Eis zwischen ihnen noch mehr belastete.

Der normannische Ritter sah ihr ebenso verblüfft hinterher wie alle anderen in ihrer Nähe. Was hatte sie nur so wütend gemacht? Denn wütend war sie, dafür sprachen das jähe Feuer in den Veilchenaugen und der stürmische Aufbruch. Welch ein befremdliches Benehmen für eine edle Dame! Man musste schon eine Cambremer sein, um dergleichen im Angesicht des Königs zu wagen, sogar wenn sich das Bankett schon dem Ende zuneigte.

Freilich wollte er nicht zugeben, dass sie den Glanz des Festes mit sich genommen hatte. Auf der Suche nach Ablenkung von den eigenen Gedanken entdeckte er den schottischen Grafen, der ebenfalls aus der Halle strebte. War es schon so spät? Welche Macht hatte dieses Frauenzimmer über ihn, dass er Zeit und Raum vergaß, wenn sie ihn mit dem Bann ihrer Persönlichkeit belegte?

Er sollte zufrieden sein, dass es ihm endlich gelungen war, Roselynne de Cambremer so zu verärgern, dass sie ihn von selbst mied. Dennoch wusste er im geheimsten Winkel seines Verstandes, dass es nicht so war.

7. Kapitel

Roselynne umklammerte Halt suchend die eigenen Oberarme und versuchte ihre Fassung zurückzugewinnen, während sie aus der Halle hinaus und über den Burghof an die frische Luft eilte. Hatte es auf Gottes weiter Welt je eine dümmere, ungeschicktere Person gegeben? Welcher Teufel ritt sie, eine solch unsinnige Debatte zu beginnen? Was hatte sie in Erfahrung bringen wollen? Ob er dem Herzog von Anjou treu ergeben war? Ob er möglicherweise bereit war, Rufus zu dienen, damit sie ein Argument besaß, um ihren Vater von der Lauterkeit seiner Absichten zu überzeugen?

Dazu hätte sie erst einmal eine Erklärung für sein Versteckspiel bekommen müssen, und die Vernunft sagte ihr, dass diese Erklärung ihrem Vater erst recht nicht gefallen würde. Der Lord von Hawkstone verabscheute die jungen, ehrgeizigen Krieger, die sich um Robert Kurzhose scharten und von Ruhm und Ehren träumten. Und er verachtete den ruhmsüchtigen Sohn des Eroberers, der ohne zu zögern den eigenen Vater getötet hätte, um sich in den Besitz seines Thrones zu bringen.

Roselynne unterdrückte einen jämmerlichen Seufzer. Auch ohne die dynastischen Fehden des Königshauses war ihr Leben kompliziert genug. Es fiel ihr schwer, die eigenen Gefühle zu begreifen. Es gärte in ihr, schlimmer als in den Fässern des Brauhauses von Hawkstone. Was konnte, was durfte, was sollte sie tun?

Sie hätte nicht zu sagen gewusst, welche Macht sie im Dunkel der mondlosen Nacht ruhelos über die Höfe, Gänge und Pforten ausgerechnet in den alten Garten der verstorbenen Königin trieb. Zwischen den mit Efeu umrankten Säulen der alten Laube sank sie auf die kühle Steinfläche einer Marmorbank, als hätte sie jede Kraft verlassen.

Der böige Nachtwind war im Schutz der hohen Mauern nur mehr eine sanfte Brise, die nach alter Erde, den nahen Ställen und welkem Laub roch. Die Stille völliger Verlassenheit lag über Königin Mathildas vergessenem Refugium. Rufus hatte keine Gefährtin, die es für sich in Anspruch nahm, und Prinzessin Mathilda respektierte noch nach Jahren den Wunsch ihres Vaters, der nach dem Tod seiner geliebten Gemahlin nicht geduldet hatte, dass man etwas an den Dingen veränderte, die ihr teuer gewesen waren.

»Himmlische Mutter«, wisperte Roselynne dieses Mal gedämpfter und von tiefer Reue erfüllt. »Ich habe alles falsch gemacht. Sicher hält er mich für eine zänkische Person, die sich in Männerdinge mischt. Für ein Frauenzimmer, das seinen Mund nicht halten kann. Hat mich nicht Grytha wieder und wieder ermahnt, meine Launen im Zaum zu halten, mein Temperament zu zügeln?«

Warum solltest du es tun? mischte sich jene rebellische Seite ihrer Person ein, die sie zeit ihres Lebens in Schwierigkeiten brachte und dazu verführte, Dinge zu sagen, die sich nicht gehörten. Du hast nur die Wahrheit ausgesprochen. Robert Kurzhose ist ein ehrgeiziger Ränkeschmied, für den nur die Macht und die Krone zählen. Wieso solltest du es nicht aussprechen dürfen? Weil du eine Frau bist? Das ist lächerlich! Frauen sind ebenso im Besitz eines Verstandes wie Männer. Es ist ärgerlich genug, dass viele von ihnen diesen Verstand verleugnen und ihre Männer für sich denken lassen.

Es war kalt und sie rieb sich fröstelnd die Oberarme. Die Kälte erstickte auch ihre letzten Hoffnungen. Sie hatte sich so viel von diesem Festmahl erwartet. Sie hatte Justin d'Amonceux mit ihrer Schönheit verwirren wollen, mit ihrer Sanftmut bezaubern und mit ihrem Charme erobern. Aber was hatte sie stattdessen getan?

Vorlaute Bemerkungen gemacht und die Loyalität in Zweifel gezogen, mit der ein ehrenhafter Ritter seinem Fürsten dienen sollte.

Die Worte brachen allzu oft aus ihr heraus, wenn sie selbst am wenigsten damit rechnete, und meist waren sie das genaue Gegenteil von allem, was ein Mädchen von Adel und guter Erziehung sagen durfte. Grytha, die energische Kinderfrau des Cambremer-Nachwuchses, hatte in solchen Fällen entrüstet die Hände über dem Kopf zusammengeschlagen und etwas von dem ›verhängnisvollen Erbe‹ genuschelt.

Wessen Erbe? Dass ihre Mutter, Lady Liliana, in jungen Jahren jemals die Beherrschung verloren haben sollte, schien ihr schlicht unglaublich zu sein. Auch ihren stolzen Vater kannte sie nur als wahres Bollwerk der Stärke und Unerschütterlichkeit. Wieso hatte sie nicht ein wenig mehr von ihren noblen Eigenschaften geerbt?

Roselynne unterdrückte ein Schluchzen und stand auf. Es war definitiv zu kalt, um in einer solchen Umgebung Gewissenserforschung zu betreiben. Neben dem leisen Rascheln ihres Gewands hörte sie jedoch plötzlich noch andere Geräusche. Schritte, gedämpfte Stimmen. Männerstimmen.

Hastig brachte sie sich im Dunkel hinter der Laube in Sicherheit. Wer immer gleich ihr einen Zufluchtsort suchte, sie wollte nicht von ihm entdeckt werden. Schon gar nicht wollte sie Rechenschaft darüber ablegen, was sie selbst an diesen Ort geführt hatte.

Dummerweise kamen die Schritte unaufhaltsam näher, und die Stimmen wurden, obwohl leise, immer deutlicher. Nur das efeubewachsene, hölzerne Rankenwerk an der Rückseite des alten Zufluchtsortes trennte sie von den beiden Männern, die offensichtlich genau jene Bank ansteuerten, auf der sie noch eben gesessen hatte. Sie wagte kaum zu atmen, als sie zu allem Überfluss auch noch den rauen schottischen Akzent des Grafen von Duncan erkannte.

»Ihr habt Euch reichlich Zeit gelassen«, knurrte er gerade. »Ich war nahe daran, nach Hause zu reiten, ohne weiter auf den angekündigten Boten des Herzogs von Anjou zu warten.«

»Sicher habt Ihr Verständnis dafür, dass ich mich erst Eurer Person versichern musste.«

Auch diese Stimme kannte Roselynne nur zu gut und sie biss sich schmerzhaft auf die Unterlippe. Was hatte Justin d'Amonceux mit dem Gesandten des Königs von Schottland auf so geheime Weise zu besprechen?

»Indem ihr mich mit dem Dolch bedroht?«, bellte der Schotte mit nur mühsam gebändigtem Ungestüm. »Ist das die Art der Normannen, mit ihren möglichen Verbündeten umzugehen?«

»Einer Dame in Not zur Seite zu stehen gebietet die Ehre eines Ritters. Wenn Ihr den Gesandten spielt, solltet Ihr Euch auch die Manieren eines Gesandten zulegen«, parierte der andere kalt und logisch.

Roselynne hörte den Schotten knurren, ehe er sich einem anderen Thema zuwandte. »Was soll ich meinem König berichten? Wie hat sich Robert Kurzhose entschieden? Was bietet er, wenn der dritte Malcolm MacDuncan und seine Männer die Truppen verstärken, die er seinem Herrn Bruder entgegen schleudert?«

Roselynne vergaß zu atmen. Gelähmt von der Ungeheuerlichkeit des Komplotts und der Person, die es ausführte, lauschte sie dem detaillierten Angebot von Städten und Küsten, die unter die Regentschaft des schottischen Königs fallen sollten. Der Judaslohn dafür, dass Malcolm Rufus von der Nordseite angriff, während Robert über die südliche Küste kommen wollte. Wenn sein Bruder seine Kräfte teilen musste, geriet England in größte Gefahr, denn da waren auch noch die Dänen, die sich ebenfalls Vorteile von diesem Bruderkrieg erhofften und nur auf eine günstige Gelegenheit zum Angriff warteten.

»Welchen Beweis kann ich meinem König nach Hause bringen, dass Euer Herr sich an die Abmachungen hält?«, fragte der Schotte am Ende.

Roselynne vernahm das Rascheln eines Gewandes, eine Beutelschließe und schließlich die trockene Stimme des Seigneurs von Luthais. »Der Herzog schickt Eurem König diesen Ring mit seinem Wappen. Als Signal für den Angriff wird der Herrscher der Schotten im nächsten Frühjahr das Gegenstück dazu erhalten. Kurzhose plant sein Heer in der Osterwoche über den Kanal zu bringen, wenn es das Wetter zulässt, und sein Bote wird Euch rechtzeitig den genauen Termin für den Angriff mitsamt dem zweiten Reif übermitteln. Wann wollt Ihr aufbrechen?«

»Das lasst meine Sorge sein«, lehnte der Schotte genauere Auskünfte ab. »Ich habe gelernt, meine Pläne für mich zu behalten.«

»Umso besser, Graf!«, entgegnete Loup de Luthais kalt. »Gott befohlen.«

Seine Schritte entfernten sich knirschend. Wenig später vernahm Roselynne ein leises Knurren und dann verschwand auch der Schotte im Dunkel der Nacht.

Sie wusste nicht zu sagen, wie viel Zeit vergangen war, bis Körper und Geist ihr wieder gehorchten. Mit zitternden Knien verließ sie ihr Versteck und versuchte trotz des Hämmerns hinter ihren Schläfen eine Entscheidung zu treffen. Was sollte sie mit dem unverhofften Wissen anfangen, das ihr diese Nacht verschafft hatte? Zum König laufen? Ihren Vater benachrichtigen? Die Reaktion darauf konnte sie sich bei dem einen wie dem anderen unschwer vorstellen.

In beider Augen war Justin d'Amonceux ein ebensolcher Hochverräter wie der schottische Graf. Aber während man Letzteren vermutlich in seine Heimat entkommen ließe, um König Malcolm nicht zu warnen, bevor man die nötigen Maßnahmen getroffen hätte, würde der Normanne ohne Verzug im Kerker landen. Folter und schmachvoller Tod warteten auf ihn.

»Nein!«

Roselynne flüsterte die Silbe mit schmerzender Kehle in die Nacht hinaus und rang vor lauter Hilflosigkeit die Hände. Was auch immer geschah, sie wollte nie der Anlass dafür sein, dass dem Mann, den sie eben erst wieder gefunden hatte, ein Leid geschah. Er war kein Verräter! Er diente seinem Fürsten mit derselben Bedingungslosigkeit, wie es ihr Vater und ihr Schwager bei Rufus taten. Er hatte die Zwietracht zwischen den Brüdern nicht gesät, er litt nur wie sie selbst und alle anderen unter den Folgen.

Aber falls sie schwieg, bedeutete es Krieg, wenn nicht sogar den Untergang für ihre Heimat, für Hawkstone, für ihre Familie!

Wie konnte sie eine Entscheidung treffen, wenn jede Möglichkeit, die ihr zur Wahl stand, Tod und Verzweiflung bedeutete?

Hin und her gerissen zwischen Ehre und Liebe, presste Roselynne niedergeschlagen die geballte Faust an die offenen Lippen, um das Stöhnen zu unterdrücken, das aus ihrem gequälten Herzen aufstieg. Herr im Himmel, was sollte sie tun? Wie konnte sie das gefährliche Komplott verhindern, ohne dass sie den Grafen von Amonceux in Lebensgefahr brachte?

Hatte sie nicht vorhin erst mit ihm über die Möglichkeit eines Krieges gesprochen? Theoretisch, arglos, wie das Spiel eines Kindes im Sand. Ohne zu wissen, dass er einen Ring in seinem Gewand trug, der aus diesem leichtsinnigen Spiel bitteren Ernst machen würde. Wie konnte er das wagen? Hatte er so wenig Ehrfurcht vor dem Leben, vor dem Frieden, vor der gegebenen Ordnung?

Sie musste mit ihm sprechen, ihn aufhalten. Ohne einen einzigen ihrer chaotischen Gedanken zu einem vernünftigen Ende zu bringen, lief Roselynne verstört durch die Dunkelheit zur großen Halle zurück. So achtete so wenig auf ihre eigene Sicherheit, dass sie die

Gestalt zu spät sah, die ihr unweit der herzoglichen Ställe in den Weg trat.

Voller Wucht prallte sie gegen die harte Mauer eines Männerkörpers. Ihr schriller Aufschrei wurde unter einer rauen Pranke erstickt, und ein eisenharter Griff legte sich um ihre Taille.

»Je nun, hör auf zu zappeln, Mädchen!«

Die kehlige Stimme ließ sie erstarren. Eine Hand tastete in beleidigend vertraulicher Weise über ihren zitternden Körper, ehe sie auf den halb entblößten Brüsten zu liegen kam und grob zudrückte. »Zum Donner. Dass du mir ausgerechnet bei den Ställen über den Weg läufst, muss ein Wink des Schicksals sein.«

Roselynne erbebte unter dem neuerlichen Schock. Wie dumm von ihr! Wieso hatte sie nicht besser auf den Weg geachtet? Sie wehrte sich ungeachtet der Warnung wie eine Furie, schlug mit den Fäusten blindlings auf den Schotten ein und trat ohne große Wirkung gegen seine Schienbeine. Es entlockte ihm lediglich ein Grunzen, in dem fast eine Spur von Anerkennung lag. Erst später sollte es ihr auffallen, dass er es sorgsam vermied, ihr wehzutun.

»Ich habe dich unterschätzt«, hörte sie ihn über ihren keuchenden Atem hinweg murmeln. »Du verbirgst den Geist einer echten Kriegerin hinter dieser sanftmütigen Fassade. Du kämpfst wie ein Mann und hast mich gelehrt, deine Waffen zu fürchten. Keiner deiner Pfeile wird mich ein zweites Mal treffen, dessen darfst du gewiss sein.«

Er war zwar stark genug, ihr seinen groben Kuss aufzuzwingen, aber ihre wilde Gegenwehr machte kein Vergnügen für ihn daraus. Er fluchte lästerlich.

»Lasst mich!«, keuchte sie, sobald sie ihre Lippen wieder frei bekam. »Ihr müsst den Verstand verloren haben, Herr Gesandter.«

»Das stimmt«, knurrte er und ließ sich auch durch den Appell an seinen Stand bei Hofe nicht davon abbringen, ihre zarten Brüste ausführlich zu begrapschen. Er erstickte ihren protestierenden Aufschrei unter etwas, das von seiner Seite als Kuss gedacht war, für Roselynnes Gefühl jedoch mehr einem grobschlächtigen Versuch gleichkam, sein Opfer mit Haut und Haaren zu verschlingen.

Der Dunst nach Ale und Zwiebeln, der aus allen Poren seiner Haut drang, betäubte sie fast. Kratzige Barthaare schürften über ihre zarten Wangen, und sie würgte vor Ekel und Zorn. Bittere Galle stieg in ihre Kehle, und in ihrer Panik biss sie mit aller Kraft in die abscheuliche Zunge, die sich gewaltsam und gierig zwischen ihre zusammengepressten Lippen drängte.

Ein heiserer Schrei ertönte, dann drang frische Luft in ihre Kehle. Gleichzeitig warf sie ein wütender Stoß, der glücklicherweise im Dunkeln nur ihre Schulter traf, heftig nach hinten und schleuderte sie gleich einer Lumpenpuppe rückwärts in einen Heuhaufen.

In der Wolke ihrer fliegenden Haare und Gewänder gefangen, stieß sie einen gellenden Schrei aus. Er brach indes an höchster Stelle ab, weil sie so hart im Heu landete, dass sie sich selbst auf die Zunge biss und eine Ahnung von dem bekam, was sie dem Schotten zuvor angetan hatte.

Es war dieser Schrei, der den Seigneur von Luthais auf der großen Treppe zum Hauptpalast erreichte und ihn dazu veranlasste, auf dem Absatz kehrt zu machen. Die Sicherheit, mit der er wusste, dass Roselynne in Gefahr schwebte, sollte auch ihn erst später verwundern. In diesem Augenblick schoss er lediglich wie der Blitz durch den Burghof und gleich einem Panther auf den breiten Rücken zu, der sich über einen Heuhaufen beugte, aus dem nun ein ersticktes Jammern zu hören war.

Rob Duncan erstarrte, als die Spitze eines Dolches gefährlich kühl auf seiner Halsschlagader zu liegen kam. Die zweite unmissverständliche Warnung drang sogar durch den roten Nebel wilder Begierde, der ihn umfangen hielt. Wie von selbst lösten sich seine Hände von den verlockenden Brüsten seiner strampelnden Beute.

»Ihr schon wieder!«, fluchte er.

»Verschwindet!«, knurrte eine eisige Stimme hinter seinem Ohr. »Verschwindet, oder ich vergesse, wer *Ihr* seid und wer *ich* bin!«

Der tödliche Ernst dieser Worte im Verein mit dem Bewusstsein, dass er sich ausgerechnet mit diesem Mann in keinen Kampf verwickeln lassen sollte, brachte den Grafen von Duncan endgültig zur Vernunft. Er richtete sich mit einem Fluch auf und versuchte sich den Anschein von Lässigkeit zu geben.

»Zum Donner«, knurrte er gereizt. »Da soll ein Mann nicht auf falsche Gedanken kommen, wenn man ihm so viel hübsches Fleisch unter die Nase hält. Die Dirnen an diesem Hofe sind eine Dummheit wert, wenngleich sie mehr Dornen haben als jeder Rosenstock.«

Er klang ein wenig undeutlich, denn seine Zunge blutete und ein langer, gleichfalls blutiger Kratzer auf seiner Wange zeugte von Roselynnes heftiger Gegenwehr. Dennoch brachte er es fertig, mit der Gelassenheit eines Mannes davon zu schlendern, der nichts verbrochen hatte. Dass er innerlich über die neuerliche versäumte Gelegenheit wütete, war ihm nicht anzusehen.

»Bei Gott!« Justin d'Amonceux, der sich jetzt Loup de Luthais nannte, sank auf ein Knie und strich mit der Fingerspitze vorsichtig die schwarzen Haarsträhnen aus Roselynnes Stirn. Weit aufgerissene, entsetzte Augen fingen das wenige Licht ein, das von einer Fackel unweit der Ställe stammte. »Hat er Euch wehgetan? Man sollte diese Barbaren nicht über den nördlichen Wall lassen! Sie sind Wilde, keine Menschen.«

Roselynne entfloh ein hysterischer Laut, halb Schluchzen, halb Kichern. »Das sagt ausgerechnet Ihr«, wisperte sie heiser.

Da der Ritter nicht ahnen konnte, dass sie sich auf

sein Gespräch mit dem Schotten bezog, hielt er diese Bemerkung für Kritik an seinem eigenen Benehmen. Er musste ihr zudem Recht geben: In der Tat hatte er am allerwenigsten Grund, sich zum Moralapostel über andere Männer zu erheben, die sich an ihr vergriffen.

»Lasst Euch aufhelfen!«

Er fasste nach ihrer Hand, stützte sie sorgsam an den Schultern und half ihr, zum Stehen zu kommen. Während der ganzen Zeit war ihm jedoch das seidig warme Fließen ihrer glatten Haare, der Rosenduft ihrer Haut und die weibliche Zartheit ihrer feenhaften Gestalt so sehr bewusst, dass er an sich halten musste, sie nicht ebenfalls in seine Arme zu reißen, ohne sich um ihren Willen zu kümmern.

Er zupfte mit einem kaum hörbaren Fluch ein paar übrig gebliebene Heuhalme aus den Haaren, und es wurde jäh ein Streicheln daraus, welches das ohnehin zwischen ihnen glimmende Feuer wieder zu heller Glut entflammte. Er konnte sie nicht berühren, ohne sie mit jeder Faser seines Seins zu begehren. Ergeben senkte er den Kopf und küsste den glänzenden Scheitel, der, von ihrem Silberreif umfangen, wie eine geheimnisvolle Spur in der Nacht schimmerte. Er spürte ein Beben unter seinen Lippen, hastige Atemzüge.

»Verrücktes Kind, habt Ihr nichts Besseres zu tun, als Euch mitten in der Nacht bei den Ställen herumzutreiben?«, warf er ihr dennoch ärgerlich vor. Dabei war er weniger über ihren Leichtsinn als über die eigene unerwartete Sorge um sie erbost.

»Ich bin kein Kind mehr«, antwortete Roselynne in einer Mischung aus aufflammendem Trotz und mühsam kontrollierter Atmung. Sie war der Lügen, Andeutungen und Vermutungen schlagartig überdrüssig. »Die Zeiten, wo Ihr mich einfach davon schicken konntet, weil Ihr Euch von meiner Gegenwart gestört fühltet, sind vorbei, Seigneur. Oder ist es Euch lieber, wenn ich Euren Titel verwende, Messire de Amonceux?«

Die sehnige Gestalt, deren Arme sie stützten, erstarrte zu Marmor. Er hielt den Atem an – oder vielleicht war es auch die Welt um sie herum, die den Atem anhielt, so genau konnte sie das nicht mehr unterscheiden. Viele Herzschläge später löste ein tiefer, beherrschter Luftzug seine Lähmung, und sie wusste, dass er im nächtlichen Dunkel in ihren Zügen zu lesen versuchte. Es würde ihm ebenso wenig gelingen wie ihr bei ihm.

Sie waren wie zwei gesichtslose Phantome im Dunkel der Nacht, auf die Dinge angewiesen, die sie hörten und mit ihren Sinnen beim anderen erfassten. Roselynne spürte, wie er die mögliche Lüge sorgsam prüfte und sie schließlich verwarf.

»So habt Ihr es am Ende doch gewusst«, sagte er heiser und zwang sich, den Schaden wenigstens in Grenzen zu halten. »Welche der Schwestern seid Ihr? Die Jüngste mit den Zöpfen?«

Jetzt war es an Roselynne zu erstarren. Die Kränkung kam unerwartet und schmerzte. Sie hatte nicht gedacht, dass er sich so jämmerlich wenig an ihre Person erinnerte. Dass sie tatsächlich nicht mehr als ein lästiges Kind für ihn gewesen war. Eine von drei kleinen Schwestern. Ein staksig ungelenkes Ding mit dicken Zöpfen, das er vergessen hatte, ohne zu wissen, dass sein Fortgang dieses Leben beendet hatte, noch ehe es richtig begonnen hatte.

Sie war ihm damals kaum von der Seite gewichen in ihrem Bemühen, ihn zu trösten, ihm zu helfen und für sein Wohl zu sorgen. Sie war so weit gegangen, dass ihre Mutter sie ermahnen und ihre Kinderfrau sie bestrafen musste. Jetzt erfuhr sie, dass all dieser Ärger auch noch umsonst gewesen war. Anscheinend hatte er sie noch weniger zur Kenntnis genommen, als sie es in ihrem damals schon reichlich bemessenen Unglück begriffen hatte.

Roselynne zwang sich, das eigene Elend zu missachten. Es war nicht wichtig. Sie klammerte ihre eisigen

Finger über seiner Brust in die Falten seines Wamses. Er zuckte zurück und registrierte verwundert die vehemente Kraft der zarten Hände, die nicht zuließen, dass er sich entfernte.

»Warum schmückt Ihr Euch mit fremden Federn und verschweigt, wer Ihr seid?«, wisperte sie heiser.

Sie bezog sich auf die Dinge, die sie im verlassenen Garten der Königin gehört hatte. Er hielt es ahnungslos für einen bloßen Vorwurf, aber er formulierte seine Antwort dennoch sorgfältig.

»Luthais gehört zu meinem Lehen, ich sage keine Unwahrheit, wenn ich behaupte, sein Herr zu sein. Ich trage diesen Namen mit Recht.«

Roselynne ruckte an dem Stoff, um ihn zornig zu schütteln, aber er rührte sich nicht. Es hätte größerer Kräfte als der ihren bedurft, diesen Mann aus seinem körperlichen Gleichgewicht zu bringen. Wie es um das seelische Gleichgewicht stand, vermochte sie indes nicht zu sagen.

»Dennoch geht es nicht mit rechten Dingen zu, wenn ein Graf sich für einen simplen Seigneur ausgibt«, beharrte sie auf ihren Vorwürfen. »Ihr treibt ein falsches Spiel mit dem König und dem ganzen Hof. Welchen Grund gibt es für einen Edelmann von Rang und Namen, sich kleiner und unbedeutender zu machen, als er es ist, wenn nicht Verrat? Ist es nicht arg abgeschmackt, sich an einem ganzen Königreich zu rächen, nur weil eine einzige Frau Euch vor vielen Jahren tief gekränkt hat?«

Ihre entrüsteten Vorwürfe fanden erst ein Ende, als ihr der Atem ausging. Sie bekam keine Antwort. Sie spürte auch keine Reaktion in ihm. Da war lediglich eine unmerkliche Bewegung des breiten Brustkorbes unter ihren Händen, für die es eigentlich nur eine Erklärung geben konnte.

»Ihr lacht?«, zischte sie und entdeckte erstaunt, dass sie ihn in diesem Augenblick ebenso bewunderte wie hasste. »Werdet Ihr auch noch lachen, wenn Ihr den Verrätertod unter der Henkershand sterbt? Kümmert es Euch überhaupt, ob eine Menschenseele um Euch weint? Vielleicht sollte ich meiner klugen Schwester zu ihrem Weitblick gratulieren. Sie hat wohl zeitig erkannt, dass sie einem Schurken ohne Herz auf den Leim gegangen wäre.«

»Es liegt an Euch, mir dieses tragische Schicksal zu ersparen«, entgegnete er so gelassen, als unterhielten sie sich über die gezuckerten Mandeln, die sie vorhin gegessen hatte. »Beruhigt Euch und behaltet für Euch, was Ihr zu wissen glaubt. Überlasst es also mir, mein Leben zu führen, dann ist kein tödliches Ende zu fürchten.«

Der Sarkasmus in seiner beherrschten Stimme brachte Roselynne nur noch mehr in Rage. Sie war viel zu aufgewühlt, um sich die Ruhe zu nehmen, seine Worte genauer zu hinterforschen. In ihrer Angst machte sie nicht einmal mehr den Versuch, sich auf seine Gefühle und Gedanken zu konzentrieren. Sie begriff nur eines: Er spottete über ihre Furcht. Es bedeutete ihm nicht das Geringste, dass sie um ihn zitterte. Ja, es hatte fast den Anschein, als genösse er die Gefahr, in der er schwebte.

»Ihr müsst fort von hier«, forderte sie mit spröder Stimme. »Ihr könnt nicht länger in Winchester bleiben!«

»In der Tat.«

Da sich diese Einschätzung durchaus mit den Plänen des normannischen Edelmannes traf, widersprach er nicht. Wenn sie wusste, wer er war, musste er umgehend den Hof verlassen. Diesem stürmischen Temperament zu vertrauen wäre Selbstmord, sogar wenn er es für möglich gehalten hätte, einem weiblichen Wesen überhaupt zu vertrauen. »Ihr vergällt mir die Gastfreundschaft Eures liebenswürdigen Königs, Mylady.«

»Spart Euch den Hohn!« Roselynnes Hände ließen das Wams los, dafür schlug sie mit geballten Fäusten gegen die ungerührte Brust. »Ihr müsst fort, ehe der König erfährt, dass Ihr diese Gastfreundschaft mit schändlichem Verrat vergelten wollt.«

Der Graf runzelte die Stirn und fragte sich zum ersten Mal, ob die Demoiselle de Cambremer am Ende doch mehr wusste, als er glaubte. »Ihr seid ja ganz besessen von der Idee, mich zum Verräter zu stempeln. Habt Ihr denn auch handfeste Beweise für Eure Behauptungen, oder stützt Ihr Euch nur auf meine Laune, unter einem bescheideneren Namen zu reisen? Was wollt Ihr tun? Dem König berichten, was Ihr vermutet?«

Die zynische Provokation entlockte der jungen Frau ein verzweifeltes Stöhnen.

»Wie könnt Ihr nur denken, dass ich Euch ans Messer liefern würde«, sagte sie müde. »Eher würde ich mich selbst dem Schwert des Henkers beugen, als Euren Tod auf dem Gewissen zu haben.«

Ihr gequältes Geständnis trug den Stempel hoffnungsloser Ehrlichkeit. Dem Edelmann wollte keine Antwort darauf einfallen. Sosehr er seine Augen auch anstrengte, da war nicht mehr als ein anmutiger Schatten vor ihm. Ein Duft nach Rosen und der flüchtige Hauch weiblicher Erregung, den er schon einmal an diesem Tag gekostet hatte.

Es berührte ihn so tief, dass er die Schwäche, die sich damit verbreitete, zu fürchten begann. Er hatte bei Gott keine Zeit, sich in der subtil mädchenhaften Falle eines appetitlichen Edelfräuleins zu verlieren, das an ein Herz appellierte, welches gegen alle Gefühle gepanzert war. Der Verstand sollte die Richtschnur aller Handlungen eines Mannes sein, nur dann blieb er vor Unglück gefeit.

»Ihr verschwendet Euren Edelmut und Eure Tapferkeit an den falschen Mann, Demoiselle«, versuchte er diese Maxime in Worte zu fassen. »Mischt Euch nicht in Dinge, die Ihr nicht verstehen könnt.«

»Ihr müsst gehen«, Roselynne wischte seine Worte zur Seite, als wären sie nur das Wispern des Windes.

»Verlasst Winchester, ich flehe Euch an. Kehrt in die Normandie zurück! Ist Euch nicht klar, dass Ihr mit jedem Wort an diesem Hofe Euer Leben riskiert? Unterschätzt den König nicht! Warum seid Ihr zurückgekommen? Um meiner Schwester willen? Sie ist jetzt die Baronin von Aylesbury und trägt die Kinder eines anderen Mannes.«

Es war nicht ihre Art, bewusst grausam zu sein, aber sie wusste instinktiv, dass sie ihn aus seiner höchst gefährlichen Gleichgültigkeit reißen musste.

»Ihr solltet endlich von der absurden Vorstellung Abschied nehmen, dass ich noch immer um eine Verlobte trauere, die dieses Bündnis entschlossen gekündigt hat«, hörte sie die so ungeheuer kultivierte Stimme im Dunkeln sanft und mit kaum wahrnehmbaren Sarkasmus antworten. »Ich bin kein einsamer Ritter, der sich um einer vergessenen Vergangenheit willen in Gefahr bringt. Ich bin lediglich dem Befehl meines Souveräns gefolgt.«

Roselynne rang um Fassung und Worte. Was konnte sie tun oder sagen, um diese Mischung aus männlicher Überheblichkeit und gefährlichem Leichtsinn zu rühren?

»Umso besser«, versuchte sie ihre eigenen Empfindungen tapfer zu überspielen. »Dann wird es Euch leicht fallen, diese Insel zu verlassen. Geht! Je eher Ihr es tut, umso sicherer ist es.«

Die Dringlichkeit, mit der sie ihn davon schickte, erstaunte und verärgerte ihn zu gleichen Teilen. Er war es nicht gewohnt, wie ein missliebiger Bittsteller behandelt zu werden. Noch dazu von einer jungen Person, die den ganzen Abend damit verbracht hatte, ihm das Blut schneller durch die Adern zu treiben.

»Was erwartet Ihr?«, spottete er gereizt. »Dass ich jetzt davon spaziere und Euch mit Euren gefährlichen Vermutungen und dummen Gedanken zurücklasse?«

»Es wird Euch nichts anderes übrig bleiben, als mir

zu vertrauen«, wisperte sie, der Auseinandersetzung und der Ängste müde.

Der lange Tag und die widersprüchlichen Gefühle, die ihn begleitet hatten, forderten ihren Tribut. Sie taumelte vor Müdigkeit und fand sich im selben Moment an eine samtverhüllte Brust gezogen.

»Das sehe ich anders«, hörte sie ihn ebenso gedämpft antworten. »Ich bin kein gutgläubiger Tölpel, der mit Zutrauen um sich wirft.«

Sie wusste keine Antwort darauf. Aber sie schmiegte sich drängend in den schützenden Halt seiner Umarmung, um mit allen Sinnen die Berührung zu spüren. Sie wollte den Moment bewahren. Erinnerungen sammeln, von denen sie zehren konnte, wenn er fort und in Sicherheit war.

Es war das erste Mal, dass sie schweigend so viel innige Nähe teilten, und es würde wohl auch das letzte Mal sein.

Unter ihrer Wange konnte sie den ruhigen, stetigen Herzschlag spüren, aber die angespannten Muskeln verrieten ihr, dass ihn trotz aller vermeintlichen Gelassenheit mühsam unterdrückte Rastlosigkeit erfüllte. Dass er auf der Suche nach einem Ausweg fieberhaft den eigenen Kopf zermarterte und auf neue Ränke sann. Warum konnte er nicht einfach inne halten, diesen Augenblick genießen?

»Hexe!«

Hatte er es gedacht oder gemurmelt? Das Wort stand so klar in Roselynnes Kopf, dass sie fast lachen musste. Allein, es war ein trauriges Lachen.

»Wenn ich eine Hexe wäre und Euch verzaubern könnte, ich würde es nur zu gern tun«, flüsterte sie zwischen Vorwurf und Resignation. »Warum könnt Ihr mir nicht glauben, dass ich Euch lediglich helfen will? Liegt es daran, dass ich eine Frau bin?«

»Eine weitere Cambremer, die nur im Sinn hat, mich schnellstens wieder dorthin zu schicken, wo ich hergekommen bin«, stimmte er sarkastisch zu, aber er stieß sie dennoch nicht von sich.

»Was kann ich tun, damit Ihr mir glaubt?«

Roselynne hob den Kopf. Im Dunkel der Nacht schimmerte das blasse Oval ihres schönen Gesichts wie eine rätselhafte Gemme, während die Haare sich mit der Finsternis vermischten. Sie sprach mit heiserer Stimme und fachte damit sein Begehren noch mehr an als der Blütenduft ihrer hinreißenden Erscheinung.

Die Antwort entschlüpfte seinen Lippen, ehe ihm klar wurde, was er sagte und verlangte. »Verbringt diese Nacht mit mir, und ich werde dem König bei der nächsten Gelegenheit mitteilen, dass ich den Hof verlasse und in die Normandie zurückkehre!«

Roselynne lauschte den Worten nach, und deren Sinn sank Silbe für Silbe in ihr aufgewühltes Bewusstsein. Über dem Dröhnen ihres Herzens kam es ihr so vor, als könnte sie den Pulsschlag der Nacht vernehmen, das Rauschen des eigenen Blutes.

Sie musste sich entscheiden! Eine Nacht gegen seine Sicherheit. Ihre Jungfernschaft gegen sein Leben. Ein zu hoher Preis?

Justin d'Amonceux wartete. In seinem ganzen Leben hatte er noch nie eine Edeldame absichtlich so tief beleidigt. Er hatte keine gute Meinung von Frauen, aber er hatte stets vermieden, die Gesetze ritterlicher Höflichkeit so grob zu verletzen. Seine Forderung stellte die Dame Roselynne auf eine Stufe mit einer gemeinen Burgdirne. Er kaufte sie für eine Nacht und bot als Münze ein vages Versprechen, auf dessen Erfüllung sie kaum hoffen konnte. Ging ihre Tollkühnheit so weit, dies zu riskieren?

Gewiss nicht. Noch dazu, da sie nichts von dem Narren wissen konnte, der mit seinem vernünftigen Ich im Streit lag und sich gegen jede Einsicht nach der Süße ihrer Küsse verzehrte. Dem das Blut in den Kopf und andere Körperteile stieg und der heimlich eine Strähne ihres Haares im Schutz der Nacht an die Lippen drückte.

Roselynne blieb stumm, obgleich es für sie keine Frage gab, wie sie sich entscheiden wollte. Sie genoss lediglich den atemlosen Augenblick, ehe sie es ihm mitteilte. Das Entzücken, das ihren Körper bei der Aussicht auf das Kommende durchlief und ihn weich und atemlos machte. Wenn er begriff, was sie ihm schenkte, würde auch er dieses Glück empfinden.

Alles war gut und alles war richtig. Er nahm sich nur, was er ohnehin seit vielen Jahren besaß. Sie gehörte ihm. Sie hatte auf ihn gewartet.

8. Kapitel

»Ich brauche dich nicht mehr, Maud. Du kannst dich zur Ruhe begeben. Und bitte stör mich nicht zu früh, ich bin schrecklich müde …«

»Ihr seht blass aus, Dame Roselynne. Ist Euch nicht wohl? Ein Wunder wäre es nicht, wenn Euch nach dem Wirbel dieses Tages der Kopf schmerzte. Soll ich Euch einen Kräutertrunk bereiten, dass …«

»Nein!«

Roselynne erschrak über die unbeherrschte Panik in ihrer Stimme. Wenn sie sich nicht augenblicklich ein wenig beruhigte, würde sie Maud nie los werden. Sobald die Gute Grund zur Besorgnis witterte, würde sie ihr nicht von der Stelle weichen und sie unter Beschwichtigungen und Heiltränken begraben. Beides konnte sie in dieser Nacht wahrhaftig nicht gebrauchen.

»Nein«, wiederholte sie mit einem angestrengten Lächeln. »Das Fest war laut und anstrengend, das stimmt. Aber es genügt, wenn ich ein wenig ruhen kann. Ich bin nicht krank, nur erschöpft …«

»Wenn Ihr meint …« Maud zögerte, noch nicht ganz überzeugt. »Wenngleich es kein Wunder wäre, dass Ihr Euch angegriffen fühlt. In der großen Halle zieht es fürchterlich, und dieses Gewand ist nicht viel mehr als ein Hauch von Stoff. Es wäre kein Wunder, wenn Ihr Euch verkühlt hättet und nun die Folgen tragen müsstet.«

Roselynne schickte ein stummes Stoßgebet zum Himmel. Welche Heilige war dafür zuständig, übereifrige Kammerfrauen zu beschwichtigen? Gab es überhaupt eine Instanz für ihre verbotenen Wünsche? »Würde es dir etwas ausmachen, mich erst morgen zu maßregeln, Maud? Ich sehne mich nach Stille. Gute Nacht!«

Sie schob die Dienerin fast ein wenig zu energisch in Richtung Tür.

»Aber die Bänder! Ich muss Euch noch die Bänder lösen!«

»Ich bin kein kleines Kind mehr«, betonte Roselynne unwirsch. »Geh zu Bett, meine Gute. Ich bin sehr wohl imstande, mein Gewand selbst abzulegen und meine Haare zu bürsten. Man könnte meinen, du weißt nicht, wie meine Mutter ihre Töchter erzogen hat.«

Der Hinweis auf die Lady von Hawkstone tat seine Wirkung. Ein wenig brummend verließ die Kammerfrau das Gemach und zog sorgsam die halbrunde Holztür hinter sich ins Schloss.

Roselynne hatte von Anfang an darauf bestanden, allein zu schlafen. Sie mochte es nicht, wenn ihre persönliche Magd den Raum mit ihr teilte und des Nachts auf einem Strohsack vor ihrem Bett lag, wie es gemeinhin Sitte war. So hatte sie ihren ganzen Einfluss geltend gemacht, dass ihre Mägde eine der Kammern des Burggesindes bekamen. Das Herrenhaus in Hawkstone war so weitläufig, dass ein jedes der Kinder von Lady Liliana über ein eigenes Gemach verfügte, sobald es danach verlangte, und Roselynne hatte diese Ungestörtheit wie einen Luxus schätzen gelernt. Wenn Prinzessin Mathilda Wert auf ihre Dienste legte, dann musste sie ihr wenigstens diese Gunst erweisen.

Sie sank mit bebenden Knien auf den gepolsterten Hocker vor den glimmenden Scheiten im Kamin und fühlte sich nicht mehr fähig, auch nur die kleinste Bewegung zu tun. Mit jedem Atemzug drang ihr die eigene Kühnheit mehr ins Bewusstsein. Was, um Himmels willen, hatte sie getan? Welcher Wahnsinn hatte sie befallen, auf eine dermaßen närrische Forderung einzugehen?

Sie wandte sich nicht um, als sich die Tür in ihrem Rücken von neuem öffnete. Sie fühlte die Gegenwart des normannischen Seigneurs wie eine Veränderung der Luft in ihrem Gemach. Er war da. Er sah sie an. Sie konnte nichts tun, als ihn gewähren lassen. Sie hatte sich in seine Hand begeben.

Justin d'Amonceux legte den Riegel vor, aber er tat keinen Schritt in Richtung auf das Edelfräulein zu, dessen zierliche Silhouette vom rötlichen Schein des Feuers eingerahmt wurde. Die Reflexe der Flammen leuchteten im Gewebe des Silberkleids und setzten bläuliche Lichter in ihre Haarflut. Jetzt, wo sie die Arme nicht mehr vor der Brust verschränkt hatte, sah er, dass die keltische Brosche wie ein silbern heidnisches Priestermal rötliche Spuren in das zarte Fleisch drückte. Es juckte ihm förmlich in den Fingern, die köstlichen Wölbungen von ihrem harten Metall zu befreien und die Haut mit seinen Küssen zu heilen.

Wie schön sie ist, sagte eine innere Stimme, die ihn so töricht und vermessen zu einem Abenteuer führte, von dem er ahnte, dass er es bereuen würde. *Schön und zerbrechlich, betörend sinnlich und gleichzeitig von der klaren, kühlen Reinheit einer tiefen Quelle ohne jeden Makel.*

Roselynne erschauerte unter der eindringlichen Musterung. Ein Beben lief über ihre Haut und ihre Brüste schienen anzuschwellen. Die empfindsamen Spitzen verhärteten sich, und das Pochen ihres Herzens wurde schneller. Sie zwang sich, die Hände locker im Schoß liegen zu lassen; nur die winzige Bewegung ihres zarten Kehlkopfes verriet, dass sie krampfhaft schluckte, während sie sich ihrer Weiblichkeit, ihres Körpers so bewusst war wie nie zuvor.

Keine Angst!, mahnte sie sich selbst. *Du wolltest es. Du hast dich wie ein hungriger Raubvogel auf diese Gelegenheit gestürzt, einmal in seinen Armen zu liegen. In seinen Armen zur Frau zu werden, das ist mehr, als du dir in deinen kühnsten Träumen erhofft hast. Es ist auch alles, was du jemals an Glück von ihm erfahren wirst. Ich werde nicht zulassen, dass du dir diesen Augenblick durch dumme Ängste und zimperliches Getue zerstörst!*

Nichts von der heftigen Rede in ihrem Innern zeichnete sich auf ihren sanften Zügen ab. Das Lächeln, mit dem sie sich endlich zu ihm umwandte, war von einer Süße, die er noch nie bei einer anderen Frau gefunden hatte. Erwartungsvoll, zärtlich und ohne jeden Zweifel an der eigenen kühnen Entscheidung.

Mit zwei schnellen Schritten war er bei ihr und fasste nach ihren Händen, um sie hochzuziehen. Die stolze Selbstverständlichkeit, mit der sie den schönen Kopf in den Nacken legte und seinem Blick begegnete, erstickte seine lästigen Bedenken wie frisches Wasser. Eine Ader pulsierte an ihrem blassen, schlanken Hals, und die langen, gebogenen Wimpern warfen fächerförmige Schatten auf ihre ausgeprägten Wangenknochen, als sie sich halb über die veilchenblauen Augen senkten. Welche Gedanken wollte sie vor ihm verbergen?

»Wie schön du bist«, wiederholte er nun laut und senkte seine Lippen auf den begehrenswerten roten Mund.

Roselynne zierte sich keinen einzigen Herzschlag lang. Sie gab sich dem Kuss in einer bestrickenden Mischung aus Unschuld und hungriger Sehnsucht hin. Keinen Augenblick Zeit wollte sie mit mädchenhafter Scheu vertun. Ganz die Tochter eines kampferprobten Ritters, warf sie sich ohne Bedenken in die wichtige Schlacht um ihr lang ersehntes Glück.

Sie kostete die straffen, warmen Männerlippen, die nach Wein und Festmahl schmeckten. Sie fühlten sich gleichzeitig kühl und hart, aber auch sinnlich und unerwartet zärtlich an. Ihr Atem vermischte sich und wurde zum sanften Streicheln. Wovor hatte sie Angst gehabt? Vor diesem unerhörten Tumult aus Empfindungen, Sehnsüchten und Beglückung?

Sie drängte sich instinktiv dem athletischen Männerkörper entgegen, der ihrer zärtlichen Biegsamkeit mit muskulöser Geschmeidigkeit begegnete, bis sie nicht mehr wusste, wo sie aufhörte und wo er begann. Hitze stieg zwischen ihnen auf und hüllte sie in einen glühenden Kokon, der jede Wirklichkeit ausschloss.

Justin d'Amonceux verspürte diese Hitze ebenfalls, aber er war keine ahnungslose Jungfer. Er erkannte, dass da etwas zwischen ihnen vibrierte, das sich grundlegend von reiner Lustbefriedigung unterschied. Aber es unterschied sich auch von der klaren, sicheren Zuneigung, die er für die Schwester dieses Mädchens empfunden hatte. Als Sophia-Rose ihn erhört hatte, war er sicher gewesen, die ideale Gattin gefunden zu haben. Sie wusste, was sie ihm und seinem Namen schuldig war, und sie war viel zu stolz, um sich jemals in jene Niederungen gemeiner Leidenschaft zu begeben, die er so fürchtete.

Nun, am Ende war sie nicht stolz genug gewesen, ihr Wort zu halten, was ein Mann zweifellos getan hätte. Sie hatte sich schwach, launisch und töricht gezeigt. Er konnte dem Himmel danken, dass ihre Verbindung nicht zustande gekommen war. Aber was, zum Henker, trieb ihn jetzt in die zärtlichen Arme ihrer Schwester?

Was ihn zu Roselynne zwang, war Gewalt und Verlangen. Das Begehren nach diesem Mädchen schmerzte wie quälender Durst nach einem harten Ritt, wie das Schmachten nach der Sonne hinter den finsteren Mauern eines Kerkers.

Verflucht, er war mehr als nur wenig betrunken. Er hatte beim Festmahl dem Wein kräftig zugesprochen, weil ihm die Kehle eng geworden war, sobald er die Frau an seiner Seite nur angesehen hatte. Aber gewöhnlich vermochte ihm der Alkohol nichts anzuhaben. Auch bei seinem Treffen mit dem Schotten hatte er noch auf seinen kühlen Verstand und seine eiserne Beherrschung bauen können, doch nun ließ ihn beides im Stich.

Mit dieser faszinierenden Fee in den Armen, deren Haarpracht viel zu schwer für die zerbrechlich schlanke Säule des Nackens zu sein schien, fühlte er sich schlagartig bezecht. Trunken von dem Duft, der von ihrer Haut aufstieg, und dem Geschmack nach Honig und Gewürzen, der ihre berauschenden Küsse wie gefährliches Gift durchdrang.

Seine Zunge tastete über die glatte Reihe der perlengleichen Zähne und drang in die warme Höhle dahinter. Er fand die Antwort einer weichen, heißen Zungenspitze und überredete sie ohne Schwierigkeiten zum sinnlichen Tanz eines weiteren leidenschaftlichen Liebeskusses. Er trank den süßen Atem ihres Mundes und erforschte die samtigen Tiefen mit verheerender Gründlichkeit. Wenn er alle ihre Geheimnisse kannte, würde er keine Probleme haben, sie zu vergessen.

Roselynne kam es vor, als würde sie von einem einzigartigen Feuer verzehrt, das dicht unter der eigenen Haut entzündet worden war und sich unaufhaltsam ausbreitete.

Sie erzitterte und klammerte Halt suchend ihre Hände um die breiten Schultern. Tief in ihr baute sich eine fieberhafte Spannung auf, von der sie nicht sagen konnte, ob sie Schmerz, Sehnsucht oder Besessenheit im Gefolge hatte.

Sie wusste nicht mehr, ob sie seinen oder ihren Atem in die Lungen zog. Sie verlor sich in dem sinnlichen Spiel ihrer Zungen, und aus ihrer Kehle entrangen sich winzig schluchzende Laute, die ihm ihre Erregung verrieten. Halb besinnungslos sog sie schließlich wieder frische Luft ein und spürte die heißen, geschickten Lippen unterdes auf ihren Wangenknochen, den Brauen, auf den Augenlidern und in der empfindsamen Grube ihrer Kehle.

Schauer nie gefühlter körperlicher Lust rieselten über ihre Haut und schossen wie unerwartete Pfeile in die harten Spitzen ihrer Brüste. Sie glaubte das dünne Leinen des feinen Unterhemdes zu spüren, die Spannung der Kordel, die das Silberkleid eben noch über den erregten Knospen festhielt. Eine schlanke, sehnige Hand schob sich in eben diesem Moment zwischen ihre Körper und löste Band und Brosche gemeinsam.

Vom Gewicht des schweren Schmuckstücks gezogen, rutschte der Stoff über die Wölbungen nach unten, nur noch gehalten von ihren Armen, weil er in der Neigung der Ellbogen aufgefangen wurde. Obwohl im Kamin des Gemachs kräftige Scheite brannten und Wärme abgaben, fröstelte Roselynne bei dem unerwarteten Luftzug dieser Bewegung.

Alarmiert riss sie die Augen auf. Die straffen, rosig gekrönten Halbkugeln schienen ihr verletzlich und bedroht, ohne die schickliche Hülle aus Gewebe, die sie üblicherweise bedeckte. Sie schienen ihr auch klein und nicht sehr verlockend.

Aber als sich die eleganten Männerhände mit den langen Fingern darum legten und seine Daumenkuppen kosend über die harten Perlen strichen, grub sie die Zähne in die Unterlippe, um nicht von neuem zu stöhnen. Die rosigen kleinen Höfe kräuselten sich in einem sinnlichen Schauer und die Spitzen prickelten in unbekannter Erregung. Mit einem Mal fühlten sich ihre Brüste nicht mehr zu klein und zu unbedeutend an.

»Du hast die schönsten Brüste dieser Welt, Kleines!«, raunte Justin d'Amonceux hingerissen von ihrer Reaktion und ohne jede Spur der Kritik, die sie selbst dafür übrig hatte. »Lebendiger Marmor und doch so weich wie feinste Seide. Ich will sie kosten …«

Roselynne begriff erst, was er meinte, als seine Küsse in das Tal zwischen diesen Brüsten wanderten und seine geschickte Zunge bald darauf um die rosigen Gipfel tanzte. Das feuchte, heiße Zucken ließ sie aufwimmern, und als er eine der Warzen zwischen die Lippen zog und zart daran saugte, verlor sie vollends den Kontakt zur Wirklichkeit. Heiße Begierde pochte in den Tiefen ihres Leibes. Es half nichts, dass sie Erlösung suchend die Hüften an ihm rieb und die Beine wie im Schauer zusammenpresste.

»Was macht Ihr mit mir?«, klagte sie hilflos, während er seine wollüstige Aufmerksamkeit nun der anderen Brustwarze zuwandte und die feuchte Spitze der verlassenen Seite mit geschickten Fingerspitzen tröstete.

Ihre suchenden Hände strichen ziellos über seinen Kopf, vergruben sich in dem blonden, unendlich dichten Haar und pressten ihn in steigendem Verlangen gegen die zarten Wölbungen. Sie spürte das leise Kratzen seiner Bartstoppeln und den frechen, andeutungsweisen Biss von Zähnen an ihrer Brustspitze. Wenn es Schmerz verursachte, dann war es ein wundervoller Schmerz, den sie immer wieder fühlen wollte.

Der Edelmann erspürte die sinnlichen Reaktionen ihres erwachenden Körpers wie ein Echo auf das eigene wilde Verlangen. Er musste an sich halten, um den zierlich verführerischen Leib nicht einfach zu verschlingen. Ihn so barbarisch und gründlich zu unterjochen, wie es die eigene Begierde brennend verlangte. Er war beileibe nicht ohne Erfahrung in diesem erotischen Spiel, aber noch nie war ihm eine Edeldame dabei mit so viel hemmungsloser Verzückung entgegen gekommen.

Die schwarzhaarige Magierin wand sich in so atemloser Erwartung unter seinen Liebkosungen, dass er die Kontrolle über sich und sie zu verlieren drohte. Ein Schritt weiter, und er würde sie vor dem Kaminfeuer auf der Erde nehmen. Dabei wartete dort hinten ein einladend aufgeschlagener Alkoven mit feinstem Leinen.

»Lass dir helfen, meine Süße«, raunte er und schob geschickt das Gewand über ihre Arme, sodass sie nur noch ein hauchfeines Hemd trug, das sie bis zu den Knöcheln bedeckte. Es war jedoch von so dünnem Stoff, dass das Feuer die Konturen ihres schlanken Leibes nachzeichnete, bis hin zu dem dunklen Schatten, wo sich die langen Beine trafen.

Bei Gott, sie war alles, was sich ein Mann erträumen konnte. Zierlich, zerbrechlich und gleichzeitig an den richtigen Stellen wohl gerundet. Mit den sehnigen Muskeln einer Reiterin, die ihre Zartheit Lügen straften. In einem wilden Ausbruch seines Verlangens riss er das feine Hemd in der ganzen Länge auseinander. Jetzt war sie nur noch von ihrer schwarzen Mähne bedeckt, die wie ein Wasserfall aus Seide glatt über Schultern und Rücken bis zu einem entzückend straffen Hinterteil fiel. Die feinen Ziegenlederslipper und die mit Bändern befestigten Strümpfe machten ihre Nacktheit nur noch herausfordernder, und die tiefschwarzen Locken ihres Schoßes machten das rosig blasse Alabaster ihrer Haut fast durchsichtig.

Das Reißen des Stoffes holte Roselynne für ein paar Herzschläge aus ihrer sinnlichen Benommenheit. Die Bewunderung in den kristallklaren Augen, die sonst so ungerührt und teilnahmslos blickten, gefiel ihr jedoch ungemein. Sie hatte so lange vergebens davon geträumt, von ihm zur Kenntnis genommen zu werden. Bewunderung war sogar mehr, als sie erhofft hatte. Schon deswegen verzichtete sie darauf, sich schamhaft zu bedecken.

Im Gegenteil, sie nahm das Kinn ein wenig höher und straffte die Schultern, sodass sich ihre makellos festen Brüste leicht hoben und noch herausfordernder um Aufmerksamkeit heischten. In instinktiver Verführung strich sie sich mit den Handflächen über die Hüften, über den Leib und über die zarten Brüste, ehe sie mit erhobenen Armen die Flut der schimmernd schwarzen Haare lockerte und einen Anblick bot, der dem einer Fleisch gewordenen, heidnischen Liebesgöttin glich.

Der bloße Anblick trieb dem Normannen das Blut in den Kopf, und die Begierde brachte seine ohnehin schon erwartungsvolle Männlichkeit fast zum Bersten. Er musste sie haben, um jeden Preis!

»Gütiger Himmel«, murmelte Justin d'Amonceux und kämpfte sich mit bebenden Fingern aus den eigenen Kleidern. »Du bist eine Versuchung, die einen Heiligen in einen Sünder verwandeln könnte, weißt du das?«

Am liebsten hätte er sich das Wams wie ihr Hemd einfach vom Leib gerissen. Jede noch so kleine Spanne der Ablenkung schien ihm schon unerträglich und zu viel. Er wusste nicht mehr zu sagen, warum er diese Nacht von ihr gefordert hatte. Da war ein vager Versuch gewesen, sie vor sich selbst zu bewahren. Ihr eine ungefährliche Lehre zu erteilen, dass es so nicht ging. Sie konnte sich nicht mit einem Verräter zusammen tun, ihre Erziehung und ihre Moral mussten dagegen protestieren!

Aber sie hatte beides Hohn lächelnd zum Teufel geschickt und sich in seine Arme geworfen! Sie hatte genickt, und was immer sie dazu gebracht hatte, sich ihm hinzugeben: jetzt war es zu spät für eine Verweigerung. Jegliche Bedenken verschwanden im Nebel seines eigenen, stürmischen Begehrens, auch die lästigen Warnungen von Vernunft und Ehre.

Roselynne war es immer der liebste Zeitvertreib gewesen, ihn zu beobachten. Dass sie es jetzt ohne falsche Scham und jedwede Hemmung tun konnte, machte den Augenblick noch köstlicher. Er war schön. Schöner als alles, was sie sich erträumt hatte. Hoch gewachsen, mit breiten Schultern, die sich trapezförmig zu schmalen Hüften verengten und wiederum zu muskulösen Oberschenkeln übergingen.

Seltsamerweise fand sich kaum Haar auf seiner glänzenden, goldfarbenen Haut. Ein wenig Flaum auf den Beinen und ein goldener Busch dazwischen, aus dem eine kühne Lanze ragte, die ihr einen neuerlichen Schauer zwischen Lust und Panik entlockte, aber die Brust war glatt wie die einer antiken Statue. Haut, die von den Mulden und Wölbungen trainierter Muskelstränge durchzogen wurde und keine hässlichen Narben verlorener Kämpfe und vergossenen Blutes trug. Sie sah einen Mann, der gelernt hatte, auf sich zu achten.

Wie magisch angezogen, landete ihr Blick jedoch wieder auf seiner prall erregten Männlichkeit, und sie konnte ein furchtsames Aufkeuchen nicht unterdrücken. Was da riesig, glänzend und fast so dick wie ihr zierliches Handgelenk schräg nach oben ragte, schien ihr kaum möglich zu sein. Sie wusste um die Geheimnisse der Paarung. Sie hatte sie bei Tieren gesehen und auf Hawkstone bei der Maifeier die Knechte und Mägde heimlich beobachtet, die sich dem alten Ritus der Göttin der Erde hingaben. Aber dies hier passte nicht zu den Seufzern, dem fröhlichen Kichern und der drängenden Begeisterung, die sie damals gehört und erspürt hatte. Er würde sie zerreißen, wenn nicht gar töten.

»Schscht! Du musst keine Angst haben!« Justin nahm sie mit einer einzigen Bewegung auf die starken Arme und trug sie zum Alkoven. Der unverfälschte Schock in ihren Augen schmeichelte zwar seiner Männlichkeit, aber er glich auch dem Erschrecken einer Jungfrau.

Aber war sie das überhaupt noch? Wenn er sich entsann, wie willig, zärtlich und kenntnisreich sie sich seinen kühnen Berührungen im Obstgarten unterworfen hatte, kamen ihm Zweifel. Auch die Art, wie sie ohne jede Scheu ihre stolze Nacktheit präsentiert hatte, sprach dagegen. Dennoch, die Worte lösten sich wie von selbst aus seinem Mund. »Ich werde dir nicht wehtun. Ich gebe dir mein Wort!«

»Das scheint mir unmöglich«, hauchte Roselynne, in der Klammer seiner Umarmung gefangen. Hätte er sie nur einen Herzschlag lang frei gegeben, sie wäre in ihrer Panik auf der anderen Seite wieder aus dem Alkoven gesprungen, um sich in Sicherheit zu bringen.

»Vertrau mir, ich verspreche dir, dass es dir gefallen wird. Wie reizend du bist, meine Kleine. Du hast anbetungswürdige Brüste und eine Taille, so schmal wie eine Weide. Und was diese wunderschön gerundeten Hüften betrifft …«

Roselynne wand sich unter den sinnlichen Küssen, die seine Reise über ihren Körper begleiteten. Seine Zungenspitze tanzte über ihre Haut und neckte die empfindsamen Brustwarzen, ehe er sacht daran knabberte, als wären sie eine letzte Delikatesse des großen Festmahls. Seine Finger tanzten über ihren Leib, kitzelten den winzigen Nabel und strichen über ihre Hüften, ihre Oberschenkel, in die Grube ihrer Knie und nahmen ebenso spielerisch wie verheerend jedes noch so kleine Stückchen Haut in Besitz.

Gleichzeitig weitete sich ihr Innerstes unter diesem Streicheln wie unter den wärmenden Strahlen einer neuen Sonne. Er fand Gefallen an dem, was er sah und fühlte! Sie war nicht länger die übersehene Schwester mit den falschen Farben. Das Mädchen zweiter Wahl. Würde er sie sonst mit diesen geschickten Fingern liebkosen und mit seinen Küssen verführen?

Sie presste die bebenden Schenkel aneinander, während seine Finger liebevoll in das seidig nachtschwarze Gelock ihres Schamhaars tauchten und die weichen Löckchen durcheinander brachten. Was tat er da? Noch nie hatte sie ein Mann dort berührt, geschweige denn angesehen. Das durfte nicht sein! Aber ein unnachgiebiges Knie zwang nun ihre verkrampften Beine auseinander.

»Du bist auch hier vollkommen, meine Liebste«, beruhigte er ihre unausgesprochenen Ängste. »Eine liebliche Rosenknospe, von den Tautropfen der Lust auf das Hübscheste benetzt …«

Die raunende Stimme bannte Roselynne. Lediglich ein winziger Seufzer entschlüpfte ihr, als er die feuchten Blätter dieser bewunderten Blüte mit dem Finger streichelnd teilte, liebkoste und gleich einer Kostbarkeit in allen Einzelheiten erkundete und berührte. Sie fühlte Schauer nie gekannter Wonne diese Erkundung begleiten. Alles Blut staute sich in ihrem Unterleib und pulsierte im Rhythmus der kundigen Hand, die ihren

Schoß umfing und mit einem vorsichtigen Finger tiefer in sie drang als sie es für möglich hielt.

»Wie eng du bist, wie wundervoll und seidig, wie nass und erwartungsvoll. Es gefällt dir, wenn ich dich dort berühre, nicht wahr?«

Ihr leises, fassungsloses Wimmern war ihm Antwort genug. Er ahnte, was sie sagen wollte. »Nein, du musst dich dafür nicht schämen. Du bist feucht, weil es schön für dich ist. Lass dich fallen, ich fange dich auf, du bist nicht allein …«

»O bitte«, schluchzte sie und wusste nicht, worum sie flehen sollte. »Bitte …«

Sie bewegte die Hüften unruhig auf dem glatten Leinen, aber ein schweres Bein hielt sie gefangen, während sich Justin aufrichtete und ihren flehenden Mund mit einem neuerlichen leidenschaftlichen Kuss verschloss. Er musste sie nicht mehr bitten, ihm ihre Zunge zu schenken, sie kam ihm entgegen, wild, von zügelloser Ekstase und unbekannten Wünschen getrieben.

Und während er sich tief in die Höhlung ihres Mundes bohrte, spürte Roselynne den glatten, heißen Pfahl seiner Männlichkeit, der sich beharrlich und heiß gegen die zarte Pforte ihres Schoßes drängte. Riesig, hart und doch unerwartet geschmeidig glitt er mit Hilfe ihrer eigenen, lustvollen Feuchtigkeit auf den Spuren seines aufreizenden Fingers in die Tiefen ihres Schoßes. Roselynne wurde gedehnt, vollkommen ausgefüllt und auf eine Weise überwältigt, auf die sie trotz ihres Wissens nicht vorbereitet war. Ihre Seele bäumte sich unter dem jähen Begreifen auf, dass sie für immer in seinen Besitz überging.

In diesem kurzen Moment der kristallklaren Erkenntnis empfand sie auch Justins fassungsloses Erstaunen. Er hatte trotz allem nicht wirklich damit gerechnet, dass sie noch Jungfrau war. Aber das Hindernis sprach für sich, mahnte zur Vorsicht, zur Umkehr. Der Schweiß brach ihm aus allen Poren, und mit übermenschlicher Gewalt hielt er inne.

Roselynnes Lider flatterten und ihr Blick erfasste das versteinerte Antlitz. Sie las die Betroffenheit und den Kampf in den durchscheinenden Kristallaugen. Ihre Angst wich der Sorge vor dem, was er im nächsten Moment tun würde.

»Nein!«, wisperte sie rau und schlang ihre Beine wild um seine Oberschenkel. »Du darfst mich jetzt nicht im Stich lassen! Tu es! Ich will es!«

Mit allem hatte er gerechnet, nur nicht mit einem so herrischen, heiseren Befehl. Welch eine Frau! Er bedeckte die gebieterischen Lippen mit einem Kuss, um sie zum Schweigen zu bringen. Aber die kecke Zungenspitze, die sich in seinen Mund schlängelte, riss die hastig aufgeworfenen Bollwerke seiner Selbstbeherrschung schneller nieder, als er sie errichten konnte. Sie schlang sich zum hitzigen Tanz um seine eigene Zunge, während sich ihre Hüften unruhig unter ihm bewegten und die seidigen Muskeln ihres Schoßes sich spürbar um ihn schlossen. Ihre Nägel krallten sich in seinen Rücken und ihr Blick verschwamm.

Roselynne war inzwischen fern jeder Furcht, denn es war tatsächlich kein Schmerz, den sie fühlte, wenn er in ihr war. Allein, es fehlte noch irgendetwas, das sie nicht benennen konnte. Er war nicht weit genug, nicht tief genug in ihr. Instinktiv kam sie dem Ruck entgegen, mit dem seine harte Lanze das dünne Hindernis durchbrach, das sie aufgehalten hatte.

Der kurze, heiße Schmerz ließ sie aufkeuchen, aber sie empfand ihn nur am Rande ihres Bewusstseins. Er flammte auf, verbrannte und versickerte in der Fülle aller anderen Emotionen. Da war der überwältigende Eindruck, endlich eins mit ihm zu sein, tiefer und vollkommener, als sie es je für möglich gehalten hatte. Das war es, was sie immer gesucht hatte! Schon allein dieses unglaubliche Ausgefülltsein sandte zitternde Schauer der Lust durch ihren ganzen Körper. All die Spannung, die sich in ihr aufgeladen hatte, explodierte in einem weiß glühenden, elementaren Blitz der vollkommenen Ekstase.

Justin spürte, wie sich die zarten und zugleich so festen Muskeln ihres Schoßes heftig um sein Glied krampften. Sie bewegten sich, als besäßen sie ein eigenes, wildes und zügelloses Leben. Nie hatte er Vergleichbares bei einer Frau gespürt, und es entlockte auch ihm einen Höhepunkt, wie er ihn vollkommener und stürmischer noch nie erlebt hatte. Er verströmte sich mit einem heiseren Schrei des Erstaunens in die heiße, pulsierende Höhle ihres Schoßes und war ihr ebenso ausgeliefert wie sie ihm.

Der Schweiß trocknete auf ihren verschlungenen Leibern, aber sie spürten es nicht. Der Nachhall der Liebesglut ließ sie in einer Erschöpfung zurück, die sich kaum von einer echten Ohnmacht unterschied. Justin brach über dem wundervollen Leib zusammen, und es war nur sein Instinkt, der ihn dazu veranlasste, sich halb auf die Seite zu drehen und ihn in seinen Armen zu bergen, statt ihn mit seinem Gewicht zu ersticken.

Ein Funkenschauer stob im Kamin auf, als sich der Nachtwind im Rauchabzug verirrte, und das plötzlich aufglühende Rot flackerte über die verschlungenen Körper. Roselynnes Geist schwebte auf seltsame Weise über dem Bild. Wie eigenartig, dass sie das Paar in seiner paradiesischen Nacktheit sehen konnte. Sie waren eins und sie sah den winzigen Funken des neuen Lebens, der im tiefsten Punkt ihrer Vereinigung aufglühte. Ein neuer Anfang?

9. Kapitel

Ein schweres Gewicht lastete auf Roselynnes Brüsten und ein weiteres auf ihren wirren Haarsträhnen, sodass sie den Kopf nicht richtig bewegen konnte. Was war geschehen? Was fesselte sie in die Laken ihres Bettes? Nur langsam und seltsam verschwommen nahm sie ihre Umgebung wahr. Sie hatte geträumt zu fliegen, Leben zu sehen.

Nur ein Traum. Das rote Glühen kam vom Feuer im Kamin.

Die Kerzen in dem großen schmiedeeisernen Leuchter brannten flackernd, der dringend geputzt werden musste. Auf dem Boden vor dem Kamin lag etwas Silbernes, wie ein Pfütze vergossenes Wasser. Verwirrt senkte sie wieder die Lider und versuchte die Dinge einzuordnen, die sie sah und spürte.

Ihr Körper fühlte sich seltsam schwerelos und zugleich besonders empfindlich an. Ihre Brüste schmerzten, als wären sie mit rauem Gewebe in Berührung gekommen, und zwischen ihren Beinen zitterte der Nachhall einer inneren Verletzung, deren Blutspuren sie erst später auf dem Linnen entdecken sollte.

In diesem Augenblick kam Leben in das Gewicht auf ihren Brüsten. Sie spürte seidige Haare, Bartstoppeln und einen Mund, der wie der eines Kindes so nahe an einer Brustspitze ruhte, das jeder Atemzug sie kühlte und winzige Schauer fremder Empfindungen hervorrief.

Justin! Die Erinnerung kehrte mit einem Schlag zurück. Sie hatte ihre Jungfräulichkeit an Justin d'Amonceux verschenkt und dafür Augenblicke der reinsten Lust und überirdischen Wonne erhalten. Sie hatte nicht geahnt, dass es so wundervoll war, was sich zwischen Mann und Frau abspielte. So unglaublich erregend und aufwühlend.

Sie rang zitternd um Luft, um Beherrschung, schon jetzt in dem Wissen, dass sie all diese Empfindungen in ihrem Herzen vor ihm verschließen musste. Wenn er erfuhr, was es für sie bedeutete, würde es ihn erschrecken, im schlimmsten Fall sogar vertreiben.

»Nicht!« Justin legte eine warme Hand auf ihre Brust und stützte sich auf den anderen Arm auf, um sie halb schuldbewusst, halb erstaunt anzusehen. »Es hat keinen Sinn zu weinen! Es ändert auch nichts mehr daran.«

»Aber ich weine nicht«, Roselynne musste fast lachen über so viel Ahnungslosigkeit. Es klang heiser, als hätte sie Stunden damit zugebracht zu sprechen. »Ich wusste nur nicht, dass es so ... so unbeschreiblich ist. So unendlich schön ...«

Die Worte fehlten ihr, und sie biss sich auf die Unterlippe. Eine Geste, die zu ihr gehörte wie die stolze Neigung des Nackens und der Schwung der endlos langen, nachtdunklen Wimpern. Die Geschehnisse hatten Röte auf ihre blassen Wangen gezaubert und die heftigen Küsse den vollendet geschwungenen Mund mit einer leichten, verlockenden Schwellung versehen.

Justin d'Amonceux ertappte sich dabei, wie er die Spuren anstarrte, welche ihre Zähne auf der Unterlippe hinterlassen hatten. Er beugte sich hinab zu ihr und fuhr mit der Zungenspitze liebkosend über die Male. Eine unbewusste erotische Zärtlichkeit, die Roselynne noch tiefer erröten ließ, weil sie sich daran erinnerte, was diese Zunge in ihrem Mund getan hatte. Sie hatte nicht geahnt, dass Küsse zu einer gefährlichen Droge werden konnten. Ihre Blicke trafen sich.

Hellste, sommerblaue Augen tauchten in veilchenblaues Strahlen. In diesem Moment benötigte Roselynne keine Worte. Sie sah, dass er ebenso berührt und verwandelt worden war wie sie. Dass sie einander etwas so

Seltenes und Kostbares geschenkt hatten, dass es in ihrer Sprache keine Worte dafür gab. Sie hob eine Hand und legte sie in Höhe seines Herzens auf die nackte Haut.

Unter ihren Fingerkuppen konnte sie den regelmäßigen Herzschlag spüren, und das Bewusstsein, dass das Schicksal sie für immer aneinander gekettet hatte, war stärker als je zuvor.

Deswegen war es ihr auch so leicht gefallen, die Heimat ihrer Kindheit zu verlassen. Ein Teil von ihr schien gewusst zu haben, dass ihr Leben an einem anderen Ort Erfüllung finden würde. Dass sie sich auf die Suche nach der zweiten Hälfte ihrer Existenz machen musste.

Auch Justin spürte die verhängnisvolle Endgültigkeit der zutraulichen Geste. Aber gleichzeitig erschreckte ihn der Besitzanspruch, den die zierliche Hand auf seinem Herzen anmeldete. O nein, er würde kein zweites Mal die Dummheit begehen, Vernunft und Fühlen zu verwechseln. Schon gar nicht bei einer Tochter des Lords von Hawkstone. Auch wenn Roselynne die Spiele des Alkovens noch so sinnlich zu spielen wusste: über ihn würde sie nicht den Sieg davontragen. Er hatte gegen besseres Wissen einmal geliebt und würde es nie wieder tun.

Roselynne verfolgte den Gang seiner Gedanken ohne Schwierigkeiten.

»Du verwechselst die Liebe mit der Jagd, mein Herr«, wisperte sie mit einem feinen Runzeln ihrer Stirn. »Warum kannst du nicht einfach annehmen, was das Schicksal uns schenkt? Dies ist kein Kampf und es gibt keinen Sieger. Du wolltest diese Nacht.«

Er erwiderte das Stirnrunzeln, denn es gefiel ihm ganz und gar nicht, durchschaut zu werden. Sicher war es nur ein Zufall, dass ihre Gedanken auf ähnlichen Pfaden wandelten. Dennoch erzeugte es eine jähe Unsicherheit in ihm, eine Schwäche, die nichts mit der körperlichen Erschöpfung zu tun hatte, von der er sich gerade ein wenig erholte. In einem Anfall von Selbstkritik nahm er seine eigenen Motive näher in Augenschein.

Was hatte ihn wirklich in dieses gefährliche Abenteuer getrieben? Verletzte Eitelkeit? Männlicher Stolz? Der dumme Wunsch, Hawkstone und seinen Töchtern zu beweisen, dass es falsch gewesen war, ihn davon zu schicken? Welch ein Dummkopf er doch war. Ein Narr, der nicht einmal Dankbarkeit dafür aufbrachte, dass Sophia-Rose de Cambremer es ihm erspart hatte, eine Ehe wie so viele andere Edelleute zu führen.

Erst jetzt konnte er in jäher Aufrichtigkeit erkennen, wie sehr er sich in seinen Gefühlen für sie getäuscht hatte. Da war liebevolle Zuneigung gewesen, ehrliche Freundschaft, wahrhafte Bewunderung ihrer Anmut, Haltung und Erziehung. Aber auch das selbstverliebte Bewusstsein, dass sie prächtig an seiner Seite aussähe und seine Feinde ebenso blenden würde wie seine Freunde.

Lauter Dinge, die ihm niemals in den Sinn kämen, wenn er die Waldfee mit den violetten Augen betrachtete, die ihn ihrerseits mit einer Intensität beobachtete, die ihn erschreckte.

In Roselynnes Blicke zu tauchen bedeutete, den Rest der Welt auszuschließen und die Gesetze der Gesellschaft zu vergessen. Im Glanz ihrer Augensterne zu ertrinken. Hunger und Durst zu entsagen, Freunden und Feinden. Es machte Pläne, Zukunft und Ehre unwichtig. Da war eine Magie zwischen ihnen, die jegliche Gefühle, die er jemals für andere Menschen empfunden hatte, klein und unwichtig erscheinen ließ. Wenn er es zuließe, würde sie sein Lieben in ihre zierlichen Hände nehmen.

Jetzt hob sie den Kopf, dessen Haare endlich vom Gewicht seines Oberkörpers befreit waren, und ließ die Hand sinken. Er konnte nicht wissen, dass sie den Pfaden seiner Gedanken mühelos folgte. Dabei ahnte sie noch eher als er selbst, dass ihrer Liebe nur diese eine Nacht gegönnt sein würde. Eine Nacht für ein ganzes Leben – und sie wollte keinen Herzschlag davon vergeuden.

Ehe er eine Bewegung machten konnte, ersetzten ihre Lippen die Hand auf seinem Herzen. Er spürte das seidige Streicheln über dem Schlag seines Lebens, der sich mit einem Male beschleunigte, als befände er sich auf der Flucht. Aber es gab kein Entkommen vor dieser Druidin, die ihn mit unsichtbaren Seidenfäden band und in ihren Besitz brachte.

»Wie glatt und heiß deine Haut ist«, murmelte sie und glitt mit der Wange von einer Seite zur nächsten. »Du bist so anders als die Kämpfer, die ihre Narben wie Auszeichnungen tragen. Ich mag deine makellose Haut, den Duft nach Mann und Kraft, den du verströmst. Wusstest du, dass ich als Kind immer davon geträumt habe, eines Tages einen Mann zu lieben, der wie die römischen Marmorfiguren aussieht, die in unserem Garten zu Hawkstone stehen? Es hat mir immer gefallen, wie glatt und vollkommen sie sind. Göttlich fast, nicht menschlich.«

Ihre Zungenspitze malte verspielte Muster um seine flachen Brustwarzen, die sich augenblicklich alarmiert aufrichteten, was ihr ein entzücktes, mädchenhaftes Kichern entlockte. Das Murmeln ihrer Stimme glich dem Plätschern eines Baches, der auch die Reste seiner Selbstbeherrschung davon spülte.

»Teufelchen, lass das …«

»Oh … es gefällt dir nicht?« Die Enttäuschung stand so deutlich auf den feinen Zügen geschrieben, dass er zwischen Lachen und Entsetzen schwankte.

»Es ist wundervoll. Aber wenn du so weitermachst, werde ich wie ein Barbar ein zweites Mal über dich herfallen und meine Beherrschung verlieren. Ich möchte dir keine Schmerzen zufügen.«

Roselynnes Brauen hoben sich in ungläubigem Erstaunen. »Es geht ein zweites Mal?«

Wenn es noch eines weiteren Beweises für ihre unschuldige Ahnungslosigkeit gebraucht hätte, hier war er. Justin d'Amonceux stöhnte auf. »Die Möglichkeit besteht, und wenn jemand so lange keine Frau mehr geliebt hat wie ich, dann ist es nicht einmal ein besonderes Problem. Männer sind unersättlich, hast du das noch nicht herausgefunden?«

»Oh …« Ein weiteres Lächeln kräuselte den frivol gewölbten Mund, und ihr Verstand speicherte das unerwartete Geständnis seiner selbst auferlegten Enthaltsamkeit für später. »In diesem Fall sollten wir Euch Erleichterung verschaffen, mein lieber Seigneur.«

»Was tust du?«

Justin ächzte, als die unternehmungslustige Zunge heiß und feucht um seine Brustwarze tanzte und einen Schauder durch seinen Leib sandte, der auch das letzte feine Härchen auf seiner Haut sträubte. Ein leichter Schubs warf ihn auf den Rücken, und diese Lage schenkte ihm einen verführerischen Blick auf die schöne Nackte, deren Haare wie dunkle, geheimnisvolle Bäche über den hellen Marmor ihrer köstlichen Brüste flossen.

Sie verschlang seinen Körper mit wissbegierigen Augen und zärtlichen Lippen. Ihre Küsse kosteten seine Haut und ihre Fingerkuppen malten verlockende Muster über die Stränge der gespannten Muskeln.

»Du wolltest eine Nacht mit mir und sie ist noch nicht vorbei«, wisperte sie in verspäteter Antwort auf seine atemlose Frage. »Ich möchte all die Dinge mit dir tun, die du mit mir getan hast …«

»Alle?«, erkundigte er sich erstickt, denn die bloße Möglichkeit trieb ihm die Hitze in die Stirn und Fieber in die Lenden.

»Die meisten«, verbesserte sie sanft.

Das schmeichelnde Streicheln ihrer Haare auf seiner

Haut sorgte im Verein mit dem kehligen Ton ihrer Stimme dafür, dass sich seine Männlichkeit von neuem begehrlich reckte. Die rosigen Knospen ihrer Brüste strichen über sein Glied, als sie mit ihrer vorwitzigen Zunge die Tiefen seines Nabels erkundete, und das Blut pulsierte erneut mit leidenschaftlicher Macht in seinem Schaft.

Sie würde ihn verrückt machen, für immer für jede andere Frau verderben, aber er konnte nichts anderes tun, als sich ihrer Macht fügen. Er wurde zu Wachs in den zierlichen, neugierigen Händen, die sich nun seiner Männlichkeit annahmen, deren Lebendigkeit sie ebenso faszinierte und entzückte, wie ihre pure Größe sie erschreckte.

»Ich hätte nie gedacht, dass du in mir Platz findest«, wisperte sie in nachträglichem Erstaunen und ihre Finger glitten Besitz ergreifend über die glatte Haut. »Wie schön er ist und wie stark er sich anfühlt.«

Schauer roter, rasender Lust ließen den Mann unter ihrer Hand erzittern und er knirschte unwillkürlich mit den Zähnen, um sich nicht wie ein unbeherrschter Knabe in ihre Hände zu ergießen. Er vergaß darüber nachzudenken, ob ihre kindliche Neugier Raffinesse oder pure Arglosigkeit sein mochte. Sie paarte die Verführungskraft einer erfahrenen Liebesdienerin mit der unschuldigen Reinheit eines wissensdurstigen, fröhlichen Kindes. Entweder hatte sie trotz ihrer zwanzig Lenze noch keine schlechten Erfahrungen gemacht, oder sie besaß eine Unschuld des Herzens, wie sie ihm noch nie begegnet war.

Tatsache blieb, dass er sich nicht fähig fühlte, ihren zugleich delikaten und unerwarteten Erkundungen Einhalt zu gebieten. Allein sie dabei zu beobachten, wie sie seinen Körper erforschte, war schon mehr wert als das Versprechen auf ewige Seeligkeit. Ganz zu schweigen von den berauschenden Gefühlen, die ihre flinken Finger und gewagten Küsse hervorriefen.

Roselynne spürte mit einem Seufzer der Erleichterung, dass er es aufgab, weiter gegen die eigenen Wünsche zu trotzen. Deutlicher als er selbst begriff sie den Zwiespalt seiner Lage. Sie befand sich schließlich in derselben verzweifelten Situation. Schließlich flüchtete auch sie sich vor den nötigen Entscheidungen in das wollüstige Vergessen der reinen Leidenschaft.

Ihre Ehre, ihr Stolz, ihr Name und ihre Herkunft verlangten, dass sie ihn preisgab. Dass sie ihn dem König anzeigte und die Gefahr für das Reich bannte. Noch war kein Schaden angerichtet, noch konnte der wichtige Ring in Graf Duncans Besitz entdeckt und zurückgehalten werden. Aber dafür musste sie ihn verraten. Ihre Liebe mit eigenen Händen töten!

Sie entrann den mahnenden Gedanken, als sie Justin liebkoste, bis sie nur noch das Blut in ihren Adern rauschen hörte und ihr Herzschlag dröhnte. Es mochte unreif und falsch sein, ihn zu lieben, aber es war auch köstlich und dringlich.

Sie brauchte ihn so sehr! Sie wollte ihn in sich fühlen, in seinen Armen zerfließen und nie wieder in die Wirklichkeit zurückkehren.

»Liebe mich!«, flehte sie mit rauer, angespannter Stimme. »Liebe mich, damit wir den Morgen vertreiben und uns die Nacht untertan machen.«

Diese Aufforderung sprang auf ihn über wie ein Zündfunke in trockenes Reisig. Die Tiefe der Leidenschaft, die sie beide aneinander band, verlieh dem sinnlichen Spiel von Hingabe und Lust einen jähen, tiefen Ernst. Beide waren sie sich der Tatsache bewusst, dass es für sie keine Zukunft geben würde, nur die Stunden, die noch vor ihnen lagen. Stunden, die zu kurz erschienen, um das heiße Feuer des Verlangens einzudämmen.

Es war diese Erkenntnis, die Roselynne dazu brachte, jeden Zweifel, jede Scheu und jede angeborene Scham zu vergessen. Sie würde ein Leben lang Zeit haben, ihre

Fehler zu bereuen und ihre Sünden zu beichten. Aber nicht diese Nacht!

Der normannische Edelmann hätte die Aufforderung eigentlich nicht nötig gehabt. Längst in heißer Begierde entflammt, streckte er die Hand aus und umfing die bezaubernden Brüste. Er spürte, wie sich die prallen Spitzen gegen seine Handflächen drückten, und hörte das leise gehauchte, sehnsuchtsvolle »O, Justin!«, mit dem sie seufzend darauf reagierte, dass er die rosenfarbenen Perlen sacht zwischen Daumen und Zeigefinger rollte, bis sie marmorhart erstarrten.

Sein Name, ohnehin selten ausgesprochen, berührte ihn mehr als ein Kuss. Die einzige Person, die ihn so genannt hatte, war längst tot. Sein Vater hatte ihn Sohn genannt, und die wenigen Freunde, die er im Laufe seines Lebens gesammelt hatte, sagten Amonceux, der Rest Graf, Seigneur oder Ritter. Sogar die Frauen, die er in sporadischen Abständen mit seiner Gunst beglückte, hatten nie gewagt, die unsichtbare Grenze zu überschreiten, die seine kühle Distanz um die eigene Person zog. Die Vertraulichkeit des alten Kindernamens aus dem Munde dieses leidenschaftlichen Geschöpfes zu hören war seltsam anrührend.

Im Verein mit der Verlockung ihrer zärtlichen Hände schuf Roselynne ein Netz aus Wärme und Freude um diesen nächtlichen Alkoven. Etwas, das ihn berührte und wärmte, das an Sommerwiesen und friedliche Tage erinnerte und das dem Glück so nahe kam, wie er es seit vielen Jahren nicht mehr gespürt hatte.

Roselynne stockte der Atem, als sie fühlte, dass er neuerlich hart und heiß in sie drang. Ein paar Herzschläge lang fühlte sie das Brennen der frischen Wunde, die er ihr zugefügt hatte, dann jedoch trug sie die tiefe, innige Verbindung über so simple Dinge wie bloßen Schmerz hinaus. Die Flut staute sich mit einer dunklen, heißen Macht, die sie mit ihm in einen sinnlichen Orkan riss, in dem die Leidenschaft sich wie ein glühender

Flammenspeer entlud. Ein Blitz, der sie aus der Welt entführte und sie zurückwarf auf reines Fühlen. Sie zerfiel in winzige Sternensplitter, die durch die Nacht davon segelten, nur gehalten von der Kraft der Seele, die sich mit ihr vereint hatte. Es war schöner als alles, was sie je gefühlt hatte. Es war Tod und ewige Seligkeit zugleich.

10. Kapitel

Der graue Morgen kroch durch die halb geschlossenen Läden des luxuriösen Gemachs und erreichte schließlich den zerwühlten Alkoven. Kühle Luft strich über den nur halb bedeckten Körper zwischen den Laken und weckte mit ihrem frostigen Biss den Mann, der im ersten Moment nicht sagen konnte, wo er sich befand und wie er hierher gekommen war.

Stöhnend strich sich Justin d'Amonceux mit den Fingerspitzen über die Stirn. Es war nicht die taube Mattigkeit von zu viel Wein und schlechter Unterhaltung, die ihn noch umfangen hielt, sondern eine ungewohnte Kraftlosigkeit aller Sinne. Die Bewegung brachte ihm jedoch schlagartig zu Bewusstsein, dass er keinen Faden am Leib trug. Die eine Erkenntnis führte zur nächsten. Die vergangenen Stunden waren die lustvollsten und erschöpfendsten seines Lebens gewesen.

Gütiger Himmel, der Morgen dämmerte bereits, und das, was er da hörte, waren unzweifelhaft die Morgenglocken der Kirchen und Kapellen von Winchester! Er musste fort! Wenn man ihn in Roselynnes Gemach entdeckte, gab es einen Skandal erster Güte. Wo waren nur seine Kleider, seine Schuhe ... Wo war *sie?*

Erst jetzt ging ihm auf, dass der weite Raum des geschützten Alkovens ihm allein gehörte. Nur ein vager Duft nach Rosen, nach leidenschaftlicher Liebe und menschlichen Körpersäften verriet, dass er nicht allein gewesen sein konnte. Aber die Sirene, die ihn in den vergangenen Stunden ebenso heißblütig wie begehrlich gefesselt hatte, war verschwunden. Keine Spur des anmutigen Leibes und der seidigen Mähne.

Er richtete sich auf, und ein unterdrücktes Stöhnen quittierte die winzigen Kratzer heftig eingesetzter Fingernägel, die auf seiner Haut brannten und rötliche Spuren hinterlassen hatten. Die Glut im Kamin war erloschen, die Kerzen nur kalte Wachspfützen. Seine Kleider lagen sorgsam gefaltet über einem dreibeinigen Hocker und an der Wand neben dem Fenster stand eine aufgeschlagene Kleidertruhe mit wild durcheinander geworfenem Inhalt. Es sah ganz danach aus, als habe sich jemand hastig und ohne langes Zögern in das nächstbeste Gewand gehüllt.

Die Stundenkerze brannte als einzige noch in einem eisernen Dreifuß und zeigte ihm, dass glücklicherweise noch Zeit blieb, sein eigenes Gemach zu erreichen, ehe das Leben in der Burg wieder seinen täglichen Lauf nahm. Im Nu war er auf den Beinen und hatte seine Kleider übergestreift. Er befestigte den Gürtel mit dem Dolch und strich sich ordnend über die Haare. An der Tür indes zögerte er.

Alles in ihm verlangte danach, Roselynne de Cambremer zu sehen, zu berühren, zu küssen. Aber im grauen, kühlen Morgenlicht kam ihm der ekstatische Rausch der Nacht mit einem Male übertrieben und unglaublich vor. Dass er ausgerechnet in den Armen einer unerfahrenen Jungfrau so viel Befriedigung gefunden hatte, lag sicher an seiner langen Enthaltsamkeit. Hinzu kam, dass es seiner Männlichkeit geschmeichelt hatte, wie sie sich so überwältigt und hemmungslos seinen Forderungen ergeben hatte.

Logik und Vernunft sagten ihm, dass er nichts anderes getan hatte, als ihr bei der Entdeckung der eigenen, allerdings bemerkenswerten Sinnlichkeit behilflich zu sein. Er hoffte für sie, dass sie einen Gemahl finden würde, der diese seltene Gabe zu schätzen wüsste.

Der letzte Gedanke entlockte ihm seltsamerweise einen lästerlichen Fluch, und er stürmte hinaus wie von Dämonen verfolgt. Wo immer Roselynne sich befand, sie hatte es vorgezogen, ihm aus dem Weg zu gehen. Vielleicht schämte sie sich auch für ihr Verhalten.

Es war sicher besser, wenn sie einander aus dem Wege gingen. Zum ersten Mal zog er die Möglichkeit, Winchester zu verlassen, tatsächlich in Betracht. Roselynne hatte mit ihrem Körper dafür bezahlt, und seine innere Stimme sagte ihm, dass es vernünftig wäre, ihr künftig aus dem Weg zu gehen. Sie hatte eine Macht über ihn errungen, die nichts Gutes versprach.

Die Kapelle von Winchester war um die frühe Morgenstunde kaum besucht: ein paar Mönche, die für das Wohl des Königs beteten, Reisende, die noch einen letzten Segen wünschten, bevor sie sich beim Öffnen der Stadttore auf den Weg machen würden, und stille Gestalten, die von ihrer übergroßen Frömmigkeit oder ihrem schlechten Gewissen vor den Altar getrieben worden waren.

Roselynne zählte sich zu Letzteren. Trotz ihrer unendlichen Mattigkeit hatte sie keinen Schlaf gefunden. Von ihren Gedanken und ihren aufgepeitschten Sinnen wach gehalten, hatte sie das Heraufdämmern des Tages beobachtet und den tiefen Atemzügen des normannischen Ritters gelauscht, der an ihrer Seite schlummerte. Niedergestreckt von seiner endgültigen Erschöpfung und mit dem friedlich entspannten Gesicht eines Jungen, den sie noch nie in ihm wahrgenommen hatte.

Aber es war genau jener Friede, der sie selbst um den Schlummer gebracht hatte. Woher nahm er die Sicherheit und das Gottvertrauen, an ihrer Seite den Schlaf eines Kindes zu finden, wenn sie doch seine Freiheit, seine Ehre und sein Leben in den Händen hielt? War er sich ihrer so sicher? Oder war ihm all das so gleichgültig, dass ihn der mögliche Verlust nicht beunruhigte?

Die Unruhe hatte sie aus dem Alkoven getrieben, als die ersten Umrisse im Dunkel zu erkennen gewesen waren. Während er tief und fest geschlafen hatte, hatte sie die zerrissenen Gewänder des Abends in den Tiefen ihrer Kleidertruhe versteckt und sich so leise wie möglich in ein einfach geschnürtes Gewand aus weichem Wolltuch gehüllt, unter dem sie ein schlichtes, warmes Hemd und ein gefüttertes Unterkleid trug, das den morgendlichen Herbstwind abhielt.

Es war ein Kleid, wie es die Frauen und Mägde auf dem Lehen von Hawkstone anlegten, wenn sie sich daran machten, ihr Tagwerk in Haus und Garten zu tun. Festes Tuch, wie es nur am Ufer des Cuckmere gewebt und verarbeitet wurde, weil dort die Schafe jenes dichte Wintervlies trugen, das Wasser und Kälte zugleich abhielt, wenn man es auf bestimmte Weise walkte – eine Methode, die in Hawkstone von Generation zu Generation weiter getragen wurde.

Sie hatte instinktiv versucht, sich damit in die Geborgenheit ihrer verlorenen Kindheit zu hüllen, aber es hatte nicht viel geholfen. Auch wenn sie die schweren Haare zu sittsamen Zöpfen flocht und den Scheitel mit der Kapuze ihres Umhangs bedeckte: der Körper unter all dem Stoff war nach dieser Nacht nicht mehr derselbe wie früher. Die gewohnten Gebete ihrer Andacht flohen sie, und unter der mächtigen Balkendecke der Kapelle erstickte sie fast unter der Woge der Selbstanklagen.

Was, um alles in der Welt, hatte sie sich von dieser Nacht erhofft? Dass sie das Herz des Seigneurs rührte, das irgendwo unter dieser Kruste aus Stolz und Eis schlagen musste? Dass ihn das Blut ihrer Jungfernschaft von der Reinheit ihrer Absichten überzeugte? Dass er sie vor sich auf sein Ross setzte und auf seine Burg in der Normandie entführte, wo sie bis ans Ende ihrer Tage in himmlischem Frieden und ewiger Liebe leben würden?

Das bittere Lachen in ihrer heiseren Kehle schmeckte nach Galle und Selbsterkenntnis. Sie konnte nur hoffen, dass er fort war, wenn sie zurückkam. Sie hatte Angst, in seine Augen zu blicken und dort nichts mehr von der Bewunderung zu finden, die sie sich eine Nacht lang mit Leib und Seele erkauft hatte. Im Licht des Tages musste er sie für ihren Leichtsinn und ihre schlimme Hemmungslosigkeit verachten.

Nicht einmal in diesen Stunden hatte er das Wort Liebe erwähnt oder ihr jene Schwüre geleistet, die sie als selbstverständlich erwartet hatte. Sie war für ihn ein reich gedecktes Mahl gewesen, das er genommen hatte, ohne sich Gedanken um die Bezahlung zu machen. Im Nachhinein konnte sie nur über das dumme Geschöpf den Kopf schütteln, das ihm alles gegeben und nichts verweigert hatte.

Immerhin zweifelte sie keinen Augenblick daran, dass er sein Wort halten würde. Er würde Winchester und die Insel auf eiligstem Weg verlassen. Und sei es auch nur, um seinem Herrn die Nachricht zu überbringen, dass der Verrat vollbracht und das Zeichen dafür übergeben worden war. Der Ring! Was konnte sie tun, um den Ring des Herzogs an sich zu bringen?

Wenn doch nur ein einziges Mitglied ihrer Familie in der Nähe gewesen wäre, bei dem sie jetzt hätte Rat suchen können! Aber ihr Vater hatte sich schon nach dem Pfingstfest mit seiner Gemahlin nach Hawkstone zurückgezogen, und die Baronin von Aylesbury, ihre kluge, schöne Schwester, residierte mit ihrem Gemahl und der wachsenden Kinderschar in der Festung an der Mündung des Solent. Sie kamen nur sehr selten an den Hof, denn der Baron hatte stets Mühe, seine Eifersucht im Zaum zu halten, wenn die Ritter des Königs seine schöne Frau umschwärmten, der auch die Geburt des zweiten Kindes nichts von ihrem Liebreiz geraubt hatte.

Roselynne war nur auf sich selbst und den schmerzenden Kopf angewiesen, der unter der Last ihres Kummers und ihrer Probleme wie mit Eisenbändern umschlossen schien. Auch bei Prinzessin Mathilda würde sie keine Hilfe finden. Vor die Wahl zwischen dem Wohl einer Gefährtin und dem des Königs und Bruders gestellt, würde sie ohne nachzudenken nur die Interessen des Herrschers vertreten.

»Heilige Mutter Gottes, hilf mir!«, flehte Roselynne und rang die eisigen Hände. »Gib mir die Kraft, das Richtige zu tun!«

Aber sie wusste gleichzeitig auf einer kühlen, rationalen Ebene ihres Verstandes, dass nur ein Wunder sie davor retten konnte, ihre Pflicht zu tun und Justin d'Amonceux zu verraten. Allein, wer sollte dieses Wunder vollbringen?

Niemand wagte es, die fromme Beterin zu stören, die auch nach dem Ende der Morgenfeier auf den Knien blieb und deren bebende Lippen ihre innere Aufgewühltheit verrieten. Neugierige Blicke streiften sie; es fehlte nicht viel, und der Sekretär des Bischofs von Canterbury hätte sie angesprochen und ihr geistlichen Beistand angeboten. Nur die flüsternde Stimme eines herbeieilenden Pagen, der den gelehrten Mönch gesucht hatte, hielt ihn letztendlich davon ab.

Er hatte indes das unverwechselbar feine Profil der stolzen Demoiselle von Cambremer erkannt. Vielleicht würde sich ja im Laufe des Tages die Gelegenheit ergeben, mit der Dame zu sprechen und ihr den Trost der heiligen Kirche anzubieten.

Roselynne wusste nicht zu sagen, wie viel Zeit vergangen war, als sie das Gotteshaus schließlich verließ. Bleierne Regenwolken hingen bis über die königlichen Standarten der Burg herab. Vereinzelte Windstöße trieben feine Gischt und Nebelfetzen durch den Morgen. Das graue Zwielicht war um keinen Deut heller geworden, und jeder, der nicht in den Höfen und auf den Wehrgängen zu tun hatte, suchte eilends den Schutz eines Daches und die Wärme eines Feuers auf. Sogar die Scharen der Hühner, Hunde, Ziegen und Schweine, die gewöhnlich im Wirtschaftshof herumliefen, blieben heute in ihren Verschlägen.

Die junge Edeldame zog den wärmenden Mantel fester um die Schultern und senkte den Kopf, um dem Regen und dem Wind keinen Widerstand zu bieten. Sie fühlte sich unendlich schwach und todmüde. Ausgelaugt und niedergedrückt von Problemen, die zu schwer für ihre schmalen Schultern waren. Vielleicht war dieser Umstand daran schuld, dass ihr die beiden bulligen Männer nicht auffielen, die schwere Reiterumhänge über dem Harnisch trugen und plötzlich neben ihr aus dem Regen auftauchten, als hätte sie ein Magier aus dem Nichts herbeigezaubert.

Erst als sie rüde an den Oberarmen gepackt und herumgerissen wurde, realisierte sie die Gefahr. Ihr Schreckensschrei wurde unter dem schweren Lederhandschuh zu einem leisen Gurgeln erstickt. Die Kapuze ihres Umhangs rutschte noch tiefer in ihre Stirn. Schock und Luftmangel ließen ihr die Sinne schwinden und sie sank in sich zusammen.

Schon spürte sie nicht mehr, dass sie einfach davongetragen wurde. Unweit der Ställe wartete ein gewappneter Reisetrupp, der sich mit seinen Pferden so schnell und geschickt um die kleine Gruppe schloss, das nicht einmal ein flüchtiger Zeuge Verdacht geschöpft hätte. Allein, da war niemand. Sogar die Pferdeknechte hatten sich wieder unter das Dach des Stalls geflüchtet. Keine Menschenseele sah das düstere Funkeln in den Pupillen des Anführers, als er die reglose Gestalt in Empfang nahm und vor sich im Sattel barg.

Die fröstelnde Wache am Haupttor machte sich nicht die Mühe, den Trupp zu kontrollieren oder gar aufzuhalten. Wenn die Schotten verrückt genug waren, an einem solchen Tag die Heimreise anzutreten, dann würde sie niemand in der Burg des Königs halten.

Winchester sah die schottische Gesandtschaft gern davon reiten. Die Männer zwangen ihre Rösser zu scharfem Galopp, aber die Straßen waren so leer, dass ihnen niemand Platz machen musste. Sie verschwanden, wie sie gekommen waren, ein düsterer Spuk.

»Heilige Mutter Gottes! Es ist heller Vormittag, Ihr könnt doch nicht immer noch schlafen!«

Die Kammerfrau stieß die hölzernen Läden des Gemachs auf und wandte sich dem Alkoven zu, um ihre junge Herrin noch ein wenig ausgiebiger zu schelten. Freilich blieb ihr die Tirade beim Anblick der zerrauften, leeren Laken im Halse stecken.

»Da soll doch ...«, murmelte sie und trat näher an das Bett, um sich mit ungläubigen Augen davon zu überzeugen, dass tatsächlich niemand unter dem Wust aus Decken und Kissen verborgen lag.

Zwischen den Vorhängen des Bettes, die zum Kopfende und zur linken Seite hin noch geschlossen waren, hatte sich jedoch ein so unverkennbarer Duft nach Unzucht und Mann gefangen, dass sie vor Schreck zurückstolperte. Ihre Herrin und ein Mann? Unmöglich! Freilich sprachen die getrockneten Blutflecken auf dem zerwühlten Laken und diverse andere Spuren ihre eigene, unmissverständliche Sprache. Wo steckte das Unglücksmädchen?

»Gütige Mutter!«, stammelte Maud fassungslos und zog in einer nachtwandlerischen Bewegung die Decke über die verräterischen Male, ehe sie die Arme in die Hüften stemmte und sich umsah. Wo hatte sich der Fratz vor den Folgen seines Leichtsinns versteckt? Was hatte Roselynne de Cambremer in ihrer ungezähmten Sorglosigkeit getan, und wie sollte sie das der Lady, ihrer Mutter, erklären, geschweige denn ihrer Kinderfrau Grytha?

»Welch ein Unglück!«

Maud rang die Hände und entdeckte dabei die offene Kleidertruhe und das für sie so typische Durcheinander, das Roselynne auf ihrer hastigen Suche nach einem warmen Gewand angerichtet hatte.

Es war die Truhe mit den einfachen Hauskleidern, die Roselynne mehr aus Sentimentalität denn aus Notwendigkeit in diesem Raum behielt. Normalerweise trug sie delikatere Stoffe, Samt, bestickten Atlas, Seide und hauchfeine Schleier, die auf geheimnisvollen Transportwegen auf die Insel kamen und in weiter Ferne gefertigt wurden. Weshalb plötzlich gesponnene Wolle aus Hawkstone? Weil sie sich verkleiden wollte? Wozu? Für eine Flucht?

Die Kammerfrau bekreuzigte sich hastig, als könnte sie so die Fülle ihrer Befürchtungen eindämmen. Dann schloss sie die Truhe und machte sich auf die Suche nach ihrer Herrin, jedoch nicht ohne vorher das befleckte Leinen vom Bett entfernt und ebenfalls in der Truhe geborgen zu haben. Eine Mischung aus Loyalität und Zuneigung zwang sie dazu, Roselynne wenigstens vor dem Skandal zu schützen, der unzweifelhaft drohte, wenn ein anderer diese Spuren entdeckte und der Klatsch einsetzte. Auf Hawkstone war man gewohnt, sich nur der Autorität des Lords und seiner Lady zu unterwerfen. Maud richtete sich aus alter Gewohnheit sogar jetzt danach.

Sie hatte sich eben erst wieder aufgerichtet, als Margaret de Lacey ohne jede Spur von Förmlichkeit in das Gemach wirbelte und sich naserümpfend nach ihrer Gefährtin umsah.

»Wo steckt deine Herrin? Die Prinzessin ist böse auf sie, und sie tut gut daran, wie ein Blitz bei ihr zu erscheinen. Puh, wie das hier riecht. Hast du die Kleidertruhen deiner Herrin nicht gelüftet?«

Erst mit Verzögerung drang das Bild der Hände ringenden Kammerfrau in Margarets Bewusstsein. Sie hatte Maud als gelassene, tüchtige Magd kennen gelernt und konnte sich nicht vorstellen, was sie in einen dermaßen aufgelösten Zustand versetzte.

»Was ist passiert?«, fragte sie deutlich vorsichtiger und runzelte die Stirn über den dunklen, neugierig funkelnden Kirschenaugen.

»Ich weiß es nicht, Mylady«, entgegnete die Kammerfrau seufzend. »Dame Roselynne hat mich angewiesen, sie nach dem Fest schlafen zu lassen. Aber als ich in ihr Gemach kam, war sie schon fort. Sie hat sich ohne meine Hilfe angekleidet, das hat sie noch nie getan!«

»Hm«, Margaret machte ein paar Schritte näher zum Alkoven, sah auf das Bett und schließlich auf den Leuchter, dessen geschmolzene Kerzenreste davon kündeten, dass Roselynne lange Licht benötigt hatte. »Sie war nicht unter den Damen, die der Prinzessin heute Morgen aufgewartet haben, und sie hat bei der Andacht ebenso gefehlt wie bei der ersten Mahlzeit. Sie war zwar nicht die Einzige, denn das Fest gestern … nun ja!«

Margaret de Lacey brach ab, zuckte viel sagend mit den Schultern und kam endlich zum wichtigsten Punkt ihres Auftrages. »Die königliche Prinzessin besteht augenblicklich auf ihrem Rat, weil der Händler mit den Gewürzen und den getrockneten Kräutern gekommen ist. Roselynne muss ihre Wahl treffen, denn sie ist es doch, die jene Tinkturen mischt, mit denen Mathilda ihre Haare spült und die Haut bleicht. Wir brauchen sie, sofort!«

»Ich weiß nicht, wo sie ist, Mylady«, gab die Kammerfrau zu.

»Dann such sie, schnell! Fort mit dir, sie soll ins Sonnenzimmer kommen!«

Doch am Ende war es nur die ratlose Kammerfrau, die vor der Prinzessin in eine Reverenz versank und zugab, dass sie nicht die kleinste Spur ihrer jungen Herrin entdecken konnte. Es schien, als wäre Roselynne de Cambremer vom Erdboden verschluckt worden.

Es dauerte einen weiteren halben Tag, bis diese alarmierende Nachricht endlich zum König durchdrang, der sich gemeinhin nicht um den Haushalt seiner Schwester kümmerte.

Aber inzwischen war Prinzessin Mathilda so besorgt, dass sie ihn auf dem Trainingsplatz aufsuchte, wo er trotz des immer noch nieselnden Regens mit Rittern,

Freunden und Gefährten dafür Sorge trug, dass die Kampfkraft der königlichen Truppe auf gleichbleibend hohem Niveau blieb. Die jähe Abreise der schottischen Gesandtschaft hatte ihn eher dazu angespornt als beruhigt, denn er beging nicht den Fehler, den schönen Worten der kriegslüsternen Nordmänner Glauben zu schenken. An schottische Friedensbeteuerungen glaubte er ebenso wenig wie an Wunder.

Rufus warf seiner Schwester einen erstaunten Blick zu. Gewöhnlich sah sie es nicht gern, wenn sich ihre Ehrendamen bei den Kampfplätzen herumtrieben; dass sie es nun selbst tat und noch dazu bei diesem Wetter, musste schwer wiegende Gründe haben. Auch ihre Miene verriet ihm, dass sie schlechte Nachrichten brachte.

»Heraus damit!«, forderte er in seiner direkten, barschen Art. Hiobsbotschaften hatten es an sich, dass schnelles Handeln gefordert war, und er schätzte es wenig, wenn um den heißen Brei herumgeredet wurde.

»Ich fürchte ein Unglück, Sire.« Auch Prinzessin Mathilda verfügte über die Fähigkeit, ohne Umschweife auf den Punkt zu kommen. »Eine meiner Damen ist spurlos verschwunden, und niemand weiß Genaueres über ihren Verbleib. Womöglich ist ihr etwas zugestoßen.«

Rufus versuchte seinen Ärger zu verbergen, aber die rote Stirn unter den wirren Haaren verriet ihn. »Deswegen störst du mich auf dem Kampfplatz? Wegen eines verschwundenen Weibes?«

Prinzessin Mathilda straffte in einer Bewegung die Schultern, die alle älteren Ritter an den Eroberer erinnerte. Sie mochte noch so winzig sein, aber sie verstand es wahrlich, sich Gehör zu verschaffen. Sogar bei einem älteren Bruder, mit dessen Zorn nicht zu spaßen war.

»Es handelt sich um Roselynne de Cambremer, mein König«, entgegnete sie ruhig. »Sie ging gestern Abend vom Fest in ihre Gemächer, aber von diesem Zeitpunkt an hat keine Menschenseele mehr eine Spur von der Dame gesehen.«

»Verzeiht, königliche Hoheit. Sie war in der ersten Morgenandacht«, mischte sich eine leise Stimme ein, und ein Mönch, die Hände in den Ärmeln seiner Kutte vergraben, trat vor. »Ich habe sie gesehen. Im Gebet versunken und ohne einen Blick für ihre Umwelt. Eine wahrhaft fromme, gottesfürchtige Dame! Es schien mir, als hätte sie einiges mit unserem göttlichen Herrn zu besprechen.«

Die Prinzessin dachte an das herausfordernde Gewand, mit dem diese gottesfürchtige Dame am Abend zuvor unter den Edelmännern für Aufsehen gesorgt hatte, und presste die schmalen Lippen aufeinander. Gebet und Reue, auch das passte wenig zu Roselynne.

Wüsste sie es nicht besser, so hätte sie gewettet, dass Roselynne de Cambremer sich nach diesem allzu freizügigen Auftritt in den Armen eines Mannes wieder gefunden hatte. Indes, sie war kein leichtsinniges, einfältiges Edelfräulein auf der Suche nach einem wohlhabenden Ehemann. Mathilda konnte sich in den Jahren, die das Mädchen zu ihrem Haushalt gehörte, nicht an ein einziges, vergleichbar skandalöses Kleid erinnern. Auch an kein Ärgernis, keine Unpünktlichkeit und keine Unbesonnenheit.

Roselynne mochte manchmal eigensinnig wirken, aber sie war auch pflichtbewusst, liebenswürdig, sanft und von verlässlichem Charakter. Sie verschwand nicht ohne jede Nachricht und besorgte die Menschen, die ihr zugetan waren. Das passte einfach nicht zu ihr.

Auch der König, der dem Lord von Hawkstone und seinen Kindern aufrichtig zugetan war, kam zu dieser Erkenntnis. Wenn Roselynne de Cambremer nirgends zu finden war, dann war dies in der Tat Anlass zur Sorge. »Hast du überall nach ihr geforscht?«

Die Prinzessin nickte. »Natürlich. Ohne diese Sicherheit hätte ich es nie gewagt, meinen König zu stören. Sie ist nicht in dieser Burg. Ihre Kammerfrau sagt, dass nur ein Umhang und ein einfaches Gewand fehlen. Schmuck und persönliche Habe sind unangetastet, auch ihr Pferd steht in den Ställen.«

»Kann sie in der Stadt sein? Eine unverhoffte Botschaft? Ein heimlicher Freundschaftsdienst?« Der König brach ab, als seine Schwester verneinend den schleierbedeckten Kopf schüttelte.

»Was bleibt?«, fragte er knapp und ließ seine Blicke über die Gruppe der Männer schweifen, die sich mit gesenkten Waffen um ihn versammelt hatten und je nach Temperament Anteil nehmend oder gleichgültig wirkten.

»Was haltet Ihr von einem Manne?«, warf eine kühle, freundlich distanzierte Stimme ein.

Alle Augen blickten zu Loup de Luthais, der sogar auf dem Kampfplatz mit Samt und Juwelen prunkte und seinen Anteil am Training der Ritter heute auf beißende Kommentare beschränkte. Nicht, weil er den Wind und den Regen fürchtete, sondern den eigenen, mühsam unterdrückten Zorn auf sich selbst. Wenn er heute eine Waffe in die Hand nähme, könnte er für nichts garantieren.

Der König lachte dröhnend. Er hatte Gefallen an den sarkastischen Bemerkungen des normannischen Gastes gefunden, die auf höchst subtile Weise zwischen Spott und Gleichgültigkeit schwebten. Er war ein Mann nach seinem Geschmack. Ungerührt, makellos, elegant, schön wie die gefährlich geschliffene Klinge eines morgenländischen Dolches. Ein Mann der feineren Waffen und nicht des schweren Breitschwertes, auch wenn er jenes mit erstaunlichem Geschick zu handhaben verstand. Von Frauen wie der Demoiselle de Cambremer schien er indes weniger zu verstehen.

»Ein Mann«, wiederholte Rufus und schüttelte seinerseits den Kopf. »Höchst unwahrscheinlich. Roselynne de Cambremer hat nicht einen der Ritter erhört, die bei ihrem Vater um ihre Hand geworben haben. Zweifellos ist sie anmutig, aber dank nachsichtiger Eltern ein wenig zu eigensinnig und nicht darauf angewiesen, einen Gemahl zu finden, der für sie sorgt.«

Der Seigneur de Luthais hatte dem König gegenüber die Miene eines Mannes aufgesetzt, der, von keiner persönlichen Sorge getrübt, dem Problem nur am Rande seine Aufmerksamkeit zollte. Dass er in Wirklichkeit die Dinge, die er über Roselynne erfuhr, förmlich in sich aufsog, blieb sein Geheimnis.

Wo, bei allen Heiligen, steckte das Mädchen? Stand ihr Verschwinden tatsächlich mit den Ereignissen der vergangenen Nacht in Zusammenhang? Oder gab es andere Gründe dafür, dass sie sich an diesem Morgen in aller Heimlichkeit aus seiner Umarmung geschlichen hatte?

Er hatte sie bislang für eine junge Frau gehalten, die trotz aller ausgefallenen Launen ihrem Rang und ihrer noblen Geburt Ehre erwies. Sie würde die königliche Prinzessin nie aus einer bloßen Laune heraus in Sorge versetzen, geschweige denn den König verärgern. Was also war am Rande des heutigen Tages zwischen Nacht und Morgen geschehen?

»Kümmert Euch um die Angelegenheit«, wies der König inzwischen seinen Burgvogt an, der den Befehl mit einer stummen Reverenz zur Kenntnis nahm. »Ich wünsche jede Wache, jeden Diener und jede Magd befragt. Ich erwarte Euren Bericht vor dem Mahl heute Abend. Dann werde ich entscheiden, ob ich einen Boten nach Hawkstone sende oder nicht.«

Der Vogt eilte davon, die Befehle auszuführen. Rufus' Diener wussten, dass man weder seine Ungeduld noch seinen Jähzorn herausfordern sollte. Wenn er Anordnungen traf, mussten sie blitzschnell und auf die Silbe genau ausgeführt werden; dann allerdings erwies er sich als gerechter und freundlicher Herrscher.

»Fasse dich in Geduld«, riet er danach seiner Schwester ebenso knapp. »Wer weiß, welche Grillen das Hawkstone-Mädchen davon abhalten, seine Pflichten zu tun. Vielleicht lässt du die Zügel deines Haushalts ein wenig zu locker, liebe Schwester.«

Es war eine der seltenen Gelegenheiten, wo der König zu scherzen versuchte, und wie meistens klang es eher nach einem schroffen Verweis denn nach einem Versuch, die Prinzessin aufzumuntern. Der Seigneur de Luthais verstand indes sehr wohl, warum sich die hohe Dame mit versteinerter Miene zurückzog.

Am liebsten wäre er ihr gefolgt und hätte auf der Suche nach Roselynne jeden Stein dieser Burg umgedreht. Allein, wie hätte er das dem König gegenüber begründen sollen? Seine Aufgabe zwang ihn in eine Rolle, die seinem eigentlichen Charakter zunehmend schwerer fiel. War es vorstellbar, dass diese eine besondere Nacht eine so gefährliche Bresche in die Mauern geschlagen hatte, hinter denen er sein wahres Ich verbarg?

Dabei hatte er anfangs nur Erleichterung darüber verspürt, dass ihm Roselynne die unvermeidliche Ernüchterung im Morgengrauen erspart hatte. Als der Tag fortschritt, folgte männliche Gekränktheit, am Ende sogar Verärgerung. Wie kam sie dazu, den Spieß umzudrehen und ihn zu behandeln, wie ein Mann ein Mädchen behandelt hätte, mit dem er ein paar Stunden Vergnügen geteilt hatte, aber nicht mehr? Zu seinem großen Erstaunen entdeckte er, dass es ihm missfiel, so unwichtig für sie zu sein.

Jetzt jedoch dachte er zunehmend daran, dass sie keine Lady war, die vor den Folgen ihrer Entscheidungen davon lief. Er hatte ihren Eigensinn kennen gelernt, ihren Stolz, ihren Mut und ihr Temperament, aber da war nie auch nur die kleinste Spur von Feigheit gewesen. Wer dieses Geschöpf von dem Weg abbringen wollte, den es für sich gewählt hatte, musste dies mit Gewalt tun. Welche Gewalt hielt sie also davon ab, ihren Dienst bei der Prinzessin anzutreten?

Mit einem Mal witterten all seine Sinne Gefahr. Es kostete ihn seine ganze beträchtliche Selbstbeherrschung, die Rolle des kultivierten Edelmannes weiter zu spielen, der dem König schmeichelte, aber wiederum nicht so plump war, dass jener die Absicht dahinter merkte und sein Vertrauen zurückzog.

»So in Gedanken, Messire de Luthais?« Der König warf seinem Gast einen jener düsteren Blicke zu, die so gut wie alles bedeuten konnten.

Wie üblich gelang es dem Seigneur, sein Erstarren hinter der ein wenig geistesabwesenden Maske eines leisen Lachens zu verbergen, das keine Wärme in seine Augen brachte. »Verzeiht, aber die Sorge der königlichen Prinzessin um die Dame de Cambremer beschäftigt mich zu meinem eigenen Erstaunen. Was könnte einer so entzückenden Person im Schutze Eures Hofes zustoßen?«

Rufus schnaubte unwillig. »Weiß ich's? Das Mädel hat seinen eigenen Kopf, wie alle Kinder Lord Hawkstones. Es sollte längst verheiratet sein, aber der Alte weigert sich, Druck auf sie auszuüben. Dabei gäbe es wahrhaftig eine stattliche Anzahl von Edelmännern, die ich gern mit einer so guten Partie belohnen würde. Ihr denkt nicht zufällig daran, Euch auf dieser Seite des Kanals niederzulassen? Ich hatte den Eindruck, dass Euch die körperlichen Reize der Kleinen gestern Abend stark beeindruckt haben. Sie hat ja kein Geheimnis daraus gemacht.«

»Ich weiß die Ehre dieses Angebots wohl zu schätzen, Sire«, murmelte der normannische Ritter glatt. »Aber wäre es nicht besser, erst die Dame zu finden, ehe Ihr sie einem Manne schenkt, dessen Loyalität Ihr sicher erst genauer prüfen möchtet?«

»Haltet Ihr das für nötig?«, entgegnete der König ausdruckslos und ließ offen, ob er damit die Frage der Dame oder jene der Loyalität ansprach.

Die blauen Kristallaugen blieben klar und ungetrübt.

Sie verrieten nicht, dass sich der Verstand dahinter fragte, wie er sich am besten aus dieser Falle befreien konnte, ohne sich den Zorn des Königs zuzuziehen.

»Wer bin ich, dass ich es wage, einem König Ratschläge zu erteilen?«, entgegnete er findig und garnierte die Floskel mit einer kleinen Grimasse.

Rufus quittierte die kühne Frechheit mit einem rauen Lachen und griff wieder nach seinem Schwert. »Wir werden noch herausfinden, wer Ihr seid, Monsieur de Luthais.«

Der König gab das Zeichen, die Kämpfe wieder aufzunehmen. Das Klirren der Waffen vertiefte das Unbehagen des normannischen Ritters. Hatte er da eben eine Warnung vernommen?

Rufus entpuppte sich als wesentlich vielschichtiger, wie es die Beschreibung seines Bruders hatte vermuten lassen. Er war nicht der hirnlose ›Haudrauf‹ mit der möglichen Vorliebe für schöne Gefährten, den der ältere Robert Kurzhose in ihm sah. Er war vielleicht barsch, direkt und undiplomatisch, aber er hatte sich mit Leib und Seele dem Erhalt des Königreiches verschrieben, das ihm sein Vater vererbt hatte. Er stellte das Wohl des Landes weit über jenes der eigenen Person.

Robert von Anjou tat das nicht. Je länger Justin d'Amonceux die Gesellschaft seines Bruders teilte, umso mehr teilte er auch die Meinung des verstorbenen Eroberers über den Charakter seiner Söhne.

11. Kapitel

»Man könnte meinen, die junge Frau habe sich in Luft aufgelöst«, beendete der Burgvogt seinen niederschmetternden Rapport und wagte nicht, die Augen von den Stiefeln des Königs zu nehmen.

Er sah nur zu gut, dass der junge Herrscher ungeduldig seinen Schwerpunkt verlagerte, und fühlte eine wahre Flut von Zorn von ihm ausgehen. Verübeln konnte er es seinem König wirklich nicht. Wann hatte es das denn schon einmal gegeben, dass eine Ehrenjungfer des königlichen Hofes schlicht und einfach verschwand?

Die adeligen jungen Damen wurden mit ihrem Ruf an den Hof geehrt und über ihre Geschlechtsgenossinnen hinausgehoben. Der König wurde zu ihrem Herrn, mehr als ihr Vater. Sie benötigten seine Genehmigung, damit sie vermählt, ausgezeichnet, verbannt oder als Pfand benutzt werden konnten. Sie gehörten zu seiner Familie, und der Monarch bestimmte über ihr Leben und ihr Schicksal. Auch wenn sie nicht immer mit allen seinen Forderungen einverstanden waren, wurde ihr Gehorsam als selbstverständlich vorausgesetzt. Im Austausch dafür schenkte er ihnen Ansehen, Sicherheit und manchmal sogar eine Mitgift.

»Das geht zu weit«, knurrte Rufus in diesem Augenblick grimmig. »Kann es wirklich nicht sein, dass sie ohne Genehmigung nach Hawkstone zurückgekehrt ist?«

»Die Torwache besteht aus Euren vertrauenswürdigsten Soldaten, Sire«, antwortete der Vogt. »Mit Ausnahme der schottischen Gesandtschaft, die bei Tagesanbruch nach Norden aufgebrochen ist, haben nur Boten und Dienstleute die Burg verlassen. Bei diesem Wetter reitet niemand zur Jagd oder geht auf eine Reise, wenn es nicht dringend erforderlich ist.«

Der König konnte dem nicht widersprechen. Wind und Regen hatten sich seit dem frühen Morgen miteinander abgewechselt, und alle Welt suchte Zuflucht hinter schützenden Mauern. Er flüchtete sich in einen derben Fluch und reagierte sich mit einem Faustschlag auf den mächtigen Tisch ab, an dessen Kante er lehnte.

»Und nun?«, fragte er gereizt in die Runde, die aus den Damen seiner Schwester und dem Kreis seiner Gefährten bestand. Ohne sich miteinander abzusprechen, hatten sich alle in der Halle eingefunden, um mit eigenen Ohren zu hören, ob ein Skandal, ein Unglück oder schlichter Ungehorsam den Unwillen des Königs erregte.

Auch der Seigneur de Luthais gehörte zu diesem Kreis. Im Gegensatz zu allen anderen hatte der Bericht des Vogts ihn jedoch auf einen Gedanken gebracht. Suchend glitt sein Blick über die blassen Ehrendamen und entdeckte die kleine, rundliche Margaret de Lacey. Sie war normalerweise ständig an Roselynnes Seite zu finden und glich nun mehr denn je einem heimatlosen braunen Sperling, der vor Sorge und Unruhe flatterte.

Während der König in mühsam gezügelter Beherrschung die unterschiedlichsten Vorschläge prüfte, die allesamt unsinnig waren und nichts bewirken würden, veränderte Luthais seinen Standort, bis er an der Seite der Jungfer de Lacey auftauchte.

Margaret erschrak ein wenig, denn der einschüchternde normannische Seigneur gehörte zu ihrem großen Kummer nicht zu den Männern des Hofes, die ihr Aufmerksamkeit schenkten. Aber an diesem schlimmen Tag war ohnehin alles anders.

Sie fand sogar ein wenig Trost darin, dass an der glänzenden Erscheinung des Ritters die allgemeine Aufregung abzuperlen schien wie die Regentropfen an den marmornen Simsen der großen Halle. Hoch gewachsen, schlank und vollkommen gelassen, lächelte er sie im Glanze seiner Juwelen und Stickereien an, als wäre dies ein Bankett, bei dem kein Schatten die allgemeine Freude trüben konnte.

»Dame Roselynne stand Euch als Freundin nahe, nicht wahr«, sagte er in einem so ehrlich mitfühlenden Ton, dass Margaret endlich damit aufhörte, den Bänderbesatz ihres Gewandes zu malträtieren.

Sie blickte ihn aus großen, tränenfeuchten Augen an, dann nickte sie mehrmals heftig und murmelte etwas Ersticktes, das sich halb wie ein Gebet, halb wie etwas völlig Unsinniges anhörte.

Der Normanne gab ihr Zeit, sich zu fassen, auch wenn er heimlich mit den Zähnen knirschte.

»Wollt Ihr Euch nicht setzen? Ihr seht aus, als könntet Ihr Euch kaum mehr auf den Beinen halten«, überspielte er seine Ungeduld.

Ehe Margaret sich versah, kauerte sie auf einem Hocker in der Nähe des großen Kamins und nippte an einem Silberbecher mit dampfendem Gewürzwein. Monsieur de Luthais setzte seine Wünsche durch, bevor die Welt um ihn herum überhaupt begriff, wie er es anfing. So plauderte auch die Dame de Lacey bereitwillig über ihre Freundin, ohne zu merken, dass sie geschickt ausgehorcht wurde.

Nein, die Jungfer Roselynne hatte keine Feinde bei Hofe, alle schätzten und bewunderten sie. Nein, es gab niemanden, der ihr Böses wollte. Höchstens ein paar besonders hartnäckige Verehrer, die sie unablässig bedrängten. Die Edelmänner wetteiferten um ihre Gunst, sogar der finstere schottische Graf hatte immer wieder versucht, ihre Zuneigung zu erringen.

»Als ob sie jemals auch nur auf die Idee kommen würde, einen von diesen Wilden zum Gemahl zu nehmen«, entrüstete Margaret sich mit zunehmend roten Wangen und plapperte weiter drauf los. »Man sagt, sie leben wie die Tiere dort oben im Norden. So waren auch seine Manieren. Ich glaube, er hatte sogar etwas damit zu tun, dass ihr das Pferd bei der großen Jagd durchging. Sie hängt an dem Zelter, wisst Ihr. Er ist ein Geschenk ihres Vaters und kommt aus ihrer Heimat in Hawkstone. Sie züchten dort die wunderbarsten Rösser …«

Die atemlose Mädchenstimme plätscherte weiter, während sich das Mosaik für den Ritter, wie von Geisterhand bewegt, zusammensetzte. Im Verein mit dem Vorfall der vergangenen Nacht, als er Roselynne schon zum zweiten Male vor den unsanften Aufmerksamkeiten des Schotten gerettet hatte, ergab sich für den Seigneur von Luthais ein Bild, das keine Zweifel übrig ließ. Irgendwann zwischen dem Ende der Morgenandacht und der Abreise der Gesandtschaft hatte Robert Duncan sich Roselynnes bemächtigt, um sie in seine Heimat im Norden zu bringen.

Wäre Margaret eine geschulte Beobachterin gewesen, hätte sie bemerkt, wie sich die Gesichtszüge des Normannen verhärteten. Es schien, als hätte eine unsichtbare Hand einen Spiegel aus Eis über ihn gelegt. Mit einem Male wirkte er weit älter, als es seinen Jahren entsprach.

Doch die Hofdame war so in ihren eigenen Kummer verstrickt, dass es ihr nicht einmal richtig auffiel, dass sich der Seigneur in aller Höflichkeit von ihr verabschiedete. Er verließ mit schnellen Schritten die große Halle, während der König sich zurückzog; vermutlich, um die traurige Botschaft zu diktieren, die der nächste Kurier nach Hawkstone bringen musste. Er konnte die Familie der verschwundenen Edeldame schließlich nicht im Ungewissen lassen.

In kürzester Zeit würde ein wutschnaubender Raynal de Cambremer in Winchester auftauchen und seinen jungen König mit Vorwürfen überhäufen. Der silberhaarige Lord von Hawkstone war noch immer eine beeindruckende Persönlichkeit und einer der wenigen

Männer, die Wilhelm den Zweiten in den kleinen Prinzen Rufus zurück verwandeln konnten, der seinen Vater und die Ritter seines Gefolges bewunderte und auch ein wenig fürchtete.

Schon deswegen verspürte der Herrscher keine große Lust, diese leidige Aufgabe in Angriff zu nehmen. Der verdienstvolle Ritter seines Vaters hatte ihm diese Tochter anvertraut und musste mit Recht davon ausgehen, dass sie bei Hofe vor allen Gefahren geschützt wurde. Wie sollte er ihm erklären, was geschehen war?

Auch Justin d'Amonceux hatte seine Erfahrungen mit dem schwierigen Charakter des Lords gemacht, und er legte keinen Wert darauf, ausgerechnet diesem Mann über den Weg zu laufen. Närrische Väter, die ihre Töchter für etwas Besonderes hielten, waren schwierig genug. Aber solche, die auch noch allen Grund dafür hatten, waren erst recht mit Vorsicht zu genießen. Die Vernunft riet ihm, Winchester umgehend zu verlassen und wenigstens das Wort zu halten, welches sich Roselynne de Cambremer mit ihrem Körper und ihrem Herzen von ihm erkauft hatte.

Allein, er war über den Punkt hinaus, an dem diese Vernunft seine Handlungen bestimmte. Seine Sorge um Roselynne wischte alle anderen Argumente beiseite. Bei Licht betrachtet, war er zudem der Einzige, der wirklich etwas für sie tun konnte. Je eher er aufbrach, umso kürzer würde die Zeit bemessen sein, die sie in den Pranken des Schotten verbringen musste. Doch zuvor galt es den König von diesem Plan zu überzeugen.

Er passte Rufus vor dem abendlichen Mahl in der großen Halle ab, und der Monarch gewährte ihm erstaunt ein Gespräch unter vier Augen.

»Folgt mir hinaus auf die Mauern, wenn Ihr den Regen nicht fürchtet, mein Freund«, brummte er griesgrämig. »Mir ist ohnehin der Appetit vergangen und ich lechze nach ein wenig frischer Luft.«

»Ich fürchte, auch meine Neuigkeiten werden Euch

auf den Magen schlagen, Sire«, nahm der Seigneur den Stier direkt bei den Hörnen. »Ich glaube zu wissen, wo sich die Demoiselle de Cambremer befindet.«

»Da soll doch gleich … Wo?«

Der König packte den Arm des Seigneurs und zog ihn in den Lichtkreis der nächsten Fackel, die zwar in der Feuchtigkeit rauchte und zischte, aber doch genügend Helligkeit spendete, um die Züge des Normannen zu prüfen. »Habt Ihr etwa Eure Finger mit im Spiel?«

»Weniger ich als der schottische Gesandte, Sire!«

»Graf Robert Duncan?«

»Eben jener. Es hat ganz den Anschein, dass er eine unheilvolle Leidenschaft für die Dame entwickelt hat und nicht davor zurückgeschreckt ist, sie gewaltsam in seine Heimat zu entführen.«

Der König murmelte einen Fluch. »Woher wollt Ihr das wissen?«

»Ich hatte einen Verdacht in dieser Richtung und meine Nachforschungen haben ihn bestätigt.« Der Graf konnte nur hoffen, dass der König darauf verzichten würde, ihn zu fragen, aus welchen Motiven er diese Nachforschungen angestellt hatte. »Eine der anderen Hofdamen berichtete mir, dass der Schotte Dame Roselynne schon auf der großen Hofjagd nachstellte. Ich selbst habe ihn einmal mit dem Dolch davon abhalten müssen, ihr zu nahe zu treten, und am Ende musste auch die Torwache einräumen, dass möglicherweise eine zweite, kleinere Person mit auf seinem Pferd saß, als er die Burg heute morgen verließ. Einer der Schotten hatte schon vorher dafür gesorgt, dass das Tor für ihn geöffnet war. Die Wache sah nur galoppierende Pferde und Schemen im Regen verschwinden.«

»Kreuzdonnerwetter!«, fluchte der König, und Justin d'Amonceux konnte es ihm nicht nachtragen. »Wenn das stimmt, sind mir die Hände gebunden. Ich habe den Schotten freies Geleit zugesichert.«

»Genau das weiß auch Graf Duncan«, nickte der Normanne. »Wenn Ihr ihm Eure Männer nachschickt, sieht es so aus, als würdet Ihr den mühsam geschaffenen Frieden von neuem gefährden wollen.«

Der Regen fiel nun in ununterbrochenem Rauschen vom Himmel. Die dicken Tropfen zerplatzten zwischen ihnen in kleinen Fontänen auf den Steinen und beiden Männern fielen nasse Haarsträhnen in die Stirn. Dennoch machte keiner den Versuch, unter den schützenden Vorsprung des nächsten Turmes zu treten. Das Wetter war ihre geringste Sorge.

Rufus blinzelte die winzigen Tropfen von seinen überraschend langen roten Wimpern und warf seinem Begleiter einen ebenso interessierten wie hoffnungsvollen Blick zu. »Kann es sein, dass sich das gerade so anhört, als hättet Ihr einen Vorschlag für mich?«

»In der Tat.« Justin d'Amonceux straffte sich zu seiner ganzen beträchtlichen Länge. »Erlaubt mir, dem Schotten zu folgen!«

In die Hoffnung des Königs mischte sich erkennbares Misstrauen. »In der Rolle des Helden habe ich Euch bisher noch nicht gesehen, Messire. Was treibt Euch, den Ritter des Mädchens zu spielen?«

Es war eine von diesen typischen Bemerkungen des Fürsten, die ebenso gut harmlos wie zynisch gemeint sein konnten. Der Graf war darauf vorbreitet und hielt dem König seine eigenen Worte entgegen.

»Wart nicht Ihr es, der mir eine mögliche Verbindung mit der Dame anbot? In dem Fall ist es nur recht und billig, dass mir ihr Schicksal am Herzen liegt.«

»Also doch«, der König nickte, als hätte er etwas bestätigt bekommen, das er ohnehin schon länger vermutet hatte. »Gestattet mir eine Warnung, denn ich habe Euch schätzen gelernt. Ihr seid der Letzte in einer langen Liste, mein Freund. Die Dame trägt ihren Namen mit Recht. Süß duftend wie eine Rose, mit seidenweichen Blättern, aber mit mehr verborgenen Dornen, als ein Igel an Stacheln hat. Ihr ahnt nicht, worauf

Ihr Euch einlasst, wenn Ihr Euch unter ihre Verehrer einreiht.«

Die zutreffende Beschreibung Roselynnes entlockte Justin ein Schnauben. »Wie auch immer, sie ist eine Dame von Rang. Es gehört sich nicht, dass sie wie ein Stück Kriegsbeute nach Norden geschleppt wird. Es wird mir ein Vergnügen sein, dem Schotten seine Beute zu entreißen und ihn zurechtzustutzen.«

»Hm …« Der König wandte seinem Begleiter den Rücken zu und trat zwischen zwei Zinnen, wo im Regenvorhang die Umrisse der Stadt verschwanden. »Ein eifersüchtiger Normanne, der sich mit einem schottischen Grafen anlegt und nicht mein Untertan ist, das klingt wunderbar. Niemand kann mich für Eure Taten verantwortlich machen, denn noch schuldet Ihr meinem Bruder, dem Herzog, Gehorsam. In der Tat, Euer Plan würde das Problem auf höchst diplomatische Weise angehen …«

Es war mehr ein Selbstgespräch denn eine Antwort, und der junge Edelmann hütete sich, den König dabei in irgend einer Weise zu stören. Dass er jedoch noch ein zweites Beutestück zurückholen wollte, verschwieg er wohlweislich. Er konnte selbst nicht genau sagen, wann er den Entschluss dazu gefasst hatte, Herzog Roberts tückische Pläne zu verweigern. Die Sache hatte ihm nie besonders gefallen, aber inzwischen sah er sie mit völlig anderen Augen. Er wollte nicht länger helfen, Rufus um seinen Thron zu bringen. Die vergangenen Tage und Stunden hatten seinen Blickwinkel auf viele Dinge verändert.

»… aber dennoch sehe ich nicht, wie er zu einer Lösung beiträgt!«, drang nun die Stimme des Fürsten wieder in sein Bewusstsein. »Graf Duncan ist mit seinen Männern unterwegs. Ihr seid ein vorzüglicher Schwertkämpfer und Bogenschütze, aber es wird Euch nicht gelingen, ein ganzes Dutzend kriegsgestählte Schotten zu überwältigen, um das Mädchen zu befreien. Wenn ich

Euch jedoch Bewaffnete zur Seite gebe, dann weiß alle Welt, dass ich meine Finger im Spiel habe.«

»Ich bitte Euch nicht um Bewaffnete. Ich will unbedingt allein reiten, lediglich ein Diener soll mich begleiten. Je weniger Aufsehen wir erregen, umso besser ist es und umso schneller holen wir die Schotten ein.«

»Ihr riskiert Euer Leben.«

»Wisst Ihr eine andere Lösung?«

»Duncan wird sie nicht töten, wenn er wirklich so närrisch nach ihr ist. Vielleicht nimmt er sie zur Frau. Es ist nicht das schlechteste Schicksal, die Gräfin Duncan zu sein. Seine Sippe zählt zu den ersten des Landes, und vielleicht hat er das nötige Durchsetzungsvermögen, diese Dame auf Dauer zu bändigen.«

Justin d'Amonceux ballte die Fäuste. Jetzt war nicht die Stunde zu zögern. »Bevor ich das zulasse, riskiere ich lieber mein Leben.«

Das Schweigen des Königs war Antwort genug. Rufus schäumte vor Zorn über die Tat des Schotten, aber seine Hände waren gebunden. Das Leben einer Hofdame wog schwer, aber es wog nicht so schwer wie der Friede für die Nordgrenze. Sie wussten es beide, ohne die Tatsache aussprechen zu müssen.

»Wann wollt Ihr aufbrechen?«, fragte der junge König schließlich und wischte sich endlich den Regen aus dem Gesicht.

»Bei Tagesanbruch«, entgegnete der Normanne.

»Ich bin tief in Eurer Schuld, wenn es Euch gelingt, die Tochter des Lords von Hawkstone zu retten.« Der König gab sich einen erkennbaren Ruck. »Aber wenn Ihr sie tatsächlich zurückbringt, müsst Ihr sie zur Frau nehmen, das muss Euch klar sein.«

»Das ist nicht das schlechteste Schicksal …«, parodierte der Ritter mit einem Anflug seines gewohnten Sarkasmus die Worte des Fürsten.

Der König lachte und schlug ihm auf die Schulter, dass das nasse Wams klatschte. »Bei Gott, Ihr reitet mit meinen besten Wünschen, Normanne! Kommt mit ihr zurück, das ist alles, was ich mir im Augenblick von Euch wünsche. Danach werden wir über Euren Lohn sprechen!«

Der Normanne erbebte unter dem Hieb. Er schämte sich der Lügen, unter denen er sich die Freundschaft dieses Mannes erschlichen hatte. Er hatte so viel auf seine Ehre und seinen Namen gegeben und musste nun feststellen, dass er keinen Grund mehr dazu hatte.

12. Kapitel

Die Stimmen drangen dumpf und fern in Roselynnes Bewusstsein. Sie verstand die Worte nicht, aber der Tonfall verriet Ungeduld, Sorge, mühsam kontrollierten Zorn und sogar einen Anflug von Panik. Heftige Männerstimmen, die doch eigentlich nichts in ihrer Schlafkammer zu suchen haben sollten. Schlafkammer?

Roselynne riss die Augen auf, obwohl sie eigentlich keine Bestätigung mehr benötigte. Ihr war furchtbar kalt, sie fror erbärmlich, ihr ganzer Körper schmerzte. Sie ruhte auf etwas, das hart, glatt und in nichts mit der hübsch gepolsterten Matratze zu vergleichen war, die in ihrem Alkoven lag. Wo war sie? Was war geschehen?

Während der Herzschläge, in denen sich das Bild vor ihren Augen klärte, kehrte auch die Erinnerung zurück. Weniger ein klarer Ablauf der Ereignisse als ein wildes Durcheinander von Empfindungen, Ängsten und Geschehnissen. Am Ende blieben ihre Blicke an einem kantig-düsteren Gesicht hängen, dessen Bart bis hinauf zu den glühenden dunklen Pupillen reichte.

»Ihr …«, hauchte sie fassungslos, und es gelang ihr, in die einzelne Silbe so viel Vorwurf, Entsetzen und Entrüstung zu legen, dass der schottische Gesandte in ungewohnte Erklärungsnot geriet.

»Je nun …«, begann er, räusperte sich und suchte fast ein wenig hilflos nach den richtigen Worten. »Da seid Ihr ja wieder. Ihr habt uns einen schönen Schrecken eingejagt. Ihr wolltet einfach nicht wieder aufwachen. Ihr wart einen ganzen Tag ohne Bewusstsein. Wie ist das möglich?«

Welch eine Frage! Roselynnes Blicke irrten an ihm vorbei und nahmen die Szene in sich auf. Offensichtlich befanden sie sich in einem hastig errichteten Lager, einer Art natürlicher Höhle, die von einem umgestürzten Nadelbaum geschaffen worden war, dessen flacher Wurzelballen nur halb aus der Erde ragte, weil ihn die Bäume ringsumher aufgefangen hatten, sodass er nun zwischen Himmel und Erde schwebte.

Ihre Schultern ruhten auf der harten Unterlage eines hölzernen Sattelgestells und ihr Körper war mit mehreren Reiterumhängen bedeckt. Außerhalb dieses Kokons aus leidlicher Wärme herrschten Wind und feuchter Nieselregen; das Schnauben von Pferden, das Klirren von Sattelzeug und das Gemurmel anderer, mürrischer Stimmen drangen zu ihr.

Die kurze Spanne eines Atemzugs genügte Roselynnes betäubtem Verstand denn auch zu erkennen, dass sie den Schotten mit ihrer todesähnlichen Ohnmacht ganz hübsch erschreckt hatte. Sie nutzte den Vorteil augenblicklich aus und schloss die Augen mit einem Seufzer erneut. Zum einen, weil ihr nicht gefiel, was sie da sah, und zum anderen, weil sie jetzt schon bedauerte, dass sie überhaupt die Lider gehoben hatte.

»Zum Henker, Ihr werdet mir doch nicht schon wieder in Ohmacht fallen«, fluchte der Schotte denn auch prompt. »Wein! Gebt mir den Trinkschlauch, zum Donner! Hier, Mädchen, Ihr müsst etwas trinken!«

Die junge Frau fühlte eine Hand, die ihren Nacken sorgsam stützte, und dann die Öffnung eines Trinkschlauches, die einen Strahl in ihren Mund ergoss. Durstig trank sie das kühle Nass und schmeckte erst im Nachhinein, dass der schwere Rotwein mehr nach Fell und Erde roch als nach den Trauben, aus denen er gekeltert worden war. Dennoch linderte die Feuchtigkeit das Brennen in ihrer Kehle und hinterließ im Nachhall die Illusion, dass ihr Kopf ein wenig leichter geworden wäre.

Sie verschluckte sich, musste husten, und die stützende Hand klopfte zwischen ihre Schulterblätter, als gälte es, ihr auch den letzten Rest von Luft aus der Lunge zu treiben. Sie keuchte entsetzt auf.

»Lass das, Rob!«, hörte sie eine knurrige Stimme, die sich des Englischen ein wenig schwerfällig bediente. »Du bringst das Mädel um. Das hättest du auch gleich in Winchester erledigen können, wenn dir der Sinn danach steht. Dann wären wir jetzt auf dem Heimweg und müssten uns nicht in diesem Wald verstecken und darauf warten, dass dein Schätzchen endlich wieder zur Besinnung kommt.«

Die Schläge hörten auf und Roselynne sank erschöpft auf den Sattel zurück. Unter halb gesenkten Wimpern beobachtete sie die beiden Männer, die vor ihr standen. Sie versuchte sich an den Namen des anderen zu erinnern. Irgendetwas mit MacDonald, sie hießen alle ziemlich ähnlich, diese Schotten. Aber dieser war so etwas wie der Schatten von Robert Duncan.

Den Grafen selbst hatte sie noch nie mit dieser Miene absoluter Verwirrung gesehen. Galt das ihr und ihrem Befinden? Sie prüfte es mit einem leisen Seufzer und wurde mit einem neuerlichen Stirnrunzeln bedacht. Augenscheinlich war ihm an ihrem Wohlbefinden gelegen. Interessant, das zu wissen.

»Wo bin ich? Warum habt Ihr mich hierher gebracht? Was wollt Ihr eigentlich von mir?«, fragte sie schließlich und erschrak selbst ein wenig über die heisere, stammelnde Stimme, die jetzt aus ihrem Mund kam. Sie räusperte sich und fügte die wichtigste Forderung an. »Ihr müsst mich auf der Stelle zum König zurückbringen.«

»Unsinn! Vergesst den König. Ich nehme Euch mit nach Schottland!«, verkündete Robert Duncan und sah tatsächlich einen Moment so aus, als erwartete er, dass sie ihm dafür auch noch dankbar wäre. »Ihr werdet meine Gemahlin, Mädchen.«

Roselynne starrte den Grafen aus weit aufgerissenen Augen so ungläubig an, dass es einer Beleidigung nahe kam. Er hatte den Verstand verloren. Einwandfrei. Eine andere Erklärung konnte es nicht geben.

»Lieber sterbe ich! Wie könnt Ihr es wagen …«, wisperte sie. Die nötigen Worte fehlten ihr, aber die Ablehnung war dennoch unmissverständlich.

»Eine Dame von Rang und Geblüt aus Winchester zu entführen?«, half ihr MacDonald zwar unbeholfen, aber freundlich aus ihrer Sprachlosigkeit. »Das ist so Sitte bei uns in Kaledonien, wenn man ein Weib gegen den Willen seiner Familie zur Frau nehmen will. Ein Mann kann es nicht dulden, dass man ihm die Frau verweigert, die er haben möchte. Und wenn Euch erst der Priester vereint hat, wird kein Hahn mehr danach krähen, wie diese Ehe zustande kam. Sobald die Hochzeitsnacht vollzogen ist, gehört Ihr Eurem Gemahl.«

Roselynne schluckte entsetzt. Ihr Hals schmerzte trotz des sauren Weins, und wenn sie den Versuch machte, sich zu bewegen, protestierte ihr ganzer Körper. Doch da waren zudem noch Stellen, welche die winzigen Stiche einer sinnlichen Verwundung signalisierten, die nichts mit dieser gemeinen Entführung zu tun hatte; das schwache Echo einer grundlegenden Veränderung in den Tiefen ihres Leibes, das noch eine andere, teure Erinnerung weckte.

»Ihr könnt doch unmöglich annehmen, dass ich freiwillig Eure Gemahlin werde«, murmelte sie.

»Freiwillig oder nicht, die Sache ist beschlossen. Was hast du denn erwartet?«, schnaubte der bullige Schotte in einer Mischung aus Zorn und Erbitterung und sparte sich die Floskeln höfischen Respekts. »Dass du mir wie all diesen anderen, weibischen Laffen deine Schönheit unter die Nase halten kannst, ohne dass ich versuche, sie mir zu nehmen? Wir Schotten sind Männer und keine Weichlinge. Die Sache ist klar, und sobald du dazu imstande bist, reiten wir weiter. Die Zeit drängt, und ich habe kein Bedürfnis, länger als nötig in König Rufus' Reich zu verweilen.«

Roselynne schluckte stumm, wenngleich aus einem völlig anderen Grund. Sie entsann sich mittlerweile auch ihrer drängenden Gebete während der Morgenandacht. Sie hatte die Mutter Gottes angefleht, ihr einen Ausweg aus dem schlimmen Dilemma ihres Herzens zu weisen. Eine höhere Macht sollte verhindern, dass sie den Mann, dem sie sich mit Leib und Leben hingegeben hatte, an ihren König, dem sie Gehorsam geschworen hatte, verraten musste. Ihr verzweifelter Wunsch war erfüllt worden, wenngleich auf eine Weise, die sie in ihren kühnsten Träumen nicht für möglich gehalten hätte.

Sie hatte beim besten Willen keine Gelegenheit mehr, Justin d'Amonceux zu schaden oder dem König von England zu helfen. Die brutale Dummheit des Schotten hatte ihr die Hände wirksam gebunden. Sie war für den einen keine Gefahr mehr und für den anderen keine Hilfe, wobei sie nicht einmal mehr entscheiden wollte, wem sie das eine oder das andere gewesen wäre.

»Gütiger Himmel«, murmelte sie tonlos.

Sie hatte um eine Lösung gebetet, aber doch nicht um völlige Ausweglosigkeit! Nicht um eine so verzweifelt radikale Änderung ihres ganzen Lebens! Mit einem Ruck richtete sie sich auf, aber sie sank augenblicklich wieder zurück, weil sich alles um sie drehte. Das Blut rauschte in ihren Adern, und von fern hörte sie die Diskussion der beiden Männer, die erbittert und leise in Englisch geführt wurde. Es hatte ganz den Anschein, als wollte der Graf vermeiden, seine übrigen Männer in die Einzelheiten dieser vertrackten Brautwerbung einzuweihen.

MacDonald schien als Einziger von ihnen ebenfalls ihre Sprache zu sprechen. Roselynne bemerkte, dass er allem Anschein nach nicht mit den Machenschaften seines Anführers einverstanden war.

»Du bist närrisch«, hörte sie ihn schimpfen. »Wir haben einen Gewaltritt nach Norden vor uns. Du wirst nicht mehr viel von dem Mädchen übrig behalten, das du in dein Bett nehmen kannst. Siehst du nicht, dass sie jetzt schon am Ende ihrer Kräfte ist? Das ist keine Schottin, die tagelang reitet, kämpft und dennoch für die Ihren sorgt.«

»Ach Unsinn«, entgegnete der Graf gereizt. »Das liegt nur daran, dass ich sie ein wenig unsanft angefasst habe. Sobald sie sich wieder beruhigt hat, wird sie ihre Kräfte wieder finden ...«

Roselynne unterdrückte ein Aufschluchzen. Sie biss sich so hart in die Unterlippe, dass sie Blut schmeckte. Die Ausweglosigkeit ihrer Lage kam ihr mit jedem Atemzug mehr zu Bewusstsein. Ganz davon abgesehen war es kalt, der Regen rauschte und hinter ihren Schläfen pochte ein Kopfschmerz, der sie daran hinderte, folgerichtig zu denken.

Im Grunde wusste sie nur eines: Sie saß ausweglos in der Falle. Sie konnte nicht einmal darum beten, dass man ihr Verschwinden entdeckte und ihnen folgte. Es war für alle Beteiligten tatsächlich am besten, wenn sie einfach für immer in den Wäldern des Nordens verschwand.

»Es wäre besser gewesen, Ihr hättet mich getötet«, sagte sie mitten in die heftige Diskussion der beiden Männer hinein und verursachte damit ein erschrockenes Schweigen, in dem nur mehr das Rauschen des ständigen Regens in den Blättern zu hören war.

»Was für eine himmelschreiende Torheit!«, polterte Robert Duncan. »Du wirst die Mutter meiner Söhne. Niemand wird dir ein Haar krümmen. Du bist ein wenig durcheinander, das ist alles.«

Roselynne schwankte zwischen purer Hysterie und nachtschwarzer Trostlosigkeit. Dieses Mal richtete sie sich ein wenig langsamer auf und umschlang die angezogenen Beine mit den Armen. Zusammengekauert legte sie die Stirn auf ihre Knie. Ihr dicker Umhang war feucht und die Strähnen, die sich aus ihren schlichten

Zöpfen gelöst hatten, nass und schwer. Der Himmel weinte im Verein mit ihrem Herzen.

»Ich bin nichts«, murmelte sie, eingesponnen in die niederschmetternde Erkenntnis, dass sie so allein war wie noch nie zuvor in ihrem Leben.

»So kommen wir nicht weiter«, sagte MacDonald mit hörbarer Ungeduld. »Nimm sie vor dir auf dein Pferd und lass uns losreiten. Es drängt mich, England und seinen König hinter mir zu lassen, und wir haben ohnehin schon viel zu lange gesäumt.«

Wenig später befand sich Roselynne vor dem Grafen auf einem mächtigen Schlachtross, das in halsbrecherischer Eile über die schlammigen Wege getrieben wurde. Nur die Tatsache, dass sie eine hervorragende Reiterin war, bewahrte sie davor, bis ins Mark durchgeschüttelt zu werden. Trotzdem versank sie schon nach kurzem Ritt in eine seltsame Lethargie, die fast schon der Betäubung von zuvor glich.

Es gab nur einen hervorstechenden Unterschied. Sie hatte wieder zu denken begonnen. Hinter ihrer Stirn wirbelten die Gedanken so schwerfällig wie die Erdbrocken, die das mächtige Streitross hinter sich aufwarf. War es wirklich erst gestern gewesen, dass sie sich in verführerische Gewänder gehüllt hatte, um einen allzu eisigen Edelmann absichtlich zu verführen? Nur wenige Stunden, dass sie sich höchst willig den raffinierten Zärtlichkeiten ihres normannischen Liebsten hingegeben hatte und von ihm mit Augenblicken der unendlichsten Seligkeit dafür belohnt worden war? Mit einem Ausblick ins Paradies, das ihr jetzt für immer verschlossen bliebe?

Wie viel Zeit war vergangen, seit sie Winchester verlassen hatten? Wo befanden sie sich? Der Regen hatte zwar ein wenig nachgelassen, aber so, wie es aussah, hatten die Schotten einen Weg fern ab jeder menschlichen Ansiedlung gewählt. Abgeerntete Felder, verlassene Wiesenraine und ein grauer Himmel, über den die Wolken jagten – mehr bot ihrem Auge keinen Anhaltspunkt.

Nicht, dass sie ohnehin viel erkannt hätte. Sie war noch nie weiter als bis London gekommen, das der König in regelmäßigen Abständen mit seinem Hof besuchte. Weniger, weil ihm die Stadt am großen Fluss gefiel, sondern weil er es für geraten hielt, sie von Zeit zu Zeit mit der Macht der Krone zu konfrontieren.

Sie hatte keine Ahnung, ob die Stadt bereits hinter ihnen lag. Hatte der Schotte nicht behauptet, sie wäre einen ganzen Tag ohne Bewusstsein gewesen? Hatten sie diese Zeit damit verbracht, darauf zu warten, dass sie wieder erwachte, oder waren sie geritten? Ihr fehlte jede Erinnerung an die Zeit zwischen dem Verlassen der Morgenmesse und ihrem Erwachen in dem provisorischen Lager.

Für sie selbst war es kein Wunder, dass ihre Ohmacht so tief und todesähnlich gewesen war, nachdem man ihr unerwartet die Luft geraubt hatte. Immerhin hatte sie einen anstrengenden Tag und eine noch anstrengendere Nacht ohne jeden Schlaf hinter sich gehabt, als sie auf so rüde Art aus ihrem behüteten Dasein gerissen worden war. Ärgerlich war nur, dass sie wieder zu sich gekommen war.

Was hatte der Schotte mit ihr vor? Die Narretei mit der Mutter seiner Söhne wollte sie ihm nicht glauben. Er kam ihr nicht vor wie ein Mann, der von der eigenen Leidenschaft oder den eigenen Gefühlen überwältigt wurde. Wenn dieser Bär überhaupt Gefühle hatte, dann lediglich die eines Holzklotzes. Nur schaudernd erinnerte sie sich an seine groben Versuche, ihre Zuneigung zu erobern. Er hatte Vergewaltigung im Sinn, und er würde sie umbringen, wenn er sich ihr aufzwang.

Aus den Augenwinkeln sah sie die mächtigen Schultern, die behaarten Pranken, welche die Zügel des Streitrosses kurz hielten, und die Furcht erregenden Schenkel, die gleich Baumstämmen um den Leib des

Pferdes lagen. Neben dem Dunst nach Rössern, nasser Wolle und Eisen entlarvte ihre empfindliche Nase auch Männerschweiß, Leder und Ale. Jeder Pferdeknecht in Hawkstone hielt sich sauberer und ordentlicher als dieser Barbar!

Roselynne unterdrückte ein neuerliches Schluchzen und versuchte ihre aufkommende Panik mit nüchterner Logik zu bekämpfen. Worüber beschwerte sie sich eigentlich? Der Himmel hatte ihren Wunsch erfüllt. Da sie versäumt hatte, die Umstände in ihrem Gebet zu präzisieren, musste sie sich wohl oder übel damit abfinden. Das Schicksal hatte sie vor einer grauenvollen Entscheidung bewahrt und präsentierte ihr jetzt seine Rechnung. Der Handel galt und musste bezahlt werden, so viel wusste sogar ein überaus behütet aufgewachsenes Edelfräulein.

Sie ahnte nicht, dass der Schotte jede Regung ihrer bleichen Züge belauerte. Dass er sah, wie sie ihre Zähne in die Unterlippe grub, und die kleine Bewegung registrierte, mit der sie resigniert, aber dennoch tapfer die Schultern straffte. Er hatte mit Tränen gerechnet, mit Flehen und Flüchen, mit Beschimpfungen und jener zappelnden Hysterie, die auch die besten Frauen an den Tag legten, wenn sie nicht bekamen, wonach ihnen der Sinn stand. Die todesähnliche Starre, mit der sich diese kleine Lady in ihr Los fügte, besorgte und erstaunte ihn zugleich.

Woher nahm sie den Mut, mit geradezu gleichgültiger Verachtung keine Frage zu stellen und kein einziges Wort zu sprechen? War sie sich der Tatsache nicht bewusst, dass er mit ihr machen konnte, wonach ihm der Sinn stand? Und wenn er die seidige Kurve ihrer bleichen Wange betrachtete, unter der er den Verlauf der bläulichen Adern geradezu verfolgen konnte, dann fielen ihm eine ganze Reihe von Dingen ein, die er mit ihr tun wollte.

Er empfand eine befremdliche Mischung aus Verlangen und Sehnsucht, die ihn selbst am allermeisten erstaunte. Noch nie hatte er an ein Frauenzimmer so viele Gedanken verschwendet wie an dieses feenhafte Geschöpf, das ihm die kalte Schulter zeigte. Ein Teil von ihm wollte sie brechen, sich ihr aufzwingen und sie beherrschen, der andere wollte sie schützen und vor allem Schmerz bewahren. Dass er im Augenblick nichts von all dem tun konnte, machte ihn ungeduldig und gereizt.

Das Sturmgrau der hereinbrechenden Dämmerung verschluckte das letzte Tageslicht, aber außer, dass die Männer die Geschwindigkeit ihrer Reitpferde ein wenig drosselten, geschah nichts. Einer hinter dem anderen ritten sie ungerührt weiter. Roselynne ließ sich vom gleichmäßigen Schaukeln des ruhigen Trabes einlullen, weil ihr nichts anderes übrig blieb.

Irgendwo in ihrem Körper schlug ein Herz, knurrte ein Magen und sehnte sich eine Kehle nach einem kühlen Trunk, aber sie nahm es nicht wirklich zur Kenntnis. Es waren kleinste Unbilden, die keinen Vergleich zu dem dumpfen, verzweifelten Schmerz aushielten, der ihre empfindsamen Sinne umfangen hielt.

Sie hatte gerade erst ein bisschen Glück gekostet und nun hatte sie es bereits wieder verloren. Verloren wie die Bindung zu den Ihren und die Heimat. Verloren wie ihre Ehre, ihren Namen und ihren Stolz.

13. Kapitel

»Ihr müsst essen, Mädchen!«

»Warum?«

»Warum? Was für eine närrische Frage!«

»Findet Ihr?« Roselynne maß den Schotten MacDonald mit einem kühlen Blick. »Nennt mir einen einzigen nachvollziehbaren Grund, warum ich essen sollte.«

»Weil Ihr sonst verhungert!«, schnaubte der junge Nordmann, dessen blaue, durchdringende Augen seine keltische Abkunft ebenso verrieten wie Roselynnes. »Jeder Mensch muss essen, und ganz besonders jene, die eine anstrengende Reise hinter sich und noch vor sich haben. Wollt Ihr krank werden?«

»Warum nicht?«, fragte Roselynne und sprach schnell weiter, ehe der Mann zu schreien begann, denn danach sah er unzweifelhaft aus. Sie hatte bereits gelernt, dass die Schotten meistens brüllten, wenn man sie in die Enge trieb. »Warum sollte ich das unvermeidliche Ende meines Lebens hinauszögern, indem ich esse? Was gibt es für einen Grund für mich, das Ende dieser Reise erleben zu wollen? Die zweifelhafte Ehre, auf dem Strohsack Eures Herrn zu landen? Vergewaltigt, gequält und geschlagen zu werden? Dann schon lieber verhungern. Ohnehin hab ich keinen Appetit auf das Zeug, tut es fort.«

Der klebrige Getreidepampf, den sich die Schotten bei jeder abendlichen Rast aus Hafer und Flüssigkeit zusammen mischten, sah in ihren Augen grau, körnig und ekelhaft aus. Die Männer schaufelten ihn mit Messern und Fingern in sich hinein, und Roselynne schüttelte sich bei dem bloßen Gedanken, etwas davon essen zu müssen. Aber die paar Laibe Brot, das bisschen Käse und der Schinken, den der Sack mit dem Reiseproviant enthalten hatte, waren unter dem Appetit von einem guten Dutzend kräftiger Männer schnell dahin geschmolzen.

Jetzt gab es nur noch Getreidebrei, im günstigsten Falle Quellwasser dazu und sonst den brackigen Wein aus den Trinkschläuchen. Schon der Geruch sorgte dafür, dass sich Roselynnes Magen unheilvoll umdrehte. Ihr war so übel wie noch nie in ihrem Leben.

»Lass sie«, brummte in diesem Moment Graf Duncan, der die knappe Diskussion seines Gefährten mit der jungen Engländerin belauscht hatte.

»Willst du, dass sie vor Schwäche vom Pferd fällt?«, protestierte jener. »Sie ist ohnehin nur Haut und Knochen, schau sie doch an. Man muss sich wirklich fragen, weshalb du diesem Gespenst von einem Mädchen so viel Bedeutung beimisst.«

Roselynne konnte ihm die herbe Beschreibung ihrer Person nicht verübeln. Nach dem dritten Tag ihrer Reise nach Norden, nach Regenschauern, unter den Pferdehufen aufspritzendem Schmutz und wenigen Ruhestunden auf meist feuchten Blättern und Decken sah sie vermutlich aus wie etwas Fauliges, das ein Bauer auf dem Weg zum Markt verloren hatte.

Ihre Zöpfe waren schwer vor Feuchtigkeit und unter den ehemals weißen Halbmonden ihrer Nägel sammelte sich der Schmutz des ganzen Königreiches. Sie hatte keine Möglichkeit bekommen, ihre Zähne zu reinigen, und die Düfte, die aus ihren Gewändern aufstiegen, mischten sich langsam mit jenen des ungewaschenen Schotten, der sie vor sich im Sattel hielt und nicht aus seinen Klauen ließ. Vermutlich hätte sie nicht einmal ihre eigene Mutter in diesem jämmerlichen Zustand erkannt.

Roselynne zuckte zusammen. Es war ein Fehler, ausgerechnet jetzt an Lady Liliana zu denken. Bisher hatte sie sorgfältig vermieden, sich ihrer Familie zu entsinnen. Sie wollte nicht darüber nachdenken, wie tief die

Trauer in Hawkstone über den Verlust der Tochter wäre. Der Zorn und die Hilflosigkeit ihres Vaters, die Verzweiflung ihrer Mutter, die Tränen ihrer Schwestern und ihres Bruders. An ihre Familie zu denken, schwächte und schmerzte zugleich. Ein Teil ihres Herzens gehörte dorthin.

»Kümmere dich um deine eigenen Angelegenheiten«, hörte sie den Grafen mit einem drohenden Unterton antworten, und seine Autorität sorgte dafür, dass der andere nach einem unterdrückten gälischen Fluch das Weite suchte und im Unterholz verschwand. Sie hatten ihr Lager an diesem Abend an der Furt eines kleinen Flusses aufgeschlagen, dessen flaches Ufer Roselynne unwillkürlich an den Cuckmere erinnerte.

Sie sah dem Schotten nach und unterdrückte ein Lächeln. Sie mochte nicht essen, aber sie labte sich an jedem Fünkchen Zwietracht, das sie zwischen ihren Entführern säen konnte. Sie wusste nicht zu sagen, welche Hartnäckigkeit sie dazu trieb, immer noch Widerstand zu leisten, aber sie tat es. Mochte sie sich im Geheimen damit abgefunden haben, dass es das Beste war, das Königreich zu verlassen, es hieß noch lange nicht, dass sie dem rücksichtslosen Barbaren, der ihr unerwünscht dazu verholfen hatte, auch noch Dank schuldete.

»Es bereitet dir Vergnügen, meine Männer zu piesacken, nicht wahr?«, sagte ihr Robert Duncan auf den Kopf zu und hockte sich neben sie an das mühsam qualmende Feuer, das mehr Rauch denn Wärme absonderte. »Du bist eine Hexe!«

Roselynne hob in jener unnachahmlich fürstlichen Art die Brauen, die sogar ein blasses, schmutziges Gesicht mit einer seltsamen Mischung aus Anmut und Würde überzog. Der Schotte wusste, dass seine Begleiter inzwischen heimlich fluchten, weil er sie dazu zwang, langsamer zu reiten. Zudem mochten sie die Blicke nicht, mit denen Roselynne sie bedachte. Bei aller zerbrechlichen Zartheit strömte sie eine solche Verachtung für sie alle aus, dass sich sogar der selbstsicherste Krieger in ihrer Gegenwart unwohl fühlte.

»Denkst du, es hilft dir, wenn du dich zu Tode hungerst?«, sprach er weiter, als hätte sie ihm geantwortet. »Bevor das geschieht, werde ich dir das Essen gewaltsam zwischen die Zähne schieben. Ich bin nicht der Mann, der eine Jagd vor dem Ende aufgibt. Hast du schon einmal gesehen, wie man schwache Kälber füttert? Man flößt ihnen die Milch mit einem Trichter ein, den man so weit in ihren Schlund treibt, damit sie schlucken müssen.«

Roselynne vermochte einen Schauer nicht zu unterdrücken. Aber dann fand sie ihren Gleichmut zurück. »Und Euch macht es Spaß, Eure Opfer mit Schauergeschichten einzuschüchtern«, beantwortete sie die erste Frage betont kühl. »Tut, was Ihr nicht lassen könnt. Es ist mir egal. Ich bin Eure Gefangene, und somit muss ich ohnehin erdulden, was Euch in den Sinn kommt.«

»Zum Donnerwetter, wie kann ein Weib nur so eigensinnig sein«, fluchte er. »Auch Schotten sind Männer. Glaubst du, wir unterscheiden uns von den rasierten Hähnen, die am Hofe des Königs um dich herum stolziert sind? Du solltest froh sein, dass du einen starken Krieger gefunden hast, der für dich eintritt und dich schützt. Bei mir wird dir kein Leid geschehen!«

»Ihr entführt mich vor dem Gotteshaus des Königs, erschreckt mich zu Tode, schleift mich durch Sturm und Regen nach Norden und haltet das auch noch für die passende Art, eine Edeldame zu behandeln«, zählte sie wütend auf. »Ich frage mich, was in Euren Augen Leid ist, wenn Ihr all das für normal haltet.«

»Du bist selbst daran Schuld. Weshalb hast du dich ständig gegen mich zur Wehr gesetzt?«, schob ihr der Graf die Schuld an den Ereignissen zu. »Du schadest nur dir selbst, wenn du mir weiterhin trotzt. Hier, iss das. Es wird dir besser munden.«

Er warf ihr einen Kanten Brot in den Schoß, den er offensichtlich von seiner eigenen Ration für sie aufbewahrt hatte. Ihre Erziehung zwang Roselynne zu einem geflüsterten Dank, obwohl sie an dem Wort fast erstickte. Das Brot war hart, aber mit ihren gesunden Zähnen riss sie gleich einem kleinen Tier Stück für Stück aus dem Brocken und spülte es mit dem kühlen Flusswasser hinunter, das MacDonald ihr vorhin gebracht hatte.

Die karge Mahlzeit dämpfte das hohle Rumpeln ihres Magens ebenso wie die leichte Übelkeit, die sie ständig begleitete. Es war schließlich kein Wunder, dass sich ihr ganzes Sein gegen die Ereignisse auflehnte. Unwillkürlich legte sie die flache Hand auf den Leib.

Die Erinnerung an die Geschehnisse in Winchester hatte sich im Lauf der vergangenen Tage völlig gelegt. Das Wundsein war ebenso verschwunden wie die Spannung der Muskeln, von deren Existenz sie nichts geahnt hatte. Geblieben war nur eine gesteigerte Empfindsamkeit ihrer Brüste, die sich seitdem voller anfühlten, so als hätten sie plötzlich ein Eigenleben entwickelt, das über ihre bloße Existenz hinausging.

Roselynne schloss die Augen und sperrte den Schotten und seine unliebsame Aufmerksamkeit einfach aus. Ständig ruhten seine Augen auf ihr, als könnte er die Antworten auf seine Fragen auf diese Weise aus ihr herauszwingen. Aber sie hatte schon frühzeitig gelernt, ihre Gefühle für sich zu behalten, und diese Fähigkeit kam ihr nun zugute.

Es war das erste Mal seit der Nacht mit Justin d'Amonceux, dass sie es wagte, den Veränderungen genauer nachzuspüren, die er in ihr bewirkt hatte. Bisher hatte sie den Schmerz gefürchtet, der unweigerlich damit verbunden war. Auch ohne die Entführung des Schotten wären ihr nur diese Stunden vergönnt gewesen, aber zwischen dem Wissen und der erlebten Wirklichkeit klaffte ein Abgrund der Einsamkeit und Qual.

Dennoch entdeckte sie jetzt einen winzigen Hauch von Wärme unter all dieser Pein. Ein unverdrossenes, verschwindend kleines Glühen, das sich wie ein jähes Feuermal in ihre Handfläche grub. Ein Nadelstich besonderer Art. Kaum staubkorngroß, aber von einer trotzigen Kraft, die Verzweiflung und Elend einem Sturm gleich hinwegfegte und ihre Aufmerksamkeit forderte. Roselynne erstarrte unter diesem unerwarteten Anspruch. Wie war das möglich? Sie musste sich täuschen – oder nicht?

Sie hatte – wie alle Schwestern – ihrer Mutter oft genug in der Kräuterkammer von Hawkstone geholfen. Sie besaß Kenntnisse des weiblichen Körpers, die weit über die unschuldige Ahnungslosigkeit einer normalen jungen Frau hinausgingen. Mit einem Male drängte sich dieses Wissen in den Vordergrund und sagte ihr, dass es noch eine andere Erklärung für die Gefühle geben mochte, die ihr zusetzten. Die unendliche Mattigkeit, die Anflüge der Übelkeit, die Empfindsamkeit ihrer Brüste, all das konnte eine Reaktion auf die brutale Entführung sein, es konnte aber ebenso gut darauf hindeuten, dass eine Frau ein Kind empfangen hatte. Aber war es denn überhaupt möglich, all dies schon nach so kurzer Zeit zu bemerken? Eigentlich nicht. Lag es womöglich an ihrer rätselhaften Gabe, mehr zu fühlen als andere Menschen, dass sie es plötzlich mit so unumstößlicher Sicherheit *wusste?*

Sie vermochte es nicht zu sagen. Aber dass die Nacht mit Justin d'Amonceux nicht ohne Folgen geblieben war, stand für sie unzweifelhaft fest. In neun Monden würde sie das Kind des Normannen zur Welt bringen.

Die unverhoffte Erkenntnis hob sie für einen Herzschlag lang über die Unbequemlichkeiten ihrer Lage und den Verlust ihrer Freiheit hinaus. Das winzige Glühen wurde zum Strahlen, das ihr ganzes Sein durchdrang. Es vertrieb die Kälte aus ihren Gliedern, wandelte den Kummer in ihrem Herzen und stärkte ihren Geist in einem Augenblick, in dem er gerade aufgeben wollte.

Justin hatte ihr ein Kind geschenkt! Sie besaß etwas, dem sie all die Liebe geben konnte, die in ihrem Herzen für ihn weiter lebte. Sie besaß einen Grund zu atmen, zu kämpfen und zu existieren! Sie hatte sich getäuscht, sie hatte nicht alles verloren!

Der Schotte, der wie üblich kein Auge von ihr ließ, sah, dass ihre Blässe nach und nach einem rosigen Schimmer wich. Dass sich ihre Schultern strafften und ihre Atemzüge tiefer wurden. Wie durch ein Wunder verschwand jene Aura von Verzweiflung und Hoffnungslosigkeit, die sie seit dem Erwachen aus ihrer todesähnlichen Ohmacht umfangen hatte.

»Siehst du«, murmelte er befriedigt und schob die Verwandlung auf die Tatsache, dass sie ein paar Bissen zu sich genommen hatte. »Du musst essen, dann geht's dir gleich besser.«

»Ja.« Roselynne sah traumverloren auf und presste die Hand noch fester auf ihren Leib. »Ich muss essen. Habt Ihr noch ein Stück Brot?«

»Donner noch eins!« Mittlerweile hatte sich Robert Duncan dermaßen an die stille, unverdrossene Auflehnung seiner Gefangenen gewöhnt, dass ihn ihre völlig überraschende Zustimmung wie der unerwartete Treffer einer Schleuder aus dem Gleichgewicht brachte. »Was geht hinter deiner Stirn vor? Welcher Satan reitet dich denn jetzt schon wieder?«

Roselynne verzichtete darauf, ihm etwas zu erklären. Es hätte den Schotten nur noch mehr verwundert, wenn er um das unendliche Glücksgefühl gewusst hätte, dass sie in diesem Augenblick vom Scheitel bis zur Sohle erfüllte. Sie stand völlig im Banne ihrer Entdeckung. Auf einer anderen, praktischen Ebene ihres Bewusstseins begann ihr gelähmter Verstand ein wenig knirschend wieder zu arbeiten, die möglichen Konsequenzen abzuwägen und neue Pläne zu schmieden.

Eines stand unverrückbar fest: Sie würde alles tun, alles erdulden und alles bewegen, um dieses Kind in ihren Armen halten zu dürfen. Es war nicht länger die Zeit für sinnlosen Trotz und düstere Verzweiflung. Sie hatte eine Aufgabe.

Sie begegnete dem Blick des Schotten mit einem Glänzen in den großen, umschatteten Veilchenaugen, das neu und beunruhigend war. Es hätte ihn zur Vorsicht gemahnt, wäre ihm mehr über das Mädchen bekannt gewesen, das er so rüde entführt hatte. So spürte er nur eine befremdliche Regung, die sich ein wenig anfühlte, als wäre ihm die eigene Brust zu eng zum Atmen geworden.

»Ihr habt gesagt, ich soll essen, und ich tue es«, erklärte sie mit sanfter Stimme.

Sie wartete auf einen neuerlichen Ausbruch, aber sie entdeckte zu ihrer Überraschung, dass sie den wütenden Riesen mit dieser Sanftmut wirkungsvoller treffen konnte als mit jedem Pfeil. Sprachlos starrte er sie an, und im Gestrüpp seines Bartes konnte sie den offen stehenden Mund erahnen. Dann verengten sich seine Augen misstrauisch. »Was hast du vor? Weshalb dieser plötzliche Sinneswandel? Was führst du im Schilde?«

»Was sollte ich im Schilde führen? Ich bin in Eurer Gewalt, aber ich habe Hunger«, entgegnete sie schlicht und erntete einen gälischen Fluch, den sie glücklicherweise nicht verstand.

»Nehmt!«

Diese Stimme gehörte MacDonald, der neben ihnen wieder aus dem Gebüsch auftauchte und ihr ein Stück Käse reichte. Nach mehreren Tagen im Proviantbeutel sah es nicht mehr besonders appetitlich aus, aber dieses Mal überwand Roselynne ihren Abscheu. Sie hatte keine andere Wahl. Sie musste essen, damit das winzige Fünkchen Leben in ihr zur Flamme werden konnte.

»Ich habe ein paar Schlingen gelegt«, erklärte der junge Schotte ungefragt und legte trockenes Reisig auf die rauchende Glut des Feuers. »Vielleicht verirrt sich ja bis morgen ein Hase oder ein Wiesel in meine Fallen, dann kann ich Euch ein wenig frisches Fleisch braten.«

»Danke«, antwortete Roselynne mit jenem sanften Ernst, den sie mit einem Male an den Tag legte. »Das ist sehr freundlich von Euch.«

»Freundlich«, schnaubte der Graf verächtlich und bedachte seinen Gefährten mit einem gefährlichen Blick. »Du musst dich nicht bedanken. Er tut, was sich gehört, für die Braut seines Kriegsherrn.«

Roselynne lächelte in das finstere Gesicht. Ihre Augen funkelten noch intensiver. Die Braut seines Kriegsherrn. Mit einem Male bedeutete der unliebsame Titel etwas ganz anderes für sie. Der Graf würde keine Zeit verlieren, sie in sein Bett zu nehmen, sobald sie Schottland erreichten. Sie würde bluten, wenn alles an ihm so riesig war wie seine Gestalt und seine Hände und schon deswegen würde er das Kind in ihrem Leib für das seine halten. Er war ein Barbar, ein Wilder, aber nichtsdestotrotz für seinen König ein wichtiger Mann, ein Kriegsherr, wie er es gesagt hatte. Ein Mann von Macht und Einfluss, der einen Erben haben wollte. Einen Erben, den sie ihm schenken konnte und den sie lieben durfte, ohne dass er Verdacht schöpfte.

Das Lächeln entwaffnete Robert Duncan vollends. Noch nie hatte sie ihm ein echtes Lächeln gegönnt, das ihm allein gehörte. Der bestrickende Reiz dieses Geschenks machte ihn wehrlos. Röte stieg in seine Stirn und er stieß einen lästerlichen Fluch aus.

Roselynnes Lächeln verschwand bei seinen Worten. Sie verbarg ihren Triumph unter flink gesenkten Wimpern. Vielleicht war er ja gar nicht so schrecklich, wie sie gefürchtet hatte. Schließlich wusste sie von ihrem Vater, dass polternde Männer unter diesem Lärm nur allzu oft die eigene Unsicherheit verbargen. Sie würde schon noch herausfinden, ob das bei dem Schotten auch der Fall war.

Sie trank den letzten Schluck Wasser, bevor sie sich so nahe wie möglich neben dem Feuer auf ihre Decke legte. Es war ein hartes Lager, nur von wenigen zusammengescharrten Blättern gepolstert, aber in ihrer Müdigkeit spürte sie die Unbilden nicht. Sie dankte dem Schicksal einmal mehr dafür, dass sie sich am Morgen ihrer Entführung aus lauter Unsicherheit und Heimweh in die schlichten, aber praktischen Gewänder ihrer Heimat gehüllt hatte. Der dichte, schwere Umhang war in diesen Nächten ein Segen, und wenn sie das vertraute Kratzen auf ihrer Wange spürte, fiel es ihr leicht, die Augen zu schließen und von Hawkstone zu träumen.

Trotz aller Unbequemlichkeiten fiel sie denn auch auf der Stelle in einen tiefen, erschöpften Schlummer. Sie bot beiden Schotten das entspannte Gesicht eines friedlichen Kindes. Ein wenig schmutzig, von wirren Haarsträhnen umgeben, aber gleichwohl von unschuldiger, sinnverwirrender Schönheit.

»Was hast du gesagt, dass sie plötzlich ihre Krallen eingezogen hat?«, forschte MacDonald neugierig, aber mit leiser Stimme.

»Nichts«, schnaubte der Graf unwillig. »Weiß der Teufel, was in diesem Mädchen vorgeht. Es schließt die Augen, hört in sich hinein, dann sieht es einen an und ist wie verwandelt. Man könnte meinen … ach, zum Henker.«

»Du erschreckst sie, wenn du ständig fluchst, hast du es nicht bemerkt? Sie ist von normannischem Blut und an Höflichkeit und feine Sitten gewöhnt.«

Ein neuerlicher Fluch bewies, was Robert Duncan von den Ratschlägen seines Gefährten hielt. Danach senkte sich Stille über das Lager am Fluss, die nur vom Rauschen des nächtlichen Windes und dem leisen Gemurmel des nahen Wassers unterbrochen wurde.

Es war endgültig zu dunkel, um weiterzureiten, Justin d'Amonceux fürchtete die Spuren zu verlieren, denen er nun seit zwei Tagen so erfolgreich nachritt. Anfangs hatte er Mühe gehabt, dem Reitertrupp zu folgen. Duncan hatte nicht den Weg nach London eingeschlagen, sondern war direkt über Oxford und Warwick nach Norden geritten. Er mied die Städte und Handelswege und schien die Richtung ohne Rücksicht auf Straßen und Wege direkt zu wählen. Seine Route glich mehr dem direkten Flug eines Vogels nach Norden denn einer Reise.

Wenn es noch eines Beweises für seine Vermutung bedurft hätte, dass er eine kostbare Beute in Sicherheit bringen wollte, dann bewies es dieser Gewaltritt. Erst vor zwei Tagen hatte ihn ein Händler, der von Gloucester nach Warwick zog, auf die richtige Spur gebracht. Der Trupp der Nordmänner hatte einen seiner Karren von der Straße gedrängt und in wilder Rücksichtslosigkeit nur Schaden hinter sich gelassen.

Jacques Boscot, der die düstere Stimmung seines Herrn und Freundes verstand, versorgte die beiden Pferde und kehrte erst nach geraumer Zeit an das kleine Feuer zurück, wo Justin gerade den Trinkschlauch absetzte und an seinen Gefährten weiter reichte.

»Morgen werden wir sie sicher einholen«, fühlte er sich bemüßigt zu sagen. »Es liegt an diesen verdammten Oktobertagen. Es wird viel zu schnell dunkel …«

»Es trifft nicht nur uns. Auch die Schotten müssen Halt machen, wenn die Nacht hereinbricht«, entgegnete der Ritter mit einem Male ungewohnt gesprächig. »Sie können nicht riskieren, sich den Hals zu brechen. Ich hoffe nur, wir kommen nicht zu spät.«

»Die Dame ist eine kundige Reiterin. Erinnere dich daran, wie sie das durchgehende Pferd gemeistert hat und danach trotz ihres wüsten Sturzes unverzüglich wieder in den Sattel gestiegen ist.«

»In der Tat«, Justin schmunzelte leicht, als er sich das Bild der schwarzhaarigen Amazone vor Augen rief, die mitten in seinen Reisetrupp – wie auch in sein Leben –

gerast war. Aber gleichzeitig fiel ihm ein, wer für diesen halsbrecherischen Galopp die Verantwortung trug. »Ich werde es ein Leben lang bereuen, dass ich mein Messer nicht in den Wanst des Schotten gegraben habe, als ich die Gelegenheit dazu bekam.«

»Ich würde dir dieses Mal zum Gebrauch des Breitschwertes raten«, schlug sein Begleiter nüchtern vor. »Der Kerl ist ein Riese und sicher ein gewitzter Kämpfer. Du musst auf jede Hinterhältigkeit gefasst sein.«

Der sachliche Ratschlag entlockte Justin d'Amonceux ein unterdrücktes Schnauben. »Bei einem Verhältnis von zweien gegen zwölfe können wir uns keinen ehrenhaften ritterlichen Zweikampf leisten. Ich fürchte, es wird auf Tücke und Gemeinheit hinauslaufen müssen, mein Lieber.«

»Auch dafür brauchst du deine Kräfte«, befand der junge Freund praktisch. »Ich werde wachen, während du schläfst.«

Justin wusste aus Erfahrung, dass es keinen Sinn hatte, Jacques in einem solchen Fall zu wiedersprechen. Er hatte von seiner Mutter den Auftrag übernommen, auf ihn zu achten, und er versah ihn mit der Treue eines edlen Hundes und der Festigkeit eines Felsens. Die Mutter seines Freundes hatte es als Einzige gewagt, ein wenig Wärme in das Leben des Erben von Amonceux zu bringen.

Der Graf rollte sich in seinen Umhang, legte den Kopf auf den kostbaren Ledersattel, den sein Milchbruder dem großen Hengst abgenommen hatte, und schloss mit einem unterdrückten Seufzer die Augen.

Sie war irgendwo dort draußen unter demselben, wolkenverhangenen Himmel wie er. Verängstigt, durchgefroren und vielleicht sogar verletzt. Himmel, wie hatte es nur dazu kommen können? Warum hatte er nicht besser auf sie aufgepasst? Wieso hatte er nicht gleich begriffen, wie unendlich kostbar sie seinem Herzen war?

14. Kapitel

»Wach auf, Mädchen! Es dämmert schon, wir müssen weiter!«

Roselynne spürte eine sachte Berührung ihrer Schulter und schlug sofort die Augen auf. Sie blickte geradewegs in das bärtige Gesicht des Grafen von Duncan und ertappte ihn mit einem Ausdruck voller Sorge, der ihm selbst nicht bewusst war. Die reglose Gestalt der jungen Frau, die unter der Hülle aus dunklem Stoff ebenso gut hätte tot sein können, weckte eine nie gefühlte Furcht in seinem Inneren. Er traute es dieser schwierigen Elfe ohne weiteres zu, dass sie sich im Dunkel der Nacht davon schlich und ihn mit der leblosen Hülle ihrer Gestalt zurückließ.

Dass sie jetzt ein wenig blinzelte und wie eine kleine Katze gähnte, erleichterte und amüsierte ihn zugleich. Sie hatte tatsächlich das Benehmen einer Katze. Man musste ihr nur dabei zusehen, wie sie sich streckte und in einer geschmeidig eleganten Bewegung in die Hocke kam, wobei sie sich gleichzeitig die Haare aus der Stirn strich und den Mund verzog, als sie den Schmutz sah, der an ihrer Hand klebte. Ausnahmsweise las er ihre Gedanken ohne Schwierigkeiten.

»Es tut mir Leid, dass ich dir auf dieser Reise nicht die gewohnte Behaglichkeit bieten kann«, knurrte er an Stelle eines Morgengrußes. »Aber wenn wir zu Hause sind, wird es dir an nichts fehlen. Ich versichere dir, dass wir nicht die Barbaren sind, für die uns euer König hält. In meinem Haus wirst du Wärme und Nahrung finden.«

Roselynne warf ihm unter halb gesenkten Wimpern einen Blick zu. Im zunehmenden Morgenlicht machte sie sich zum ersten Mal die Mühe, den Mann unter all dem Gestrüpp aus Haaren und barschen Manieren zu entdecken. Wer war sie eigentlich, seine blinde Leidenschaft zu tadeln? Hatte sie nicht genau denselben Blitzschlag verspürt, als der Graf von Amonceux in Hawkstone aufgetaucht war, um sich mit ihrer Schwester zu verbinden? Jenes heiße Gefühl blinder Unausweichlichkeit, das ihr Herz für immer geprägt und für alles andere abgestumpft hatte? Niemand hatte ihr damals geglaubt, und sogar ihr völlig ernst gemeinter Entschluss, sich für immer hinter Klostermauern vergraben zu wollen, hatte kein Verständnis gefunden. Dabei hatte sie doch nur gewusst, dass sie niemals ihr Herz einem anderen Mann schenken konnte. Weshalb dann ein Leben führen, das nur darauf hinauslief, Gattin für einen Menschen zu werden, dem sie nie ihr Herz schenken konnte?

Sie streckte unwillkürlich die Hand aus und berührte die eiserne Schulter, die vor ihr aufragte. Bewusst suchte sie die Verbindung mit Robert Duncan, um ihn und seine Gedanken zu erforschen. Ihr Hass auf ihn schwand, sie wollte eine Basis finden, auf der sie mit ihm auskommen konnte.

»Ich weiß, dass Ihr mir nichts Böses wollt«, sagte sie zu seiner Überraschung. »Ich kann es fühlen.«

Jäh zuckte er zurück, aber nicht so weit, dass die Verbindung zwischen ihnen riss. Er suchte in den dunkelblauen Tiefen ihrer Augen und fand dort ein höchst unerwartetes freundschaftliches Verständnis statt der gewohnten kalten Feindseligkeit.

Roselynne spürte seine Verblüffung, sein gereiztes Widerstreben ebenso wie seine wilde Männlichkeit, seine Rücksichtslosigkeit und einen mühsam bezähmten Hang zur Gewalttätigkeit. Aber da war auch ein wahrhaftiger, ehrlicher Kern unter all dem kriegerischen Gehabe, der verblüffende Wunsch, geliebt zu werden, ohne deswegen der Schwäche anheim zu fallen. Eine Sehnsucht nach Wärme und Geborgenheit, die er jedoch nach außen hin als unmännlich und weibisch abtat.

»Man sagt, Ihr ehrt Eure Frauen in Kaledonien«, verblüffte sie ihn mit einem Wissen, das er nicht erwartet hatte. »Wie passt das mit der Tatsache zusammen, dass Ihr mich gewaltsam in Euren Besitz gebracht habt?«

»Wir ehren unsere Frauen«, entgegnete der Graf von Duncan schroff.

Roselynne ließ die Hand sinken und der Schotte fühlte sich seltsam beraubt und allein gelassen. Bis er den mutwilligen Ausdruck ihrer Augen entdeckte und das feine, dieses Mal überaus spöttische Lächeln.

»Ihr meint, ich sollte meinem Schicksal danken, dass Ihr mich auf diese rüde Weise erwählt habt?«, wisperte sie kaum hörbar.

»Ich werde mein Leben damit verbringen, es dir zu beweisen.«

Roselynne zuckte in gespieltem Gleichmut mit den Achseln. »Ich habe wohl keine andere Wahl, als darauf zu hoffen.«

»Du gibst deinen Trotz auf?«

Während die Männer das Lager abbrachen, die Pferde sattelten und ihren Getreidebrei aßen, kam es Roselynne trotz des Lärmes so vor, als wäre sie allein auf der Welt mit dem Schotten.

»Auch darin bleibt mir keine andere Wahl«, entgegnete sie mit einem tiefen Atemzug.

»Das ist für Euch, Lady!«

MacDonald kam pfeifend aus dem Gebüsch und reichte ihr auf einem handgroßen Stück sauberer Rinde ein Häufchen aus letzten Haselnüssen und verschrumpelten Brombeeren. Zwei wilde Birnen vervollständigten das Morgenmahl und über seiner Schulter baumelte verheißungsvoll der lang gestreckte Leib eines mageren Hasen. Roselynne hörte ihren Magen lautstark knurren und auch die beiden Männer vernahmen das Geräusch. Sie nahm die Früchte dankbar an.

»Ihr sorgt gut für die Braut Eures Kriegsherrn, MacDonald«, formulierte sie ihren Dank so, dass der Graf keinen Einspruch dagegen erheben konnte.

Der junge Schotte blinzelte verblüfft. Es hatte sich wirklich einiges geändert zwischen der Lady und seinem Anführer.

Der Verlauf des Tages bestätigte dies auch für die übrigen Männer und die Stimmung des Reisetrupps stieg wie durch ein Wunder. Vielleicht lag es auch daran, dass die Sonne an diesem Morgen über einem blank geputzten, blassblauen Himmel aufging. Sie spendete nicht mehr viel Wärme, aber schon die Trockenheit war ein Segen nach all dem Regen.

Das Land um sie herum prunkte in den schönsten Herbstfarben, und Roselynne entdeckte in der Ferne eine feine rauchige Linie aus Bergkuppen.

»Ist das Eure Heimat?«, erkundigte sie sich wissbegierig bei dem Schotten.

»Beileibe nicht«, entgegnete er entrüstet. »Das sind ja nur Hügel. Warte, bis du das Hochland siehst. Es gibt keinen Ort auf dieser Insel, wo die Luft klarer ist und der Himmel näher.«

»Steht dort Eure Burg?«

Ihre nächste Frage schien ihn in Bedrängnis zu stürzen. Es dauerte ein paar Herzschläge, bis er vorsichtig, aber ehrlich Antwort gab.

»Es ist weniger eine Burg, wie du sie aus dem Süden kennst. Unsere Clanführer leben in Wehrtürmen, die sich gut verteidigen lassen, wenn sie angegriffen werden. Rundherum liegen die Häuser und Hütten des Ortes, aber im Notfall können sich alle hinter die schützenden Mauern des *Broch* zurückziehen.«

Roselynne, die im Schatten des mächtigen Rosenturmes von Hawkstone aufgewachsen war, konnte sich unschwer vorstellen, wovon er sprach. Auch ihre Ahnen hatten sich einst hinter den Mauern eines Wehrturmes in Sicherheit gebracht, denn die weitläufigen Hallen und Gärten der alten römischen Villa waren im Fall eines Angriffs kaum zu verteidigen.

War es tatsächlich ein Zeichen des Schicksals, dass sie nun im Norden in einem anderen Turm leben sollte? Sie klammerte sich an diesen Gedanken wie an einen Rettungsanker. Er versprach Schutz für das Kind.

»Lasst Ihr mich dort, wenn Ihr im Frühling in den Krieg zieht?«, setzte sie ihre Fragen fort und spürte, wie der Reiter hinter ihr erstarrte.

»Was redest du da vom Krieg, Mädchen …«

»Ich habe Ohren und Augen. Ihr tragt das Versprechen von Robert Kurzhose bei Euch. Ihr wollt Euch mit ihm verbünden, um England zu vernichten. Euer Gerede vom Frieden ist nur Lüge.«

»Du hast uns belauscht!« Es gab nur eine Erklärung für diese Anklage, und auch Robert Duncan war imstande, aus Einzelheiten ein Bild zusammenzusetzen.

»Ich war schon vor Euch im Garten.« Roselynne sah keinen Grund, etwas zu verschweigen. »Niemand geht sonst dorthin. Nicht einmal bei Tag. Seit die Königin gestorben ist, regiert dort das Unkraut.«

»Zum Donner …«, knurrte der Graf beunruhigt. »Hast du mit jemandem über die Dinge gesprochen, die du aufgeschnappt hast?«

»Ihr habt mir keine Gelegenheit dazu gelassen«, erwiderte Roselynne wahrheitsgemäß.

Dieses Mal beschränkte sich die Antwort ihres Entführers auf einen weiteren seiner gälischen Flüche.

Roselynne quittierte ihn mit einem kaum angedeuteten Achselzucken. »Ich bin in Eurer Gewalt. Was könnt Ihr mehr tun, um Euch meines Schweigens zu versichern? Ich habe keine Möglichkeit, Euch zu verraten.«

»Gütiger Himmel, ich habe nicht geahnt, was in dir steckt, Lady Roselynne.«

Dieses Mal verbarg Roselynne ihr Lächeln. An Ausrufe dieser Art gewöhnt, kümmerte sie sich nicht weiter um das Erstaunen des Mannes. »Was wird also aus mir, wenn Ihr in den Krieg zieht?«, kam sie wieder auf ihre ursprüngliche Frage zurück.

»Bis dahin trägst du mit Sicherheit meinen ersten Sohn und wirst im Schutze meines Clans seine Geburt erwarten«, erklärte er nach einem kurzen Zögern. »Mit Kriegshändeln hast du nichts zu schaffen.«

»Aber Ihr kämpft gegen die Männer meiner Familie. Vielleicht steht Ihr meinem Vater, meinem Schwager auf dem Schlachtfeld gegenüber. Ich will nicht, dass Ihr sie tötet.«

Die unverblümte Forderung machte ihn nur noch gereizter.

»Ich will, ich will«, ahmte er sie höhnisch nach. »Für ein Mädel, das gestern noch vor Verzweiflung lieber verhungern wollte, als mit mir zu sprechen, stellst du eine beträchtliche Menge Forderungen.«

»Gestern war gestern«, ließ Roselynne einen Schimmer jenes übermütigen Temperaments aufblitzen, das unter der Fassade der gelassenen Edeldame schlummerte. »Macht Ihr mir jetzt zum Vorwurf, dass ich Euch besser kennen lernen will, ehe Ihr mein Gatte werdet?«

Sie konnte spüren, wie sehr sie den Grafen verwirrte und erstaunte. Ihre Jahre bei Hof hatten ihr die Fähigkeit eingetragen, auch die griesgrämigsten Gemüter zu besänftigen und zu bezaubern, wenn sie es nur darauf anlegte. Ihre innere Stimme sagte ihr, dass es möglich war, diesen Bären von einem Mann ähnlich zu dressieren wie das Zotteltier, das beim Erntedankfest den Hof amüsiert hatte. Er war nicht raffiniert genug, um die Winkelzüge ihres Geistes nachzuvollziehen und viel zu gerade heraus, um mehr zu bemerken als das, was sich genau unter seiner Nase abspielte.

Die ersten Erfolge ihrer subtilen Taktik konnte sie im Laufe das Tages verfolgen, und als sie in der hereinbrechenden Nacht wieder ihr Lager aufschlugen, war sie mit sich selbst sehr zufrieden.

Sie hatten ein verlassenes Gehöft gefunden, dessen

Dach halb eingestürzt war, das aber dennoch trockene Ecken rund um die gemauerte Feuerstelle aufwies. Der gestampfte Lehmboden war mit Blättern und Unrat bedeckt, aber die groben Steinmauern boten ein wenig Schutz vor der nächtlichen Brise und der zunehmenden Kälte.

Was immer die Bewohner des Hauses veranlasst hatte, ihr Heim aufzugeben, es musste in größer Eile geschehen sein. Es gab noch Reste von Strohsäcken, ein paar verkratzte Holzschalen, einen dreibeinigen Hocker und einen eisernen Kessel, der halb vergraben in der letzten Asche gelegen hatte. Roselynne hatte ihn mit dem Wasser gesäubert, das MacDonald von der nahen Quelle geholt hatte, und nun simmerte über dem Feuer der Hase in einem duftenden Gemisch aus wilden Kräutern und gehackten Wurzeln.

Roselynne rührte das Gericht von Zeit zu Zeit mit einem geschälten Zweig um und beobachtete verstohlen ihren künftigen Gatten, wie er in der Gürteltasche herumfuhrwerkte, die er nie ablegte. Ob er den Ring des Herzogs dort verbarg? Trotz aller Ergebenheit in ihr Los vermochte sie die Existenz dieses Kriegspfandes nicht einfach zu vergessen. Sie würde für die Ihren tot sein, aber sie wollte nicht, dass ihnen zusätzliches Leid zugefügt wurde.

»Seid Ihr sicher, dass es klug ist, Robert Kurzhose zu unterstützen?«, sagte sie aus diesen Gedanken heraus, als er die Tasche schloss und sich hungrig schnuppernd über den Kessel beugte. »Er neigt zum Verrat, das hat er beim eigenen Vater oft genug unter Beweis gestellt. Er ehrt nur einen Menschen, und das ist er selbst.«

»Was weißt du schon von solchen Dingen«, schnaubte der Graf unwillig und fuhr zu ihr herum.

»Trägt der Ring überhaupt das richtige Wappen?«, sprach Roselynne unbeeindruckt weiter. »Kennt Ihr das Wappen der Anjou in allen Einzelheiten?«

»Du etwa?«

»Natürlich. Es handelt sich immerhin um die Familie meines Königs. Zeigt mir den Ring!«

Robert Duncan wusste selbst nicht, was ihn dazu trieb, dem sanften Befehl zu folgen. Aber was konnte schon geschehen, wenn er ihrem Wunsch nachkam? Sie würde wohl kaum das Kleinod an sich reißen und im Dunkel der Nacht verschwinden.

Er fasste in die Tasche und holte das saubere Leinentuch heraus, in das er das Pfand geschlagen hatte. Auf dem hellen Gewebe schimmerte der breite Goldreif mit dem fein geschliffenen Rubin um die Wette. Ein prachtvolles Juwel, das sich der sonst so geizige Robert für seinen schottischen Verbündeten da vom Herzen gerissen hatte. Überredung und Belohnung zugleich. Eigentlich bedurfte es des eingeritzten Wappens gar nicht mehr, nur Könige besaßen solchen Reichtum.

»Heilige Mutter Gottes«, flüsterte Roselynne andächtig und berührte mit einer Fingerspitze den Stein. Er war kühl und brennend zugleich. »Er ist verflucht, das ist steinernes Blut!«, fügte sie erschauernd hinzu.

»Narretei«, polterte der Graf, dem ihre plötzliche Blässe nicht gefiel. »Das ist ein Ring wie jeder andere, du musst ihn nicht fürchten. Noch hat er nichts bewirkt, und vielleicht wird er es auch nie tun. Willst du ihn tragen?«

Was ihn dazu trieb, ihr ein so absonderliches Angebot zu machen, war ihm selbst ein Rätsel. Vielleicht, weil er wieder ein bisschen Glanz in ihre traurigen Augen zaubern wollte. Frauen liebten Schmuck, und was war schon verloren, wenn sie diesen hier eine Weile an ihrer Hand hatte. Es würde ihr gefallen.

»Komm schon, Herzchen!«

Ehe Roselynne begriff, was er tat, hatte er sie an seine mächtige Brust gezogen und ihre Hand ergriffen. Er schob den Rubin auf ihren kräftigsten – den mittleren – Finger und schloss die Hand darum, damit sie ihn nicht verlor. »Ich kann ihn dir nicht schenken, denn er gehört mir nicht, aber seinen Glanz kann ich dir leihen. Nimm ihn als Versprechen auf künftigen Schmuck, den ich dir schenken werde. Ich bin kein armer Mann.«

Das Gewicht des Rings zog Roselynnes Hand nach unten, und es kam ihr vor, als trüge sie gleichzeitig mit dem Juwel auch die düstere Verantwortung, die dieser Reif symbolisierte. Ein wenig zaghaft lächelte sie in das kantige Gesicht des Schotten.

»Ein Lächeln?«, grunzte er zufrieden und wagte sich ermutigt noch weiter vor. »Nun, das ist hübsch und gut, aber wie wäre es mit einem Kuss, Mädchen? Ein solches Prachtstück ist doch wohl einen Kuss wert!«

Roselynne sah, dass sich alle Schotten zu ihnen umgewandt hatten und grinsend darauf warteten, wie sie sich aus dieser Falle befreite. Sie hatte es in der Hand, die Männlichkeit ihres Anführers zu stärken oder lächerlich zu machen. Für einen eigenartigen Augenblick schien die Zeit still zu stehen. Wenn sie tat, was erforderlich war, würde sie damit auch ihrer Vergangenheit für immer entsagen. Aber hatte sie denn eine Wahl? Nicht in Anbetracht des Lebens, das in ihr wuchs und das behütet werden musste.

Sie hob die Hände, legte sie über die bärtigen Wangen und zog das mächtige Haupt des Schotten sanft ein wenig nach unten, damit sie ihn überhaupt erreichte. Dann schloss sie tapfer die Augen und legte ihre weichen Lippen auf den Schimmer von Haut und Zähen, der ihr aus dem Bart entgegen blitzte.

Von fern hörte sie das Gejohle und den Beifall der Schotten, die ihren Anführer anfeuerten. Sie fühlte, wie er sie in die Arme schloss und in einer bärenhaften Umarmung barg, die gleichwohl von unerwarteter Zartheit war. Bisher hatte er sich noch nie die Mühe gemacht, ihr nicht wehzutun. Es rührte und beruhigte sie zugleich, und sie beendete den Kuss mit einem winzigen Seufzer.

Der Mann, der draußen im Dunkel die Szene beobachtete, die vom rötlichen Schein des Feuers überhaucht wie ein Bild wirkte, erstarrte zu Eis. Es konnte nichts Sanfteres und Zärtlicheres geben als die Geste, mit der Roselynne nun ihre Stirn an die Schulter des Schotten legte und sich in seinen Armen barg. Sie vertraute ihm, sie gab sich ihm hin und beschenkte ihn mit ihren Küssen.

Ganz zu schweigen von dem geradezu närrischen Ausdruck der Verehrung, der auf den wilden Zügen des Kriegers lag und der ihm ebenso lächerlich wie unglaublich erschien. War es denn die Möglichkeit, dass sie ihn in wenigen Tagen zu ihrem Schoßhund dressiert hatte?

Der Gedanke verstärkte das rote Glühen der Wut, die in seinem Innern aufbrach. Das Feuer überschwemmte sein Gesichtsfeld und brannte alles aus, was in seiner Seele an zaghaftem Vertrauen und argwöhnischer Zuversicht eben zarteste Wurzeln schlug.

Zurück blieb eine kalte, tote Einöde von Erkenntnis und Verbitterung. Einmal ein Narr, immer ein Narr!

15. Kapitel

Ein Sonnenstrahl brach sich in den Facetten des geschliffenen Rubins und streute rötliche Funken auf das trockene, braune Gras zu Roselynnes Füßen. Sie hatte ein Stück gehen müssen, ehe sie eine Buschgruppe fand, die weit genug von dem verfallenen Haus entfernt war, damit sie ihren morgendlichen Bedürfnissen ungestört nachkommen konnte.

Seit sie ihren Frieden mit Robert Duncan geschlossen hatte, gönnte er ihr diese Momente des privaten Rückzugs, ohne sie wie zuvor auf Schritt und Tritt zu belauern. Wo sollte sie auch hin, meilenweit entfernt von ihrem Zuhause in einem Landstrich, der ihr völlig fremd war und in dem es ihr schwer fiel zu glauben, dass über ihr dieselben Sterne schienen wie über Hawkstone?

Sie hatte sich an der mit Steinen gefassten kleinen Quelle Gesicht und Hände gewaschen und das reine Wasser in durstigen Zügen getrunken. Es war das Einzige, was sie morgens bei sich behalten konnte, und sie musste ihre ganze Kraft aufbieten, um die peinigenden Wellen der Übelkeit vor dem Grafen zu verbergen, die ihr Aufwachen jetzt regelmäßig begleiteten. Sie hatte Angst, dass auch er diese Zeichen deuten konnte.

Sosehr sie auch die ehelichen Rechte fürchtete, die er früher oder später einfordern würde, so sehnte sie das unvermeidliche Ereignis aus reinen Vernunftgründen inzwischen fast herbei. Dann konnte sie wenigstens aufhören, Komödie zu spielen, und sich ganz der Aufgabe widmen, die ihr bevorstand. Bis dahin durfte sie dem Grafen jedoch keinen noch so kleinen Hinweis geben, dass ihm ein anderer zuvorgekommen war.

Sie wedelte weiter mit den Händen, um sie zu trocknen, und ballte die Rechte zur Faust, damit sie bei dieser Gelegenheit den kostbaren Ring nicht verlor. Das Einfachste wäre gewesen, ihn irgendwo zu verstecken, aber sie fürchtete den Jähzorn des Schotten. Sie hatte keine Angst um die eigene Person, aber sie war für ihr Kind verantwortlich, und das würde schwerlich gesund das Licht der Welt erblicken, wenn er sie in seinem Grimm zu Tode prügelte oder mit dem Schwert erschlug, weil sie ihm getrotzt hatte.

Sie beging nicht den Fehler, die Gutmütigkeit, die Robert Duncan ihr gegenüber an den Tag legte, für Schwäche zu halten. Er war freundlich, weil ihm daran lag, dass sie sich wohl fühlte, aber er würde dennoch ohne zu zögern sein Schwert erheben und sie töten, wenn er zwischen ihr und seiner Ehre wählen musste.

Ein leises Rascheln in ihrem Rücken ließ sie auf dem Absatz herumfahren, aber im selben Augenblick senkte sich eine erstickende schwarze Masse über sie und raubte ihr Luft und Sicht. Ehe sie begriff, was geschah, wurde sie roh um die Taille gepackt und aufgehoben. Sie versuchte zu schreien, aber da war keine Luft für ihre Lungen. Nur grober Stoff, Pferdegestank und das entsetzliche Gefühl zu ersticken. In kopfloser Panik verschwendete sie auch das letzte Restchen Atem, sich zu wehren, dann schwanden ihr die Sinne.

»Gütiger Himmel, ist sie tot? Was hast du mit ihr getan?«

»Nichts. Du siehst doch, dass sie atmet. Ohnmächtig ist sie. Das ist gut so, dann muss ich nicht mit dieser wohlfeilen Dirne reden.«

»Warum setzt du dein Leben für sie aufs Spiel, wenn du nicht einmal mit ihr reden willst?«

»Weil ich dem König mein Wort gegeben habe. Du kannst dir gewiss sein, dass ich sie ohne dieses Wort in den Pranken des Schotten gelassen hätte. Sie hätte es wahrhaftig verdient.«

Die Unterhaltung wurde auf Französisch geführt, aber da Roselynne das Normannische ebenso gut sprach wie das Sächsische, bereitete es ihr keine Mühe, den Sinn der Worte zu erfassen. Die fragende Stimme klang jung und fast ein wenig spöttisch, die andere melodisch vertraut, obwohl die Worte, die sie sprach, so falsch waren, dass Roselynne am Ende doch die Lider hob.

Im ersten Augenblick sah sie nichts. Von grauer Düsternis umgeben, dumpf feuchten Modergeruch in der Nase und von einer Kälte umfangen, die nicht von dieser Welt zu sein schien, zweifelte sie an ihrem Verstand. War sie etwa gestorben und befand sich jetzt in jenem beunruhigenden Zwischenreich, in dem Gott die Seelen prüfte, ehe er sie vollends verwarf?

»Die Schotten werden sie suchen.«

»Davon gehe ich aus. Sie und den Ring. Er kann es sich nicht leisten, den Ring zu verlieren.«

»Was mag Duncan sich dabei gedacht haben, dass er ihn ihr zu Verwahrung gab?«

»Meiner Seel', was denkt ein Mann, der sich seiner selbst zu sicher fühlt und von ein paar Veilchenaugen betört wird? Nichts vermutlich! Er wollte sich bei ihr wichtig machen, ihre Dankbarkeit erkaufen. Jede Frau hat ihren Preis, hast du das noch nicht begriffen?«

Wenn sie die Augen verengte und in die Richtung sah, aus der die Stimmen kamen, dann konnte sie verschwommene Formen ausmachen. Die wuchtigen Konturen tiefer Mauerbögen und den Schimmer einer abgeblendeten Laterne, die nur ein paar steinerne Bodenplatten ausleuchtete. Wo war sie? Es sah nach einem Keller aus. Einem Gewölbe, wie es in Hawkstone unter der römischen Villa lag. Wie kam sie hierher?

Das leise Ächzen, das sich aus ihrer Kehle löste, rief die beiden Männer augenblicklich auf den Plan. Justin d'Amonceux hob die Laterne und Roselynne blinzelte, geblendet von dem Lichtstrahl. Sie sah nichts, sie hörte nur diese Stimme, die vertraut und fremd zugleich war. Schroff, kalt und unfreundlich.

»So seid Ihr also wieder bei Sinnen, Lady Roselynne«, sagte die Stimme. »Willkommen auf der anderen Seite des Spiels. Ihr habt einmal mehr die Fronten gewechselt. Es wird Euch zur Gewohnheit, nicht wahr?«

Roselynne sagte sich, dass sie erfreut sein sollte, erleichtert, aber etwas hielt sie davon ab. Das war nicht der Mann, der sie in seinen Armen gehalten und geliebt hatte. Vor ihr stand ein Fremder.

»Was … was ist geschehen?«, wisperte sie erstickt und schützte ihre geblendeten Augen mit der Handfläche vor dem Licht.

Erst jetzt senkte er die Laterne, und der Schein beleuchtete ein Stück des Bodens. Er stand in diesem Kreis, breitbeinig, die Reiterstiefel wuchsen vor ihr in die Höhe, ehe sie sich mit dem Rest seiner Person im Dunkel verloren, sodass sie sich nur an seine Worte halten konnte. An Worte, die wie Eisregen auf sie niederprasselten.

»Ich habe mir die Freiheit genommen, Euch aus der Umarmung Eures schottischen Galans zu befreien«, sagte der Normanne, als handelte es sich dabei um einen Frühlingsspaziergang. »Kann es sein, dass Euch diese Wendung der Dinge etwa missfällt?«

»Nein! Nein … nein.« Das Letzte war nur ein Hauch, denn Roselynne spürte eine so unverkennbare Welle von tödlicher Abneigung, dass sie unwillkürlich vor ihm zurückwich. »Warum sagt Ihr so etwas? Ihr wisst, dass es nicht so ist. Ich bin … ich habe nur …« Sie brach ab, als ihr bewusst wurde, dass sie keine Worte fand.

Sie rang die Hände und stellte dabei fest, dass der schwere Rubin verschwunden war. Hatte sie ihn verloren oder …?

Der normannische Ritter sah sowohl die Geste wie den fragenden Blick.

»Ich habe das Kleinod wieder an mich genommen«,

sagte er kalt. »Ich hätte es nie fortgeben sollen. Ich hätte einiges nicht tun sollen, aber es ist zu spät, etwas daran zu ändern.«

»Wo … wo sind wir?« Roselynne kam sich unter den bedrückenden Gewölben wie in einer Gruft vor.

»Unter den Ruinen eines verlassenen Klosters. Eure neuen Freunde, die Schotten, scheinen es bei einem Raubzug im vergangenen Jahr ebenso in Schutt und Asche gelegt zu haben wie das dazu gehörige Dorf.«

Roselynne schluckte erschrocken, es hörte sich an, als machte er ihr diesen Überfall zum Vorwurf. »Meint Ihr nicht, dass Duncan und seine Männer überall nach uns suchen werden?«

»Mit Sicherheit«, bestätigte er ihre Ängste gelassen. »Aber nicht hier. Wir sind ein tüchtiges Stück nach Westen geritten, nachdem wir uns Eurer Person bemächtigt hatten. Sie können nicht ahnen, dass Ihr Hilfe gehabt habt. Ihrer Meinung nach müsst Ihr Euch in Luft aufgelöst haben. Es wird zu Eurer Spezialität. In Winchester denken sie dasselbe von Euch.«

»Ihr habt nicht die Waffen mit ihnen gekreuzt?«, staunte Roselynne, aber für den Normannen hörte es sich an, als machte sie sich Sorgen um den riesigen Schotten, den sie in ihr unbeständiges Herz geschlossen hatte, wie er mit eigenen Augen gesehen hatte.

»Warum sollten wir?«, blieb er bei seiner herausfordernden Art, mit Gegenfragen zu antworten.

Schon sein Tonfall war eine Beleidigung und Roselynne brauste trotz aller Ratlosigkeit und Verwirrung deswegen auf. »Wie könnt Ihr es wagen, so mit mir zu reden, Seigneur! Was werft Ihr mir vor?«

»Euch? Nichts. Mir selbst? Vieles. Ihr seid nicht viel besser als Eure hochwohlgeborene Schwester, die schöne Baronin von Aylesbury. Eine Frau und eine Lügnerin. Und nun haltet Euch ruhig. Wir werden ein paar Tage hier abwarten, bis die Schotten die Geduld verlieren, nach Euch zu suchen. Dann bringe ich Euch nach

Winchester zurück. Ich kann die Stunde kaum erwarten, da sich unsere Wege endgültig trennen, Lady!«

Die verächtliche Rede traf Roselynne, die das Haupt gesenkt hatte. Sie hatte nicht gewusst, wie sie ihm begegnen sollte, nach allem, was zwischen ihnen gewesen war. Aber keine noch so kleine Regung hatte sie davor gewarnt, dass er sie verachten würde. Was, bei allen Heiligen, warf er ihr nur vor? Dass sie so arglistig entführt worden war? Wie hätte sie das verhindern sollen?

»Ich habe Euch keinen Grund gegeben, so mit mir zu sprechen, Seigneur«, raffte sie die kläglichen Reste ihrer Würde zusammen.

Sie spürte mehr, als sie es sah, dass er sich zu ihr niederbeugte. »Ich habe Euch gesehen, Lady! Gestern Abend in den Armen des Schotten. Ihr habt ihn geherzt und geküsst, und es hatte mehr als nur den Anschein, dass Ihr ihm wohl gesonnen seid. Genügt das als Grund, Mylady? Ihr habt mich zum Narren gehalten und Euch als würdige Nachfolgerin Eurer Schwester gezeigt. Aber ich bin nicht gern ein Narr und zweimal schon gar nicht!«

Roselynne rang nach Luft, sie schwankte unter der Wucht seiner Vorwürfe und der Erkenntnis, dass sie keine Silbe davon entkräften konnte. Sie wusste, wie die Szene für einen heimlichen Beobachter ausgesehen haben musste. Schließlich hatte sie sich alle Mühe gegeben, gehorsame Sanftmut zu demonstrieren und dem Schotten zu zeigen, dass er sich berechtigte Hoffnungen auf ihr Entgegenkommen machen konnte.

Sie rang noch immer ihre klammen Hände, als ihr seine Schritte verrieten, dass er sie allein ließ. Die Laterne stand neben ihr, aber nicht einmal ein Dutzend Laternen hätte gegen die Finsternis anleuchten können, die sich mit einem Mal über Roselynne legte. Sie hatte geglaubt, das tiefste Elend menschlicher Verzweiflung erreicht zu haben, aber nun merkte sie, dass es noch schlimmeren Kummer gab.

»Ihr müsst essen, Lady. Wenn wir nach Winchester aufbrechen können, müssen wir in höchster Eile reiten. Ihr werdet Eure Kraft brauchen.«

Roselynne maß den jungen Normannen mit einem mutlosen Blick und griff nach dem gefüllten Weizenfladen, den er ihr hinhielt. Die köstliche Füllung aus Wildtaubenfleisch und Kräutern hätte eher an die Tafel des Königs gepasst als an das bescheidene Feuer in den Klostergewölben, aber sie musste sich regelrecht zwingen, zu kauen und zu schlucken. Jacques Boscot hatte bisher sehr wenig gesprochen, allein, sie hatte die ruhige tüchtige Art schätzen gelernt, mit der er für ihre Mahlzeiten sorgte, die Zweige und Blätter für ihren Schlafplatz herbeizauberte und das niedrige, wärmende Feuer nie ausgehen ließ.

In seiner Gegenwart vermochte sie wenigstens zu atmen. Was man von Justin d'Amonceux nicht behaupten konnte, der gleich einem dunklen, drohenden Phantom stets am Rande ihres Gesichtskreises blieb. Sie wusste nicht, ob er sie beobachtete oder verfluchte, sie spürte nur, dass er da war und sie ansah. Je länger sie diese stummen Blicke fühlte, umso mehr wuchs ihr Zorn.

Wie kam er dazu, sie dermaßen verächtlich zu behandeln? Sie hatte die einzigen Waffen zu Hilfe genommen, die ihr zur Verfügung standen, und sie sah nicht ein, dass sie sich dafür schämen sollte. Er hatte kein Recht auf sie, zumindest kein offizielles, und mehr als diesen einen unschuldigen Kuss konnte ihr niemand vorwerfen. Wie kam er also dazu, sie für eine Kreuzung aus Judith und Potiphar zu halten? Sie war weder eine Mörderin noch eine Dirne! Aber er benahm sich, als wäre sie weit Schlimmeres.

Gekränkt starrte sie mit verengten Augen in die Dunkelheit. Irgendwo dort hinten stand er. Reglos, stumm und unmenschlich. Nicht länger der Geliebte, nach dem sie sich sehnte, sondern ein Richter, der sich anmaßte, ein Urteil über sie zu fällen. Unwillkürlich warf sie den Kopf in den Nacken und presste die Lippen aufeinander. Sie wollte nichts mehr von ihm.

Justin d'Amonceux sah den unnachahmlichen Stolz, mit dem sie den feinen Nacken straffte und ihre Haltung korrigierte. Sie trug die verschmutzten Kleider einer Bäuerin, ihr Haar sah aus, als hätten Stare darin genistet, und unter ihren wunderbaren Augen lagen die Schatten von Erschöpfung und Schlaflosigkeit. Dennoch brachte ihn der bloße Anblick zum Erbeben.

Seine Fingerkuppen erinnerten sich an die Beschaffenheit ihrer durchsichtigen Haut, seine Lippen an die Süße ihrer Küsse und sein ganzes Sein an die Erfüllung von Sehnsucht und Leidenschaft. Wie konnte sich unter dieser unschuldig hinreißenden Fassade so viel Lüge und Falschheit verbergen?

Er sah ihr beim Essen zu, das sie anmutig in kleinen Bissen zu sich nahm, obwohl sie den Anschein erweckte, als hätte sie längere Zeit Hunger gelitten. Hatte ihr der Schotte nichts zu essen gegeben, um ihren Willen zu brechen? Narrheit! Diese Frau war weder mit Hunger noch mit Gewalt zu besiegen.

Seine Augen glitten zu Jacques, der die stumme Aufforderung spürte und sich entfernte, sobald er sicher gestellt hatte, dass das Feuer einige Zeit brennen würde, ohne dass er sich groß darum kümmern musste. Sein Milchbruder würde Wache halten und rechtzeitig Alarm geben, falls die Schotten in ihre Nähe kamen. Es lag auf der Hand, dass Robert Duncan sowohl das Mädchen wie auch den Ring nicht einfach verlustig geben würde. Er selbst hatte es schließlich auch nicht getan.

Roselynne fühlte, wie die Luft von seinen stummen Vorwürfen vibrierte, und sie fragte sich, ob sie sich nur wappnen oder auch verteidigen sollte. Allein, was hoffte sie mit Letzterem zu erreichen? Er war so überzeugt davon, dass sie ihn kühlen Blutes und voller Absicht betrogen hatte, dass es mit Sicherheit kein Argument gab, das ihn vom Gegenteil überzeugte. Ganz davon abgesehen, dass ihr Stolz ein so schwaches Flehen um Nachsicht und Verständnis auch nicht zugelassen hätte.

Sie war bereit gewesen, auch das Letzte und Schlimmste zu erdulden, um sich und ihr Kind zu schützen. Sie hatte sich darauf vorbereitet, den Schotten als Gatten zu empfangen. Dass es dazu nicht mehr gekommen war, konnte man nicht als Charakterstärke, sondern nur als Zufall bezeichnen. Allein, sie war nicht bereit, sich deswegen schuldig zu fühlen.

Wenn die Gefühle, die sie in jener Nacht bei ihm erspürt hatte, so jämmerlich schwach und wetterwendisch waren, dass sie nicht einmal eine Spur von Vertrauen nährten, was blieb ihr dann anderes als Verzweiflung?

Unwillkürlich schlang sie die Arme um ihren Oberkörper und suchte die Berührung mit sich selbst und der leiblichen Hülle, die das kostbare Geheimnis trug.

›Dein Vater‹, sagte ihre innere Stimme zu dem winzigen Glühen. ›Schau ihn dir an, wie er seine vermeintlich verletzte Ehre hätschelt, ohne einen Gedanken daran zu verschwenden, weshalb ich es getan haben könnte. Es kommt ihm gar nicht in den Sinn, dass es Gründe für mein Verhalten geben muss. Ich hoffe zu Gott, dass du kein Mann wirst, mein Kleines. Ich glaube, ich werde dieses Geschlecht nie verstehen.‹

Der rötliche Schimmer des Feuers beleuchtete das tief verinnerlichte, kaum sichtbare Lächeln in Roselynnes ausdrucksvollen Mundwinkeln. Das Lächeln einer Madonna, die fern der Welt über den Dingen schwebte. Das Lächeln einer Mutter, die mit einem Kind sprach, von dem niemand außer ihr etwas wusste.

Zum Henker, wie kam sie dazu, so anrührend und sanft auszusehen? Justin d'Amonceux ballte die Fäuste im Dunkel und kämpfte um Beherrschung. Alles in ihm drängte ihn dazu, sie in seine Arme zu reißen, sie gegen jede Vernunft zu besitzen und zu unterjochen. Sie war eine Lügnerin, eine Dirne, eine Verräterin der schlimmsten Sorte, und dennoch – seine Arme fühlten sich leer an ohne sie. Sein Herz pochte schwer und schmerzhaft, und alles in ihm erinnerte sich an die Süße ihrer Küsse, den Zauber ihrer Leidenschaft.

»Wollt Ihr nicht ans Feuer kommen?«, drang ihre einnehmende, gelassene Stimme nun an sein Ohr. »Es muss kalt sein dort im Dunkeln, und Ihr könnt mich hier ebenso gut verachten wie dort!«

Nur Roselynne wusste, was es sie kostete, so viel Gefasstheit zu zeigen. Aber der Gedanke an ihr Kind hatte ihr neue Stärke gegeben. Im Grunde hatte sich an ihrer Lage kaum etwas geändert. Sie befand sich in der Gewalt eines Mannes, der seinen Willen über den ihren stellte, und sie bangte um die Sicherheit ihres ungeborenen Kindes.

Schritte im Dunkel verrieten ihr, dass er ihre Einladung abschlug. Er ging. Sie blieb allein zurück. Mit der Zeit lernte sie diese Einsamkeit schätzen.

16. Kapitel

Roselynne wusste nicht, ob es Nacht oder Tag war. Irgendwann im Lauf der endlosen Stunden hatte sie die Kontrolle über das Verrinnen der Zeit verloren. In der düsteren Krypta gab es nichts als den schwachen Schein des niedrigen Feuers und den Rhythmus der Wache, die sich die beiden Männer teilten. Sie hatte Mühe, sich mit der tatenlosen Rolle abzufinden, die ihr zugeteilt worden war, ohne dass man sie befragt hätte, was ihr gefiel.

Anfangs hatte sie lange und erholsam geschlafen, aber nun zerrten die Stille, das Warten und das Nichtstun an ihrer Geduld. Sie war es nicht gewohnt, einfach herumzusitzen mit nichts anderem als den eigenen Gedanken zur Gesellschaft. Sie hätte jede noch so stumpfsinnige Arbeit vorgezogen, um genau diesen Gedanken zu entkommen. Wach sein bedeutete wieder zu wissen.

Was sollte sie tun? Wie sich verhalten, wenn Justin d'Amonceux sie an den Hof zurückbrachte? Wie lange würde es dauern, bis man ihr ansah, dass sie ein Kind erwartete? Eine Frist blieb ihr ohnehin nur, wenn es ihr gelang, die scharfen Augen Lady Lilianas zu meiden. Vor ihrer Mutter gab es keine Geheimnisse. Sie liebte ein jedes ihrer Kinder und sie besaß die unheilvolle Fähigkeit, ihnen bis auf den Grund der Seele zu schauen.

Irgendwann im Lauf dieser ewig gleichen Überlegungen hatte sie begonnen, das Gewölbe mit unruhigen Schritten zu durchmessen. Hin und her, auf einem Weg, den ihre Füße inzwischen wie von selbst kannten und der kein Licht benötigte.

»Ihr werdet Euch die Sohlen durchlaufen«, hörte sie den jungen Gefährten des Grafen in einer Mischung aus Anteilnahme und Warnung murmeln. Er kauerte, in seinen Umhang gewickelt, neben dem Steinbogen zur Treppe, und bis zu diesem Augenblick hatte sie angenommen, dass er schlief.

»Und wenn?«, entgegnete Roselynne ein wenig unwirsch. »Denkt Ihr, es kümmert ihn?«

Beide wussten sie, wer damit gemeint war.

»Ihn kümmert alles, was Ihr tut«, antwortete Jacques Boscot ruhig.

»Nicht mehr«, wisperte Roselynne bedrückt. »Er verachtet mich. Warum hat er mich nicht dort gelassen, wo ich war, wenn ich ihm so widerwärtig bin?«

»Kennt Ihr ihn so schlecht? Er hat dem König sein Wort gegeben, Euch nach Hause zu holen. Er ist nicht der Mann, der einen Schwur bricht.«

Sie presste die Lippen aufeinander. Sie begehrte diesen Mann mit all der Kraft ihrer Seele, aber dennoch fühlte sie sich nicht fähig, ein Urteil über seine Ehre zu fällen. Er war als Spion auf diese Insel gekommen. Als Bote eines Krieges, der ihre Welt bedrohte. Dass er den Tod bringenden Ring wieder an sich genommen hatte, musste nichts heißen. Vielleicht suchte er nur nach einem Weg, ihn sicher wieder nach Norden zu bringen. Vielleicht hatte er sie auch nur befreit, weil es ihm um eben dieses Pfand ging.

Die Zweifel schwärten in der Wunde, die seine Ablehnung jeden Tag von neuem schlug. Seine Verachtung, sein Misstrauen und seine Härte machten es sogar ihren geschärften Sinnen schwer, zu ihm durchzudringen. Wann immer sie sich auf ihn konzentrierte, überschwemmte sie eine solche Welle von wildem Zorn, dass sie es erschrocken wieder aufgab.

»Ich nehme an, dass ich ihn gar nicht kenne«, erwiderte sie nach langem Schweigen auf die Frage des jungen Mannes. »Er ist mir fremd.«

Sie machte temperamentvoll kehrt, um dem Gespräch und den Fragen zu entgegen, aber sie prallte hart gegen ein Hindernis, das eben noch nicht an dieser

Stelle gewesen war. Ein Mauer aus Leder und Muskeln, die nicht von der Stelle wich und deren Wärme sie auf der Stelle bannte.

»Geh!«, hörte sie ihn heiser befehlen, und das leise Rascheln, mit dem Jacques seinen Platz verließ und die Treppen nach oben ging, war das einzige Geräusch an ihren Ohren.

Ihn hatte sie nicht vernommen. Nicht einmal gespürt! Dafür war ihr seine Gegenwart jetzt umso bewusster. Sie hatte die Hände gegen die Blockade erhoben und spürte unter ihren Handflächen den harten Schlag seines Herzens. Eines Herzens, das so düster und beladen seinen Dienst tat, dass ihr unwillkürlich ein Seufzer entfloh.

Warum war er nicht fähig zu glauben? Anzunehmen, was ihm das Leben in ihrer Person bot? Wie war es möglich, dass ein einziger, dummer, nichtssagender Kuss ihn in einen Stein verwandelt hatte? Weil er schon einmal von einer Frau zutiefst verletzt worden war? Weil er ihr die Fehler ihrer schönen Schwester vorwarf und es für einen Erbteil ihrer Familie hielt, dass ihre Töchter die Männer verrieten, die ihnen ihre Liebe schenkten?

Justin d'Amonceux fühlte den Vorwurf ebenso wie die Berührung. Wie kam sie dazu, ihm die Schuld an den Ereignissen zu geben? Was hatte sie an sich, dass sie mühelos durch alle Rüstungen drang, mit denen er sich zu wappnen versuchte?

»Nehmt Eure Hände von mir!«, befahl er, und seiner gepressten Stimme war anzuhören, dass er mit den Zähnen knirschte.

»Es gab Stunden, da mochtet Ihr es, dass ich Euch berührte«, wisperte Roselynne heiser. »Habt Ihr es vergessen?«

Sie hasste sich für die Schwäche, die sie dazu zwang, diese hilflose Frage zu stellen, aber gleichzeitig war es ihr auch egal. Was verlor sie in seinen Augen, wenn er sie schwach fand? Er verachtete sie doch ohnehin! Schlimmer konnte es nicht werden.

»Dann trag die Folgen, wenn du meine Erinnerung wecken möchtest«, zischte er.

Ehe Roselynne begriff, was er damit meinte, fand sie sich in einen hungrigen, brutalen Kuss gerissen, der ihre Lippen quetschte und sie so unerbittlich in seine Arme presste, dass ihr doppelt der Atem ausblieb, vielleicht auch weil sie selbst mit einem jähen Ausbruch ihrer mühsam unterdrückten Gefühle darauf reagierte.

Sie wich nicht zurück. Im Gegenteil, ihre Arme schlangen sich heftig um seinen starken Nacken und ihr Leib schmiegte sich schamlos mit jeder Fläche und Wölbung gegen die harte Kriegergestalt. Das Blut rauschte plötzlich doppelt so schnell durch ihre Adern und die vorherige Kälte wich einer alles versengenden Hitze.

Der Normanne hatte mit dem Widerstand einer beleidigten Lady gerechnet. Das Entgegenkommen traf ihn völlig unvorbereitet. Was immer er im Sinn gehabt hatte, um sie zu strafen, es verflog unter der Süße ihres Kusses, wurde von der Biegsamkeit der verführerischen Gestalt vernichtet und von den Händen in seinem Nacken weggestreichelt. Die Strafe wurde zur Sehnsucht, zum Funken, der das glimmende Feuer mit Macht entfachte.

Roselynne öffnete die samtigen Lippen, ohne auch nur darüber nachzudenken, was sie damit tat. Ihr Körper gehorchte mechanisch, völlig losgelöst von ihrem Verstand. Er beantwortete Justins Forderungen mit beglücktem Entgegenkommen. War es nicht das, wonach sie sich gesehnt hatte, seit sie aus ihrer Bewusstlosigkeit erwacht war und die geliebten Züge über sich erblickt hatte? Warum Widerstand gegen etwas leisten, das sie ebenso brauchte wie Luft zum Atmen und Wasser zum Trinken?

Das stumme Fieber ließ ihnen allein die Sprache ihrer Hände und Lippen. Leise Seufzer, unterdrücktes Stöhnen, das, vom Rascheln der Gewänder begleitet, unter neuerlichen Küssen versiegte, als Justins Hände die einfachen Miederschnüre fanden und lösten, bevor sie sich um die festen, verlockenden Brüste schlossen. Die harten Perlen ihrer Spitzen verrieten Roselynnes Begehren, und die weichen, rosigen Höfe erschauerten, als er die prallen Knospen zwischen seinen Fingerspitzen reizte und sich an dem Wimmern erfreute, das dabei ihrer Kehle entwich.

Was auch immer er ihr vorwarf, es änderte nichts daran, dass sie das leidenschaftlichste Geschöpf war, das er jemals in seinen Armen gehalten hatte. Die gespannte seidenweiche Haut ihrer Brüste erinnerte an sonnengewärmten polierten Marmor, und ihre flinke Zunge, die seinen Küssen entgegenkam, kostete so bedenkenlos den Geschmack seiner Mundhöhle wie er den ihren. Instinktiv rieb sie die schmalen Hüften an seiner ohnehin pochenden Männlichkeit und drängte ihm den Unterleib in einer so unzweifelhaften Einladung entgegen, dass er an Ort und Stelle mit ihr auf den blanken Steinboden des Gewölbes glitt. Keinen von ihnen beiden störte die Härte oder die Kälte.

Roselynne spürte nur die Küsse, die über ihren Hals nach unten glitten, die heiße, feuchte Zunge, die um ihre Brustwarzen tanzte, ehe sich Justins Lippen darum schlossen und das Streicheln einem lustvollen Saugen wich. Eine heiße Welle der reinsten Ekstase überlief die junge Frau, der es vorkam, als würden ihre Brüste mit jeder dieser Zärtlichkeiten voller, empfindsamer und schwerer. Die Liebkosung drang unmittelbar bis in ihren Schoß, der sich in sehnsüchtiger Wonne zusammenzog und danach drängte, erfüllt und besessen zu werden.

Justin schien es zu spürten, denn seine Hände schoben ihre Röcke nach oben und fanden den Übergang, wo ihre Strümpfe die Haut freigaben, und schoben die vielen Lagen Stoff zur Seite. Das winzige Dreieck schimmernder Haare konnte er im Dunkel ihrer Umgebung nur ahnen, aber der Duft ihrer Erregung und die taufeuchten Spuren ihrer Lust leiteten seine Finger wie von selbst. Er fand die Pforte ihres Körpers weit offen und die winzige Perle ihrer Weiblichkeit prall und wartend.

Unter seinem Daumen erzitterte die kleine Kirsche und ein Beben lief durch den willigen, verführerischen Leib. In einer seltsamen Mischung aus Zorn und Leidenschaft stieß er mit zwei Fingern in die Tiefen ihres Schoßes, als könnte er sie damit brandmarken und bestrafen zugleich. Aber schon in dem Moment, als sich die festen, glatten Muskeln um ihn schlossen und er spürte, wie sie sich ihm auslieferte, blieb nur die Wollust übrig, ein so reines Feuer der Ekstase, dass seine Bewegungen wie von selbst gleitend und Lust spendend wurden und Roselynne unter einem Schauer puren Entzückens seufzte.

Halb aufgelöst vor Wonne, war ihr dennoch auf einer fernen Ebene ihres Bewusstseins klar, dass dies nicht alles war, was sie von ihm wollte. Sie wollte nicht nur seine Hände spüren, sie wollte ihn besitzen. Seine Männlichkeit in sich spüren und jene traumhafte Verbindung wieder finden, die sie über alle Missverständnisse und Lügen hinaushob. Vielleicht sogar die seltsame Macht wieder erlangen, die sie in diesem kostbaren Moment über ihn gehabt hatte.

Ihre Hände zerrten an den Verschnürungen seiner Beinkleider, und Justin erzitterte; sie vermochte nicht zu sagen, ob wegen seines eigenen Verlangens oder wegen eines unterdrückten Lachens, mit dem er sich über ihre ungeschickten Versuche lustig machte. Sie ließ sich dennoch nicht beirren. Über vernünftige Erwägungen und dumme Empfindlichkeiten war sie längst hinaus. Sie wusste nur, sie würde sterben, wenn sie sich nicht mit ihm vereinte!

Der Ritter kam gar nicht dazu, sich über die wilde

Tollheit zu wundern, mit der Roselynne seiner eher hastigen denn raffinierten Verführung nachgab. Er stand unter so gewaltiger Anspannung, dass er seinerseits blindlings und ohne große Finessen auf sein Ziel zusteuerte. Er wollte sich in ihr verströmen und fühlen, wie der widerspenstige Geist und der allzu sinnliche Körper in seinen Händen nachgaben. Nur in diesem erstrebenswerten Augenblick konnte er sicher sein, dass sie ihm gehörte und keinem anderen.

Ein winziger Seufzer zwischen Schluchzen und Stöhnen entfloh ihrer Kehle, als seine stürmischen Finger sie wieder verließen, ohne dass sie ihr nachhaltige Erlösung geschenkt hätten. Doch ehe sie von neuem Atem geschöpft hatte, wurden sie durch seine Männlichkeit ersetzt, die tief und stark in sie eindrang. Roselynne hob sich dem Stoß entgegen, umfasste ihn mit der Macht ihrer Weiblichkeit und schlang ihre Beine um ihn.

Ein Schauer der Lust begleitete diese Bewegungen, und sie hätte ihm gern gesagt, wie unendlich glücklich er sie machte. Aber nicht einmal jetzt wagte sie den stummen Bann zu brechen, dem sie sich beide unterworfen hatten. Sie atmete in kurzen, abgehackten Zügen, und der stürmische Rhythmus seiner immer wilder werdenden Stöße fachte ein Feuer in ihrem Körper an, das sich auf seinem Höhepunkt in einem wahren Funkenregen entlud, der alle ihre Sinne aufpeitschte.

Hitze raste durch ihre Adern, und während ihr Körper von ihm überschwemmt wurde und Justin mit einem Schluchzen auf sie niedersank, erbebte Roselynne unter einer so tiefen Erschütterung, dass sie für kurze Zeit Atem und Bewusstsein verlor.

Als sie wieder zu sich kam, benötigte sie einen Moment, um zu begreifen. Sie lag auf dem Boden, fühlte sich steif, kalt und einsam. Die schemenhafte Gestalt, die neben ihr aufragte und an ihren Kleidern nestelte, machte keine Anstalten, ihr aufzuhelfen. Sie kam aus eigener Kraft fröstelnd auf die Knie und zog das Mieder hoch. Ihre Finger zitterten so sehr, dass sie es aufgab, die Schnüre zu binden. Mit einem Mal war das Schweigen wieder bedrückend.

Sie stemmte sich gegen die feuchten Mauerquadern, um sich aufrecht zu halten. Ihre Beine zitterten, und sie hätte alles für ein feuchtes Tuch gegeben, um sich reinigen zu können. Warum sagte er nichts? Die bange Erkenntnis, dass sie sich einmal mehr Illusionen über die Folgen dieser leidenschaftlichen Vereinigung gemacht hatte, ließ sie erschauern. Dass sie auf solche Weise Macht über ihn gewinnen könnte, war nicht mehr als der kindische Traum eines närrischen Mädchens. Ein Laut zwischen Stöhnen und Schluchzen entrang sich ihrer Kehle.

Der Laut brachte endlich Leben in den Ritter. Er trat zurück, brachte unüberwindbaren Abstand zwischen sich und sie.

»Beschwert Euch nicht! Ich habe Euch gewarnt«, fuhr er sie an, noch bevor sie eine Silbe gesagt hatte.

Roselynne gelang ein müdes Lächeln. »Ihr hättet mich nicht warnen, sondern töten sollen«, murmelte sie dumpf. »Ihr verwendet die verheerende Macht, die Ihr über mich besitzt, nicht wie ein Mann von Ehre, Seigneur!«

Der Normanne schnaubte betont niederträchtig. »Nur eine ehrbare Dame hat das Recht auf den Respekt eines Mannes. Ihr geht mit Eurer Gunst so freigiebig um, Roselynne de Cambremer, dass Ihr Euch nicht wundern müsst, dass die Männer den schalen Geschmack vielfach gebrauchter Ware an Euch spüren.«

Die gemeine Rücksichtslosigkeit, mit der er ihr die Frauenehre raubte, schmerzte ebenso wie die Erkenntnis, dass er im Grunde nur logisch reagierte. Was hatte sie erwartet? Nachdem er es nicht fertig brachte, ihr zu vertrauen, urteilte er nach dem, was er gesehen hatte, und das war in seinen Augen schlicht Lüge und Verrat.

»Die Männer«, wiederholte sie bitter. »Wer gibt Euch

das Recht, so bösartig über meine Gunst zu spotten? Ihr seid der erste Mann gewesen, mit dem ich das Lager geteilt habe, das wisst Ihr sehr wohl.«

»Ein Lager, das Ihr am nächsten Morgen nicht schnell genug verlassen konntet, werte Dame«, erinnerte er in bewusster Grausamkeit. »Die Angelegenheit war Euch nicht einmal ein Abschiedswort wert.«

»Macht Ihr mir zum Vorwurf, dass mich der Schotte gewaltsam entführt hat?« Roselynnes Stolz bäumte sich gegen seine ungerechten Vorhaltungen auf.

»Ich klage Euch an, dass Ihr ein unstetes Herz und einen wetterwendischen Charakter besitzt, Mylady«, entgegnete er rüde. »Und mir selbst werfe ich vor, dass ich darauf hereingefallen bin. Nun, da Ihr davon Abstand genommen habt, Eure kostbare Unschuld für einen Gemahl zu bewahren, scheint Ihr mit erkennbarem Vergnügen für die wollüstigen Spiele der Liebe bereit zu sein – oder wollt Ihr das leugnen?«

Roselynne spürte, dass ihr die Röte ins Gesicht stieg. Sie hoffte nur, dass er es im diffusen Dämmerschein des Gewölbes nicht sehen konnte.

»Ich habe es nicht nötig, zu lügen und zu leugnen«, entgegnete sie, indem sie ihre ganze Beherrschung zu Hilfe nahm. »Aber wie steht es denn mit Eurer eigenen Ehrlichkeit, Seigneur?«

»Was könnt Ihr mir vorwerfen?«

»Dass Ihr die Gefühle leugnet, ohne die diese Liebe nicht möglich wäre.«

»Liebe, pah!« Der verächtliche Laut schmerzte wie ein Hieb. »Das Geschwätz der Troubadoure, die damit den Edelfräulein den Sinn vernebeln, damit sie bereitwillig ins Brautbett sinken. Das Erwachen ist umso grausamer, je schöner die Worte zuvor geklungen haben.«

Roselynne wich sowohl vor der Härte wie vor dem Schmerz zurück, der durch seinen Hohn klang. Dennoch raffte sie ihren ganzen Mut noch einmal zusammen. »Ohne Liebe wäre es nicht möglich, dass wir uns gegenseitig so viel Freude schenken.«

»Diese Art von Liebe wird für ein paar Pennies an jeder Straßenecke in Rouen verkauft, werte Lady. Man genießt sie wie einen Schluck Wein oder ein Mahl. Man bezahlt dafür und dann vergisst man sie.«

Roselynne schluckte tapfer und bemühte sich, ihre brennenden Augen vor dem Überlaufen zu bewahren. Sie wollte ihm nicht zeigen, wie tief er sie verletzte. Sein Mitleid war das Letzte, was sie von ihm wollte.

»Und womit bezahlt Ihr, Normanne?«

»Ich habe Euch immerhin davor bewahrt, im wilden Hochland von Schottland als Gattin eines Clan-Häuptlings zu enden, Lady. Ich denke nicht, dass ich Euch noch etwas schuldig bin.«

Seine Schritte entfernten sich. Es kümmerte ihn nicht, was sie von seiner knappen Abfuhr hielt. Roselynne presste die Hand auf ihr rasendes Herz und wischte sich die Haarsträhnen aus der Stirn. Er hatte sie nicht nur eine Dirne genannt, er hatte es auch geschafft, dass sie sich wie eine Dirne fühlte.

Welch andere Bezeichnung gab es noch für eine Frau, die sich in blinder Lust einem Mann an den Hals warf, der nur Verachtung für sie übrig hatte?

17. Kapitel

»Ich will nicht an den Hof des Königs zurück!«

Roselynne warf den Kopf in den Nacken und starrte an Justin d'Amonceux vorbei auf den Sattel seines Streitrosses, das wie ein Berg vor ihr aufragte. Bevor sie mit ihm weiterritt, musste dieser Punkt geklärt werden.

»Was, zum …« Er brach ab und starrte auf die Gestalt im dunklen Umhang, die mit jeder Faser ihres Seins Widerspruch und Auflehnung verkörperte.

Es waren die ersten Worte, die sie wechselten, seit er sie in fieberhaftem Rausch besessen und danach beleidigt hatte. Er war nicht stolz auf dieses Verhalten, ganz im Gegenteil. So sehr er sich bemühte, ihr die Schuld daran in die Schuhe zu schieben und die sinnliche Anziehungskraft zu verteufeln, die sie auf ihn ausübte, wusste er doch, dass er sich nicht wie ein Mann von Ehre verhalten hatte. Er verlor den Kopf, sobald er sie berührte, und deswegen hatte er genau dies peinlich vermieden, bis sie sicher sein konnten, dass die Schotten ihre Suche abgebrochen und sich in Richtung Norden davon gemacht hatten.

Was mochte in Robert Duncan vorgehen? Er hatte doppelte Beute verloren, und es war durchaus möglich, dass er den Verlust eben jenem zierlichen Wesen anlastete, das dem Normannen eben mit deutlicher Rebellion in den veilchenfarbenen Augen trotzte. Doch er würde sich nicht in den spinnwebfeinen Fäden ihrer Anziehungskraft verheddern!

»Glaubt Ihr etwa, ich will zum Gegenstand von Tratsch und lästiger Neugier werden?«, fuhr sie nun fort. »Prinzessin Mathilda wird nicht ruhen, bis sie die letzte noch so kleine Einzelheit dieses dummen Abenteuers erfährt. Der König wird vor Wut schäumen und mich an den nächstbesten Schwachkopf verheiraten, um meine vermeintliche Schande aus der Welt zu schaffen.«

Er konnte nicht umhin, ihr beizupflichten. Der Hofklatsch würde diese Begebenheit genüsslich ausschlachten. Auch wenn niemand die Wahrheit kannte, würden die bloßen Vermutungen ihre Ehre ruinieren und sie am Ende zu einer Ausgestoßenen machen. Es würde ihr nichts anderes übrig bleiben, als die erstbeste Ehe einzugehen, und etwas an dieser Aussicht missfiel auch ihm auf das Heftigste.

»Wollt Ihr, dass ich Euch nach Hawkstone bringe?«, vermutete er.

Roselynne wechselte die Farbe von bleich zu rot überhaucht. Welch ein Gedanke! Nach Hawkstone wollte sie noch viel weniger! Der Himmel mochte sie vor den Fragen ihrer Eltern bewahren. Vor einem Vater, der tobte und Erklärungen forderte, vor einer Mutter, die mehr sah, als einem lieb sein konnte. Beides wäre noch schlimmer als die missgünstigsten Ladys der Prinzessin oder ein unerwünschter Gatte.

Justin d'Amonceux verstand sie dieses Mal ohne Worte. Er hatte sowohl ihre kluge Mutter als auch ihren stolzen Vater kennen gelernt. Beide standen nach außen hin blind auf der Seite ihrer Kinder, aber sie würden nicht ruhen, bis sie alles wussten. Das bedeutete für ihn, dass auch er von neuem das Fegefeuer ihres berechtigten Misstrauens durchschreiten musste. »Was schlagt Ihr also vor, Mylady?«, erkundigte er sich mit hörbarer Gereiztheit.

»Bringt mich in die Normandie.«

Dieses Mal entfloh sogar dem ungerührten Jacques Boscot, der die Pferde am Zügel hielt und so tat, als hörte und sähe er nichts, ein erstaunter Laut. Jetzt war es sein Herr und Freund, dessen Stirn sich rötete.

»Seid Ihr närrisch? Was wollt Ihr in der Normandie? Rechnet nur nicht darauf, dass ich mich zu Eurem Beschützer ernenne. Unsere Wege trennen sich, sobald ich Euch in Sicherheit weiß.«

Er sprach nur aus, was Roselynne längst wusste. Was immer er irgendwann für sie empfunden hatte, es war verflogen, als er sie in den Armen des Schotten gesehen hatte. Für ihn war sie nicht mehr als beschmutzte Ware. Etwas Lästiges, das er wieder loswerden wollte. Und ihr Stolz ließ nicht zu, dass sie sich bemühte, diese Meinung zu korrigieren, und schon gar nicht wollte sie, dass er ihr Geheimnis erfuhr und deswegen zu Entscheidungen gezwungen wurde, die ihm zutiefst widerstrebten.

»Es drängt mich nicht mehr an Eure Seite als Euch an die meine«, antwortete sie in einer Mischung aus Herablassung und Resignation. »Aber Ihr irrt Euch, Seigneur, wenn Ihr meint, dass Eure Schuld bezahlt ist. Ich entlasse Euch erst aus dieser Verpflichtung, wenn auch ich der Meinung bin, dass meine Sicherheit gewährleistet ist.«

»Und wo soll das sein?«, fragte er, wider Willen von der Hartnäckigkeit beeindruckt, mit der sie versuchte, ihm ihren Willen aufzuzwingen.

»Nehmt mich mit Euch in die Normandie«, wiederholte sie noch einmal. »Dort werde ich Schutz in einem Kloster suchen.«

»In einem Kloster?« Der entsetzte Ausruf verriet alles darüber, wie wenig Justin d'Amonceux daran glaubte, dass ein so lebendiges und leidenschaftliches Mädchen hinter Klostermauern gut aufgehoben wäre.

»Was ist so seltsam daran?« Roselynne runzelte gekränkt die Stirn. »Ich wollte mich schon einmal hinter Klostermauern zurückziehen, aber meine Eltern unterbanden es. Sie meinten damals, ich sei zu jung für einen solchen Entschluss. Inzwischen werden sie meine Entscheidung jedoch respektieren müssen.«

Sie verriet nicht, dass er auch damals der Grund für diesen Wunsch gewesen war. Sie hatte schon vor vielen

Jahren gewusst, dass es nur diesen einen Mann für sie gäbe. Dass es keinen Sinn hatte, ihr Herz mit Gewalt auf andere Wege zu zwingen.

»Ihr solltet auch heute auf Eure Eltern hören«, riet er ihr trocken.

»Das überlasst mir«, entgegnete sie knapp. Sie hatte lange genug darüber nachgedacht, und inzwischen war sie davon überzeugt, dass es der einzig ehrenhafte Ausweg für sie sein würde. Sie hatte genügend Getuschel über Ladys vernommen, die vom Pfade der Tugend abgekommen waren und diese Sünde hinter Klostermauern verbargen. Und es gab mehr als ein Kind, das in der Sicherheit eines Klosters zur Welt kam und unter dessen Schutz in Ehren aufwuchs, egal welcher Art sein Geschlecht war.

»Als Nächstes wollt Ihr mir vermutlich sagen, dass ich die Mitgift für diese Eure Grille auch noch aus meinem eigenen Vermögen bestreiten soll«, vermutete der Ritter immer noch verblüfft.

»Ihr seid reich wie König Midas«, nickte Roselynne bestätigend. »Zumindest hat unsere Mutter das damals behauptet, als Ihr kamt, um meine Schwester zu freien. Es kann Eurem Seelenheil nur förderlich sein, wenn Ihr einen kleinen Teil davon einem Kloster spendet.«

»Das habt Ihr Euch ja fein ausgedacht.«

Justin d'Amonceux versuchte vergeblich, in dem feinen, marmorblassen Antlitz zu lesen. Aber er entdeckte nicht den kleinsten Hinweis auf ihre Gefühle. Sie wirkte seltsam abwesend, und ihre durchsichtige Haut spannte unter den Augen über den Schatten schlafloser Erschöpfung. Dennoch war sie von einer berückenden Schönheit. Gefährlich wie Gift für den Seelenfrieden eines Mannes. Verführerisch wie die Sünde.

»Und was werdet Ihr Euren Eltern und Eurem König sagen? Sie sorgen sich um Euch!«

»Ich werde Ihnen schreiben, sobald ich die Gelübde abgelegt habe. Sorgt Euch nicht um Dinge, die nicht

Eure Sache sind. Leistet mir diesen letzten Dienst und Ihr seid mich für immer los.«

Sie warf ihm unter dem fächerdichten Schleier ihrer dunkeln Wimpern einen Blick zu. Er würde nie erfahren, dass sein Vermögen dazu dienen sollte, dem Kind, das sie trug, Sicherheit und Geborgenheit zu schaffen. Auch unter den frommen Dienerinnen der Kirche gab es eine Hierarchie. Eine Novizin, die dem Kloster Reichtümer brachte, konnte Forderungen und Bedingungen stellen.

»Wenn es Euch ernst damit ist, so weiß ich ein Kloster, das Euch aufnehmen würde«, sagte der Ritter gedankenvoll und ein vertrautes Gesicht, von einem schwarzen Schleier umgeben, tauchte vor seinem inneren Auge auf. Die Schwester seiner verstorbenen Mutter war die Äbtissin der frommen Damen vom Heiligen Kreuz in Montivilliers. Wie lange hatte er nicht mehr an sie gedacht?

Er schreckte davor zurück, bis in die Tiefen seiner Erinnerung zu tauchen. Er musste verrückt sein, ausgerechnet Laurentine du Gard aufzusuchen. Sie gehörte in die Vergangenheit wie so vieles andere, das besser für immer vergessen wurde. Aber gleichzeitig wusste er auch, dass es nur eine Frau gab, der er zutraute, mit Roselynne de Cambremer fertig zu werden.

»Dann bringt mich dorthin«, forderte die Lady, ohne ihm Zeit zu geben, seine Gedanken zu Ende zu führen. Sie warf einen prüfenden Blick zum Himmel. »Ich hoffe, wir finden noch ein Schiff, das um diese Jahreszeit die Fahrt über den Kanal wagt.«

Justin d'Amonceux folgte ihren Augen und sah die Wolkenwand, die von Westen her näher kam. Ein Gebirge aus grauem, geballtem Dunst, das Sturm und Regen versprach, auch wenn über ihnen noch die schwache Sonne eines Novembertages schräge Lichter durch die kahlen Zweige der Eichen sandte. Die stille Lichtung, welche die Ruinen des ehemaligen Klosters und seiner Kapelle barg, wirkte wie eine Insel des Friedens vor dem aufkommenden Unwetter.

»Wenn wir unseren Aufbruch noch länger hinauszögern, werden wir vermutlich Schwierigkeiten damit haben«, brummte er und brach die Debatte ab, indem er sich aus dem Stand in seinen Sattel schwang. »Reicht mir Eure Hand, Lady!«

Roselynne versuchte sich, so gut es ging, mit der Tatsache abzufinden, dass sie das Pferd mit ihm teilen musste. Das Streitross war stark genug, um ihr zusätzliches Gewicht zu tragen, aber wie es um ihre Stärke stand, wenn sie seine unmittelbare Nähe ertragen sollte, wagte sie nicht vorherzusagen. Trotzdem legte sie ihre Finger in seine ausgestreckte Rechte und ließ sich vor ihm in den Sattel ziehen. Es hatte keinen Sinn, gegen Umstände zu rebellieren, die sich nicht ändern ließen.

Das leise Schnalzen, mit dem der Ritter das Pferd in Bewegung setzte, war der letzte Laut, den sie für lange Zeit von ihm vernahm. Gemeinsam mit seinem Begleiter schlug er einen scharfen Trab an, der sie aus dem Wald heraus in Richtung Süden führte. Es lag ihr auf der Zunge zu fragen, welchen Hafen er ins Auge fasste, aber dann schwieg sie lieber. Sie hatte ihm nichts mehr zu sagen.

Der Reiter, dem sie nur den Blick auf die Kapuze ihres Umhangs und einen steif durchgedrückten Rücken bot, kämpfte indes mit einer Fülle der widersprüchlichsten Empfindungen. Befriedigung darüber, dass sie Buße tun wollte, und gleichzeitig tiefes Misstrauen gegen diesen Entschluss. Die Äbtissin der frommen Frauen von Montivilliers würde nicht zulassen, dass sie sich nur den Anschein von Frömmigkeit gab.

Ohne sein Zutun tauchte Roselynnes Bild vor ihm auf, wie sie zum Erntedankfest in die Halle von Winchester geschwebt war. Ganz Silberglanz, bläulich schwarze, schimmernde Haare, elfenbeinfarbene Brüste und diese veilchenblauen Augensterne, die einen Mann zu bannen vermochten. Eine heidnische Priesterin und keine Nonne. Eine Göttin, aber keine Gottesdienerin. Tat er ihr einen Gefallen, sie in die strenge Hand von Dame Laurentine zu geben?

Zum Donner, er hatte keinen Grund, dieser Hexe auch nur den kleinsten Gefallen zu tun! Sie hatte ihn zum Narren gehalten, betrogen und benutzt. Sie hatte den Sünden des Fleisches jene der Lüge und des Verrats hinzugefügt, und es würde ihr nur recht geschehen, wenn sie in Montivilliers dafür büßte! Vielleicht verlor sie dann auch endlich diese sinnliche Ausstrahlung, die über Äußerlichkeiten wie Kleider, Schmutz und Erschöpfung hinweg die triumphierende Illusion von Wärme und Leidenschaft vorgaukelte. Die ihn sogar jetzt in Bedrängnis brachte, weil über Leder, Pferd und tausend anderen Gerüchen der feine Duft ihrer unverwechselbaren Person lag.

Die Enge des Sattels ließ es nicht zu, dass er von der stolzen Gestalt abrückte, und seine Arme, welche die Zügel hielten, umschlossen Roselynne. Nur der Himmel wusste, wie nahe ihm der Wunsch lag, dies möge für immer so sein. Er wollte auf ewige Zeiten so dahin reiten, fern von allen Missverständnissen und notwendigen Entscheidungen.

Er unterdrückte auch das zynische Lachen, das bei dieser absurden Vorstellung in ihm aufstieg. Vielleicht sollte er sich ebenfalls in die Klausur eines Konvents zurückziehen und für die Dummheiten seiner Seele und seines Körpers büßen? Er hatte sich hoffnungslos verirrt auf dem Weg zu jenem ritterlichen Ideal, das ihm sein Vater als einzig erstrebenswertes Lebensziel vor Augen gehalten hatte.

Zum Donner, jetzt auch noch an seinen Vater zu denken, verlieh der verfahrenen Angelegenheit eine weitere, tiefere Dimension von Schmerz. Er hatte Buße getan, aber sein Leben würde dennoch nie ausreichen, die schwere Schuld zu tilgen.

Roselynnes Augen weiteten sich ungläubig, als sie das Schiff sah: nicht viel mehr als ein Fischerkahn, die Planken von Seewasser und Sonne gebleicht und das Segel mürbe und verschlissen. Mehr eine Nussschale denn ein vernünftiges Gefährt.

»Zugegeben, es sieht nicht besonders Vertrauen erweckend aus«, las Jacquot sowohl ihre Gedanken als auch die seines Herrn. »Aber der Kapitän ist erfahren und bereit, uns nach Fécamp überzusetzen. Er macht nicht den Eindruck eines Mannes, der sein Leben für ein Abenteuer aufs Spiel setzt. Auch behauptet er, dass der Sturm noch mindestens zwei Tage auf sich warten lässt.«

»Wenngleich die anderen Kapitäne nicht seiner Meinung sind«, fügte Roselynne jenen Satz an, den er wohlweislich verschwiegen hatte.

Jacques zuckte ergeben mit den Schultern. »Sie wollen abwarten. Das bedeutet, dass auch wir abwarten müssen.«

»Nein!« Roselynne wandte ihren Blick zu Justin d'Amonceux, der bisher keine Silbe zu ihrem Gespräch beigetragen hatte. »Ich will nicht abwarten.«

Die Art, wie sie sich umsah und jeden Fremden misstrauisch beäugte, sprach für sich. Sie fürchtete den weit reichenden Arm ihres Vaters, der mit Sicherheit inzwischen von ihrem Verschwinden erfahren hatte und vermutlich nicht auf den einsamen Ritter vertraute, den der König zu ihrer Rettung nach Norden gesandt hatte. Dem Lord von Hawkstone war sogar zuzutrauen, dass er sich selbst mit seinen Männern auf den Weg machte, egal ob es in das politische Kalkül seines Königs passte oder nicht.

Der Ritter teilte ihre Bedenken. Je eher sie die Insel verließen, umso besser. Auch er würde Probleme bekommen, sein Handeln vor dem König zu rechtfertigen. Aber da die Entscheidung nun einmal gefallen war, hatte es keinen Sinn, sie immer wieder von neuem infrage zu stellen. Sie würden dieses alte Boot nehmen und dem Kapitän und seinen Fähigkeiten vertrauen.

Doch als die ächzende Schaluppe mit den Wellen kämpfte und Himmel und Meer zu einheitlichem Grau verschwammen, fragte er sich, ob er nicht doch einen verhängnisvollen Fehler gemacht hatte. Roselynne hing schon zum zweiten Mal blass und grünlich über der Reling und gab das von sich, was sie im Magen hatte.

»Gütiger Himmel, Ihr spuckt Euch die Seele aus dem Leib«, murmelte er in unerwartetem Mitgefühl und wischte ihr die kalten Schweißperlen mit den Fingerspitzen von der Stirn. »Wird es nicht endlich besser? Ihr habt nichts mehr im Magen, das Ihr den Fischen opfern könnt. Anscheinend seid Ihr nicht gerade seefest, Mylady.«

Roselynne verzichtete darauf, ihm zu sagen, dass ihre Übelkeit vermutlich wenig mit ihrer mangelnden Seefestigkeit zu tun hatte. Es war nachgerade eine Erleichterung, die Anfälle ihres rebellierenden Magens nicht länger unterdrücken zu müssen, wenngleich sie sich elendiglich schwach und erschöpft fühlte. So sehr, dass sie nicht einmal den vertrauten Schauer spürte, wenn er sie sorgevoll berührte.

»Hier, trinkt wenigstens einen Schluck, es tilgt den schlimmen Geschmack in Eurem Mund.«

Fürsorglich setzte er ihr jetzt den Trinkschlauch an die Lippen, und Roselynne spülte den Mund mit seinem Rotwein. Dann jedoch spuckte sie die Flüssigkeit ins Meer, denn je weniger ihr Magen enthielt, umso weniger konnte er von sich geben.

»Habt Dank ...«, murmelte sie leise und schwankte vor Entkräftung.

»Ihr solltet Euch niederlegen, sonst fallt Ihr noch im nächsten Wellental über Bord ...«

Justin d'Amonceux führte sie unter den kleinen Aufbau im Heck des Schiffes, wo es eine Ecke mit halbwegs trockenem Stroh gab, die er mit seinem Umhang polsterte, bevor er sich darauf niederließ und sie in der Beuge seines Armes barg. Es war die einzige Möglichkeit, die verhinderte, dass sie im Auf und Ab der Wellen herumgeschleudert wurde, und im ersten Moment dachte er nur daran, sie sicher zu halten.

Erst nachdem sich ihre Atemzüge beruhigt hatten und sie mit geschlossenen Augen ruhte, wurde ihm das Gewicht des schönen Kopfes bewusst. Die schlanke Gestalt, die sich Wärme suchend an ihn schmiegte, und die feine Hand, die, entspannt und ausgestreckt, wie ein heller Falter auf seiner Brust lag. Es war das erste Mal, dass er sie so schwach und schutzbedürftig erlebte, und es berührte ihn höchst eigenartig.

Bisher hatte er sie verführerisch, angriffslustig, stolz, arrogant, praktisch, unerschrocken, streitsüchtig, erschöpft und überwältigt erlebt, aber noch nie so ausgeliefert und schwach. Und das ausgerechnet in einer Lage, in der er auch nicht mehr für sie tun konnte, als sie zu halten und auf Gott zu vertrauen. Hoffentlich trieb sie der aufkommende Sturm wenigstens auf die Küste der Normandie zu. Er wünschte es sowohl der halb ohnmächtigen Lady wie sich selbst.

Roselynne spürte in ihrer Schwäche von all dem nur seine Ungeduld. Es fiel ihm schwer, sich und sein Schicksal dem krummbeinigen Kapitän anzuvertrauen, der wie ein Felsblock am Ruder stand und das Boot durch die aufgewühlte See steuerte. Vermutlich sehnte er den Augenblick herbei, in dem er sie wieder auf die Füße stellen und sich auf sein Ross schwingen konnte, das Jacques während der rauen Überfahrt zusammen mit dem seinen am kurzen Zügel hielt und zu beruhigen versuchte.

Dennoch genoss sie die flüchtige Illusion von Geborgenheit, die ihr die breite Brust vermittelte. Auch ihr fiel auf, dass sie noch nie so vertraut und ruhig beieinander gelegen hatten. Es hatte viel zwischen ihnen gegeben, aber noch nie die kleinste Ahnung von echtem Frieden.

Sie wagte nicht einmal die Augen zu öffnen, so kostbar war die streng bemessene Spanne der Zeit, in der sie nicht ihre Kräfte gegeneinander einsetzten und ihren Stolz aneinander maßen.

Im Gegensatz zu ihm sorgte sie sich nicht um die Überfahrt oder die Qualitäten des Kapitäns. Es hätte ihr in diesem Zustand nicht einmal etwas ausgemacht, gemeinsam mit ihm und ihrem ungeborenen Kind zu sterben. Sie waren zusammen und sie bekämpften sich nicht. Dieser Zustand kam dem Glück, das ihr ohnehin vorenthalten war, so nahe, dass sie ihn gern bewahrt hätte.

Sie erreichten Fécamp am Tag vor dem Fest des heiligen Martin, und Roselynne war inzwischen so entkräftet, dass die kleine Hafenstadt nur ein blasser Schimmer aus grauem Stein und schwankenden Masten für sie war. Es konnte keine Rede davon sein, dass sie ihre Reise auf der Stelle fortsetzten. In der Herberge, in der Jacques mit seiner üblichen Tüchtigkeit eine Kammer für seinen Herrn auftrieb, sank sie in das große Kastenbett, ohne einen Gedanken daran zu verschwenden, wo sie sich befand und auf welcher Matratze sie schlief.

Roselynne schlief achtzehn Stunden am Stück, dann erwachte sie mit einem Hunger, der alles in den Schatten stellte, was sie je gefühlt hatte. Sie war allein in der Kammer, und auf einem Hocker vor dem bescheidenen Lager fand sie zu ihrer Überraschung ein frisches Hemd, saubere Strümpfe und ein trockenes, warmes Kleid, das aus einem hellen Untergewand und einer braunen, festen Tunika bestand, die mit Bändern an der Seite geschnürt wurde. Das Kleid einer biederen Hausfrau, oftmals getragen, ein wenig abgescheuert, aber dem Anschein nach frisch gewaschen und nach Lavendel duftend. Ein Eimer mit Wasser, zwei Leinentücher, ein Kamm und nicht zuletzt ein sauberes Nachtgeschirr vervollständigten den Luxus und Roselynne machte sich daran, trotz ihres knurrenden Magens ihre äußere Erscheinung in Ordnung zu bringen.

Sie verknüpfte eben die Bänder, die sie aus ihrem beschmutzten alten Unterkleid gerissen hatte, um das Ende eines ordentlich geflochtenen Zopfes, als Justin d'Amonceux ins Zimmer trat. Auch er hatte sich gesäubert und sein Lederwams gegen einen Wappenrock und einen leichten Harnisch vertauscht. Die leuchtend blonden Haare bildeten eine feine Kappe um seinen Schädel, und unter leicht hoch gezogenen Brauen glitzerten die eisblauen Augen kühl und ohne jede Freundlichkeit.

»So habt Ihr Euch also entschieden, wieder am Leben teilzunehmen«, sagte er an Stelle eines Grußes.

Roselynne zuckte innerlich zurück. Was hatte sie erwartet? Freundlichkeit? Warum konnte sie sich nicht daran gewöhnen, dass er sie verachtete? Warum schmerzte es jedes Mal aufs Neue? Weil er so herrschaftlich gewandet und makellos vor ihr stand und sie an das Bild erinnerte, das sie jahrelang von ihm im Herzen getragen hatte?

Es kam noch so weit, dass sie die Stunde herbeisehnte, in der sie sich trennten.

»Ich habe Hunger«, entgegnete sie, und ihre spröden Lippen ließen die wenigen Worte ebenfalls schroff und unfreundlich klingen, obwohl sie viel eher verzweifelt gemeint waren.

»Jacques wird Euch zu essen bringen. Seid Ihr bereit, morgen bei Sonnenaufgang aufzubrechen? Ich nehme an, es ist auch in Eurem Sinne, dass wir Montivilliers so schnell wie möglich erreichen.«

Roselynne warf den Zopf über die Schultern zurück und verflocht die schmalen Hände mit den offenen Handflächen nach unten vor der Taille; jeder Zoll eine Lady, die in beherrschtem Gleichmut Haltung bewahrte. Sie würde sich nicht die Blöße geben und Gefühle zeigen, die ohnehin nicht erwünscht waren.

»Ist es möglich, dass ich dieses Mal ein eigenes Pferd bekomme?«

»Das ist auch in meinem Interesse, Mylady«, erhielt sie zur Antwort, dann war er wieder fort. Erst als die Tür hinter ihm ins Schloss fiel, bemerkte Roselynne, dass sie instinktiv doch noch die Hände nach ihm ausgestreckt hatte. Welch eine Dummheit! Sie ließ sie wieder sinken und blinzelte angestrengt. Ihre Augen brannten.

18. Kapitel

Die schroffen Hügel, die sich unmittelbar zu beiden Seiten des Hafens in den Novemberhimmel erhoben, betteten Fécamp in ein beschütztes Tal. Aber gleichzeitig sorgte diese Lage auch dafür, dass der Wind vom Meer wie in einem Kanal durch die Stadt fegte. Er riss an den Türen und Fenstern, brachte die eisernen Zunftzeichen und Herbergsschilder zum Schwingen und zerrte an den Haubenbändern und Röcken der Frauen. Aber er vertrieb auch den strengen Fischgeruch aus dem Hafen und den Dunst des Unrats und der Ställe aus den Hinterhöfen.

Roselynne atmete die frische, belebende Brise in tiefen Zügen ein, während ihre Blicke die große Abteikirche fixierten, die auf einem der Hügel die Stadt überragte. Das Symbol von Macht und Glauben ließ sie erschauern. Es war eine Sache, in ihrer Verzweiflung Pläne zu schmieden, aber erst jetzt, da sie vor der unmittelbaren Ausführung stand, wurde ihr bewusst, was es für sie bedeutete.

War sie wirklich stark genug, um auf alles zu verzichten? Gläubig genug, um nur noch zu gehorchen und zu beten? Sie brachte ihre Zweifel mit Gewalt zum Verstummen. Es war zu spät, um noch etwas daran zu ändern. Jacques hatte sich auf den Weg gemacht, ein Pferd für sie zu kaufen, und wo sich Justin d'Amonceux in diesem Augenblick befand, wollte sie lieber nicht wissen. Sie musste sich darin üben, ihn zu vergessen.

Dummerweise war ihr Herz dazu trotz allem nicht bereit. Er mochte sie beleidigen, übersehen oder maßregeln, früher oder später fand sie sich immer wieder bereit, diese Rücksichtslosigkeit zu entschuldigen. Mit seinen Augen betrachtet, war sie all das, was er ihr vorwarf. Und die einzige Erklärung, die sie ihm geben konnte, wollte und durfte sie ihm nicht geben.

Vermutlich würde er ohnehin nicht glauben, dass er der Vater dieses Kindes war, das in ihr wuchs. Er war überzeugt davon, dass sie sich dem Grafen von Duncan ebenso hingegeben hatte wie vermutlich diversen anderen Männern. Die leidenschaftlichen, ausschließlichen Gefühle, die er in ihr weckte, waren in seinen Augen nichts Einmaliges, sondern nur die einer Dirne.

Wie immer, wenn ihre Gedanken diesen Punkt erreicht hatten, überflutete sie nach der Verzweiflung hilfloser Zorn. In diesen Augenblicken konnte sie sich vorstellen, ihn zu töten oder ihn wenigstens so nachhaltig zu verletzen, dass er ein Leben lang ihre Narben tragen müsste, so wie sie die seinen.

Sie wandte sich mit einem Ruck vom Fenster ab und entdeckte, dass genau der Mann hinter ihr stand, mit dem sich ihre Gedanken beschäftigten. Sie hatte ihn nicht hereinkommen gehört. Ja, sie hatte nicht einmal gespürt, dass er da war. Ein gutes Zeichen? Oder der letzte Beweis dafür, dass sie nicht nur den Verstand, sondern auch all ihre Fähigkeiten eingebüßt hatte?

Justin d'Amonceux bemerkte das aufblitzende Feuer in den violetten Augen, die steile Falte auf der makellosen Stirn und den tiefen Atemzug, der unter dem formlosen braunen Gewand die Erinnerung an bezaubernde Brüste weckte. Gütiger Himmel, sie würde die schönste Nonne sein, die Montivilliers jemals in seinen Mauern beherbergt hatte, und sein Körper reagierte auf diese Gedanken wie ein hungriger Straßenköter auf den Duft eines fleischigen Knochens. Er vergaß, was er sagen wollte und warum er gekommen war. Er konnte nur da stehen und sie ansehen.

Der kristallklare Blick brannte sich in Roselynnes Bewusstsein. Wie nachhaltig sie sich auch gegen ihn wappnete, am Ende blieb ihr jedes Mal nur die beschämende Erkenntnis, dass sie zu schwach war. Was sollte sie tun, wenn sie in seinen Augen ertrank wie in einer eisigen Quelle? Wie sich gegen die Anziehungskraft wappnen, die sie in ein dummes Geschöpf ohne Stolz und Rückgrat verwandelte?

»Was wollt Ihr?«, wisperte sie mit erstickter Stimme. »Mir wieder wehtun? Mir noch einmal sagen, wie unerträglich Euch meine Person ist? Wie Ihr Euch freut, wenn Ihr mich nicht mehr sehen werdet? Tut Euch keinen Zwang an, das Gift Eurer Gedanken über mir auszugießen …« Ihre Stimme brach.

»Zum Donnerwetter!« Mit wenigen Schritten war er bei ihr und riss sie in die Arme. »Kannst du nicht einmal still sein, Weib?«

Seine Lippen pressten sich auf die ihren, um jeden weiteren Protest zu ersticken. Doch was als Strafe gedacht gewesen war, wurde unversehens zum Geschenk. Die Härte wich der Zärtlichkeit und Roselynnes weiche Lippen erblühten samtig unter seiner Berührung. In dem Bewusstsein, dass dies ein Abschied für immer war, ließ sie all die ausschließliche Liebe zu, die sie sonst so tief in ihrem Herzen verbarg.

Ihre Hingabe führte jedoch nur wieder zu einem jener schlimmen Missverständnisse, die zwischen ihnen von Anfang an alles zerstört hatten. Nach dem ersten Aufwallen unendlicher Innigkeit verspürte der Ritter nur noch wilden Zorn. Wut über ihre vermeintliche Kunstfertigkeit, über das eigene wilde Verlangen und auch darüber, dass sie nicht einmal den Versuch machte, ihre Sinnlichkeit zu verbergen.

»Wie gut Ihr derlei Zauber versteht, Mylady«, keuchte er erzürnt. »Keine Kurtisane des Hofs wird Euch je das Wasser reichen können. Was wollt Ihr von mir? Ein letztes Geschenk der Leidenschaft? Ein Andenken, das Euch die einsamen Tage im Kloster versüßt? Ihr sollt es haben!«

Roselynne war zu verstört, um sich gegen den unerwarteten Angriff zu wehren. Sie begriff weder, was sie falsch gemacht hatte, noch, was seine Worte bedeuteten. Erst als er sie rückwärts auf das Bett stieß und nach ihren Röcken griff, begann sie sich zu wehren.

»Nein! Lasst mich! Wie könnt Ihr …«

»Du willst es, mein Mädchen«, rief er nur noch erboster. »Sieh dich doch an. Ganz feuchte Lippen und sehnsüchtige Augen, eine Sirene, die darum bettelt, Erfüllung zu finden!«

Roselynne unterdrückte ein Schluchzen. Es hatte keinen Sinn, mit ihm zu reden. Er hörte ihr nie zu! Also kämpfte sie stumm und erbittert gegen diese Hände, obwohl ihr Körper sich nach ihnen sehnte. Sie wollte nicht noch einmal wie eine Dirne genommen werden. Es machte sie krank vor Erbitterung, dass er sie wie eine Leibeigene behandelte. Wie einen Gegenstand, den er begehrte und benutzte, wie es ihm gefiel.

Sie verschwendete ihre Kräfte in dem Versuch, seinen Küssen auszuweichen, die ihren Mund, ihre Wangen, ihren Hals suchten, während seine Finger die Verschlüsse des Gewandes fanden und Tunika und Unterkleid rücksichtslos über die Schultern schoben, um die zarten Brüste freizulegen. Sie versuchte unter seinem starken Körper hervorzuschlüpfen, aber sie erreichte nur, dass ihre Röcke umso wirksamer verschoben wurden.

Zu allem Überfluss merkte sie auch noch, dass sich ihre Haut in dem ungestümen Kampf erhitzte. Dass ihr das Blut schneller durch ihre Adern floss und die Spitzen ihrer Brüste unter seinen Lippen und Zähnen sehnsüchtig anschwollen. Vom eigenen Leib verraten zu werden, war die schlimmste Demütigung. Er leistete dem mächtig begehrlichen Glied keinen Widerstand, das unaufhaltsam seinen Weg erzwang und dort auf den feuchten Beweis ihrer eigenen Begierde traf. Sie spürte, wie er tief und hart in sie drang, tiefer und Besitz ergreifender als jemals zuvor.

Die Muskeln ihres Leibes umfingen ihn wie Fesseln,

und tief in ihrem Innersten öffnete sich Roselynne der ungestümen Eroberung, obwohl in ihren schönen Augen Tränen der Erbitterung und des Zorns standen.

»Weine nicht!« Er küsste die feuchten Spuren auf ihren Wangen fort, während er sich hart und drängend in ihr bewegte. »Ich tu dir doch nicht weh! Ich merke doch, wie sehr es dir gefällt.«

Welch ein Irrtum! Begriff er nicht, dass es Schmerzen der Seele gab, die nichts mit jenen des Körpers zu schaffen hatten? Nein. Er war ein Mann und ihm fehlte wohl das Verständnis für solche Dinge.

Roselynne schloss die Augen und überließ sich hilflos der rauschenden Welle heißer Lust, die seine Stöße in ihr aufbrechen ließen. Es war, als könnte er nicht genug von ihr bekommen, als verzehrte ihn eine Feuersbrunst, die auf sie überschlug und in der sie gemeinsam zu Asche wurden. Sie wurde mitgerissen, ob es ihr gefiel oder nicht.

Da war nichts Sanftes und Liebevolles in dieser rasenden Begegnung ihrer Leiber. Kein Glück und keine Freude, nur die blinde Endgültigkeit ihres Schicksals. Dennoch, aus dem fieberhaften Höhepunkt der Wut, Zerstörung und Begierde stieg reinigend und klar die Gewissheit einer Liebe auf, die ihrer Vereinigung sogar in diesem Moment ein Entzücken verlieh, das über menschliches Begreifen hinausging. Eine Befriedigung, die sie atemlos machte und alles Denken auslöschte.

Einen zeitlosen Augenblick bewegte sich keiner von ihnen. Dann fühlte Roselynne, dass er sich aus ihr zurückzog und seine Kleider ordnete. Sie wagte nicht, die Lider zu heben. Sie hatte Angst vor dem Ausdruck in seinem Gesicht. Angst vor neuen Beleidigungen und Anschuldigungen. So sah sie auch nicht, dass er den Mund öffnete und ihn wieder schloss, ohne etwas zu sagen.

Es lag eine Welt von Trauer und Bedauern in dem Blick, mit dem er ihre hingestreckte Gestalt musterte.

Das erschöpfte, von den Spuren der Liebe und des Zorns geprägte Gesicht, die geröteten Brüste und die rassig schlanken Beine. Er hob die Hand, um die verrutschten Röcke über sie zu decken, aber dann tat er es doch nicht. Er wagte es nicht. Stumm verließ er die Kammer.

Auch Roselynne schwieg. Sie schien kaum zu atmen. Das einzige Zeichen von Leben waren die Tränen, die in stummer Flut aus ihren Augenwinkeln drängten, über die Schläfen rannen und in den straff zurückgebundenen Haaren versickerten.

Das Kloster vom Heiligen Kreuz in Montivilliers stand ein wenig außerhalb des Ortes am Rand eines riesigen Hains aus uralten Apfelbäumen. Es wurde von den weithin sichtbaren Türmen seiner Abteikirche überragt und war unzweifelhaft ein wohlhabendes, reiches Kloster, dessen Äbtissin von großem Einfluss sein musste. Von diesem unerwarteten Umstand eingeschüchtert, zügelte Roselynne den jämmerlichen Braunen, den Jacques für sie aufgetrieben hatte.

»Was ist?«

Justin d'Amonceux zwang sein Ross ein paar Schritte zurück, als er den Halt bemerkte. Er klopfte seinem Tier beruhigend auf den Hals, ehe er Roselynne gewahrte, die das Kloster ansah, als wollte sie auf der Stelle kehrt machen.

»Sagt mir nicht, dass Ihr es Euch anders überlegt habt, Mylady.«

»Warum bringt Ihr mich ausgerechnet in dieses Kloster?«, stellte sie die Frage, die sie schon längst hätte stellen sollen.

»Die Schwester meiner verstorbenen Mutter ist seine Äbtissin. Sie wird keine allzu neugierigen Fragen stellen, wenn ich mich für Euch verbürge.«

»Wie ungemein freundlich von Euch«, zischte sie, über seinen gnädigen Nachsatz verärgert. Dachte er, sie hatte es nötig, von ihm verteidigt zu werden? Ausgerechnet von ihm! Wer von ihnen verriet eigentlich ständig die Grundsätze von Ehre und Ritterlichkeit? »Meint Ihr nicht, dass ich für mich selbst sprechen kann?«

»Ich bin sicher, dass die Mutter Äbtissin Euch dazu Gelegenheit geben wird«, ließ er sich nicht provozieren. »Aber erlaubt mir eine Warnung. Die Dame ist ebenso gottesfürchtig wie streng.«

»Was anderes sollte ich von einer Klosterfrau erwarten?« Roselynne tat auch diese Worte ab wie die anderen zuvor. Sie wollte nicht einmal mehr seine Ansichten teilen, so gewaltsam hatte sie sich von ihm abgewandt.

»Auf jeden Fall solltet Ihr keine Milde von ihr erwarten«, wurde der Seigneur trotzdem deutlicher. »Es muss Euch ernst sein mit Eurem Wunsch, Buße zu tun und die Welt hinter Euch zu lassen.«

Roselynne bedachte ihn mit einem Blick, der ihre tiefblauen Augen fast schwarz wirken ließ.

»Ihr ahnt gar nicht, wie ernst es mir damit ist, Justin d'Amonceux«, entgegnete sie leise, und die verborgene Qual machte ihre sonst so wohlklingende Stimme harsch und brüchig. »Lasst uns reiten.«

Sie trieb ihr Pferd an und preschte voraus. Justin sah ihr nach, und Jacques, der wie so oft stummer Zeuge ihrer Auseinandersetzungen gewesen war, wagte zum ersten Mal einen Kommentar.

»Du machst einen Fehler. Schick sie nicht fort.«

Sein Herr schnaubte. »Ich würde einen Fehler machen, wenn ich es nicht täte, mein Freund.«

»Und wie willst du weiter leben, wenn du dein Herz hinter diesen Mauern dort einsperrst?«

»Pah!«

Die eine verächtliche Silbe spornte auch den treuen Hengst an, der sich streckte, um die dürre Mähre einzuholen, die nun über den Fahrweg zum Kloster trabte. Der Ritter bekämpfte den absurden Wunsch, das Mädchen aus dem Sattel zu reißen und mit ihm davon zu preschen. Welch ein närrischer Gedanke. Er musste doch froh sein, diese Magierin loszuwerden, die ihn so durcheinander brachte. Die Töchter des Rosenturms von Hawkstone hatten nichts in seinem Leben zu suchen.

Roselynne hörte das Trommeln der Hufe hinter sich und wünschte sich ihrerseits, den flinken kleinen Zelter unter dem Sattel zu haben, der in den Ställen von Winchester stand und nie wieder seine Herrin tragen würde. Es war das letzte Mal, dass sie den Wind eines Rittes auf ihrem Antlitz spürte und die Welt ohne Mauern im Horizont verschwinden sah. Sie entsagte der Freiheit. Aber sie tat es mit Freuden. Es gab nichts, was sie hier draußen hielt.

Es blieb ohnehin keine Zeit für Reue. Schon vernahm sie den Klang der Glocken hinter den Mauern, und Justin d'Amonceux ragte wie ein dritter Turm neben ihr auf. Sie war sich der Tatsache durchaus bewusst, dass er nur tat, worum sie ihn gebeten hatte, aber es half nichts. Die Eile, mit der er daran ging, seine Aufgabe zu erledigen und sie zurückzulassen, kränkte sie.

Kurz darauf durchschritt sie an seiner Seite den rechteckigen Kreuzgang des Klosters, nachdem ihnen eine runzelige alte Nonne den Weg gewiesen hatte. Sie fanden die Äbtissin wie von ihr angekündigt in der Krankenabteilung, wo sie Kräuter mit einem Mörser zerrieb und die Mischung mit wenigen Tropfen Öl zu einer Paste verarbeitete. Roselynne erschnupperte den Duft von Mandelöl und Rosmarin.

Beim Geräusch ihrer Schritte wandte die fromme Frau den Kopf. Ihre Augen weiteten sich beim Anblick des hoch gewachsenen Ritters. »Justin? Bist du das wirklich oder lassen mich meine alten Augen im Stich?«

»Weder sind Eure Augen alt, noch seid Ihr es selbst, ehrwürdige Mutter«, entgegnete er in vollendeter Höflichkeit.

Roselynne fiel trotzdem auf, dass er eine seltsame

Distanz zu der frommen Dame wahrte, die nun auf ihn zutrat und einen ungeduldigen Laut von sich gab.

»Du darfst mich küssen, Neffe!«, teilte sie ihm gnädig mit. »Du brauchst gar nicht so steif und hochnäsig auf mich herabzusehen, mein Junge! Ich freue mich, dass du gekommen bist.«

Wäre Roselynne nicht so angespannt gewesen, sie hätte sich über das sichtliche Widerstreben amüsiert, mit dem der Ritter die schmale Hand der Nonne küsste und das Knie beugte. Er war es nicht gewöhnt, einer Frau solche Ehren zu erweisen. So aber sah sie lediglich über den unbedeckten blonden Schädel hinweg auf den Tisch mit dem Mörser und den Kräuterbehältern und wartete darauf, dass sich die Aufmerksamkeit der beiden ihrem Anliegen zuwandte.

»Und Ihr, mein Kind? Was führt Euch hinter die Mauern von Montivilliers?«, vernahm sie die warme Stimme der Äbtissin und fand sich einem Blick aus hellblauen Augen ausgesetzt, die sie beunruhigend gründlich musterten.

Es waren die Augen ihres Neffen, und sie verwirrten die junge Frau so sehr, dass verlegene Röte in ihre Wangen stieg und sie vergeblich nach Worten suchte. Sie hatte nicht damit gerechnet, dass es dieses kristallklare Feuer ein zweites Mal auf Erden gab.

»Ich bringe Euch die Dame Roselynne de Cambremer, ehrwürdige Mutter«, übernahm der Graf von Amonceux an ihrer Stelle die Erklärungen. »Sie wünscht sich Euren Nonnen anzuschließen und für ihre Sünden Buße zu tun. Ich habe ihr mein Wort gegeben, dass sie unter Eurem persönlichen Schutz stehen wird.«

»Wir stehen alle unter dem Schutz Gottes, mein lieber Neffe«, korrigierte die Äbtissin sanft.

Dann trat sie zu Roselynne und zeichnete mit einer trockenen Fingerspitze ein leichtes Kreuz auf ihre Stirn. »Sei willkommen, liebes Kind. Obwohl ich mir nicht vorstellen kann, dass du in deinem jungen Leben schon so schlimme Sünden begangen haben sollst, dass sie lebenslange Buße erfordern.«

»Sie will …«

»Schscht!«, unterbrach die Nonne Justin. Roselynne sah flüchtig die befehlsgewohnte Allüre der geborenen Nobeldame hinter ihrem bescheidenen Habit aufblitzen. »Die Dame de Cambremer wird mir sicher selbst erklären, was sie will, wenn sie erst einmal ihre verständliche Scheu überwunden hat. Nicht wahr, mein Kind?«

Sie winkte einer Nonne, die sich bescheiden im Hintergrund gehalten hatte. »Bring die Dame erst einmal ins Gästehaus, Mégane. Ruht Euch aus, Kind, dann sehen wir weiter. Und du, mein Lieber, begleitest mich. Dann kannst du mir erzählen, was du getrieben hast, seit ich dich aus den Augen verloren habe. Ich nehme an, du hast dir inzwischen eine Gemahlin genommen? Hast du Kinder? Wie sieht es in Amonceux aus? Ich …«

Die Stimme der Äbtissin verlor sich auf dem Gang und Roselynne sah den beiden Gestalten fassungslos nach. Justin ging, ohne sich noch einmal nach ihr umzuwenden. Ohne ein Wort, ohne Geste, ohne Abschied. Sie ballte die Rechte zur Faust und biss in den Knöchel des Zeigefingers, um sich selbst zum Schweigen zu bringen. Nein, sie würde ihm nichts nachrufen. Weder einen Gruß noch einen Fluch. Sollte er doch verschwinden!

»Ihr könnt Euch ja kaum auf den Beinen halten«, stellte die Nonne besorgt fest, welche die Äbtissin Mégane genannt hatte. »Kommt, ich werde Euch die Kammer zeigen, in der Ihr Euch ausruhen könnt. Sicher habt Ihr auch Hunger und Durst …«

Roselynne nickte stumm und raffte ihre bescheidenen Röcke, um der eifrigen Klosterschwester zu folgen. Sie trug eine schmucklose schwarze Kutte und die weiße Haube, die sie unter ihrem schwarzen Schleier trug, umspannte eng ein blasses, längliches Gesicht mit samtig braunen Augen. Die Falten in ihren Mund- und

Augenwinkeln sprachen dafür, dass sie die Mitte des Lebens überschritten hatte.

Roselynne warf ihr unter halb gesenkten Lidern einen vorsichtigen Blick zu. Würde sie auch noch so freundlich sein, wenn sie erfuhr, welches Kuckucksei der Graf von Amonceux seiner frommen Tante in das Nest dieses friedlichen Klosters gelegt hatte? Wenn man entdeckte, dass sie in der Hoffnung war und in Sünde gelebt hatte?

19. Kapitel

»Es ist Krieg im Land!«

Das Tuscheln und Fragen, die Sorge und die Angst drangen sogar hinter die Klostermauern von Montivilliers. Die frommen Schwestern verrichteten ihre Gebete nicht länger mit der gewohnten Andacht. Mutter Laurentine musste zu jener Schärfe des Tons und des Blickes greifen, die sie nur zu besonderen Gelegenheiten einsetzte. Sie verteilte ein so gerüttelt Maß an Arbeiten unter den Schwestern, dass auch die größte Klatschbase keine Zeit mehr fand, darüber nachzudenken, ob die königlichen Brüder Klostermauern respektierten oder nicht, wenn es darum ging, ein Reich unter sich aufzuteilen.

Mit fliegenden Röcken und wehendem Schleier eilte Laurentine danach in das Skriptorium, wo sich eine dunkle Gestalt im Schein dicker Kerzen über das neue Manuskript beugte, das sie emsig kopierte. Die Konzentration von Schwester Rose, wie sie alle in Montivilliers nannten, war eine so vollkommene, dass sie erst aufsah, als ihr die Äbtissin eine Hand auf die Schulter legte.

Mit einem Seufzer legte sie den Federkiel zur Seite und erhob sich von ihrem Hocker, die Augen gesenkt, das Antlitz eine blasse Maske ohne Regung.

»Ich habe die Andacht versäumt, es tut mir Leid, ehrwürdige Mutter. Ich habe das Läuten der Glocken nicht vernommen.«

»Du bist entschuldigt, Kind«, seufzte die Klosterfrau. »Immerhin ist es das heilige Evangelium unseres Herrn, das du da kopierst, und diese Worte sind ebenso ein Gebet wie die Gesänge in der Kirche. Dennoch solltest du deine Augen von Zeit zu Zeit ausruhen und im

Kreuzgang ein wenig an die frische Luft gehen. Es tut dir nicht gut, die ganze Zeit so gebückt bei Kerzenlicht an diesem Pult zu hocken. Es schadet in dieser Länge dem Kind, für dessen Leben du die Verantwortung trägst.«

Unwillkürlich legte Roselynne die flachen Hände auf den schmalen Leib unter der Kutte. Sie spürte die kleine Wölbung, die nach nunmehr sechs Monaten deutlich davon kündete, dass ein Kind in ihr wuchs. Ein ständig gefährdetes Leben, denn es fiel ihr nach wie vor schwer, Nahrung bei sich zu behalten. Nachts fand sie nur wenig Schlaf, denn das kleine Geschöpf begann sich zu bewegen und herrisch ihre Aufmerksamkeit zu fordern, sobald sie sich Ruhe gönnen wollte.

Die Äbtissin verengte die durchdringenden Augen bei dieser Geste. Es hatte keiner großen Fantasie und schon gar keiner Überredungskunst bedurft zu erfahren, wer der Vater dieses Kindes war. Doch seit sie es wusste, scheiterte ihre bemerkenswerte Willenskraft an dem noch eigensinnigeren Kopf der jungen Frau, die das Kind austrug. Was immer zwischen ihrem Neffen und Roselynne de Cambremer vorgefallen war, die Lady hatte mit ihm und der Welt abgeschlossen. Sie verweigerte sich jeder Erklärung, jedem Gespräch und jeder Lösung des Problems.

»Es wird ein Mädchen«, hatte sie der verblüfften Klosterfrau um die Weihnachtszeit herum mitgeteilt. »Wenn Ihr erlaubt, wird es mit den anderen Kindern zusammen hier aufwachsen und später seine eigene Entscheidung treffen, ob es in diesen Mauern bleiben will oder nicht.«

Roselynne hatte zu ihrer unsäglichen Erleichterung entdeckt, dass die Nonnen von Montivilliers eine Reihe von Waisen- und Findelkindern versorgten, die in den Mauern des Klosters Heimat, Obdach und Erziehung erhielten. Mutter Laurentine hatte sich auch als eine Frau entpuppt, die sich Vorwürfe zu Dingen sparte, die schon geschehen waren und nicht mehr geändert werden konnten.

»Und wenn es sein Sohn ist?«

Nicht nur einmal hatte Laurentine du Gard die ganze Macht ihrer Persönlichkeit aufgeboten, um dieses störrische Mädchen zur Vernunft bringen zu wollen. Es war schließlich durchaus möglich, dass sie den Erben der Amonceux' in ihrem Schoße trug. Zudem hatte die Äbtissin in Erfahrung gebracht, dass ihr Sohn keine Gemahlin besaß und dass – abgesehen von einem bedauernswerten Hang zur Dickköpfigkeit – Roselynne de Cambremer durchaus eine passende Partie für den Herrn von Amonceux gewesen wäre.

»Ich weiß, dass es ein Mädchen ist«, hatte Roselynne widersprochen, ohne darauf einzugehen, woher sie diese absolute Sicherheit nahm. Sie wollte die fromme Dame nicht mit der Tatsache beunruhigen, dass die Töchter des Rosenturms über Fähigkeiten verfügten, welche die Kirche möglicherweise als Teufelszeug verurteilt hätte.

»Dem Kind geht es gut«, antwortete sie auch jetzt mit einer Überzeugung, welche die Äbtissin ebenso ärgerlich wie unsicher machte.

Es geht ihm sogar besser als mir, fügte Roselynne im Stillen hinzu, als der Winzling mit einem energischen Stoß gegen ihre Handfläche auf sich aufmerksam machte. Sie selbst kämpfte seit Tagen mit einer tief sitzenden Unruhe, für die es keinen Grund gab, die sie aber so gereizt machte, als kribbelten zahllose Ameisen unter ihrer Haut.

»Nun denn«, seufzte die Klosterfrau und mied die Auseinandersetzung mit ihrem seltsamen Gast, der im Augenblick das Novizengewand trug, aber in Anbetracht seiner fortschreitenden Schwangerschaft noch nicht sein Gelübde abgelegt hatte. »Wenigstens eine Seele, der es gut geht in diesen schwierigen Zeiten. Wir haben Krieg im Land. Bruderkrieg!«

Roselynnes gesenkter Kopf fuhr hoch. Es gab nur eine Erklärung für diese Worte. »Rufus?«

»Er ist mit seinen Kriegern in Barfleur gelandet und hat Herzog Robert damit völlig überrascht. Er hat den Frühjahrsstürmen getrotzt und den unvorbereiteten Herzog vor Rouen zur Schlacht gezwungen. Man sagt, es habe mit einem Desaster für Anjou geendet, obwohl seine Ritter tapfer gekämpft haben.«

»Rufus hätte auch gesiegt, wenn Herzog Robert gewarnt gewesen wäre«, wisperte Roselynne erschrocken. »Der König von England war schon immer der überlegenere Krieger.«

Die Äbtissin ließ die Holzperlen des Rosenkranzes, den sie an ihrer Taille trug, leise klickend durch die Finger gleiten. Sie wartete auf eine Frage Roselynnes, aber sie kam nicht. Die junge Frau schwieg, auch wenn in ihren Augen Angst und Sorge miteinander kämpften.

»Ihr kennt den König – im Gegensatz zu mir«, sagte die Klosterfrau nach kurzem Schweigen vorsichtig. »Was ist er für ein Sieger? Rächt er sich an seinem Bruder und dessen Untertanen? Wird er seine Gefangenen gegen Lösegeld frei lassen oder sie wegen Hochverrat kurzerhand hinrichten?«

»Er neigt zum Jähzorn, aber nicht zur Unvernunft«, antwortete Roselynne zögernd. »Aber ich nehme an, er steht unter Zeitdruck. Den Schotten kann er nicht trauen, obwohl sie ihm Frieden geschworen haben. Er muss so schnell wie möglich wieder nach England zurück, um seine Nordgrenzen zu sichern. Ich vermute, alles Weitere hängt eher von Robert Kurzhose ab. Wenn er auf die Bedingungen eingeht, die sein jüngerer Bruder stellt …«

»Heilige Mutter Gottes, beschütze uns!« Der Rosenkranz klickte noch emsiger. »Robert Kurzhose ist ebenfalls nicht gerade für seine Einsicht bekannt.«

Roselynne schluckte. Das weiße Gebinde spannte eng um ihr Antlitz und ihre Kopfhaut unter dem Schleier juckte unheilvoll. Wer mochte alles unter den Kriegern des Königs gewesen sein? Ihr Vater? Der Gatte ihrer Schwester? Ihr kleiner Bruder? Er war inzwischen alt genug, um Rufus als Page zu dienen. Sie verschlang die nervösen Finger vor der Taille und versuchte Ruhe zu bewahren. Auch Mutter Laurentine, die gewöhnlich nichts erschüttern konnte, zeigte Spuren der Nervosität.

»Aber sie haben dieselbe Mutter gehabt ...«, wisperte Roselynne beschwörend.

»Auch Kain und Abel waren Brüder«, entgegnete die Nonne trocken. »Die Bibel sagt uns, dass diese Tatsache nicht zwingend zum Frieden führt.«

Es war keine Bemerkung von der Sorte, die Roselynne beruhigte. Das Kind in ihrem Bauch schlug einen Purzelbaum und wies sie hartnäckig darauf hin, dass sie noch einen weiteren Grund zur Sorge hatte. Auch wenn sie sich noch so sehr dagegen wehrte, sie musste es wissen!

»Kann es denn sein ... wisst Ihr ... Wäre es möglich, dass ...« Sie brach ab und schämte sich für das wirre Gestammel. Seit wann war sie so feige?

»Habt Ihr von Eurem Neffen gehört?«, zwang sie sich zu mehr Besonnenheit. »War er unter den Männern des Herzogs?«

»Ich nehme es an«, antwortete Mutter Laurentine betont neutral. »Immerhin schuldet er Robert von Anjou Vasallendienste.«

Aus Roselynnes gepresster Kehle entrang sich ein so gequälter Laut, dass die Nonne auf sie zutrat und sie in den Arm nahm. »Ihr sorgt Euch um ihn, nicht wahr? Warum habt Ihr ihn davon geschickt, wenn Ihr ihn so gern habt? Was geht eigentlich in Eurem wirren Kopf vor, Kind?«

Die unerwartete Zärtlichkeit der strengen Äbtissin brachte Roselynne nur noch mehr durcheinander. Sie war es so müde, stark zu sein und gegen sich selbst und ihre Gefühle zu kämpfen. Sie sehnte sich nach einer

Schulter, an der sie weinen und endlich schwach sein durfte.

Das ganze Leben, das sie hinter sich gelassen hatte, war ihr mit einem Male in den stillen Klosteralltag von Montivilliers gefolgt. Rufus nur einen Tagesritt entfernt, vielleicht sogar ihr Vater.

Was sie für Sicherheit gehalten hatte, entpuppte sich als Illusion, und der vermeintliche Hass, den sie gegen Justin gehegt hatte, als dumme Augenwischerei eines beleidigten Mädchens. Gütiger Himmel, hoffentlich war ihm nichts geschehen!

»Willst du mir nicht endlich erzählen, weshalb er dich zu mir gebracht hat?«

»Um mich loszuwerden!«, platzte Roselynne mit dem kindischsten aller Vorwürfe zuerst heraus. »Er misstraut mir, verachtet mich und glaubt, dass ich ihn verraten habe. Dabei habe ich immer nur ihn geliebt …«

»Das hört sich nach einer längeren Geschichte an. Komm mit in die Kapelle. Im Angesicht der Mutter Gottes fällt es leichter, über die menschlichen Fehler zu reden. Sie war auch einmal eine Frau, die ihrem Gatten gefallen wollte, und sie weiß um die Tücken des Lebens.«

Mit unerwarteter Herzenswärme dirigierte Mutter Laurentine Roselynne durch den Kreuzgang zum Seitenaltar der himmlischen Mutter. Dicke Honigwachskerzen brannten vor der steinernen Madonna, die mit ihrem pummeligen Kind aus dem Granit der Gegend gemeißelt worden war und eine fast bäuerliche Wärme ausstrahlte. Sie erinnerte Roselynne an ihre alte Kinderfrau in Hawkstone, und sie hatte Mühe, nicht von neuem in Tränen auszubrechen.

Die Äbtissin drängte sie nicht. Sie wartete geduldig ab, bis Roselynne mit stockender Stimme den Bilderteppich ihres dummen Abenteuers vor ihr entrollte. Angefangen vom Verrat ihrer großen Schwester bis zu ihrer Ankunft in Montivilliers. Sie ersparte sich und der ehrwürdigen Mutter die Einzelheiten ihrer fleischlichen Sünden, aber sie geißelte sich sehr wohl dafür, dass sie so viel Gefallen daran gefunden hatte. Mittlerweile war sie sogar überzeugt davon, dass einige der Vorwürfe Justins durchaus berechtigt waren.

Als sie endlich schwieg, war sie heiser, aber seltsam erleichtert. Sie hatte nicht geahnt, wie schwer sie doch an der Tatsache trug, dass sie niemandem vertrauen konnte. Schweigend nahm sie den Blick von der Madonna und sah die Äbtissin an, die mit halb geschlossenen Augen ganz in ihre eigenen Gedanken versunken schien.

»Es tut mir Leid«, wisperte sie. »Ihr seid sicher enttäuscht von mir, aber ich bin bereit, für meine Sünden zu büßen. Es ist das Einzige, was mir noch zu tun bleibt!«

»Du lieber Himmel«, brauste die Äbtissin auf und bekreuzigte sich hastig, denn die drei Worte hatten schon arg nach einem Fluch geklungen. »Hört auf, Eure Taten schwärzer zu malen als sie sind. Es ist …«

Sie suchte erkennbar nach Worten und begann unvermittelt mit einer Erklärung, die Roselynne weder gefordert noch erwartet hatte.

»Da gibt es einige Dinge, die du wissen musst. Justin d'Amonceux ist der einzige lebende Sohn meiner Schwester Lyane. Der Graf von Amonceux hatte Lyane zur Gemahlin genommen, als sie eben vierzehn Sommer alt geworden war. Er selbst zählte zu diesem Zeitpunkt schon an die Vierzig und wollte einen Erben von Lyane. Als sie nach drei Totgeburten endlich einen lebenden Jungen zur Welt brachte, war er zufrieden und ließ sie in Ruhe. Von da an existierte nur dieser Erbe für ihn. Er wurde vom ersten Tag seines Daseins in dem Bewusstsein aufgezogen, etwas Einmaliges und Wunderbares zu sein. Die Krone der Schöpfung, sozusagen. Wann immer er dieser Anforderung nicht voll entsprach, strafte ihn sein Vater unbarmherzig. In den

Armen seiner jungen Mutter fand der Knabe jedoch anfangs auch Wärme und Zuneigung.«

Roselynne fühlte sich wie erstarrt. Seltsamerweise hatte sie sich nie gefragt, was Justin zu dem Mann gemacht hatte, der er war. Mutter Laurentine sah ihr das Erstaunen an und lächelte sanft.

»Aber Lyane war jung und einsam, ein kleiner Junge genügte ihr nicht, um das freudlose Leben in Amonceux zu ertragen. Sie ließ sich leichtsinnigerweise mit einem der jungen Ritter ihres Gatten ein und wurde ausgerechnet von Justin mit ihm im Heu ertappt. Der Junge war vier und viel zu klein, um zu begreifen, was da geschah. Er hatte Angst um seine Mutter, die vermeintlich hilflos unter dem Mann zappelte, und rannte schreiend in die große Halle. Das Ende war grausam und blutig.«

Roselynne wusste um das absolute Recht eines Ehemannes über seine Gattin, aber sie konnte es dennoch nicht fassen, dass ein Ritter so weit gegangen sein sollte, es wirklich auszuüben. »Er hat sie doch nicht getötet?«

»Selbstverständlich hat er sie getötet. Lyane und den jungen Mann. Und er wurde in späteren Jahren nie müde, Justin für seine Tat zu loben. In seinem verdrehten Sinn für Ehre hatte Justin eine Heldentat begangen. Er hatte eine Dirne entlarvt und dafür gesorgt, dass die liederliche Person ihre gerechte Strafe erhielt. Es ist ein Wunder, dass der Junge darüber nicht seinen Verstand verlor. Er wurde gezwungen, mit anzusehen, wie seine Mutter getötet wurde. Glücklicherweise erlitt der Graf einen Schlagfluss, als Justin zehn Jahre alt war. Danach wuchs er unter der Obhut seines Onkels auf. Jean d'Amonceux war ein redlicher, stolzer Mann, der aber sicher nichts dazu beigetragen hat, die Meinung zurechtzurücken, die der Junge von seiner Mutter und den Fehlern des weiblichen Geschlechts hatte. Seine eigene Gemahlin starb im Kindbett zusammen mit dem einzigen Sohn. Deswegen war Justin nach seinem Tode auch sein Erbe.«

Roselynne strich sich mit abwesender Geste über die Stirn. Deshalb also hatte ihn Sophia-Roses Verrat so über die Maßen tief getroffen. Aus diesem Grund war es ihm unmöglich, einer Frau zu vertrauen. Armer Justin.

»Mein Neffe ist von der männlichen Unfehlbarkeit ebenso überzeugt wie von der Schlechtigkeit der Frauen. Dein Bericht hat meine schlimmsten Befürchtungen bestätigt: Er besitzt weder Herz noch Mitgefühl. Dennoch schuldet er dir die Ehre seines Namens. Wenn du dich hinter den Mauern von Montivilliers vergräbst, erweist du ihm einen Gefallen, den er nicht verdient.«

»Ich will mich nicht an ihm rächen«, hörte sich Roselynne zu ihrer eigenen Überraschung gestehen.

»Wer spricht von Rache«, hielt ihr Mutter Laurentine entgegen. »Es geht um die Ordnung der Dinge. Vielleicht ist es noch nicht zu spät, diesem allzu schönen Seigneur nachzuweisen, dass er nicht so vollkommen ist, wie er annimmt. Sein Stolz kann einen gehörigen Dämpfer sehr wohl vertragen.«

»Und was ist mit meinem Stolz?«

Für einen jähen Augenblick bot die blasse Novizin der Äbtissin das Bild der unbezähmbaren Hofschönheit, die sie einmal gewesen war. Hoheitsvoll, anmutig und von Kopf bis Fuß eine Nobeldame.

»Mein Stolz rät mir, die Finger von ihm zu lassen. Was soll ich mit einem Gatten, der mich aus Mitleid nimmt oder gar, weil er dazu gezwungen wird? Beides würde mir das Leben vergällen.«

»Dickkopf! Du bist ihm ähnlicher, als ich dachte«, murmelte die Klosterfrau erschrocken. »Ich werde für Euch beide beten.«

Roselynne de Cambremer sah zu der bäuerlichen Madonna, die ihr Kind herzte, und versuchte das Bild der gemetzelten Liebenden von Amonceux aus ihrem

Kopf zu vertreiben. Es wollte ihr nicht gelingen. Was war das für eine Welt, in der die Liebe mit Tränen und Blut belohnt wurde? Vielleicht hatte Justin d'Amonceux ja völlig Recht, einem solchen Gefühl zu misstrauen.

»Betet für ihn«, sagte sie gefasst. »Er braucht es nötiger als ich.«

20. Kapitel

»Du kennst ihn. Was wird er tun?«

»Wer kann schon behaupten, ihn zu kennen? Im Augenblick schäumt er. Will alle Welt wegen Hochverrats einen Kopf kürzer machen und hadert mit dem Schicksal, das ihn mit einem Bruder geschlagen hat, der dumm genug ist, gegen ihn Krieg zu führen.«

»Keine Ausflüchte, Ryan of Hythe!«, rief der Lord von Hawkstone seinen hoch gewachsenen Schwiegersohn zur Ordnung.

Er hatte den Baron von Aylesbury schätzen gelernt, wenngleich sich ihr Umgang immer noch durch eine gewisse Schroffheit des Tons auszeichnete. Den Lord hielt eine ständige, unterschwellige Drohung am Leben, seiner allzu unabhängigen und schönen ältesten Tochter ja nicht wehzutun, und der empfindliche Stolz des Barons wehrte sich gekränkt gegen das Misstrauen. Er liebte die Mutter seiner Kinder mehr als das eigene Leben, und schon der Gedanke, dass ihr Böses geschehen könnte, brachte ihn auf.

Inzwischen jedoch war diese Schroffheit auf beiden Seiten mehr Gewohnheit denn Absicht. Niemand, der die strahlende Baronin von Aylesbury sah, konnte Zweifel an der Ergebenheit ihres Gatten hegen, und die Zuneigung, die sogar der König dem Ritter entgegen brachte, verlieh seiner Position eine Bedeutung, die weit über den Titel des Barons hinausging. Schon aus diesem Grund wandte sich der Lord an ihn, um mehr über Rufus' Pläne zu erfahren. Wenn es jemanden gab, der etwas wusste, dann war es Ryan, den sich Sophia-Rose auf so abenteuerlichen Wegen erobert hatte.

Der junge König schätzte zwar die älteren Ritter, die seinem Vater geholfen hatten, das sächsische Königreich zu dem seinen zu machen, aber wenn er sich beriet, tat er es inzwischen mit Männern vom Schlage eines Ryan of Hythe, die ihm altersmäßig näher standen.

»Ich kann es nicht wirklich sagen«, antwortete der Baron jetzt auf die Frage des Lords. »Wenn es um seinen Bruder geht, ist Rufus besonders empfindlich. Trotzdem nehme ich an, dass er ihm am Ende einen neuerlichen Frieden diktieren wird. Er hält die Gefangenen als Geiseln, damit Robert sich darauf einlässt. Schließlich kann Kurzhose schlecht seine tapfersten Ritter abschlachten lassen. Er braucht sie – wozu auch immer.«

»Für den nächsten Verrat«, vermutete der Ältere düster. »Welch ein Glück, dass sein Vater dieses Elend nicht mehr erleben musste.«

»Rufus ist seinem Bruder mehr als gewachsen«, fand der Baron. »Robert hat nicht damit gerechnet, dass er während der Frühjahrsstürme übersetzt und verhindert, dass er sich mit seinen schottischen Verbündeten zusammen tut. Damit hat sich das Gleichgewicht der Macht endgültig wieder zu seinen Gunsten verschoben.«

»Erwähn mir nicht die Schotten!«, knirschte Raynal de Cambremer und ballte unwillkürlich die Fäuste.

Der Baron wusste, aus welcher Quelle sich dieser Zorn speiste. »Du hast nichts mehr von Roselynne gehört nach dieser einen Botschaft?«

»Nein.« Der Lord entspannte gewaltsam seine Hand, aber die tiefen Falten auf seiner Stirn verrieten, dass er sich größte Sorgen machte. »Wir wissen nur, dass sie der Entführung entkommen ist und Zuflucht in einem Kloster gefunden hat. Sie hat uns gebeten, ihren Entschluss zu respektieren, und uns versichert, dass es ihr gut ginge und dass sie uns in ihre Gebete einschließen würde. Aber es gibt kaum ein Kloster in England, das wir nicht geprüft haben. Niemand weiß etwas von ihr!«

»Vielleicht sollten wir den Entschluss des Mädchens

respektieren und die Suche aufgeben«, schlug der Baron vor. »Sie hatte schon immer ihren eigenen Kopf.«

»Einen Kopf voller Flausen«, bestätigte der Vater. »Aber keine sonderliche Neigung zur Frömmigkeit. Dass sie sich hinter Klostermauern vergraben will, muss einen Grund haben. Solange ich diesen Grund nicht kenne und verstehe, werde ich nicht aufgeben!«

Ryan of Hythe dachte noch immer über die grimmigen Worte nach, während er neben seinem König durch die Reihen der gefangenen normannischen Ritter schritt, die mit ihrem Leben für den Gehorsam ihres Herzogs bürgten. Es lag eine seltsame Mischung aus widerwilligem Respekt und mürrischer Resignation über der Gruppe, denn Rufus hatte ihnen eindringlich bewiesen, wer von beiden Brüdern der bessere Feldherr war. Im Gegensatz zu Robert vermochte er trotz allem kühles Blut zu bewahren und den Nutzen vor den flüchtigen Ruhm zu setzen. Seine Lösegeldforderungen würden die Normandie endgültig in die Knie zwingen, daran konnte es keinen Zweifel geben.

Der Baron wurde indes von einem unerwarteten Tumult aus seinen Gedanken gerissen. Rufus hatte einen der Gefangenen an der Gurgel gepackt, und der arme Kerl zappelte im Griff des Monarchen, ohne den kleinsten Versuch zu machen, sich auch nur zu wehren oder zu rechtfertigen. Seine Kleider waren blutverschmiert und eine böse Schramme verunzierte das schmutzige Gesicht. Aus einer Schulterwunde, die unter dem plötzlichen Angriff wieder aufbrach, strömte frisches Blut. Was hatte der unselige Ritter getan, um den Jähzorn des Königs herauszufordern?

»*Ihr!*«, hörte er Rufus in einem Ton knirschen, der ihm das Blut in den Adern gefrieren ließ. »So sehen wir uns also wieder, Seigneur!«

Es dauerte einen Augenblick, bis der Baron unter der Schicht aus Schmutz und Blut ein bleiches, edles Männerantlitz erkannte, das eine vage Erinnerung in ihm weckte. Die blutverklebten Haare trugen den Schimmer von hellstem Blond, und am Ende waren es die edelsteinfarbenen Augen, die dazu führten, dass sein Kopf den Namen zu diesem Gesicht lieferte.

»Justin d'Amonceux!«, rutschte es ihm verblüfft heraus, und der König wandte, den keuchenden Edelmann noch immer in festem Griff, den Kopf nach ihm um.

»Unsinn, er nennt sich Loup de Luthais und schuldet mir eine ganze Menge von Erklärungen.«

»Luthais gehört zum Lehen von Amonceux«, mischte sich in diesem Augenblick einer der anderen normannischen Ritter ein, um dem halb ohnmächtigen Edelmann zu helfen. »Er ist berechtigt, diesen Namen zu führen, und er tat es auf Befehl unseres Herzogs.«

»So, so …« Rufus öffnete seine Fäuste und der Verletzte stürzte keuchend zu Boden. »Kippt ihm einen Eimer Wasser über den Kopf, damit er wieder zu sich kommt. Dann bringt ihn in mein Zelt. Es gibt ein paar Dinge, die ich mit diesem besonderen Grafen zu bereden habe!«

Er gebrauchte den Titel wie ein Schimpfwort, machte auf dem Stiefelabsatz kehrt und stürmte davon, ohne sich um seine Begleiter oder die anderen Geiseln zu kümmern. Ryan of Hythe nützte die Gelegenheit, einen Feldscher herbeizuwinken. »Verbindet den Mann. Er wird die Fragen des Königs kaum beantworten können, wenn er hier verblutet.«

Er war sich der verwunderten Blicke bewusst, die sein Befehl hervorrief, aber wie üblich war es ihm egal, was die anderen von ihm dachten. Zu seiner eigenen Verblüffung empfand er so etwas wie Mitleid für den Mann, den seine Gemahlin einmal hatte heiraten wollen. Die Braut zu verlieren und der Vasall eines Verräters zu sein war ein wenig zu viel des Schlechten. Er wollte ihm wenigstens die Möglichkeit geben, dem König wie ein Seigneur von hohem Geblüt Rede und Antwort zu stehen. Kein Mann sollte absichtlich in den Staub getreten werden.

Justin d'Amonceux mahlte mit den Zähnen, als der Medicus des Königs seine Schulterwunde versorgte. Der Schwerthieb war eher hässlich als lebensgefährlich, aber im Grunde hätte er nichts dagegen gehabt, in aller Ruhe zu verbluten. Er hatte sich mit dem Mut eines Mannes in die Schlacht gestürzt, dem das eigene Dasein nichts mehr galt, und nun musste er enttäuscht entdecken, dass ihm das Schicksal den üblen Streich gespielt hatte, sein Leben zu verlängern.

Zu allem Überfluss verlieh ihm sein Rang auch noch die zweifelhafte Ehre, unter Rufus' Geiseln zu landen. Es verwunderte ihn nicht, dass ihn das scharfe Auge des Königs auf den ersten Blick entdeckt hatte. Der zweite Wilhelm von England gehörte nicht zu den Männern, die etwas übersahen. Allein, Amonceux hätte gern darauf verzichtet, seinen so sehnlich erwünschten Tod auch noch mit dem Pathos verratener Freundschaft zu garnieren.

Ein einziger Blick in das zornige, kantige Antlitz des jungen Königs hatte genügt, um seine schlimmsten Befürchtungen Wahrheit werden zu lassen. Rufus reihte sich in die Zahl jener Menschen ein, die ihn geschätzt hatten und die er zum Dank dafür verraten hatte.

Die beiden Bewaffneten, die den hastig versorgten Verletzten vor den König geschleppt hatten, warfen ihn mit einem harten Stoß in den Rücken vor dem Monarchen zu Boden.

Rufus hatte darauf verzichtet, sein Zelt mit dem üblichen Luxus ausstatten zu lassen. Das von zahllosen Stiefeln zertrampelte Wintergras fühlte sich schlammig und kalt unter Justins verletzter Wange an. Der Riss brannte wie Feuer, weil er auf seine verletzte Schulter gefallen war und hilflos in dieser Lage verharren musste.

»So sieht man sich also wieder, Messire de Luthais«,

knirschte der König und fügte seinen Worten einen rüden Fußtritt in die Rippen des Grafen hinzu. Dass er es auf der unverletzten Seite tat, war sicher nur ein Zufall.

Ryan of Hythe stand im Hintergrund des Zeltes, die Arme vor der athletischen Brust verschränkt und die Augen in düsterem Graublau nachdenklich verengt. Er hatte Erntezeit und Herbst mit seiner Familie in der Festung am Solent verbracht und jene kurzen, glanzvollen Wochen verpasst, in denen der Graf den König amüsiert, fasziniert und vielleicht sogar beeinflusst hatte. Doch auch ohne dieses Wissen fiel ihm auf, dass mehr hinter dem Zorn des Fürsten steckte als nur die Enttäuschung über einen Ritter, der auf der falschen Seite kämpfte. Was hatte Justin d'Amonceux dem König getan, um ein solches Maß an Rage zu verursachen?

»Wenn ich mich recht erinnere, habt Ihr Euch bei unserem letzten Treffen erboten, ein Problem für mich zu lösen«, hörte der Baron den König in schneidendem Ton sagen. »Wie es den Anschein hat, habt Ihr es stattdessen vorgezogen, Euch aus dem Staub zu machen und sowohl mich als auch die Familie der Demoiselle de Cambremer in höchster Sorge und ohne jede Nachricht über das Schicksal des Mädchens zurückzulassen.«

Ryan of Hythe machte einen spontanen Schritt nach vorn. Der König hob eine Hand, um ihn davon abzuhalten, sich einzumischen. Der junge Sachse knirschte mit den Zähnen. Es gelang ihm nur mit Mühe, diesem Befehl zu gehorchen.

Mittlerweile hatte sich der Gefangene in eine kniende Position hoch gerappelt. Er wischte sich Blut und Schmutz aus dem Mundwinkel und seine Stimme klang rau und gepresst, als er dem König antwortete. Freilich fehlte sogar in diesem Augenblick seinem Ton jede Unterwürfigkeit. »Die Dame hat es vorgezogen, in die Sicherheit eines Klosters gebracht zu werden. Mich ließ sie in dem Glauben, dass sie ihren König und ihre Familie von diesem Wunsch in Kenntnis setzen werde. Als ich sie verließ, war sie bei bester Gesundheit.«

»Dann wisst Ihr, wo sich dieses Teufelskind aufhält?«, rutschte es dem Baron heraus, der von jeher der sanften Miene seiner schönen Schwägerin nicht über den Weg getraut hatte.

Der Kopf des Grafen wandte sich in seine Richtung. Auf den ersten Blick konnte er mit dem breitschultrigen blonden Hünen nichts anfangen, der einen Waffenrock mit dem neuen Wappen von Hythe trug und sich mit einer Ungezwungenheit im Zelt des Königs bewegte, die auf große Vertrautheit schließen ließ. Der Normanne war Ryan of Hythe vor vielen Jahren kurz begegnet, als er mit Sophia-Rose nach Hawkstone kam. Damals hatte seine Aufmerksamkeit indes in erster Linie der Frau gegolten, die er zu diesem Zeitpunkt noch für seine Verlobte gehalten hatte.

»Antwortet dem Baron von Aylesbury«, schnauzte der König und löste damit unbeabsichtigt das Rätsel für seinen Gefangenen.

Sophias Gatte! Der Mann, den er in seiner Eifersucht verwünscht hatte ... Es schien in einem anderen Leben gewesen zu sein. Was er für Sophia-Rose empfunden hatte, war nur ein leiser Hauch im Vergleich zu den aufwühlenden, vielfältigen Gefühlen gewesen, die ihn durchfuhren, wenn er nur an den Namen ihrer Schwester dachte. Ob sie ihren Frieden bei den Nonnen von Montivilliers gefunden hatte? Es verging kein Tag, an dem er sich das nicht fragte.

»Sie wollte ihrer Familie eine Nachricht schicken«, wiederholte er stur. Roselynnes und seine Wege hatten sich getrennt, dabei sollte es bleiben. Er wollte weder über sie sprechen noch an sie denken.

»Das hat sie getan«, antwortete Ryan of Hythe mit jener Spur von Gereiztheit, die neuerdings alle im Ton hatten, wenn von der dickköpfigen Schönen die Rede war. »Nur hat sie nicht geschrieben, in welchem Kloster sie sich befindet. Es wäre uns lieb, dies von Euch zu erfahren.«

Der matte Blick des Grafen hielt den eindringlichen Augen des Barons stand. Justin d'Amonceux konnte weder eingeschüchtert noch erpresst werden. Er hatte sich inzwischen dazu durchgerungen, Roselynnes Entschluss zu respektieren. Was sie ihrer Familie sagen wollte, musste sie selbst entscheiden. Es war nicht seine Sache, sich ein weiteres Mal einzumischen. Kein Wort mehr über die Dame.

»Ihr wisst, wo sie ist«, brüllte der König wütend. »Ich warne Euch, sagt es oder tragt die Folgen. Es gibt genügend Mittel und Methoden, einem Spion die Auskünfte zu entreißen, die er nicht freiwillig gibt.«

Auch die Drohung von Folter und Gewalt zeigte keine Wirkung auf Justin d'Amonceux. Er hatte vor dieser Schlacht mit seinem Leben abgeschlossen und dass eine gnädige Macht den tödlichen Schwerthieb im letzten Moment in einen schmerzenden Kratzer verwandelt hatte, änderte nichts an seiner Einstellung.

Seine Fehler, Erfahrungen und Kämpfe gipfelten in der schlimmen Selbsterkenntnis, dass er die Ehre seines Namens ebenso verspielt hatte wie den Respekt, der diesem Namen gebührte. Er konnte nur noch eines tun: mit Haltung sterben. Wenn ihm Rufus die Gelegenheit dazu gab, so würde er ihn mit seinem letzten Atemzug für diesen Freundschaftsdienst preisen.

»Tut, was Euch notwendig erscheint«, sagte er so unbeteiligt, dass der König mit einem wütenden Fluch auf seinen Gleichmut reagierte.

»Wollt Ihr Euch über uns lustig machen, Seigneur Verräter?«, bellte er zornig.

»Nichts liegt mir ferner, Sire«, murmelte der Graf in knapper Höflichkeit. »Ich bin in Eurer Gewalt. Und Ihr habt Recht, wenn Ihr mich einen Schurken nennt. Ich habe das Wohlwollen nicht verdient, das Ihr mir in

Winchester geschenkt habt, und ich werde Euch nicht beschämen, indem ich Euch um Verzeihung bitte. Ich bin bereit, mich Eurem Urteil zu unterwerfen. Fällt Euren Spruch und vergesst, dass es mich gegeben hat.«

»Ihr wisst, wie Verräter sterben?«, drohte der König mit erhobener Stimme.

»Dann sei es so.«

Die müde Ergebenheit, mit der sich das ungekämmte, blutbesudelte und dennoch edle blonde Haupt unterwarf, verschlug beiden Männern die Sprache. Der König wollte etwas sagen, doch Ryan of Hythe wagte das Undenkbare. Er legte eine Hand auf den Arm seines Souveräns und schüttelte stumm den Kopf.

Rufus bekam eine rote Stirn und murmelte einen Fluch. Dann indes akzeptierte er den stummen Rat eines Mannes, dem er immerhin ein gewisses familiäres Mitspracherecht in dieser Sache einräumen musste.

»Wachen!«, bellte er und die Zeltklappe öffnete sich von neuem. »Legt diesen Mann in Ketten und sondert ihn von den anderen Geiseln ab, bis ich mir überlegt habe, was mit ihm geschehen soll. Ich werde mein Urteil über ihn in Rouen fällen.«

Die Welt hatte sich auf Dunkelheit und Kälte reduziert. Die Mauerquadern des Verlieses, in dem sich der Graf von Amonceux wieder fand, waren nicht nur feucht und eiskalt, sie besaßen auch die Stille und den Moderhauch eines vergessenen Grabes. Wie viele Stufen ihn die Wachen in den Abgrund der Erde hinab geschleppt hatten, vermochte er nicht zu sagen. Irgendwann war er in dieses Loch gestoßen und allein gelassen worden.

Im Dunkeln ertastete er hart gestampften, schmierigen Lehmboden, feuchte Mauerquadern, glitschigen Unrat und rostige Ringe in den Wänden, vermutlich dazu gedacht, die Ketten der Gefangenen zu arretieren. Er trug keine Ketten mehr, aber das war auch schon das einzig Positive, das er an seiner Lage entdecken konnte.

Es gab weder trockenes Stroh für ein Lager noch Wasser oder gar etwas zu essen, von einer Decke ganz zu schweigen. Was Durst und Hunger nicht bewirkten, würde die Kälte vollenden.

Der Ritter schleppte sich zu einer Wand und sank an der Mauer zu Boden. Er legte den schmerzenden Kopf auf die angezogenen Knie und rang nach Luft. So viel zum ruhmreichen Ende derer von Amonceux. Herzog Robert würde keinen Finger für ihn rühren.

Rufus' überraschender Angriff hatte zwar dazu geführt, dass Robert nie erfuhr, wie es sich mit den Schotten verhielt, aber sein Spion war schon zuvor in Ungnade gefallen, weil er sich im Rat des Herzogs mehrmals deutlich gegen die rücksichtslose Angriffs- und Machtpolitik des Fürsten ausgesprochen hatte.

Die glanzvolle Zukunft, die sich sein Vater und sein Onkel für den Grafen Amonceux gewünscht hatten, würde damit enden, dass der letzte Träger dieses Titels verachtet und vergessen in einem stinkenden Verlies verrottete. Ein bitteres Lachen stieg in ihm auf. Er hatte sehr wohl bemerkt, dass Ryan of Hythe den König davon abgehalten hatte, ihn auf der Stelle dem Henker zu übergeben.

Allein, er empfand keine Dankbarkeit für dieses Eingreifen. Wenn der Baron von Aylesbury sich dafür rächen wollte, dass er es einst gewagt hatte, die Frau zu begehren, die jetzt die seine war, so hätte er keine schlimmere Strafe für ihn finden können.

Justin d'Amonceux verabscheute Schmutz und Dunkelheit mit einer Heftigkeit, die tief in die Wurzeln seiner unglücklichen Kindheit zurückreichte. Wenn es nötig war, weil Krieg, Umstände oder andere Dinge ihn dazu zwangen, konnte er sich kurzfristig dazu zwingen, sie zu ertragen, aber der Gedanke, in diesem schleimigen Morast zu sterben, widerte ihn dermaßen an, dass er am ganzen Körper unkontrolliert zu zittern begann.

Wie weit Angst, Wundfieber, Hunger oder Durst dieses Zittern hervorriefen, vermochte er nicht zu sagen. Er wusste nur, er würde den Verstand verlieren, wenn er nicht auf der Stelle an etwas anderes dachte! An Helligkeit, Wärme, Sonnenschein und Duft. An Sommer und Blumen, an flirrende grüne Lichtpunkte unter belaubten Bäumen, an Lachen, den Klang einer Laute und eine Melodie, gesungen von einer unverwechselbaren Stimme.

Roselynne. Wie von selbst entstand ihr Bild vor seinen Augen. Eine Druiden-Prinzessin in der Halle von Winchester, die jede andere Frau in den Schatten stellte. Von Silberstoff und glänzenden Haaren umweht, mit dunkelblauen Veilchenaugen, schwellenden Brüsten und herausfordernd gewölbten Lippen. Der Mondstein leuchtete in blasser Unschuld auf ihrer Stirn und der goldene Zauberknoten zog den Blick auf das verführerische Rund ihres Ausschnitts. Unwillkürlich streckten sich seine Arme in die Dunkelheit, um das geliebte Bild zu umfangen.

Wie dumm er doch gewesen war! Wie närrisch, eitel, hochfahrend und von sich selbst überzeugt. Was hatte ihn dazu getrieben, sein Glück so leichtfertig aufs Spiel zu setzen? Weshalb hatte er sie im Morgengrauen entschlüpfen lassen, statt sie in die Arme zu nehmen und für immer an seinem Herzen zu bergen? Vielleicht hätte sich das Schicksal dann anders besonnen …

Das mürrische Lachen, mit dem er sich selbst für diese dumme Selbsttäuschung rügte, hallte hohl durch das Gewölbe des bedrückenden Kerkers. Er hatte an jenem Morgen nicht geahnt, was er in den vergangenen Wochen – viel zu spät – herausgefunden hatte: Er liebte Roselynne de Cambremer!

Er liebte sie mit der ganzen Kraft eines unwissenden Herzens, das nie richtig lieben gelernt hatte und deswegen erst unter solchen Schwierigkeiten zur Wahrheit durchdrang. Mit einem Herzen, dem es inzwischen völlig egal war, ob sie ihn belog, betrog oder verließ. Es würde immer ihr Bild in sich bewahren und von der Leidenschaft ihrer unverwechselbaren Küsse träumen.

Er hatte das Glück seines Lebens in den Armen gehalten und es nicht begriffen. So viel Einfalt gehörte tatsächlich auf das Schlimmste bestraft.

»Roselynne …«

Der Name und das Mädchen wurden zum einzigen Licht in seiner Dunkelheit. Zur Fackel, die ihn vor der närrischen Verzweiflung bewahrte und davor, vollends in Wahn zu verfallen. Er sprach mit ihr, bat sie um Verzeihung und klammerte sich an die wenigen kostbaren Erinnerungen der Augenblicke ihrer Liebe.

Es waren Roselynnes Lippen, die er auf den seinen spürte, als das Fieber sie aufbrechen ließ und ausdörrte. Ihre Hände, nach denen er vergeblich tastete, während sich die tödliche Dunkelheit nach und nach über sein Fühlen und Denken legte.

21. Kapitel

»Bei Gott, Ihr müsst Nerven aus Stahl haben, wenn Ihr in dieser unerfreulichen Umgebung so tief schlafen könnt. Ich bitte Euch, kommt zu Euch, Amonceux! Ich muss mit Euch reden!«

Ryan of Hythe zuckte zurück, als er nach dem Arm des Gefangenen fasste. Die Hitze des Wundfiebers strahlte durch das gepolsterte, zerfetzte Wams, über dem der Ritter normalerweise seinen Harnisch trug und das ihn jetzt nur unvollkommen vor der feuchten Kälte dieses Höllenlochs schützte. Dass er trotzdem glühte, bewies zwar, dass er noch lebte, aber er konnte unter Garantie keine einzige seiner Fragen beantworten.

»Zum Donner!« Der Baron wandte sich an seinen Begleiter. »Er schläft nicht, er glüht vor Fieber. Wir müssen ihn tragen.«

Jacques Boscot, der sich wie ein treuer Hund an die Fersen des Barons von Aylesbury geheftet hatte, sobald er erfahren hatte, dass jener über das Schicksal seines Herrn bestimmte, beugte sich über den Fiebernden und schlang sich seinen gesunden Arm um die Schultern. Der Baron stützte den halb Ohnmächtigen auf der anderen Seite, während der Kerkerwärter die Fackel hob.

Justin d'Amonceux hörte die Stimmen und spürte den aufbrechenden Schmerz in seiner Schulter wie durch eine dicke Wand aus Watte. Warum ließen sie ihn nicht in Frieden sterben? Was wollten sie von ihm?

Es dauerte zwei Tage, bis er diese Fragen endlich mit eigener Stimme stellen konnte. Als er zu sich kam, fand er sich auf einem schlichten Strohsack in einem Kastenbett liegend, von einer einfachen, aber sauberen Decke gewärmt. Der Schmerz in seiner Schulter hatte sich zu dumpfem Pochen gewandelt, und es roch nicht mehr nach Moder und Exkrementen, sondern nach Kräutern, Holzfeuer und dem frischen Stroh, das sauber und wärmend die Steinquadrate des Bodens bedeckte. All das konnte er erkennen, denn Tageshelligkeit fiel durch das Ölpapier, mit dem die Rahmen eines rechteckigen Fensters an der Wand zu seiner Rechten bespannt waren.

Träumte er? Er hob die Hände und fand sie bis zu den Gelenken in einem langärmeligen weißen Hemd, das ebenso wie seine Haut frisch gewaschen zu sein schien. Die Bewegung brachte Jacques auf die Beine, der neben der Fensternische auf einem Hocker gekauert hatte. Er trat zum Lager und bot seinem Freund ein erleichtertes Lächeln.

»Willkommen in der Welt, Justin! Du wirst Durst haben. Hier, sie haben mir Suppe für dich gebracht.«

Er stützte ihn vorsichtig an der heilen Schulter und hielt den tönernen Napf an seine Lippen, bis Justin nach dem letzten wärmenden Schluck ächzend zurück auf den Strohsack sank.

»Es sieht aus, als hättest du das Wundfieber endlich überstanden«, stellte Jacques nach einem vorsichtigen Griff an seine Stirn fest. »Dem Himmel sei Dank, dass wir dich rechtzeitig aus diesem Kerker geholt haben.«

»Wo bin ich?«, murmelte der Graf.

»In Rouen und unter meiner Obhut«, antwortete eine andere Stimme. Ryan of Hythe trat eben durch die halbrunde Tür in den Raum.

»Noch ein Verlies?«, spottete Justin schwach, aber unverkennbar auf dem Wege der Besserung. »Warum macht Ihr Euch die Mühe? Damit ich aufrecht vor den Henker treten kann? Warum habt Ihr mich nicht in dem feuchten Quartier gelassen, das mir der König zugedacht hat? Ich habe mich nicht dagegen beschwert.«

»Der König hat Euch meinem Befehl überstellt«, antwortete der Baron knapp.

»Warum?«

»Könnt Ihr Euch das nicht denken?«

Aylesbury betrachtete seinen bleichen Gefangenen mit kritischem Blick. Die blutig rote Schramme über der rechten Schläfe und Wange würde für immer die makellose Symmetrie des allzu attraktiven Gesichts zerstören. Er war nicht mehr der gefährliche Adonis, den seine Gemahlin einmal geliebt hatte. Aber gesäubert, verbunden und im reinen Hemd, hatte er immerhin die kühle Beherrschung eines Edelmannes zurückgewonnen, der sich dagegen wehrte, dass über seinen Kopf hinweg Entscheidungen getroffen wurden.

»Ich bin sicher, Ihr werdet es mir mitteilen«, seufzte Justin d'Amonceux gelangweilt von der prüfenden Bestandsaufnahme. Er gefiel ihm zwar nicht, der Spielball fremder Interessen zu sein, aber er wollte dem Baron keinesfalls die Genugtuung verschaffen, sein Unbehagen zu entdecken.

»Ich möchte einen Handel mit Euch machen«, entgegnete Ryan of Hythe knapp. »Euer Leben gegen den Namen des Klosters, in dem sich meine junge Schwägerin gegenwärtig befindet.«

»Und wenn ich diesen Handel ablehne?«

»Das könnt Ihr nicht mehr, denn ich habe meinen Teil bereits erfüllt.« Der Baron nickte zu Jacques hinüber, der bereit stand, seinem Herrn zu helfen, wenn es nötig werden sollte. »Fragt Euren Diener! Es war ein gutes Stück Arbeit, Rufus davon zu überzeugen, dass niemand damit gedient ist, wenn er Euch einen Kopf kürzer macht. Er schätzt es nicht, verraten zu werden.«

»Wer tut das schon«, murmelte der Graf in hörbarem Spott.

»Es muss ein Ende damit haben, dass der Bruder den Bruder bespitzelt und das Königreich in sinnlosen Kämpfen zerrissen wird«, brachte der Baron die Lage knapp auf den Punkt.

»Ihr werdet lachen, aber ich stimme Euch zu«, entgegnete Justin d'Amonceux leise.

»Das ist ein guter Anfang. Jetzt sagt mir, wo ich Roselynne finde. Noch besser: Erzählt mir, was es mit dieser närrischen Entführung durch die Schotten auf sich hat und weshalb Rufus ausgerechnet Euch hinter ihr her geschickt hat, statt ihrer Familie Bescheid zu geben.«

Justin verzog den Mund. Ryan of Hythe hatte die Art eines Mannes, der nicht lange um den heißen Brei herum redete. Also beschloss er, ebenfalls keine überflüssigen Worte zu verlieren.

»Ich bin kein Ritter des Königs und deswegen konnte ich mich mit den Schotten anlegen, ohne den Frieden zu gefährden.«

»Und welches Motiv trieb Euch, Euer Leben für die Rettung einer Edeldame zu riskieren, die zu einer Familie gehört, für deren Mitglieder Ihr keine große Sympathie empfinden könnt?«, setzte der Baron unnachsichtig das Verhör fort.

»Der König hat sie mir als gute Partie unter die Nase gehalten, falls ich mich entschließen sollte, die Fronten zu wechseln«, entschied sich Justin für einen sorgsam begrenzten Teil der Wahrheit.

»Roselynne? Wie ist er dazu gekommen? Ist er wahnsinnig?«

»Das müsst Ihr ihn selbst fragen.«

Ryan of Hythe schnaubte und trat zum Fenster, wo er lange Zeit hinausstarrte und nachdachte. Dann kehrte er wieder an das Bett des Verwundeten zurück.

»Und warum das Kloster?«

»Sie wollte es!«

»Wusste sie von der Absicht des Königs?«

»Ich habe ihr nichts gesagt. Und sie hat mir den Eindruck vermittelt, dass sie ohnehin nicht an einer Ehe interessiert sei. Sie hat den Schleier freiwillig gewählt.«

»Narretei! Das Mädel ist ein Irrwisch, ein Schmetterling, ein Dickkopf, eine kleine Hexe, ein lästiger Kobold … aber wahrhaftig keine Nonne!«

Die durchaus zutreffende Aufzählung der vielfältigen Gesichter seiner faszinierenden Liebsten ließ den Grafen den Mund verziehen. »Habt Ihr schon einmal versucht, ihr etwas auszureden?«

»Da sei Gott davor«, schüttelte sich Hythe vor dieser Aussicht. »Das soll ihre Mutter tun oder meinethalben ihr besorgter Vater. Obwohl ich fürchte, dass er im Umgang mit ihr nicht halb so streng ist, wie sein ständiges Gepolter vermuten lässt. Er sorgt sich um das Mädchen.«

»Der Lord ist hier?« Etwas in den Worten des Barons ließ Justin eben das befürchten, und die nächsten Worte bestätigten seinen Verdacht.

»Er hat für König Wilhelm gekämpft und tut es auch für seinen Sohn. Trotz seines Alters führt er ein gefährliches Schwert, und wenn Ihr Roselynne Schaden zugefügt habt, so fürchtet seinen Zorn!«

Der Graf hielt dem prüfenden Blick des Barons mit ausdruckslosem Gesicht stand. Roselynnes Vater konnte ihm nicht mehr zürnen als er sich selbst. Er wunderte sich lediglich darüber, dass der Lord seinem Schwiegersohn dieses Verhör überließ. So viel Geduld passte nicht zu Raynal de Cambremer.

»Er weiß nichts davon, dass Ihr in meiner Gewalt seid«, beantwortete Ryan auf Hythe die stumme Frage. »Bildet Euch nur nicht ein, ich wolle Euch vor ihm schützen. Ich tue es für meine Gemahlin. Sie würde ihren aufgebrachten Vater vor den Folgen allzu stürmischer Handlungen gewiss bewahren wollen, und solange ich nicht weiß, ob Ihr den Zorn des mächtigen Seigneurs auch wirklich verdient, werde ich dafür sorgen, dass er nichts von Euch erfährt.«

»Ihr liebt Sophia-Rose?« Justin d'Amonceux wusste nicht, welcher Impuls ihn dazu zwang, diese Frage zu stellen, deren Antwort er ohnehin kannte.

»Mehr als alles andere auf der Welt«, entgegnete der Baron ruhig. »Zweifelt nicht daran, dass ich für sie töten, lügen und sterben würde.«

Gelassene Würde verlieh seiner Entgegnung einen tiefen Ernst und der Normanne bekämpfte einen bitteren Anflug von Neid. Allein, er betraf nicht die längst vergessene Sophia-Rose, sondern ihre jüngere Schwester. Er hatte es versäumt, Roselynne so glücklich zu machen wie Ryan of Hythe seine schöne Gemahlin. Sollte er jetzt dazu beitragen, dass ihre Familie sie weiter bedrängte und noch betrübter machte?

»Das Mädchen hat den Schleier genommen, was wollt Ihr daran schon ändern?«, versuchte er Zeit zum Nachdenken zu gewinnen.

»Eben das will ich mit eigenen Augen sehen und hören«, beharrte der Baron auf seiner Forderung.

»Und? Werdet Ihr den Entschluss am Ende respektieren, den sie getroffen hat, wenn es ihr wahrer Wille ist? Ihr werdet nicht erlauben, dass ihr Vater sie bedrängt, vielleicht sogar zwingt?«

Ryan of Hythe verengte die Augen und musterte den Grafen argwöhnisch. Er konnte nicht sagen, was es war, aber er hatte das deutliche Gefühl, dass er ihm noch mehr als nur den Namen des Klosters verschwieg, in dem Roselynne angeblich lebte.

»Wenn es ihr gelingt, meine Zweifel auszuräumen, ja«, bestätigte er dennoch nach kurzem Zögern.

»Dann begebt Euch zum Kloster der Nonnen von Montivilliers. Die Äbtissin ist meine Tante Laurentine du Gard. Sie hat Roselynne bei sich aufgenommen«, erwiderte der normannische Ritter tonlos.

»Ein Kloster in der Normandie!« Der Baron fuhr sich mit der Rechten unwirsch durch die Haare. »Kein Wunder, dass wir sie in England nicht gefunden haben. Weshalb habt Ihr sie über den Kanal geschleppt?«

»Ich habe sie nicht entführt und auch nicht irgendwohin geschleppt«, verwahrte sich der Graf gegen diesen Vorwurf. »Sie bat mich, ihr zu helfen, und ich fühlte mich verpflichtet, das zu tun. Fragt sie selbst und sie wird es Euch bestätigen. Ich bin es Leid, von aller Welt für einen ruchlosen Schurken ohne Prinzipien gehalten zu werden. Ich habe Fehler gemacht, gewiss. Aber ich hatte zumindest Motive, auch wenn es die falschen waren, und ich bin bereit, die Folgen zu tragen.«

»Man könnte meinen, Ihr legt es darauf an, Euren Hals unter das Schwert des Henkers zu legen«, wunderte sich der Baron.

»Es würde die Sache verkürzen«, entgegnete Amonceux mit jener gefährlichen Ruhe, die den Sachsen so verwirrte. »Was habt Ihr stattdessen mit mir vor?«

»Ihr bleibt in Gewahrsam, bis Roselynne Eure Worte bestätigt hat, danach seid Ihr frei. Ich habe keine Händel mit Euch. Begebt Euch nach Amonceux und lasst Rufus Zeit zum Vergessen. Die Zukunft wird weisen, ob er Euch in Gnaden wieder aufnimmt.«

»Darauf hoffe ich nicht. Ich habe vor der Schlacht eine Urkunde unterzeichnet, die Amonceux mit allen Ländereien, Dörfern, Burgen und Befestigungen der Krone zurückgibt«, erklärte Justin kalt. »Ich nehme an, Rufus findet dieses Papier unter den Nachrichten auf seinem Schreibtisch, wenn er Zeit findet, sich damit zu beschäftigen.«

»Zum Donner, warum?« Ryan of Hythe bemerkte, dass Jacques seine Überraschung nicht teilte. Der Diener des Grafen wusste offensichtlich über diese Urkunde Bescheid. »Was habt Ihr vor?«

»Ich werde ins Heilige Land ziehen. Man braucht dort Schwerter, welche die geweihten Stätten der Christenheit verteidigen«, gab der Verletzte seine Pläne hörbar widerstrebend preis.

Mit einer Mischung aus Respekt und Verblüffung betrachtete Ryan of Hythe den Normannen, der nun die Augen schloss, als hätte er damit alles preisgegeben, was der Sache diente. Wieso hatte er Rufus nicht gesagt, dass er ihm ein Vermögen schenken wollte? »Warum tut Ihr das?«

Die Lider hoben sich noch einmal und gaben einen

eisblauen Blick frei. »Es scheint mir die einzig ehrenwerte Möglichkeit, die mir bleibt. Der König hat mich einen Verräter genannt, und ich kann ihm nicht widersprechen. Ich habe für die falsche Seite die falschen Dinge getan. Es ist an der Zeit, das Richtige zu tun.«

Beeindruckt neigte der Baron den Kopf. Wie seltsam, dass er ausgerechnet in diesem Moment, da sich ihre Wege trennten, nachvollziehen konnte, was Rufus in dem Grafen gesehen hatte. Aber auch, warum sich die ahnungslose Sophia-Rose in jugendlicher Unschuld in dieses Idealbild eines Ritters verliebt hatte. Amonceux mochte seine Mängel haben, aber er zeigte sich als Mann, der dafür einstand und Verantwortung übernahm.

»Ruht Euch aus, bis ich zurück bin«, verabschiedete er sich von seinem Gefangenen. »Wenn Ihr Euren Weg ins Heilige Land nehmen wollt, braucht Ihr nicht nur Gottvertrauen, sondern auch eine stabile Gesundheit.«

Er verließ mit schnellen Schritten die Kammer und Justin begegnete dem Blick seines Milchbruders mit einer merkwürdigen Grimasse. »Mir scheint, Sophia-Rose de Cambremer war doch nicht so dumm und flatterhaft, wie ich geglaubt habe.«

Jacques gab einen undefinierbaren Laut von sich. Er war weder mit den Plänen seines Herrn noch mit seiner fatalistischen Sicht der Dinge einverstanden. In nächtelangen Diskussionen hatte er versucht, seinen Freund daran zu hindern, Vermögen und Lehen einfach aufzugeben. Allein, es war ihm nicht gelungen. Seit sich die Tore des Klosters von Montivilliers für immer hinter der jungen Lady Roselynne geschlossen hatten, war er nicht mehr derselbe.

22. *Kapitel*

Im Kreuzgang des Klosters wechselten sich Schatten und Sonnenflecken ab, und im Innenhof dazwischen flogen die Bienen zwischen den Buchsbaumrabatten von einem Kräuterbeet zum anderen. Ein emsiges Summen erfüllte die windstille Luft, und nur das leise Rascheln von Schwester Roses Kutte war zu hören, als sie mit raschen Schritten am Eingang zum Refektorium vorbeieilte und die Tür zum Raum der Äbtissin öffnete.

»Ihr habt mich rufen lassen, ehrwürdige Mut…«

Das Wort blieb ihr im Halse stecken, als sich der Besucher umwandte, der neben der Tür stand. Er gab einen Laut zwischen Stöhnen und Krächzen von sich und sah aus, als hielte er sie für ein Gespenst.

»Gütige Madonna!«, wisperte auch Roselynne de Cambremer, als sie in die entgleisten Züge ihres Schwagers blickte. Ein vertrautes Mitglied der eigenen Familie in diesen Mauern zu entdecken war das Letzte, mit dem sie in diesem Augenblick gerechnet hatte.

»Was ist geschehen?«, raffte sie sich endlich zu einer Frage auf, nachdem er dem ersten Laut kein Wort hinzufügte.

Aber Ryan of Hythe antwortete immer noch nicht. Er war viel zu sehr damit beschäftigt, das wohlbekannte und doch so fremde Gesicht unter der steifen weißen Haube zu betrachten. Das war nicht mehr das lästige Teufelchen, das mit seinen ständig wechselnden Launen, aufregenden Einfällen und dickköpfigen Verweigerungen die Familie gegen sich aufbrachte. Aus dem quirligen Mädchen war eine erwachsene Frau geworden! Allein, eine Frau, die ihm auf seltsame Weise die Sprache verschlug.

»Der Seigneur ist mit allen Vollmachen Seiner Majestät des Königs bei uns erschienen und fordert, Euch zu sehen, Schwester Rose«, übernahm die Äbtissin würdevoll und in steifer, ungewohnter Höflichkeit die Kontrolle über die Situation. »Ihr kennt ihn?«

»Er ist der Gemahl meiner ältesten Schwester«, bestätigte Roselynne. Sie nahm zwar mit Recht an, dass Ryan of Hythe diese Verwandtschaft bereits erwähnt hatte, aber die Formalitäten erlaubten auch ihr, den ersten Schock zu verarbeiten und sich für das Kommende zu wappnen. Sophias Ehemann war vermutlich nicht aufgetaucht, um ihren frommen Entschluss zu begrüßen. Sie kannte ihn als unerbittlichen Kritiker ihrer kapriziösen Launen, und so, wie er aussah, hielt er auch ihren Entschluss, in ein Kloster zu gehen, für eine kindische Marotte.

»Woher hast du gewusst, wo du mich finden kannst?«, forderte sie als Erstes Aufklärung und vergrub die bebenden Hände in den weiten Ärmeln ihrer dunklen Kutte, damit er nichts von ihrer Erregung bemerkte.

Sie bot ihm das reine, bleiche Antlitz einer von Leid geprüften jungen Frau. Ohne den Schmuck der Haare, nur von weißem Leinen umgeben, war es auf die edle Struktur seines Knochenbaus, die feine Beschaffenheit der Haut und den vollkommenen Schwung von Mund und Nase reduziert. Die blassen Lippen bewegten sich kaum bei ihrer Frage, und in der violetten Tiefe ihrer unverwechselbaren Augen, die ihm als Einziges vertraut erschienen, erkannte er die mühsam errungene Seelenruhe eines Menschen, der zu viel geweint und gelitten hat. Steife Fassung, ohne den Hauch des mutwilligen Lächelns, das alle für sie eingenommen hatte.

»Gütiger Himmel, du bist es wirklich«, murmelte er benommen und ließ die Arme wieder sinken, die er nach ihr ausgestreckt hatte. Sie war nicht mehr das kleine Mädchen, das er wie beabsichtigt umarmen und wütend schütteln konnte. Er stellte fest, dass er nach den richtigen Worten suchen musste.

»Nachdem diese Frage geklärt ist, kannst du mir auch sicher sagen, was dich zu mir führt«, murmelte Roselynne, zwischen Bangen und Ungeduld hin- und hergerissen. Auch sie fühlte sich ungewohnt befangen, denn sie ahnte, dass er entdeckte, wie sehr sie sich gewandelt hatte. Durchschaute er auch die Gründe dafür?

»Das fragst du noch? Deine Eltern sind halb närrisch vor Sorge, deine Schwester grämt sich vor Kummer und der Rest deiner Familie hätte gern gewusst, was du dir dabei denkst, sie alle so zu quälen.«

Im Schutz der Kutte umklammerte Roselynne ihre Unterarme und kämpfte um Haltung. Ihr Ton blieb jedoch gelassen, die Antwort kam leichthin und gab keinen Anhaltspunkt, der verriet, was sie dachte. »Ist es möglich, dass sie meine Nachricht nicht erhalten haben?«

»Deine Nachricht! Ha!«

Die Stirn des Barons rötete sich, aber die Äbtissin musste die Selbstbeherrschung bewundern, die ihn davon abhielt, seine renitente Schwägerin anzubrüllen.

»Deine Nachricht, mein Kind, konnte alles und nichts bedeuten. Sie enthielt kaum einen Gruß, geschweige denn eine Erklärung. Du hättest sie möglicherweise auch unter Zwang schreiben können oder weil du keinen anderen Ausweg sahest.«

Roselynne hob unmerklich das Kinn und schenkte Ryan of Hythe ein leichtes Lächeln. Jetzt, mit den geschärften Sinnen ihres eigenen Leids, begriff sie, was ihre Schwester für diesen Mann fühlte. Er verdiente wenigstens einen Teil der Wahrheit.

»Sag ihnen, dass ich sie um Verzeihung bitte. Wenn ich die richtigen Worte gefunden hätte, dann hätte ich sie geschrieben. So kann ich mich nur auf Tatsachen beschränken, die ich dir gern von Angesicht zu Angesicht wiederhole. Ich habe meinen Frieden an diesem heiligen Ort gefunden.«

Ihre ruhige, noble Erscheinung bestätigte diese Worte auf eindrucksvolle Weise.

»Du hast wirklich den Schleier genommen?«

Roselynne wagte nicht zu lügen. Sie hatte genügend Schuld auf sich geladen. Inzwischen schreckte sie vor jeder weiteren Unwahrheit zurück.

»Ich werde die Gelübde im kommenden Sommer sprechen. Im Augenblick bin ich noch Novizin dieses Klosters, aber denk nicht, dass ich in meinem Entschluss wankend werde.«

Hilflos wandte sich der Ritter an die ältere Klosterfrau, die den Disput in einer Mischung aus Staunen und Resignation verfolgte. »Könnt Ihr das zulassen, ehrwürdige Mutter? Sie ist die Tochter eines Edelmannes!«

»Viele meiner Mitschwestern stammen aus noblen Häusern«, entgegnete die Klosterfrau eine Spur empört. »Aber wisst Ihr denn nicht, dass der Himmel unterschiedslos *jede* Seele aufnimmt, die sich entschließt, ihr Leben der Armut und dem Gebet zu widmen?«

»Herrgott noch mal«, wandte sich Ryan of Hythe in seiner Ratlosigkeit gereizt wieder an Roselynne, und es schwang keine christliche Demut in seinen Worten. »Nenn mir einen Grund, weshalb ich glauben soll, dass du wirklich meinst, was du sagst! Hast du vergessen, wie gern du lebst? Wie viel Freude du empfindest, wenn du die Kinder deiner Schwester in den Armen hältst? Willst du wirklich darauf verzichten, selbst Gattin und Mutter zu werden?«

Es war das falsche Argument. Er sah es daran, wie das blasse Gesicht versteinerte und die schmale Gestalt ein wenig schwankte. Auch die Äbtissin hatte unwillkürlich die Hand gehoben. Alles gemeinsam veranlasste ihn dazu, Roselynne ein zweites Mal und noch genauer anzusehen. Nicht nur das makellose Antlitz, sondern auch die ganze Person zu betrachten, die in der riesigen, düsteren Kutte fast verschwand. Trotz allem strahlte sie ein heimliches Leuchten aus, das sie vorher nie besessen hatte. Eine frauliche Wärme, eine verwirrende sanfte Entschiedenheit, die ihn seltsamerweise an seine schöne Gemahlin erinnerte.

Sophia-Rose verströmte die gleiche Bestimmtheit, gepaart mit nachsichtiger Geduld, wenn sie sich Rufus zuwandte, dem Ältesten seiner wachsenden Kinderschar. Einem Knaben, der ein Koboldlächeln mit dem Temperament eines durchgehenden Pferdes verband. Sie liebte alle ihre Kinder, aber Rufus besaß einen besonderen Platz in ihrem Herzen. Dabei war sie nie schöner als in jenen Augenblicken, wenn sie ihm einmal mehr mitteilte, dass die leidenschaftliche Liebe, die sie verband, erneut Früchte getragen hatte.

Die Ahnung, dass auch Roselynnes Leuchtkraft aus einer derartigen Quelle gespeist sein könnte, verdichtete sich schlagartig zur Gewissheit. Allein die Art, wie sie die Arme schützend vor dem Leib gefaltet hatte, sprach Bände. Sie hatte sehr wohl einen Grund, die Augen ihrer Familie zu meiden!

»Du dummes Kind.« Er atmete tief durch und tat endlich, was er sich zu Beginn dieses Treffens verboten hatte: Er nahm die stumme Novizin in seine Arme. »Denkst du, die Deinen machen dir einen Vorwurf, weil du entführt worden bist? Wenn jemand Schuld trägt, dann sind es dein Vater und ich, denn wir haben versäumt, in Winchester für deine Sicherheit zu sorgen. Hab keine Angst, du musst deine Schande nicht hinter Klostermauern verstecken.«

»Welche Schande?«, wehrte sich Roselynne steif gegen die brüderliche Umarmung. »Was redest du für närrisches Zeug?«

»Nun, das Kind, zum Donner«, rief Ryan, nun seinerseits verdrossen über ihre Sturheit. »Du erwartest doch ein Kind! Wag es nicht zu leugnen, es steht dir im Gesicht geschrieben.«

»Woher …« Roselynne brach ab. Was hatte es schon für einen Sinn, die Tatsachen zu bestreiten? Ihre Schwester hatte ihm längst Kinder geschenkt. Vermutlich kannte er die äußeren Anzeichen einer Schwangerschaft besser als sie selbst.

»Der verfluchte Schotte hat dir Gewalt angetan, der Teufel soll ihn holen!« Für den Baron schienen alle Fragen gelöst, und er konnte sich das merkwürdige Gesicht Roselynnes nicht erklären, die so aussah, als hätte sie gerade einen fauligen Apfel auf ihrem Teller gefunden. »Keine Angst, du wirst gerächt werden. Sobald wir nach Norden ziehen, wird Robert Duncan erfahren, was es heißt, eine Tochter des Rosenturms zu beleidigen.«

Die Äbtissin räusperte sich mahnend, ehe sie das Wort ergriff. »Dies ist weder die Zeit noch der Ort für Racheschwüre, Seigneur. Eure Schwägerin hat sich entschlossen, zu verzeihen und zu büßen. Es wäre gut, wenn Ihr dies respektieren würdet.«

»Aber sie kann unmöglich hier bleiben«, brauste Ryan of Hythe hartnäckig auf. »Dies ist ein Kloster und keine Kinderstube.«

»Das hast nicht du zu entscheiden«, erwiderte Roselynne ruhig und befreite sich aus seinen Armen.

»So nimm doch Vernunft an.« Ein Unterton von Verzweiflung schlich sich in die Stimme des Barons. »Begib dich wenigstens in die Obhut deiner Mutter. Dieses Kind, das du erwartest, trägt keine Schuld an den Ereignissen. Bestraf es nicht, indem du es mit Waisen und Findelkindern aufwachsen lässt. Es ist trotz allem von edlem Blut!«

»Du hast nichts damit zu schaffen. Vergiss dieses Kind!«, forderte Roselynne knapp.

»Das kann ich nicht!«, brüllte der Edelmann, nun endgültig aus der Fassung gebracht. »Willst du keine Vernunft annehmen?«

Roselynne sah das amüsierte Funkeln in den Augen Mutter Laurentines und wusste, dass die Äbtissin die

Worte wieder erkannte, die sie selbst schon so oft zu diesem Thema gesagt hatte. Nur mit dem Unterschied, dass sie nicht vom namenlosen Bastard eines Schotten sprach, sondern vom Erben des Hauses Amonceux.

»Es wird ohnehin ein Mädchen«, schleuderte sie allen beiden in plötzlich erwachtem Zorn an den Kopf. »Seit wann kümmern sich die Männer darum, was aus Töchtern und Frauen wird?«

Ryan of Hythe wunderte sich im Gegensatz zu Mutter Laurentine nicht über Roselynnes Wissen. Er hatte sich daran gewöhnt, dass die Töchter des Rosenturms Dinge erkannten und sagten, die nicht mit Vernunft zu erklären waren. Seine Wut flaute ebenso schnell wieder ab, wie sie aufgeflammt war. Er rieb sich mit zwei Fingern die steile Falte an seiner Nasenwurzel und seufzte resigniert. »Kannst du mir sagen, wie ich all das deiner Familie erklären soll?«

»Es tut mir Leid.« Roselynne begriff sehr wohl, dass sie ihn vor eine unlösbare Aufgabe stellte. »Ich nehme an, du bist mit dem König gekommen. Sind die Kämpfe vorbei? Wie hast du erfahren, dass ich in Montivilliers bin?«

Erst jetzt dachte sie wieder daran, ihrerseits Fragen zu stellen, und der Baron beantwortete sie bereitwillig. »Die Friedensverhandlungen finden in Rouen statt, und Robert wird vermutlich alles unterschreiben, was ihm sein Bruder diktiert. Damit er auch kompromissbereit bleibt, hat Rufus die ersten Männer seines Adels als Geiseln genommen. Justin d'Amonceux war unter ihnen.«

»O Gott! Er ist in Rufus' Gewalt? Dann hat er herausgefunden, dass ...« Roselynne brach ab und presste die Hand auf den Mund. Wenn der König bei dieser Gelegenheit Justins Verrat entdeckt hatte, gab es nur ein einziges Urteil. Sie war so in Sorge, dass ihr gar nicht bewusst wurde, wie viel sie mit diesem Gefühlsausbruch verriet.

Der Baron von Aylesbury hingegen starrte ungläubig in die riesigen veilchenfarbenen Augen, die von bläulichen Schatten umgeben waren und wirre Panik spiegelten. In seinem Kopf begannen sich die Informationen, die er über Amonceux und die Entführung seiner Schwester besaß, zu einem völlig neuen Muster zu ordnen.

»Er war es, der dich aus den Händen der Schotten befreite, wie ich vernahm«, wählte er seine Worte mit Bedacht. »Du hast es nicht für nötig gehalten, ihn zu erwähnen. Gibt es dafür einen besonderen Grund?«

Roselynne schüttelte stumm den Kopf und senkte viel zu spät die Lider.

Mutter Laurentine stellte währenddessen die Frage, die ihr selbst in der Kehle stecken blieb. »Ist mein Neffe zu Schaden gekommen?«

»Wenn man von ein paar Schrammen in der Schlacht und ein paar Unbequemlichkeiten der Unterkunft absieht, würde ich sagen, nein«, entgegnete Ryan of Hythe.

»Er hat sich unterworfen?« Sogar Roselynne schien das nicht vorstellbar. »Oder hat ihn der König begnadigt?«

»Keines von beiden«, erwiderte der Baron langsam. »Der Seigneur strebt kein Leben bei Hofe an. Er will sich den Rittern im Heiligen Land anschließen, die dort die Stätten der Christenheit gegen die Sarazenen verteidigen. Er hat sein Lehen und sein Vermögen der Krone überstellt und wird aufbrechen, sobald seine Haft aufgehoben wird. Ich werde mich beim König dafür einsetzen, immerhin schulden wir ihm deine Freiheit.«

»Gütige Madonna!« Die Äbtissin bekreuzigte sich im ersten Schock, aber Roselynne fuhr mit einem Ruck zu ihrem Schwager herum.

»Er will sich von den Heiden umbringen lassen? Was für eine sinnlose Narretei! Wie typisch für ihn, in seinem dummen Stolz auf einen so törichten Ausweg zu verfallen. Du darfst nicht zulassen, dass er das tut.«

Die unerwartet temperamentvolle Rede verriet ihm endlich, dass er es tatsächlich mit Roselynne de Cambremer zu tun hatte und nicht mit Schwester Rose. Ihre Augen flammten und sie bebte vor … ja, was waren das für Gefühle, die er plötzlich in ihren Augen las? Angst? Verzweiflung? Erbitterung? Trauer? Auf jeden Fall war es ein Aufruhr der leidenschaftlichsten Emotionen, der in flehend erhobenen Händen gipfelte.

»Was in drei Teufels Namen bedeutet dir Justin d'Amonceux?«, knurrte der Baron und versuchte den unangenehmen Verdacht abzutun, der in seinem Bewusstsein langsam zur Gewissheit wurde.

»Er ist der Mann, den ich liebe«, antwortete Roselynne ohne Umschweife und mit einem Stolz, der seiner Meinung nach einer besseren Sache würdig gewesen wäre.

»Der Vater deines Kindes«, fasste Ryan of Hythe auch das Ungesagte in Worte. »Weiß er das?«

»Natürlich nicht«, rief Roselynne empört. »Und du wirst es ihm auch nicht sagen, schwör mir das!«

»Ich denke nicht daran! Er muss dich heiraten und diesem Kind seinen Namen geben.«

»Nein!« Roselynne packte heftig den Arm des Barons und suchte ihn mit Blicken zu beschwören. »Gib mir dein Wort, dass du schweigst. Versprich es mir bei der Liebe, die du für meine Schwester empfindest, und auf die Köpfe deiner Kinder!«

»Schwester Rose, bitte …«

Keiner von beiden achtete auf den besorgten Einwurf der Äbtissin. Ganz im Bann des violetten Blickes, versuchte der Baron herauszufinden, wie ernst es der jungen Frau mit dieser Drohung war.

»Er schuldet dir zumindest seinen Namen«, knurrte er in halber Kapitulation. »Danach kann er sich meinetwegen im Heiligen Land von den Sarazenen massakrieren lassen. Ich werde dem Schurken keine Träne nachweinen. Was hat er sich dabei gedacht, einer Ehrendame der Prinzessin die Jungfernschaft zu rauben?«

»Ich habe sie ihm geschenkt«, antwortete Roselynne schlicht. »Ich habe darauf gewartet, seit er kam, um meine Schwester zu freien. Es hat nie einen anderen Mann für mich gegeben.«

Ryan of Hythe knirschte mit den Zähnen. Wenn Roselynnes Gefühle nur halb so ausschließlich und leidenschaftlich waren wie die seiner eigenen Gemahlin, dann war jede Diskussion sinnlos. Er verzichtete auf neuerlichen Widerspruch und drehte den Spieß um. »Wenn das so ist, dann lass diesen Unsinn mit dem Kloster und heirate den Schurken, ohne den du nicht leben kannst.«

»Mir liegt an ihm, aber ihm nicht an mir«, korrigierte die junge Frau tonlos. »Deswegen werde ich auch nicht dulden, dass meine Familie irgendeine Art von Zwang auf ihn ausübt. Ich will keinen Mann, der mit dem Dolch vor den Altar getrieben wird.«

»In dem Fall wird man dich nicht groß fragen, mein Fräulein«, entgegnete der Ritter unbeeindruckt. »Wenn dein Vater erst einmal erfährt, was hinter all diesem Durcheinander steckt ...«

»Kein Wort, Ryan of Hythe!« Roselynne straffte die Schultern und trotzte dem Gemahl ihrer Schwester mit der ganzen Macht ihres beträchtlichen Willens. »Ich werde im Sommer mein Gelübde ablegen und damit hat sich's. Niemand wird mich davon abhalten, weder du noch mein Vater!«

»Und dein Kind? Meinst du nicht, dass der Vater dieses Kindes auch ein Wörtchen zu sagen hat? Du bestimmst über sein Blut.«

Roselynne holte tief Atem und sah ihrem Schwager direkt in die sommerblauen Augen. »Du weißt, was es heißt zu lieben. Denkst du, ich würde Mitleid, Pflicht, Gehorsam oder Gewalt gegen ein solches Gefühl eintauschen wollen? Er hat nie gelernt zu lieben. Belassen wir es dabei. Ich habe nicht das Recht, ihn deswegen anzuklagen oder zu quälen. Ich wünsche ihm das bisschen Frieden, das er finden kann. Nur leben soll er, nicht sterben … Schwör mir, dass kein Mann unserer Familie das Schwert gegen ihn erheben wird.«

Bezwungen von dem tiefen Schmerz in ihren Augen, leistete Ryan of Hythe diesen Schwur. Aber als Roselynne nach einem letzten Gruß aus dem Raum eilte, suchten seine Blicke die Äbtissin, die seit geraumer Zeit schwieg.

»Das kann doch nicht das Ende sein«, murmelte er verzagt.

»Nein.« Die Klosterfrau hob das Kinn und schüttelte seufzend den Kopf. »Ich hoffe, das ist es nicht. Vor allen Dingen, nachdem Ihr Euch freundlicherweise bereit erklärt habt, meinen Neffen nicht zu töten.«

»Ich habe das geringste Recht, ihm zu schaden«, antwortete der Ritter schuldbewusst. »Ich habe ihm die Frau genommen, die er einmal zur Gemahlin auserkoren hat. Meine Hände sind durch eigenes Unrecht gebunden. Aber da ist noch der Lord of Hawkstone und nicht zuletzt Seine Majestät, der König. Beide sind auf ihre Art dieser jungen Frau eng verbunden, und beide werden nicht dulden, dass sich Amonceux seiner Pflicht entzieht, egal wie Roselynne selbst darüber denkt.«

»In diesem Punkt sind wir alle einer Meinung«, antwortete die Äbtissin zur höchsten Verblüffung des Edelmannes. »Setzt Euch endlich, wir haben eine ganze Reihe von Dingen miteinander zu bereden, wenn wir diese Dickköpfe vereinen wollen.«

Der Baron von Aylesbury beugte sich der unzweifelhaften Autorität der Dame, und was sie ihm danach auseinander setzte, ließ ihn breit und strahlend lächeln.

23. *Kapitel*

Das Wams saß locker an der hoch gewachsenen Gestalt. Die Tage der Gefangenschaft und des Fiebers hatten Justin Hagerkeit und ungewohnte Kanten verliehen, wo zuvor Muskeln gewesen waren. Das silberblonde Haar energisch gekürzt und jedes Barthaar abrasiert, wirkte auch das Antlitz eckiger, härter und fremder, als es ihm je aus einem Spiegel entgegengeblickt hatte.

Sicher trug auch die rötliche Narbe daran Schuld, die auch nach dem Heilungsprozess als scharfes Mal Schläfe und Wange zerschnitt. Es war ein neues Gesicht für einen neuen Mann, und Justin d'Amonceux begrüßte die Veränderung auf seltsame Weise. Er verkörperte nicht länger die makellosen Tugenden und herzlosen Werte, die ihm von Jugend an eingehämmert worden waren. Oberflächlicher Glanz, Macht und Einfluss hatten ihren Reiz für ihn verloren, seit er Wichtigeres entdeckt hatte.

Die Fähigkeit, sich ehrlich in das eigene Gesicht zu blicken, beispielsweise. Den Mut, die Dinge anzuerkennen, die er fühlte, und die brennende Reue um all die sinnlos vertane Zeit, die verschwendeten Möglichkeiten und die herzlosen Fehler, die er begangen hatte, ohne sich um die Folgen zu kümmern. Er war nicht länger stolz auf sich selbst. Es gab nichts, worauf er hätte stolz sein können.

Ryan of Hythe stand schon geraume Zeit in der Bogentür des kleinen Gemachs, ohne den Bewohner der vier Wände zu stören. Im Gegensatz zu ihm selbst hatte er sich noch nicht entschieden, wie er künftig Justin d'Amonceux begegnen sollte. Er zürnte ihm zwar heftig, aber gleichzeitig war da auch ein gerüttelt Maß an Mitgefühl und Verständnis. Es war alles andere als leicht, den verführerischen Töchtern des Lords von Hawkstone zu widerstehen.

Im Grunde konnte er ihm nicht vorwerfen, was er getan hatte, aber er war ihm böse, dass er sich so feige vor den Konsequenzen seiner Tat drückte. Wie konnte er Roselynne einfach hinter Klostermauern abschieben und sie aus seinem Leben streichen? Auch wenn er von dem Kind nichts wusste, erschien sein Verhalten ihm ehrlos, herzlos und dumm.

Aber war ein Mann ehrlos, der sein Leben für das Heilige Land opfern wollte? Herzlos, wenn er durch das halbe Königreich hinter einer entführten Edeldame herjagte, und dumm, wenn er den Weg der Vorsicht wählte und sie künftig mied?

»Ich sehe, Ihr seid bereit«, gab er sich selbst einen Stoß und trat vollends in den Raum. »Dies ist das Dokument, das Euch die Freiheit und die Möglichkeit schenkt, mit ihr zu tun, was Euch in den Sinn kommt.«

Der Graf von Amonceux starrte den Baron von Aylesbury an und ignorierte das zusammengerollte Pergament mit dem deutlich sichtbaren Siegel des Königs. Er kannte ihn mittlerweile gut genug, um hinter seinen Worten eine Menge Ungesagtes herauszuhören. Seine Freiheit war an Bedingungen geknüpft, daran hatte er nie gezweifelt.

»Wollt Ihr es nicht lesen?«, erkundigte sich der Sachse, gereizt von so viel Schweigen.

»Sagt mir, was ich tun muss, damit ich es hinter mich bringen kann«, forderte der Normanne, ohne mit der Wimper zu zucken.

»Es wird Euch nicht gefallen«, warnte der Baron bedächtig.

»Das ist mir klar, seit Ihr aus Montivilliers zurück seid«, nickte seine Geisel. »Es hat Euch nicht gefallen, was Ihr vorgefunden habt. Ihr dürstet nach Rache, wenngleich mich ehrlich verwundert, dass der Lord von Hawkstone noch nicht Wut schnaubend auf meiner

Schwelle steht. Ich hatte angenommen, es wäre ihm ein besonderes Vergnügen, mir das Messer an die Kehle zu setzen.«

»Er ist mit Befehlen des Königs über den Kanal nach Hause gesegelt«, entgegnete Ryan betont neutral. »Seine Majestät hat geruht, ihn und seine Männer frei zu geben. Hawkstone braucht jede Hand für Saat und Ernte. Der englische König besitzt nur ein sehr kleines stehendes Heer. Im Kriegsfall sind die normannischen Edelmänner und die sächsischen Thane verpflichtet, ihm je nach Größe ihres Lehens Bewaffnete zu stellen und dieselben auch auszurüsten. Dies ist nun jedoch kein Kriegsfall mehr.«

»Ist diese Abreise Euer Werk? Habt Ihr ihm nichts von Eurem Besuch bei Roselynne gesagt?« Der Graf musterte ihn aus schmalen, neugierigen Augen. »Wenn ja, frage ich mich warum. Was führt Ihr im Schilde?«

»Es gibt einen Befehl des Königs, den Ihr zu erfüllen habt, damit Ihr dieses Dokument erhaltet«, überging der Baron eine direkte Antwort. »Er hat darüber entschieden, was mit dem größten Teil Eures Vermögen und mit Eurem Lehen passieren soll. Er fordert Euer Wort, dass Ihr ohne Widerspruch tut, was er verlangt.«

»Wenn es mit meinem christlichen Gewissen und meiner Ehre zu vereinbaren ist, so gebe ich mein Wort.«

Der Normanne verzog keine Miene, und die kristallklaren Augen schienen bar jeden Gefühls und jeder menschlichen Regung. Leblose Glasmurmeln, mit der schwarzen Pupille in ihrem Mittelpunkt.

»Eure Ehre wird nicht angetastet«, versprach der Baron ebenso kühl. »Ihr habt eine Edeldame zur Gemahlin zu nehmen, die Euch der König ausgesucht hat und die Euren Namen und Euer Vermögen erhält. Euch ist indes nicht gestattet, aus dieser Ehe Vorteile zu ziehen. Ihr seht die Dame nur vor dem Altar, danach trennen sich Eure Wege für immer. Weder ist es Euch erlaubt, das Leben noch das Lager mit ihr zu teilen.«

»Welche Edeldame?«

»Das ist nicht von Interesse. Schwört – oder ich übergebe Euch dem Henker.«

»Wie raffiniert von Rufus.« Ein geisterhaftes, aber anerkennendes Lächeln zuckte um die feinen Mundwinkel des Grafen. »Ich beuge mich dem Plan eines meisterlichen Strategen.«

»Was wollt Ihr damit sagen?«

»Nichts. Ich durchschaue lediglich den genialen Plan. Rufus vermeidet auf diese Weise, als Dummkopf dazustehen, der einen Spion des Bruders am eigenen Hofe empfangen und mit Freundschaft ausgezeichnet hat. Vermutlich muss ich eine seiner zahllosen Schwestern heiraten, die bereits verwitwet und vertrocknet sind. Auf diese Weise kommt er in den Genuss meiner Liegenschaften und meines Vermögens und gibt sich gleichzeitig den Anschein, ich hätte für ihn und diese fabelhafte Partie die Fronten gewechselt. Jetzt belohnt er mich und bedauert sicher in aller Öffentlichkeit, dass ich mich entschieden habe, mein Leben zum Wohl der Christenheit zu opfern. Er wird Krokodilstränen unsäglicher Erleichterung vergießen, wenn er die Nachricht erhält, dass es mir gelungen ist.«

»Gott behüte!« Ryan fuhr sich in einer Geste durch die Haare, die seine Gemahlin auf der Stelle als Ratlosigkeit entlarvt hätte. »Sind das die verschlungenen Wege Eures Gehirnes? Ihr seht mich verblüfft!«

»Zufrieden dürfte das geeignetere Wort sein, oder täusche ich mich?«

»Spart Euch Euren Spott«, knurrte der Sachse unwillig. »Leistet Euren Eid, und wir reiten zu dieser Farce von einer Eheschließung. Ich kann nicht sagen, dass ich mehr erfreut darüber bin als Ihr. Müsste ich mich nicht besseren Argumenten beugen, ich sähe Euch viel lieber am Galgen als vor diesem Altar, das dürft Ihr mir glauben.«

Justin d'Amonceux hob in spöttischer Zustimmung

die Schultern, aber da ihm die Geste Schmerzen bereitete, entbehrte sie der üblichen Eleganz.

»Reicht mir Euer Schwert, damit ich mein Wort auf das Kreuz schwören kann, das sein Schatten wirft«, fügte er sich den Befehlen. »Ich wüsste nicht, was es für einen Sinn haben sollte, gegen den Wunsch Seiner Majestät zu opponieren. Ich werde mich persönlich darum bemühen, dass er die wohlhabende und in Kürze verwitwete Dame an einen seiner Gefährten verheiraten kann.«

Die völlige Gleichgültigkeit, mit der sich der Normanne in den Pakt fügte, verärgerte den Baron ungemein. All die Winkelzüge, die er ersonnen hatte, um den Lord von Hawkstone aus dem Weg zu schaffen, den König zu beruhigen und alles Nötige zu veranlassen, schienen ihm plötzlich nichtig und albern. Er hatte sich von Mutter Laurentine in ein Komplott einbinden lassen, das ihm immer mehr missfiel. Warum waren eigentlich so viele Geheimnisse und Lügen nötig, um eine Ehe zu schließen, die Anstand und gute Sitten ohnehin forderten?

»So schwört!« Mürrisch hob er das Schwert und Justin d'Amonceux legte die langen, rassigen Finger seiner Rechten auf den geschliffenen Smaragd, der das Ende des Griffes verzierte.

»Ich schwöre bei den schäbigen Resten meiner Ehre, die Dame zu heiraten, die der König für mich ausgewählt hat und sie danach von meiner Person und meiner Gegenwart zu befreien. Genügt das? Die Ehre meiner Familie oder gar die meines Vaters zu beschwören würde dem Eid nur Abbruch tun. Beide sind nicht das, was man gemeinhin von ihnen denkt.«

Die Wut des Barons verrauchte unter dem Anflug der heißen Qual, der kurz in den Augen des Normannen aufflackerte. Auch er hatte unter der Macht eines dominanten Vaters gelitten, und nicht das erste Mal bedauerte er, dass das Schicksal es nicht erlaubte, dass sie

Freunde wurden. Zum Donner, langsam wurde er so launisch wie das Fräulein, für das er all diese Ränke schmiedete.

»Ich vertraue Euch«, murmelte er grimmig. »Kommt mit und erinnert Euch an diesen Eid, wenn Ihr feststellen solltet, dass Euch etwas nicht passt.«

Es hörte sich an wie eine Warnung, aber der Graf hatte keine Lust, darauf zu hören. Die Erde der Normandie brannte unter seinen Füßen.

»Du musst es tun, es ist der Wille des Königs!«

Mutter Laurentine umklammerte die Kanten des geschnitzten Betstuhls, als könnte sie aus der Berührung des frommen Möbels Kraft ziehen. Es war keine direkte Lüge, die sie aussprach, und dennoch hatte sie ein unbehagliches Gefühl. Sie verdrehte die Wahrheit, und eigentlich war das eine Sünde. Wenn auch eine, die sie leichten Herzens auf sich nahm und für die sie gern büßen wollte.

Roselynne starrte auf die steifen Schriftzüge des Briefes, den ihr die Mutter Oberin gegeben hatte. Der Befehl war knapp und unmissverständlich. Seine Majestät drückte sein königliches Missfallen über ihre Eigenmächtigkeiten aus. Sie hatte es gewagt, sich seinem Einfluss zu entziehen, obwohl sie nie offiziell aus den Diensten seiner Schwester entlassen worden war. Er pochte auf sein Recht, über ihr Leben zu bestimmen, und alles in ihr drängte danach, zu protestieren und sich dagegen zu verwahren.

Aber da war noch ein weiterer Absatz in diesem Brief, der sie innehalten ließ und jeden Protest in ihrer Kehle erstickte.

»Ich lege es in Eure Hände«, hatte Rufus in seiner üblichen Schroffheit dem Schreiber diktiert. »Brecht den Stab über ihn, dann wird er dem Henker ausgeliefert und sühnt für seinen Verrat. Indes will ich nicht versäumen, dieses Leben wenigstens zur Lösung Eurer

Schwierigkeiten anzubieten. Heiratet ihn. Der Titel der Gräfin von Amonceux ist wertvoll genug, um jeden noch so versteckten Skandal zu tilgen. Auf diese Weise wäre er wenigstens noch zu etwas Nutze. In diesem Fall wäre ich damit einverstanden, das Todesurteil in lebenslange Verbannung umzuwandeln. Wie auch immer Ihr Euch entscheidet, Ihr tut es in meinem Namen und müsst keinen Vorwurf fürchten.«

Roselynnes fest zusammengepressten Lippen entschlüpfte ein Seufzer, der bei Mutter Laurentine ein Echo fand. Auch sie war sehr erschrocken darüber, mit welcher Rücksichtslosigkeit König Rufus über ein Leben entschied. Wie würde das Mädchen entscheiden? Wie senkte sich die Waagschale zwischen Hass und Liebe?

Die junge Frau ahnte, was in der Klosterfrau vorging. Unwillkürlich berührte sie die Wölbung ihres Leibes, die unter der Kutte zwar nicht zu sehen war, deren Gewicht aber von Tag zu Tag schwerer wurde. Glaubte sie denn allen Ernstes, sie würde den Vater dieses Kindes dem Henker ausliefern?

»Ich könnte dich nicht einmal schelten«, hörte sie die Nonne auf ihre stumme Frage antworten. »Es wäre nur menschlich, wenn du die Gelegenheit zur Rache wahrnähmest.«

»Welches ist denn die Rache?«, entgegnete Roselynne mit einer Klarheit, die sie selbst erstaunte. »Begreift Ihr es nicht, ehrwürdige Mutter? Er wünscht sich den Tod. Er ist an der eigenen Ehre gescheitert, und alles, was er tut, ist für ihn nur noch Stückwerk. Es steckt eine Verzweiflung in ihm, in der alle Freude und alles Licht wie in einem Morast versinken. Ich habe diese finstere Qual gespürt, aber ich wusste nicht, dass sie eine Warnung vor meinem eigenen Schicksal sein sollte. Er wäre zum ersten und einzigen Male mit meinem Handeln einverstanden, wenn ich diesen Stab breche, den der König in meine zitternden Hände legt.«

»Heilige Mutter Gottes, du weißt nicht, was du sagst, Kind!«, rief die Äbtissin entsetzt.

»Ich weiß es nur zu gut, ehrwürdige Mutter. Ihr seht es um des Kindes willen gern, wenn diese Ehe geschlossen wird, das ist mir klar. Aber mich stellt der König vor die schreckliche Wahl zwischen dem Wohl des Kindes und dem seines Vaters. Wenn ich ihm meine Hand reiche, wird er mich auf ewig hassen, weil er denken muss, dass ich es aus niedrigen Gründen tue!«

»Dann sag ihm endlich, dass du sein Kind trägst«, verlor die Äbtissin ihre Geduld. »Wenn's nicht dein Schwager ohnehin schon getan hat.«

»Nein«, Roselynne schüttelte den Kopf mit der weißen Haube. »Er hat mir sein Wort gegeben, und darauf kann ich mich verlassen. Justin darf nie von dem Kind erfahren. Er würde nicht glauben, dass er der Vater ist, aber er würde um der Ehre willen und ohne jedes Gefühl an meiner Seite bleiben. Denkt Ihr, das will ich ihm zumuten? Das Einzige, was ich ihm geben kann ist die Freiheit, im ehrenhaften Kampf zu fallen. Ich hätte nie gedacht, dass ich ihn einmal in den Tod schicken werde.«

»Ich begreife dich nicht. Du sagst, du liebst ihn. Was ist das für eine Liebe, die ihn fortschickt?«, beschwerte sich Laurentine du Gard verbittert.

»Eine Liebe, die nichts fordert, nichts verlangt, sondern nur gibt«, wisperte Roselynne mit erstickter Stimme. »Ist es nicht genau das, was die Bibel uns zu tun befiehlt, ehrwürdige Mutter?«

Es missfiel der Mutter Oberin, auch noch mit solchen Argumenten zum Schweigen gebracht zu werden. Die junge Frau sah es an den verkniffenen Falten um ihren Mund und an der Weise, wie sie die Hände rang.

»Versucht mich zu verstehen«, bat sie flehentlich. »Ihr wisst, was Justin zu dem Mann gemacht hat, der er ist. Denkt Ihr, er würde einer Frau vertrauen? Es ist zu viel zwischen uns geschehen, wir können nicht mehr zurück. Wir haben beide den Augenblick der Wahrheit verstreichen lassen und uns zu schlimm verletzt.«

Sie griff nach dem Brief des Königs und faltete ihn sorgsam. Die Äbtissin fragte sich unwillkürlich, was sie damit tun wollte. Ihn für das Kind bewahren, von dem sie so hartnäckig behauptete, es würde ein Mädchen? Wenn ja, dann wurde es die Erbin eines Vermögens und wie seine Mutter ein machtloses Pfand in der Hand von Königen und Fürsten. Durfte man einem geliebten Menschen ein solches Los wünschen?

»Ich benötige ein Gewand«, riss Roselynne die Klosterfrau aus ihren Überlegungen. »Am besten eine Tunika, die gerade fällt und weit geschnürt werden kann, sowie einen weiten Umhang. Ich kann nicht im Nonnenhabit vor den Altar treten.«

»Nun, wenn du keine modischen Finessen verlangst, werden wir etwas für dich finden«, erhob sich Mutter Laurentine von ihrem Betstuhl. »Immerhin können wir dafür sorgen, dass du wie eine Gräfin Amonceux aussiehst und nicht wie eine Bettlerin.«

Roselynne schwieg. Ihr ging es lediglich darum, dass die Falten dieses Gewandes ihren Zustand verbargen. Wenn sie sich wenigstens für die Zeit der Trauung schnürte, konnte sie ihr Geheimnis unter Mengen von Stoff verbergen. So wie sie ihre Gefühle für den Vater dieses Kindes in den Tiefen ihrer verletzten Seele verstecken musste.

24. Kapitel

»Das ist nicht Euer Ernst!«

Der Graf von Amonceux zügelte sein Pferd an der Wegkreuzung und warf dem Reiter an seiner Seite einen düsteren Blick zu. Sie hatten einen scharfen Ritt hinter sich und ihre Begleiter waren schon vor Stunden zurückgefallen. Sie würden sich am Ziel wieder sehen.

Ryan of Hythe, der nur einen leichten Harnisch unter dem Waffenrock trug und dessen blonde Mähne in der Sonne glänzte, verzichtete darauf, sich ahnungslos zu stellen. Er hatte eine zu hohe Achtung vor der Intelligenz des Mannes, den er eskortierte, um mit dergleichen Zeit zu verschwenden, und wartete bereits seit ein paar Meilen auf diese verdrossene Reaktion.

»Mit ein wenig Nachdenken hättet Ihr es von selbst herausfinden können«, erwiderte er provozierend. »Denkt Ihr, der König erlaubt, dass Ihr Roselynne zum zweiten Male entführt, ohne dafür gerade stehen zu müssen? Natürlich werdet Ihr das Mädchen heiraten.«

»Sie hat den Schleier genommen«, zügelte Justin den wilden Zorn, der angesichts dieser Tücke in ihm aufglomm. »Wollt Ihr Euch auch mit dem Papst anlegen? Das hieße einen Skandal mit dem nächsten bekämpfen.«

»Sie ist Novizin und hat noch kein bindendes Gelübde abgelegt. Ihr sorgt Euch umsonst. Und nun kommt, ich würde die Angelegenheit gern hinter mich bringen. Ihr habt Euer Wort gegeben, dem Befehl des Königs zu folgen.«

»Welch segensreiche Verquickung von Ehrenrettung und Geschäftssinn«, spottete der Graf ärgerlich. »Oder müsst Ihr Euch die Beute mit Rufus teilen? Vielleicht legt er Wert auf das Dorf und die Burg von Luthais, sozusagen als Erinnerung an mich.«

»Ich denke nicht, dass Ihr Anlass habt, unseren König zu verhöhnen, Seigneur«, entgegnete der Baron von Aylesbury steif. »Die Tat, die diese Folgen nach sich zieht, habt Ihr schließlich selbst begangen. Ihr hättet das Mädchen nur zurück nach Winchester bringen müssen.«

Der Normanne presste die fein geschwungenen Lippen schmal aufeinander, und die Narbe in seinem Antlitz leuchtete in blutigem Rot. Mochten die Cambremers doch glücklich werden mit dem ergaunerten Reichtum, den ihnen Roselynnes Heirat bescherte. Er hatte ohnehin längst darauf verzichtet. Das Einzige, was ihn noch interessierte, war die Haltung seiner Braut. Welche Rolle spielte sie in dieser miserablen Posse?

Der erste Blick auf die Lady brachte ihm keine Erklärung. Roselynne trug eine steinerne Miene fürstlichen Hochmuts zur Schau, die er so sehr an ihr verabscheute. Aristokratisch vom Scheitel bis zur Sohle, stand sie vor dem steinernen Altar der Klosterkirche und wartete auf ihn. Umflossen von den schweren Samtfalten eines nachtblauen Umhangs, dessen Futter aus Biberfell für die Jahreszeit viel zu warm war. Ihr bleiches Antlitz leuchte vor dem weichen, dunkelbraunen Hintergrund der Kapuze.

Nicht eine Haarsträhne milderte die klösterliche Strenge der reinen Züge, aber die brennenden Kerzen warfen schimmernde Lichter auf den Pelz und ließen ihre alabasterfarbene Haut durchsichtig schimmern. Sie hatte die Lider über die Augen gesenkt, sodass das Licht fächerförmige Schatten auf die zarten Wangenknochen zeichnete. Nur die rosigen Lippen und die gewölbten, schwalbengleichen Brauen zeichneten Konturen in ihre Blässe. Die elfengleiche, herzzerreißende Schönheit dieses stillen Gesichts traf ihn bis ins Herz, obwohl er sich zu wappnen versucht hatte.

Er vernahm den scharfen Atemzug des Barons neben sich. Bemerkte er ebenfalls, dass dies keine glückliche Braut war, die auf ihren ersehnten Gemahl wartete? Nicht einen Herzschlag lang zweifelte er mehr daran, dass auch Roselynne zu dieser Farce einer Ehe gezwungen wurde. Allein, er hätte zu gern gewusst, womit.

»Mylady.« Er beugte das Knie in elegantem Hofzeremoniell, als er sie erreichte.

Sie beachtete ihn nicht, sondern heftete einen unverhohlen zornigen Blick auf den Baron von Aylesbury. »War das wirklich nötig, Ryan of Hythe?«

Justin sah aus den Augenwinkeln, wie der Baron jungenhaft mit den Schultern zuckte. »Was hast du erwartet? Dass deine Familie in aller Ruhe zusieht, wie du dich unglücklich machst?«

»Ihr hättet meine Entscheidung respektieren können«, fauchte Roselynne. »Warum musstest du Rufus mit hineinziehen?«

»Darf ich dich daran erinnern, dass er dein König ist, Schwester?«

Die Tatsache, dass er Recht hatte, erboste Roselynne nur noch mehr. »Ich will nicht, dass er sich in mein Leben mischt.«

»Du bist undankbar. Er schenkt dir auf diese Weise die Möglichkeit, mit erhobenem Haupte nach Hause zurückkehren zu können.«

»Das wollte ich nie. Ich wollte einfach nur in Montivilliers bleiben!«

»Du weißt selbst, dass das unmöglich ist. Du bist die Tochter eines mächtigen Lords, und der König hat die Macht über dein Schicksal.«

Die kurzen Sätze flogen wie Pfeile hin und her, und Justin d'Amonceux fühlte sich verpflichtet, der sinnlosen Diskussion ein Ende zu machen. Offensichtlich hatten die Monate im Kloster keinen Erfolg damit gehabt, Roselynne de Cambremer Demut und Gehorsam zu lehren.

»Gäbe es eine Möglichkeit, diese Ehe zu verhindern, glaubt mir, ich hätte sie gefunden«, wandte er sich schroff und direkt an sie. »Nachdem dies nicht der Fall ist, hört auf zu zetern.«

Die ungeduldige Mahnung veranlasste Roselynne zu einem ersten, flammenden Blick in seine Richtung. Einen atemlosen Herzschlag lang begegneten sich ihre Blicke, und er sah, wie sich ihre Pupillen entsetzt weiteten. Eine blasse Hand tauchte aus den Falten ihres Umhangs auf und sanfte Fingerspitzen glitten über die Narbe in seinem Gesicht. Der schöne Mund bildete ein betroffenes, doch stummes ›Oh!‹, und in ihren eben noch zornigen Augen glomm tiefe Bestürzung.

Das war nicht mehr der makellose, elegante Seigneur, der den Hof von Winchester mit seinem Aussehen und seiner Haltung bezaubert hatte. Vor ihr stand ein gezeichneter Krieger, der eben jene Welle von Zorn und Verzweiflung ausstrahlte, die sie einst so erschüttert hatte, dass sie sich mit der Sticknadel gestochen hatte. An einem Herbsttag in Winchester. Ahnungslos und doch schon damals in der bedrückenden Gewissheit, dass sie nichts tun konnte, um seine schlimmen Wunden zu heilen.

»Sorgt Euch nicht, ich werde Euch in Kürze von meinem Anblick befreien«, entgegnete er leichthin und trat einen Schritt zurück, damit ihre Hand ihn nicht länger berührte. Dass sein Herz nach dieser Geste schmerzhaft gegen das Gefängnis aus Rippen hämmerte und er sich beherrschen musste, nicht begierig nach ihr zu greifen, verbarg er hinter lässigem Sarkasmus.

»Wer hat das getan?«, wisperte Roselynne und bekämpfte den mörderischen Wunsch, den Attentäter mit eigener Hand zu töten.

»Einer Eurer Landsleute, Lady«, gab der Graf die gewünschte Auskunft und sah an ihr vorbei zum Altar des Gotteshauses. »Leider habe ich versäumt, mir seinen Namen geben zu lassen.«

»Ihr spottet«, flüsterte sie heiser. »Sogar jetzt könnt Ihr noch spotten.«

»Wäre Euch mein Zorn lieber?«, erkundigte er sich mit einem Laut des Überdrusses und deutlich gezügelter Ungeduld. »Mein Aufbegehren gegen Befehle, die mir keine Wahl lassen? Ich bin der Erklärungen müde. Lasst uns beginnen, umso schneller haben wir es hinter uns. Ich will mich nicht mit Euch streiten.«

»Warum stimmt Ihr dieser Torheit zu?«, fragte Roselynne leise.

»Weil ich mein Wort gegeben habe.« Justin warf ihr einen Blick zu. Seine Augen funkelten in einer Erregung, die Roselynne nicht einordnen konnte und die sie für Zorn hielt. »Ich pflege mein Wort zu halten, Lady. Auch wenn es mit Unannehmlichkeiten für meine Person verbunden ist. Ich weiß, dass Ihr das nicht verstehen könnt.«

Roselynne schwankte ein wenig. Sie erkannte eine Beleidigung, wenn sie ausgesprochen wurde. Schon wieder warf er ihr Lüge und Verrat vor.

Ryan of Hythes Hand fuhr nach vorne, um sie zu stützen. Er bewunderte die Haltung, die sie bewies, aber gleichzeitig fürchtete er den für sie so typischen Charakterzug, der sie daran hinderte, nachzugeben und einen Fehler einzugestehen.

Warum wehrte sie sich so hartnäckig gegen jede Verbindung mit dem Normannen? Warum war sie so blind für die Gefühle, die Justin d'Amonceux ins Gesicht geschrieben standen? Welcher schlimme Trugschluss trieb sie dazu, ihn noch tiefer zu verletzen, statt ihm endlich die Hand zu reichen?

Roselynne nahm dankbar Ryans Hand, bevor sie sich wieder dem Grafen zuwandte. Mit Macht verbannte sie die eigenen aufgewühlten Gefühle. »Dann lasst es uns endlich zu Ende bringen«, hauchte sie kaum hörbar.

»Es geht dir gut?«, murmelte der Baron nur für sie bestimmt, während der Graf düster voran zum Altar schritt, als könnte er es tatsächlich kaum erwarten.

»Hab einen Augenblick Geduld«, flüsterte Roselynne und senkte die Lider im Bemühen, sich zu fassen. Auch wenn sie darauf vorbereitet gewesen war, Justin zu sehen, so jagte ihr der gezeichnete Haudegen, der den eleganten Höfling ersetzt hatte, unbestimmte Furcht ein. Wie konnte sie daran denken, ihn zu täuschen?

Der Baron fühlte ihr Zittern, dann war der Moment der Schwäche wieder vorbei. Mit einem tiefen Atemzug hob sie das Kinn, eine Geste, welche die Äbtissin und den Priester in Bewegung brachte, die im Schatten neben dem Hochaltar gewartet hatten. Nur Roselynnes eisige Finger verrieten noch die Anspannung, unter der sie stand.

Als Ryan of Hythe diese kalten Finger in die ausgestreckte Hand des Ritters legte, begegneten sich die Blicke der beiden Männer. Fragend, fast bittend die des Barons. Unmenschlich beherrscht und ohne jede Gefühlsregung die des Bräutigams.

Auch Roselynne hob die Lider und blickte fragend in die klaren Saphiraugen. Sie fand weder Zorn noch Bestürzung darin, nur die gefährliche Ruhe eines zutiefst disziplinierten Mannes. Dabei zweifelte sie nicht einen Augenblick daran, dass es in ihm brodelte, aufbegehrte und protestierte. Es gefiel ihm nicht, zu einer Ehe mit einer Frau gezwungen zu werden, die er für eine Dirne hielt. Allein, inzwischen hatte sie fast den Eindruck, er fände sich damit ab.

»Kommt«, murmelte er nun gedämpft und führte sie die wenigen Schritte vor den Priester, der ungerührt vom Widerstreben des Brautpaares das christliche Ritual der Trauung vollzog.

Roselynne bestätigte tonlos, dass sie gewillt war, den Ritter aus freiem Willen zu ihrem Gemahl zu nehmen und bis zu ihrem Tode zu lieben und zu ehren. Justin d'Amonceux bekräftigte diese Tatsache mit der Stimme eines Mannes, der keine Lust hatte, die Sache noch länger hinauszuzögern. Es folgten die Worte des Segens und die herzlichen Glückwünsche der Äbtissin.

Immer noch betäubt von der Kürze und Schnelligkeit des endgültigen Aktes, starrte sie wenig später auf die offizielle Urkunde, die Justin in der Sakristei mit kühnem Federstrich unterzeichnete. Weder seine Unterschrift noch die des Barons und der Mutter Äbtissin als Zeugen machten die gespenstischen Ereignisse für sie glaubhafter. Als er ihr das Pergament überreichen wollte, schüttelte sie stumm den Kopf und wich vor ihm zurück. Er reichte es mit einem matten Achselzucken an Ryan of Hythe weiter.

»Mehr kann ich Euch nicht bieten, Baron«, sagte er zynisch. »Ihr habt jetzt alles. Meine Ehre, mein Vermögen, meine ehemalige Braut, meine Gemahlin und meine Zukunft. Die Götter meinen es gut mit Euch, Aylesbury!«

Roselynne sah, dass Ryan zusammenzuckte, als wäre er geschlagen worden. Einen Moment lang vergaß sie, dass sie ihm zürnte. Anscheinend war auch er der unleugbaren Anziehungskraft erlegen, die Justin d'Amonceux in seiner Vielschichtigkeit auf Männer wie Frauen ausübte und hatte sich Freundschaft statt Verachtung erhofft. Im Gegensatz zu ihm wusste sie jedoch mittlerweile, dass Justin nicht aus seiner Haut konnte.

»Lasst Euch nicht herausfordern«, mischte sie sich ein, ehe Ryan das Falsche sagte. »Monsieur liebt es, mit vergifteten Pfeilen zu schießen. Er fühlt sich wohler, wenn man ihn hasst.«

»Welch kluge Gemahlin mir der Himmel doch geschenkt hat«, parierte Justin auch diese Spitze mit blankem Hohn.

Inzwischen hatte der Baron seine Fassung wieder gewonnen und bedachte den Grafen mit einem Blick, in dem sich überraschendes Verständnis und eine Spur von Mitgefühl mischten. »Hass ist wie Tod. Er hinterlässt verbrannte Erde und kalte Herzen. Ich habe aufgehört zu hassen. Ihr solltet es auch tun.«

Dieses Mal war es der Graf, der vor Scham errötete. Die Narbe glühte, als besäße sie ein eigenes Leben. Roselynne musste an sich halten, nicht von neuem mit den Fingerspitzen das Mal zu berühren, das ihn so zeichnete und veränderte. Einen Atemzug später legte sich die Röte indes schon wieder und ließ ein marmorblasses, wie gemeißelt wirkendes Gesicht zurück, in dem sogar die Verletzung nur ein rosa Strich zu sein schien.

»Ich bewundere Eure Klugheit«, erwiderte er völlig leidenschaftslos. »Ebenso wie Eure Fähigkeit, die Euren zu lieben und zu schützen. Ich vertraue Euch meine Gemahlin an. Lebt wohl, Roselynne d'Amonceux!«

Er verneigte sich vor Roselynne. Ehe sie begriff, dass dies tatsächlich ein Abschied für immer sein sollte, verließ er in langen, eiligen Schritten die Sakristei. Ihr Seufzer mischte sich mit dem widerhallenden Schlag der zugefallenen Tür. Sie schwankte, und das Gewölbe der Sakristei verschwamm vor ihren brennenden Augen.

In der jähen Stille klapperten die Perlen des Rosenkranzes, den Mutter Laurentine ruhelos durch die Finger gleiten ließ. Roselynne schloss die Lider und ließ sich in die brüderliche Umarmung ihres besorgten Schwagers fallen. Sie legte die Stirn gegen seine breite Schulter und wehrte sich nicht länger gegen die Tränen, die unter ihren Lidern hervorquollen. Das also war ihr Hochzeitstag.

Ryan of Hythe begann zu fluchen. Anhaltend, erbittert, wortreich und derb. Dass er es glücklicherweise in seiner sächsischen Muttersprache tat, ersparte ihm wenigstens eine Rüge der Äbtissin.

»Gleich sind wir zu Hause. Siehst du, dort vorne kann man schon die Türme von Rouen sehen!«

Die heisere Stimme ihres Schwagers verriet den geschluckten Staub der Straße, und Roselynne ersparte es sich, die Bemerkung zu kommentieren. Sie wollte weder Rouen noch seine vermaledeiten Türme sehen. Sie zürnte dem Baron noch immer, dass er sie wie ein Warenbündel von einem Ort zum anderen schleppte.

»Warum kann ich nicht im Kloster bleiben, um Himmels willen?«, hatte sie gefragt, als ihr klar geworden war, dass Ryan nur kurz nach Justin aufbrechen wollte. »Ich habe die fromme Stille dieser Mauern schätzen gelernt. Ich möchte sie nicht verlassen.«

»Du redest Unsinn, das weißt du genau. Deine Großmutter besitzt in Rouen ein prächtiges Stadthaus, in dem du standesgemäß wohnen kannst. Willst du dein Kind etwa in einer Klosterzelle zu Welt bringen? Du bist die Gräfin von Amonceux und keine Nonne!«

»Und wie soll ich nach Rouen kommen? Denkst du, das infernalische Gerüttel einer Kutsche tut meinem Kind gut?«

Der Streit hatte damit geendet, dass der Baron seine wütende Schwägerin vor den eigenen Sattel gepackt und sie in gemächlichem, aber nichtsdestotrotz zügigem Reisetempo aus Montivilliers fortgebracht hatte.

Unter anderen Umständen hätte Roselynne diesen behutsamen Ritt genossen. Die letzten Maitage waren angenehm warm und trocken, und der Duft von Sommer und Reife lag früher als sonst in der Luft. Aber gerade die helle Schönheit dieser Tage zeigte ihr, wie sehr sich ihr Leben innerhalb eines knappen Jahres geändert hatte. Sie barg Erinnerungen an ihre Kindheit, an Maifeste in Hawkstone und die sehnsüchtigen Träume des jungen Mädchens, das sich geschworen hatte, keinem anderen Mann zu gehören als jenem schönen Ritter, der sein Herz erobert hatte.

Damals hatte Roselynne von einer glanzvollen Hochzeit geträumt, von einem heiteren Fest, das ihre Liebe krönen würde. Allein, was hatte sie jetzt am Ende erhalten? Den Titel der Gräfin von Amonceux, geschmückt mit Tränen, Verzweiflung und einem gebrochenen Herzen.

In ihren Ohren hallte noch immer das dumpfe Dröhnen der Tür wider, die hinter Justin d'Amonceux ins Schloss gefallen war. Seit diesem Augenblick fror sie, egal wie heiß die Sonne vom Himmel brannte. Er hatte alle Wärme und allen Glanz aus ihrem Leben genommen.

Aber er lebte und er war in Sicherheit! Mehr hatte sie nicht für ihn tun dürfen. Sie musste ihn vergessen, sich um das kümmern, was ihr bevorstand. Die Fragen ihrer Mutter beispielsweise, die zweifelsohne mit dem nächstmöglichen Schiff in die Normandie reisen würde. Sie kannte Lady Liliana gut genug, um nicht daran zu zweifeln. Für sie existierten keine Kriege und keine Hindernisse, wenn es um das Wohl ihres Gatten oder ihrer Kinder ging.

Das kleine Mädchen, das in ihrem Bauch zuweilen gegen den Ritt meuterte, schenkte ihr ein völlig neues Verständnis für die Haltung ihrer Mutter. Sein Leben war das kostbare Andenken an eine Liebe, die sie selbst durch eigene Dummheit und falschen Stolz zerstört hatte. Es hatte nur eine Mutter, die für es sorgen und kämpfen würde. Sie sollte sich ein Beispiel an Lady Liliana nehmen.

Sie war so in ihr eigenes Elend versunken, dass ihr gar nicht bewusst war, dass Ryan noch immer die Herrlichkeiten von Rouen in den leuchtendsten Farben schilderte. Erst seine letzten Sätze drangen wieder in ihr Bewusstsein.

»Heute Abend wirst du auf weichen Daunen liegen und von silbernen Tellern essen. Dame Elisabetta führt einen höchst noblen Haushalt.«

Der Gedanke, ihrer Großmutter gegenüber zu treten, schreckte Roselynne endgültig auf. Die Mutter des Lords von Hawkstone war eine höchst einschüchternde Dame, die zudem Sophia-Rose stets allen anderen Kindern ihres Sohnes vorgezogen hatte. Die äußere Ähnlichkeit der beiden war zwar vom Altersunterschied verwischt worden, aber die Ähnlichkeit der Temperamente sprang jedermann ins Auge. Dame Elisabetta nahm ebenso wie Sophia-Rose kein Blatt vor den Mund, und was sie zu einer Enkelin sagen würde, die, eben verheiratet, in Monatsfrist schon ein Kind zur Welt bringen würde, konnte sich Roselynne unschwer ausmalen.

Hinzu kam, dass die Dame es gern gesehen hätte, dass nicht Roselynne, sondern ihre geliebte Sophia-Rose einmal die Gräfin von Amonceux geworden wäre. In ihren Augen war sie die falsche Gräfin. Wie sie die falsche Tochter mit den falschen Farben war.

»Kleiner Dickkopf«, schalt Ryan die stumme Gestalt, die er so behutsam umsorgte und die auch jetzt nicht auf seine Worte reagierte. »Willst du mich für immer mit deinem Schweigen strafen, nur weil ich dafür gesorgt habe, dass dein Kind einen ehrbaren Namen bekommt? Ich hab's getan, weil ich dich liebe wie eine Schwester meines eigenen Blutes. Willst du mir vorwerfen, dass ich nur dein Bestes im Sinne hatte?«

Er hatte eigentlich nicht damit gerechnet, dass Roselynne dieses Mal auf seine Worte reagieren würde. Es traf ihn völlig unverhofft, dass sie den Kopf von seiner Schulter nahm, die Lider öffnete und ihn direkt ansah. Todtraurige, veilchenfarbene Augen in einem stillen Gesicht.

»Wie kannst du mich lieben? Ich geh dir auf die Nerven. Du findest mich närrisch, dickköpfig und würdest ruhiger leben, wenn es mich nicht gäbe.«

»Ich würde auch ohne Sophia und meine Kinder ruhiger leben, aber ich wäre ein trauriger Tropf ohne sie. Du gehörst zu meiner Familie, und ich liebe diese Familie. Ich danke dem Himmel, dass ich sie gefunden habe.«

»Niemand verlangt diese Liebe von dir. Ich schon gar nicht!«

»Dumme Gans! Liebe ist ein Geschenk, das man nicht ablehnt, von wem sie auch kommt. Ich hätte gedacht, dass du inzwischen erwachsen bist.«

Ryan of Hythe hatte keine Skrupel, seiner Reisegefährtin den Kopf zurechtzurücken, und Roselynne akzeptierte die Rüge mit einem leisen Seufzer.

»Ich habe nie wirklich geglaubt, dass mich irgendjemand um meiner selbst Willen lieben könnte, weißt du das?«, rutschten ihr die Worte heraus, bevor sie darüber nachdachte. »Sicher, mir war klar, dass meine Eltern mich mochten, aber eigentlich war es immer Sophia-Rose, die im Mittelpunkt der Aufmerksamkeit stand. Vaters Herzblatt, Mutters Älteste, Großmamas Sonnenschein. Ich habe versucht, meine Eifersucht zu verbergen, aber sie war trotzdem da und hat alles verdorben. Ich bin herzlos und egoistisch, ich verdiene es nicht, dass man mich liebt.«

Der Schmerz in ihrer Stimme verlieh ihrem Geständnis eine Ehrlichkeit, die Ryan of Hythe unerwartet mitten ins Herz traf.

»Dummes Gänschen«, murmelte er und dieses Mal hörte es sich ganz anders an. »Hättest du mitbekommen, wie sich alle Welt um dich gesorgt hat, würdest du nicht mehr am Maß der Liebe zweifeln, die man dir entgegen bringt. Du musst doch nicht wie deine Schwester sein, damit man dich liebt. »

»Bist du dir dessen sicher?«

Das herzzerreißende Misstrauen ihrer Frage sorgte dafür, dass Ryan of Hythe die nächsten Worte sorgsam wählte. »Weißt du nicht, dass man jeden Menschen auf eine andere Art liebt? Wie wäre es sonst möglich, dass ich Sophia-Rose liebe *und* meine Kinder *und* die Brut in Hawkstone? Hörst du denn auf, diesen sturen Normannen zu lieben, nur weil du dein Herz auch dem Kind schenkst, das in dir wächst? Glaub mir, Liebe vermehrt sich aus sich selbst. Je mehr du empfindest, umso mehr davon kannst du verschenken.«

Roselynne sah in blankem Erstaunen in die blauen Augen des Sachsen. Ausgerechnet von diesem unerschütterlichen Krieger eine solche Lektion zu erhalten verschlug ihr die Sprache. Sie schwieg, bis sie das Stadttor erreichten. Aber Ryan kam es vor, als hätte sich die Verkrampfung ihrer zierlichen Schultern dennoch eine Spur gelockert.

25. Kapitel

Schwüle Hitze lag wie eine Glocke über der Stadt. Auch nach Sonnenuntergang brach einem bei jeder Bewegung der Schweiß aus, und alle Welt wünschte das Gewitter herbei, das in der Luft lag, aber immer noch auf sich warten ließ. Justin d'Amonceux stürzte den letzten Rest des schalen Weines aus dem beschlagenen Tonkrug hinunter und warf dem Wirt der Schänke eine Kupfermünze auf den Tisch. Dann erhob er sich, drängte sich zwischen den anderen Zechern hindurch und trat auf die Gasse hinaus.

Seine Füße schlugen wie von selbst den Weg ein, den sie in den vergangenen beiden Wochen im Dunkel der Nacht immer wieder gegangen waren. Er sollte längst fort sein, und wenn er einem bekannten Gesicht über den Weg liefe, würde er Schwierigkeiten bekommen. Und dennoch, er brachte es nicht fertig, seinen Mantelsack über den Sattel seines Streitrosses zu legen und die Stadt zu verlassen, wie es Jacques täglich dringender anriet.

Es eilte ihm plötzlich nicht mehr damit, sein Leben fortzuwerfen. Zumindest so lange nicht, wie sie in der Stadt weilte. Er kannte das prächtige Haus im Schatten der Kathedrale, in dem sie jetzt wohnte. Oft genug war er in seinen Mauern gewesen, um mit Dame Elisabetta zu plaudern, Schach zu spielen oder zu politisieren. Nachgerade war er dort sogar öfter zu Gast gewesen als in der Burg des Herzogs. Dennoch hatte das Anwesen niemals eine so magische Anziehungskraft auf ihn gehabt wie in diesen Tagen.

Seit Jacques ihn mit der Nachricht aufgeschreckt hatte, dass Ryan of Hythe seine Schwägerin nach Rouen gebracht hatte, fand er den Weg wie in Trance. Irgendwann musste sie doch einmal zum Vorschein kommen und ihre klösterliche Zurückgezogenheit aufgeben. Sie trug den Titel einer Gräfin von Amonceux; sie musste sich bei Hofe präsentieren und am öffentlichen Leben Anteil nehmen.

Er hatte sie in Winchester als viel beschäftigte Ehrendame erlebt. Als Lady, die ständig von einem Ort zum nächsten eilte, die Dienstboten antrieb und sowohl in den Ställen wie in den Gärten zu finden war. Weshalb sie in Rouen nicht einmal zur Kirche ging, ergab für ihn einfach keinen Sinn. Warum versteckte sie sich?

Dabei war das große Haus voller Leute, die ein und aus gingen. Dame Elisabetta, meist mit zornigem Gesicht und die Sänftenträger scheltend. Lady Liliana, fast so blass, wie er ihre Tochter erlebt hatte. Die schöne Baronin von Aylesbury mit ihren leuchtend roten Locken, das blühende Antlitz von Sorge überschattet und neben sich den Gemahl, der täglich düsterer und gereizter wirkte. Die Familie hatte sich in ungewöhnlicher Zahl in Rouen versammelt. Weshalb? Um der neuen Gräfin zu gratulieren, die nach einem Skandal einen neuen Einfluss gewonnen hatte? Um das erheiratete Vermögen aufzuteilen oder …

Schnelle Hufschläge rissen ihn aus seinen Gedanken und trieben ihn in den Schatten eines Torbogens. Fast wäre er einem Reiter in den Weg gelaufen, der eben sein schweres Streitross in ungewohnter Eile durch die Gasse trieb. Aus seinem Versteck sah er im Gegenlicht der Fackeln die Silhouette einer mächtigen Kriegergestalt.

Der Lord von Hawkstone hatte Rouen gerade noch vor dem abendlichen Schließen der Stadttore erreicht. Sein Staub bedeckter Umhang sprach von einem hastigen Ritt, und er kümmerte sich nicht um die wenigen Müßiggänger auf den Straßen. Er preschte durch den Torbogen in den Hof des Hauses gegenüber, wo sich im Viereck hölzerne Galerien um den ersten und zweiten Stock zogen.

Ein Stallknecht eilte herbei und nahm sich des Rosses an, während der Lord mit einer Geschmeidigkeit, die für sein Alter verblüffend war, vom Pferd glitt und ins Haus eilte. Er vermittelte dem Beobachter den Eindruck eines Mannes, der mit dringlichen Nachrichten unterwegs war. Was war geschehen, das den Lord in eine solche Hast versetzte?

Justin d'Amonceux starrte mit brennenden Augen auf das Haus, dessen Umrisse in der schnell hereinbrechenden Dunkelheit verschwammen. Schweiß stand auf seiner Stirn, aber er wischte ihn nicht fort. In den sandigen Ebenen vor Jerusalem würde es noch heißer sein. Allein, etwas in ihm wehrte sich mit einem Male dagegen, die Reise anzutreten, von der er sich seit Wochen die Lösung aller Probleme versprach.

War es der Wunsch, sie wenigstens noch einmal zu sehen? Sich ein letztes Mal ihre lieblichen Züge einzuprägen und ein Bild festzuhalten, das nicht von Zorn, Hass und Unverständnis überschattet war? Vielleicht lächelte sie gar, wenn sie ihn nicht in der Nähe wusste!

Sie zürnte ihm zweifelsohne, dass er ihrer Heirat zugestimmt hatte. Für sie musste es so aussehen, als hätte er sie absichtlich davon abgehalten, den Schleier zu nehmen. Dabei war sein Name das einzig Gute, das er ihr je gegeben hatte.

Die Gräfin von Amonceux besaß Sicherheit, Behaglichkeit, Reichtum und Ansehen, Dinge, die es ihr ermöglichen würden, das Leben zu führen, das ihrer Schönheit angemessen war. Roselynne gehörte nicht in ein Kloster! Er hätte sie nie nach Montivilliers bringen dürfen!

Irgendwann würde sie das einsehen und vielleicht einen Gatten finden, der ihre ungewöhnliche Person so würdigte, wie sie es verdiente. Nicht nur ihren Reiz, sondern auch ihre Fähigkeit zur Leidenschaft, ihren unabhängigen Geist und den stolzen Mut, der sie befähigte, die üblichen Bahnen zu verlassen.

Seine tiefe Reue und seine so spät entdeckte Fähigkeit, sie ohne Einschränkung zu lieben, ermöglichten es ihm, ihr dieses Glück von ganzem Herzen zu wünschen. Aber er wollte das Abendland nicht verlassen, ohne sich wenigstens von ihrem neuen Wohlergehen überzeugt zu haben.

Es war ein höchst eigenartiges Gefühl, sich so unendlich um einen anderen Menschen zu sorgen. In dieser Ausschließlichkeit hatte er es noch nie verspürt. Nicht einmal für die glanzvolle Baronin von Aylesbury, die er nun anblicken konnte, ohne dass sein Herz schneller schlug. Sophia hatte ihm stets den Eindruck vermittelt, dass sie sich ihres Wertes, ihrer Herkunft und ihrer Handlungen bewusst war und dass sie Bewunderung wollte, aber keine Hilfe.

Ganz im Gegensatz zu Roselynne, die man ständig davon abhalten musste, sich selbst zu schaden. Die bei aller Dickköpfigkeit auch die Zartheit einer Blüte besaß, die ein Frühlingssturm vom Baum reißen und davon tragen konnte. Ihre zierliche Gestalt war zu zerbrechlich für den unabhängigen Geist, den sie beherbergte. Sie benötigte einen Menschen an ihrer Seite, der sie vor den Folgen ihrer impulsiven Taten schützte.

Auch er hatte sich von dieser vermeintlichen Stärke zuerst täuschen lassen. Er hatte nicht erkannt, dass ihre ungewöhnlichen Taten und ihre Sensibilität aus der Lauterkeit eines überwältigend reinen Herzens rührten. Roselynne de Cambremer war etwas ganz Besonderes. Aber machte man dem Edelstein seine tiefe Reinheit zum Vorwurf? Der Rose ihren verlockenden Duft? Sie konnte nicht anders sein, als sie sich gab, und genau das verlockte Schurken wie Robert Duncan oder ihn selbst dazu, dieses Kleinod zu erobern und es im Kampf um seinen Besitz zu verletzen.

Ein schmerzvolles Stöhnen entrang sich seiner Brust. Er hatte eine Kostbarkeit besessen und fortgeworfen, weil er sie in seiner Einfältigkeit für beschmutzt gehalten hatte. Er verdiente nichts Besseres als das Elend des machtlosen, reuigen Zuschauers.

Einmal mehr versuchte er sich vorzustellen, in welchen Räumen sie wohl lebte. Nahe der alten Nobeldame, deren verglaste Fenster auf den Fluss hinaus zeigten und den Blick über das Wasser in die Ferne erlaubten? Oder in den prächtig ausgestatteten Zimmern zur Straßenfront, die einen am Leben der Stadt teilnehmen ließen? Er malte sich die gepolsterten Taburetts aus, die hübsch geschnitzten Holzpaneele und das polierte Silberzeug in den Schauschränken. Ein würdiger Rahmen für die schönste Fee des Königreichs.

Dort oben im ersten Stock sah er die Lichter, die eines nach dem anderen entzündet wurden, mächtige Wachsstöcke in schmiedeeisernen Halterungen und duftende Bienenwachskerzen. Immer heller wurde es hinter den milchigen Glas- und Ölpapierquadraten der Fenster, als ob man ein Fest feiern würde. Aber mit Ausnahme des Lords waren keine Gäste eingetroffen. Galt die ganze Aufregung ausschließlich dem Senior der Familie?

Mit jeder Kerze, die nun auch hinter den Fenstern des Erdgeschosses entzündet wurde, wuchs das seltsame Gefühl in Justin d'Amonceux, dass hinter den Mauern dieses Hauses nicht alles mit rechten Dingen zuging. Er hörte eine Tür heftig zufallen, aufgeregte Stimmen aus dem Innenhof. Wie von selbst setzte er sich in Bewegung und trat unter den Torbogen, den er so oft durchschritten hatte.

An der Flussseite eilten Schritte über die Galerie im ersten Stock, eine Männerstimme fragte etwas und eine Frau gab unwirsch Antwort, ohne dass er die Worte verstehen konnte. Die schwüle Atmosphäre des drohenden Gewitters trug zu der gefährlichen Anspannung bei, und der Schweiß, der ihm unter dem Wams den Rücken herablief, gefror schlagartig zu kühlem Eis. Was geschah dort? Alle seine alarmierten Sinne sagten ihm, dass es um Roselynne gehen musste. Dass nur sie diesen geordneten Haushalt so jäh ins Chaos stürzen konnte.

Ein Hausknecht eilte an ihm vorbei, ohne ihn zu bemerken. Er rannte mit klappernden Holzsohlen die Gasse hinunter. Offensichtlich von einem Auftrag losgejagt wie ein Pfeil von einer straff gespannten Sehne. Den nächsten Lakai konnte er glücklicherweise am Arm festhalten, ehe er verschwand.

»Was ist passiert? Wo läufst du hin?«

Der Mann war viel zu beunruhigt, um sich zu fragen, weshalb ein Fremder solch neugierige Erkundigungen einholte.

»Die junge Gräfin«, stammelte er und riss sich los. »Es geht ihr nicht gut. Ich muss mich beeilen. Sie braucht einen Medicus, der die Wehmutter unterstützt. Die Herrin hat gesagt, auch einen Priester, für den schlimmsten Fall. Lasst mich, die Zeit drängt …«

Ein Medicus? Eine Wehmutter? Ein Priester? Gütiger Himmel, was geschah mit Roselynne? In seiner Sorge achtete der Ritter nicht darauf, dass er plötzlich im vollen Schein der Fackel neben dem Tor stand.

»Amonceux, seid Ihr das?«

»Aylesbury!«

»Ich frage mich, wieso ich nicht überrascht bin, Euch hier zu finden.« Ryan of Hythe versuchte sich seine Erleichterung nicht anmerken zu lassen.

»Ihr wusstet, dass ich noch in der Stadt bin?«

»Haltet Ihr mich für einen Dummkopf, der seine Feinde aus den Augen verliert?«

Justin ersparte es sich, den ›Feind‹ zu kommentieren, wenngleich es ein Irrtum war. Er konnte verstehen, warum der Baron ihn so bezeichnete. Doch im Augenblick bedrängte ihn nur eine Frage.

»Was ist mit Roselynne?«

»Wieso nehmt Ihr an, dass der Aufruhr ihretwegen stattfindet?«

Ryan of Hythe wehrte sich nicht gegen den mörderischen Griff, der seinen Oberarm umklammerte. Auch er war mit seinen Nerven ziemlich am Ende. Bisher hatte es den Anschein gehabt, als hätte er sich auf ein gefährliches Spiel mit zwei Partnern eingelassen, die sich aus der Partie zurückziehen wollten, der eine in die Tiefen eines Weinfasses und der andere auf das Polster ihres Gebetsstuhles. Beide nur in ihren Eigensinn und tiefe, ausweglose Verzweiflung versunken.

Dass Justin ausgerechnet in diesem wichtigen Augenblick dem Weinfass entsagte, entschuldigte sogar seine Grobheit. Zwar stanken seine Kleider nach Schänke und sein Atem nach saurem Wein, aber seine hitzigen Fragen verrieten ausschließlich größte Sorge und Nüchternheit. Wie hatte er von dem Chaos erfahren, welches das Haus heimsuchte? Egal ... Hauptsache, er war gekommen.

Und Roselynne? Da hatte es schon eines aufgebrachten Vaters bedurft, um sie aus ihrer frommen, jedoch gefährlichen Lethargie zu reißen. Allerdings mit höchst ungewissem Erfolg. Der heftige Streit, der nach der Ankunft des Lords zwischen Tochter und Vater entbrannt war, hatte in einem Aufschrei Roselynnes geendet. Ihr entsetztes Gesicht, wie sie auf die Pfütze aus Blut und Wasser geblickt hatte, die sich unter ihren Rocksäumen zunehmend ausgebreitet hatte, hatte genügt, um den polternden Lord und den Rest des Hauses in reine Panik zu versetzen.

»Wenn Ihr auch nur einen Funken Erbarmen in Euch fühlt, sagt mir sofort, was geschehen ist!«, forderte Justin in diesem Moment mit angespannter Stimme. »Ist sie krank? Der Knecht hat etwas von Priester und Medicus gefaselt. Wieso braucht sie das eine oder das andere?«

Ryan of Hythe kratzte sich mit der freien Hand am Kopf und beschloss, dass es endlich Zeit für die ungeschminkte Wahrheit war.

»Sie hat Probleme mit dem Kind«, sagte er knapp.

»Die Wehen haben vor der Zeit eingesetzt. Ihre Mutter fürchtet um beider Leben.«

»Ein Kind? Roselynne erwartet ein Kind?« Justin d'Amonceux würgte jeden einzelnen Buchstaben heraus, als müsste er daran ersticken.

»Wenn Ihr jetzt auch noch fragt, ob es das Eure ist, Seigneur, dann habt Ihr meine Faust zwischen den Zähnen, noch bevor Ihr bis drei zählen könnt«, drohte der Sachse grimmig. »Habt Ihr wirklich nicht gemerkt, weshalb sie bei Eurer Eheschließung diesen albernen Umhang trug? All das geschah ausschließlich, um ihrem Kind den Namen seines Vaters zu geben. Sie wollte nicht, dass Ihr davon erfahrt. Aus Gründen, die Ihr nur selbst beurteilen könnt, nimmt sie an, dass Ihr nicht bereit seid, dieses Kind als das Eure anzuerkennen.«

»Da soll doch gleich …«

Ryan lächelte freudlos über den gemurmelten Fluch. »Wenn Ihr sie tatsächlich so liebt, wie es in Eurem Gesicht geschrieben steht, dann scheint dieses Gefühl Euren Verstand inzwischen lahmgelegt zu haben.«

»Gott im Himmel!«

»Der tut hoffentlich das Seine, um eine Katastrophe abzuwenden«, murmelte der Baron bedrückt. »Wo lauft Ihr hin? Bleibt hier, verdammt noch mal! Ihr könnt da jetzt nicht hinein.«

»Und ob ich das kann. Ich muss zu ihr!«, rief der Ritter über die Schulter und stürzte bereits zum Haupteingang des Hauses.

»Zum Donnerwetter, so wartet doch! Ihr wisst nicht, dass der Lord …«

Wie ein kantiger Fels ragte besagter Lord vor Justin d'Amonceux auf, als jener in aller Kopflosigkeit durch die Tür hereinplatzte. Ohnehin von beeindruckender Körpergröße, stand er auf der steinernen Treppe zum ersten Stock auch noch eine Stufe über dem verstörten Normannen.

»*Ihr!*«, brüllte er mit einer Donnerstimme, die garantiert durch alle Stockwerke drang, als er den ungebetenen Besucher erkannte. Im selben Augenblick zischte sein Schwert aus der Scheide und hob sich in tödlicher Drohung über die Stirn des Ritters.

»Nicht!«

Ehe Justin begriff, was geschah, stand Ryan of Hythe vor ihm und deckte ihn mit der ganzen Breite seiner Kriegergestalt vor dem Zorn des Lords.

»Bist du von Sinnen?«, dröhnte Raynal de Cambremer mit hochrotem Kopf seinen Schwiegersohn an. »Geh zur Seite, damit ich diesen Schurken in Stücke schneiden kann, wie ich es geschworen habe.«

»Das darfst du nicht tun! Roselynne liebt ihn!«

»Das ist mir egal!«, schrie der Lord in rasender Wut. Das Schwert sauste gefährlich nahe vor Ryans Gesicht durch die Luft. »Er hat tausendfach den Tod verdient! Entweder werde ich ihr seinen Kopf vor die Füße legen, oder seine Gebeine sollen im Staub vor ihrem Sarg verrotten!«

»Lasst mich! Geht zur Seite! Ihr habt nichts damit zu schaffen!« Auch Justin kämpfte wie hitzig gegen den Baron, der seine beträchtliche Körperkraft einsetzen musste, um ihn außer Reichweite der gefährlichen Waffe zu halten. »Ich werde mich nicht wie ein Feigling hinter Eurem Rücken verstecken, während da oben meine Frau mit dem Tode ringt!«

Justins eisenharte Faust schleuderte den Baron gegen das steinerne Maßwerk der Treppe. Mit der gleichen, blitzschnellen Bewegung stand er neben dem Ritter auf der ersten Stufe und packte mit der Rechten dessen Schwerthand, um sie mitsamt der gefährlichen Waffe kampfunfähig niederzudrücken. Mit einem Male herrschte bis auf das angestrengte Keuchen der Männer eine tödliche Stille in dem prachtvollen Treppenhaus.

An Raynal de Cambremers Nacken traten die mächtigen Adern und Sehnen vor Anstrengung hervor. Die Knöchel an der Hand des Normannen schimmerten weiß, und die Narbe in seinem Gesicht flammte wie Feuer.

Beide wichen keinen Zoll von der Stelle. Justin d'Amonceux erinnerte sich nur zu gut an den kalten grünen Blick des Lords, der die schönen Augen seiner älteren Tochter in der Version aus Eis besaß, wenn man ihn verärgerte. Schon damals hatte er keine große Lust gezeigt, den eleganten Normannen als Schwiegersohn willkommen zu heißen. Inzwischen hatte sich die Abneigung in blanke Feindschaft verwandelt, und er konnte es ihm nicht einmal verübeln. Der Lord hatte allen Grund, ihn zu hassen.

»Verflixt noch mal, was geht hier vor? Seid ihr närrisch geworden?«

Lady Liliana eilte mit flüchtig gerafften Röcken aus dem ersten Stock herab und legte eine sanfte beringte Hand auf die verkrampfte Faust des jungen Mannes. Sie übte keinerlei Druck aus, aber sowohl Raynal de Cambremer wie der junge Graf fühlten die Macht ihrer Persönlichkeit und akzeptierten ihr Eingreifen. Sie atmeten aus und ihre verkrampften Muskeln lockerten sich.

Liliana de Cambremer war das ältere, gereifte Ebenbild ihrer Tochter Roselynne. An den Schläfen zeigten ihre hochgesteckten nachtschwarzen Haare einen höchst attraktiven Silberschimmer und um Mund- und Augenwinkel hatten Sonne, Lachen und Leben zahllose kleine Fältchen gegraben. Trotzdem verströmte sie noch immer den zeitlosen Charme der wilden Sachsenprinzessin, in die sich damals der normannische Eroberer vor mehr als zwei Jahrzehnten hoffnungslos verliebt hatte.

Das Lächeln, das sie ihrem Gatten zuwarf, enthielt sowohl Verständnis für seine Reaktion als auch die unwandelbare Zuneigung ihres Herzens. Als sie den Kopf zu Justin wandte, änderte es sich. Nun enthielt es eine Mischung aus milder Resignation und erleichterter Begrüßung. Er konnte nicht wissen, dass er die Antwort auf ihre Gebete war.

»Könnt ihr euch bitte ein wenig später umbringen?«, bat sie trocken. »Fürs Erste würde ich diesen jungen Mann gern mit nach oben nehmen. Natürlich nur, wenn Ihr mir auf das Heil Eurer Seele versprecht, dass Ihr meine Tochter nicht von neuem kränken werdet.«

»Bitte sagt mir: Ist sie wirklich in Gefahr?«, ächzte Justin d'Amonceux mit einer Stimme, die er kaum als die seine erkannte.

»Ist sie es, die Ihr liebt?«, antwortete sie mit einer harten Gegenfrage. »Oder habt Ihr einfach nur die Schwester gewechselt, um Euch zu bestätigen oder vielleicht sogar zu rächen?«

Es war erbarmungslos, was sie ihm vorwarf. Auch ziemlich ungerecht, aber sie musste es von ihm hören, ehe sie ihm erlaubte, die junge Frau zu sehen, die sich so ausweglos in ihrem Stolz und ihrer Liebe verstrickt hatte. Nur wenn er die richtigen Worte fand, war er die Hilfe, die sie alle so dringend benötigten.

Justin d'Amonceux war sich der Tatsache bewusst, dass alle Augen mit den unterschiedlichsten Gefühlen an ihm hingen. Jene von Roselynnes Vater mit der nackten Drohung von Gewalt, die des Barons in freundschaftlichem Mitgefühl und die der Lady in unbarmherziger Forderung. Was konnte er sagen, damit jeder von ihnen begriff, wie tödlich ernst es ihm war? Dass er nur noch lebte, um Roselynne für den Kummer zu entschädigen, den sie durch ihn erlitten hatte?

»Es gibt auf dieser Welt keine Entschuldigung für das, was ich aus Dummheit und falschem Stolz getan habe«, sagte er nach einem tiefen Atemzug mit heiserer Stimme. »Aber wenn Ihr mein Leben wollt, um das Ihre zu retten, so nehmt es.«

Es war die klare Knappheit dieser Aussage, die Lady Liliana überzeugte. Dies war jetzt nicht der Zeitpunkt für Debatten. Sie packte ihn am Arm und zog ihn die

Treppe hinauf. »Kommt, wir haben keine Zeit zu verlieren.«

Ryan of Hythe sah dem Paar nach, dann fasste er den Lord ins Auge, der nun mit stummer Erbitterung sein Schwert in die Scheide zurückschob. Er trat zu ihm und nahm ihn am Arm, ohne dass ihm bewusst wurde, dass er eine derartige Vertrautheit zum erstenmal wagte.

»Komm mit in die Küche«, sagte er freundschaftlich. »Du bist ohne Aufenthalt von der Küste nach Rouen geritten. Du musst hungrig und durstig sein. Wir können ihnen nicht helfen dort oben, aber vielleicht werden wir in dieser Nacht noch Kraft und Ruhe brauchen.«

»Und *er?*«, knurrte der Lord. »Was, zur Hölle, kann *er* helfen?«

»Der Himmel hat Lady Liliana und dir die Gnade von fünf gesunden Kindern geschenkt. Fragst du mich dies allen Ernstes, nachdem du fünf Mal erlebt hast, was eine Geburt bedeutet?«

Raynal de Cambremer bellte etwas, das sich sehr nach ›Eingebildeter Laffe!‹ anhörte, aber er folgte Ryan ohne weiteren Einspruch in Richtung der Küchengewölbe.

26. Kapitel

Roselynne war aus der ersten Ohnmacht, die halb vom Schock, halb vom Schmerz verursacht worden war, in eine Welt der Qual zurückgekehrt. Sie klammerte sich mit aller Kraft an Sophia-Roses schmale Hände und fragte ihre Schwester mit dem winzigen bisschen Luft, das ihr zwischen zwei Wehen blieb: »War es … bei dir … auch so grässlich … aaah …«

Der Baronin von Aylesbury blieb die Antwort erspart, denn Roselynne konnte sie ohnehin nicht mehr hören. Die viel zu schmächtige Gestalt wand sich vor Pein auf ihrem Lager. Ihr Zittern übertrug sich auf die leichte Decke, die Lady Liliana über sie gebreitet hatte, nachdem sie Roselynne gemeinsam aus ihren feuchten Kleidern befreit und in ein loses, sauberes Hemd gehüllt hatten. Inzwischen klebte dieses Kleidungsstück schweißfeucht auf ihrer Haut.

Nein, so war es bei ihr nie gewesen, erinnerte sich Sophia-Rose bedrückt. Schmerzvoll, langwierig, anstrengend und manchmal auch bis an die Grenzen ihrer Kräfte gehend, aber nie so bedrohlich und offensichtlich lebensgefährlich wie bei Roselynne. Dieses Kind, das alle Welt in solche Aufregung versetzte, schien sich ebenso wie seine Mutter nicht entscheiden zu können, ob es nun leben wollte oder nicht.

Sie konnte Justin d'Amonceux nicht zürnen, wie ihr Vater das tat; in ihr war immer noch ein Rest der Zuneigung, die sie für ihn empfunden hatte. Trotzdem wünschte sie, er könnte sehen, was er ihrer kleinen Schwester angetan hatte. Dann würde er vielleicht den Unterschied zwischen verletztem Stolz und echtem Leid erkennen.

Sie war auf reine Vermutungen angewiesen, wenn es

um die Bande ging, die Roselynne an den normannischen Edelmann fesselten. Ihre Schwester selbst hatte ihn mit keinem Wort erwähnt, und den Dingen, die ihr Gemahl verriet, misstraute sie ein wenig, da sie um seine verständliche Eifersucht wusste.

Aber Handlungen aus verletztem Stolz heraus passten durchaus zu dem Edelmann, dem sie einmal versprochen gewesen war, hingegen nicht die blinde Leidenschaft oder die dummen Fehler, die gewöhnliche Menschen begingen, wenn sie sich ausweglos in die Liebe verstrickten. Dazu war er zu distanziert, zu überzeugt vom eigenen Wert und der eigenen Würde.

Sie hatte ihm gewünscht, dass er eine Frau finden möge, die ihn den Unterschied zwischen Freundschaft und Liebe lehrte. Allein, sie hatte nicht geahnt, dass diese Frau die eigene Schwester sein würde und dass das arme Geschöpf diese Lehrstunde vielleicht sogar mit seinem Leben bezahlen musste.

Sie erinnerte sich an eine ferne Auseinandersetzung mit ihrer Schwester, als jene ihr Vorwürfe machte, weil sie Justin d'Amonceux davon schickte. »Du bist uns fremd geworden!«, hatte sie damals geklagt, und nun war sie es, die ihrer großen Schwester fremd geworden war. Aus der Kleinen mit den schwärmerischen Augen war eine leidende Frau geworden, die ihre Geheimnisse nicht einmal mit ihrer Schwester teilen wollte.

»Schscht!« Sie tupfte Roselynne die Stirn mit kühlem Lavendelwasser ab. »Es geht vorbei, du wirst es sehen. Du darfst dich nicht so sehr dagegen wehren, kleine Schwester! Lass es geschehen …«

»Ich darf nicht. Es … es ist zu früh …«, keuchte die Schwangere und rang nach Luft.

»Du musst der Natur ihren Lauf lassen. Du kannst nichts mehr tun, entspann dich. Du gefährdest dich und dein Kind mit dem, was du tust!«

Die Ratschläge trafen auf taube Ohren. Es hatte den Anschein, als wollte Roselynne mit ihrem ganzen Willen die Geburt aufhalten. Sie war nicht mehr fähig, die Gefahr zu erkennen oder nützliche Ratschläge zu befolgen. Sie reagierte instinktiv, von der eigenen Angst getrieben.

Sophia-Rose tauschte einen Blick mit Roselynnes Kammerfrau Maud und der tüchtigen Wehmutter, die auf Befehl ihrer Großmutter schon seit Tagen im Haus wohnte, damit sie nicht erst geholt werden musste. Doch trotz aller Vorsicht hatte keiner von ihnen verhindern können, dass die Geburt zu früh und mitten in einer stürmischen Auseinandersetzung mit Lord Hawkstone eingesetzt hatte.

Die Wehmutter hatte es befürchtet und der erschöpften Schwangeren jede Aufregung und jede Anstrengung streng verboten. Aber davon hatte der Lord nichts wissen können, als er in das Haus geplatzt war, um seine wieder gefundene Tochter in die Arme zu schließen. Die pralle Wölbung ihres hochschwangeren Leibes hatte ihn dabei ebenso unvorbereitet getroffen wie zuvor ihre Mutter und ihre Schwester.

»Das sieht wahrhaftig nicht gut aus, wir sollten beten«, hatte die Hebamme verkündet, als die Wöchnerin endlich in ihrem Alkoven lag, und Lady Liliana hatte sich dem Urteil nur anschließen können. Was immer Geld und Einfluss, Wissen und Können für eine Gebärende tun konnten, stand bereit, aber wenn Roselynne sich weiterhin so hartnäckig dagegen stemmte, dass ihr Kind das Licht der Welt erblickte, würden beide noch diese Nacht sterben!

Sophia-Rose drehte sich nicht um, als die Kammertür hinter ihr aufging. Sie hörte das Rascheln eines Gewandes und das Stöhnen eines Mannes. Ihre Mutter. Der Medicus …? Jetzt fuhr sie doch herum.

»Justin …«

Die beiden Silben erstarben auf ihren Lippen. War er es denn überhaupt? Auf den zweiten Blick kamen ihr Zweifel. Sie hatte sich vor Jahren von einem Edelmann getrennt, der in seinem Stolz verletzt und in seiner Männlichkeit gekränkt worden war. Aber sogar in dieser Situation hatte er eine unzerstörbar faszinierende Ausstrahlung von Eleganz und Wohlerzogenheit besessen. Das blendende Aussehen eines hoch gewachsenen, blonden Normannen, dessen nordisches Erbteil über Generationen edelsten Blutes kultiviert und verfeinert worden war.

Der Justin von heute glich einem tollkühnen Wegelagerer mit scharfen Zügen und hässlichen Kriegswunden. Seine Kleider sahen aus, als hätte er sie seit Tagen nicht gewechselt. Er stank nach saurem Wein und üblen Kneipendünsten, wie der geringste Soldat. Seine schönen silberblonden Haare klebten verschwitzt und nachlässig zurückgestrichen an den Schläfen. Nicht einmal die unvergessenen kristallklaren Augen waren die gleichen geblieben. Früher hatten sie amüsiert gefunkelt, ein wenig spöttisch und überheblich, aber mit einem Strahlen, das Sophia-Rose von Anfang an fasziniert hatte.

Erst heute wusste sie, dass dieses Strahlen kalt und sehr selbstsüchtig gewesen war. Das Leben hatte sie gelehrt, mehr zu sehen, als ein 18-jähriges Mädchen entdeckte, wenn es zum ersten Mal geschickt umworben und verehrt wurde. Deswegen sah sie jetzt auch das Unglück in seinen hellen Augen. Erbärmliche Angst, die keine Zeit für Dinge ließ, die sich außerhalb dieses Alkovens abspielten. Seine Wahrnehmung war so ausschließlich auf Roselynne gerichtet, dass Sophia-Rose nicht mehr als ein verschwommener Umriss für ihn blieb. Er stürzte neben Roselynnes Lager auf die Knie, die Stirn auf die Kante des Bettes gelegt, und wagte nicht einmal, nach ihrer Hand zu fassen.

Sophia-Rose sah zu ihrer Mutter, welche die Tür nachdrücklich schloss und die stumme Frage leise beantwortete. »Ich weiß nicht, wo er herkommt. Er ist ins Haus gestürzt, und ich konnte eben noch verhindern, dass euer Vater das Problem auf seine männlich undiplomatische Weise mit dem Schwert löst. Wie es scheint, wusste er nichts davon, dass sie sein Kind erwartet.«

»Roselynne, Mylady …« Die Stimme des Normannen jagte beiden Frauen einen eisigen Schauer über den Rücken.

Lady Liliana trat an den Alkoven und legte eine Hand auf seine Schulter. »Ich fürchte, sie hört Euch nicht. Aber sprecht trotzdem mit ihr, vielleicht dringt Eure Stimme irgendwann zu ihr durch. Sie muss aufhören, um dieses Kind zu kämpfen. Sie hat Angst, dass es zu früh ist und dass es nicht am Leben bleibt. Freilich wird sie auf diese Weise dafür sorgen, dass es schon in ihrem Leib stirbt und sie mit vergiftet. Könnt Ihr mir sagen, wann …« Sie brach ab, räusperte sich und schob alle Höflichkeit unwirsch zur Seite.

»Maud behauptet, es war am Tag vor ihrer Entführung, als sie die blutigen Laken in ihrem Bett gefunden hat. Stimmt das oder habt Ihr schon zuvor …«

Sophia-Rose sah die tiefe Röte, die aus dem Hals des Ritters in seine Wangen kroch, und schwankte trotz aller Sorgen zwischen Belustigung und Mitgefühl. Ein solches Verhör von Seiten der Mutter der Geliebten gehörte sicher nicht auf die Liste der Dinge, die ein Mann erleben wollte.

»Es war das erste Mal, ja …«, entgegnete er dennoch rau, ohne die Augen von Roselynne zu nehmen, die mit geschlossenen Lidern stöhnte.

»Also sind es im besten Fall knappe vier Wochen zu früh«, murmelte Lady Liliana und tauschte einen viel sagenden Blick mit der Wehmutter, die mit gefalteten Händen am Fußende des Alkovens stand und am Ende ihrer Weisheit zu sein schien.

Dann gab sie sich einen Ruck und bedeutete Justin mit einer Geste, sich zu erheben. »Auf dem Boden könnt Ihr nichts für sie tun.«

»Was aber *kann* ich für sie tun?«, fragte er verhalten, ohne den Blick von Roselynne zu nehmen.

»Sprecht mit ihr. Sagt ihr endlich die Wahrheit. Sagt Ihr, dass Ihr sie liebt und dass sie leben muss. Für Euch und das Kind. Wenn es Worte gibt, die sie von dem gefährlichen Abgrund zurückholen könnten, auf den sie zutaumelt, dann sind es diese!«

»Wisst Ihr, warum sie mir verschwiegen hat, dass sie ein Kind erwartet?«

Lady Liliana gab ein wenig damenhaftes Schnauben von sich. »Ihr hättet es selbst herausfinden können, wenn Ihr Euch besser um sie gekümmert hättet, statt sie zu Eurer Tante abzuschieben.«

»Ich hatte das Recht verwirkt, an ihrem Leben Anteil zu haben«, entgegnete er knapp. »Sie sollte nicht leiden, sondern endlich den Frieden finden, den sie sich so sehnlichst wünschte.«

»Roselynne wünschte sich keinen Frieden, sondern Liebe«, wisperte Sophia-Rose, die ihre Schwester nur zu gut verstand. »Sie wollte für ihr Kind einen Vater, der ihr von Herzen zugetan ist, und keinen, der nur bei ihr bleibt, weil Sitte und Anstand es von ihm verlangen.«

Der Normanne starrte sie an, ohne sie zu erkennen. Sie war für ihn nur eine Frau, die unangenehme Wahrheiten aussprach. Sein Leben würde nicht reichen, um die Schändlichkeiten zu bereuen, die er seiner Liebsten angetan hatte. Aber dafür war später Zeit. Jetzt galt es zu kämpfen. Für sie und für das Wesen, das eine Liebe krönte, die er so lange verleugnet hatte.

Er zögerte nicht, diesen wichtigsten Kampf seines Lebens aufzunehmen, sondern setzte sich auf die Kante des Alkovens und zog die halb besinnungslose Wöchnerin mit unendlicher Vorsicht in seine Arme. Er stützte sie, trocknete ihre Stirn und hielt ihre Hände, während er ununterbrochen auf sie einsprach. »Lass dir helfen, mein Herz. Du musst keine Angst haben, ich bin bei dir! Nimm meine Kraft und meinen Atem für unser Kind. Der Himmel wird nicht zulassen, dass ihm Böses geschieht, weißt du. Lass es zur Welt kommen, damit wir es lieben und behüten können, so wie ich dich lieben werde, solange noch ein Atemzug in meiner Brust ist …«

Keine der Frauen konnte sagen, wie viel die halb ohnmächtige junge Mutter von all diesen Worten vernahm, die mit heiserer Stimme an ihr Ohr gemurmelt wurden. Aber im Laufe der Stunden hatte es doch den Anschein, als würde Roselynnes Widerstand schwächer und das tropfende Blut weniger.

Der Medicus kam erst, nachdem sich das Gewitter endlich entladen hatte, und er protestierte sofort heftig gegen die Anwesenheit des Ritters. Gleichwohl konnte er nichts für Roselynne tun, das die Wehmutter nicht ohnehin schon seit Stunden machte. Sie massierte den gespannten Leib mit warmem Öl, erfrischte die blassen Schläfen mit Kräutertinkturen, hielt die Fenster geschlossen, damit keine bösen Geister hereinkamen, und betete ununterbrochen.

»Es hat keinen Sinn«, seufzte der gelehrte Mann. »Holt den Priester, damit sie nicht unvorbereitet ihren letzten Weg antritt.«

»Nein!« Zum ersten Mal seit geraumer Zeit hob Justin den Kopf und nahm zur Kenntnis, was um ihn herum geschah. »Sie wird nicht sterben!«

»Das liegt nicht in Eurer Macht, Seigneur«, entgegnete der Medicus des Herzogs kapp. Es missfiel ihm, wie viel Menschen in dieser Wochenstube Dinge zu wissen glaubten, deren Kenntnis allein ihm zustand. »Die Dame ist erschöpft. Wenn das Kind nicht bald seinen Weg geht, dann …«

»Hinaus!«

Alle schraken vor diesem einen eiskalten Wort zusammen. Reines Feuer loderte aus den Augen des Ritters, die all ihre leblose Distanz verloren hatten. »Schert

Euch hinaus, wenn Ihr nur unken könnt. Dies ist meine Gemahlin, und ich sage Euch, sie wird leben!«

Die bedingungslose Leidenschaft seiner Worte verschlug dem Medicus ebenso die Sprache, wie ihn der Inhalt beleidigte. Er nickte Lady Liliana hoheitsvoll zu und verließ gekränkt die Kammer. Sophia-Rose rang die Hände und sah Justin vorwurfsvoll an.

»Ich würde wünschen, dass du Recht hast, aber wenn du wirklich …«

»Wenn Ihr zweifelt, dann geht ebenfalls!«, knurrte der Normanne mit einem Grimm, der auch in den scharfen Linien in seinen Mundwinkeln und in der starren Haltung seiner Schultern Ausdruck fand. »Glaubt Ihr, ich würde zulassen, dass ein Unfähiger sie berührt, der sonst die Kriegswunden des Herzogs flickt? Ich bin sicher, Lady Liliana und diese Frau dort können alles für sie tun, was nötig ist, wenn es so weit ist. Bis dahin überlasst sie mir!«

Ohne sich um Sophia-Rose zu kümmern, begann er erneut auf Roselynne einzureden. »Du wirst mir jetzt gehorchen, mein Herz! Du hast deinen Willen gehabt und jetzt bin ich dran. Gib unser Kind frei, damit es leben kann! Hörst du mich? Ich befehle es dir!«

»Gütiger Himmel, er ist noch sturer als sie«, hauchte die Baronin fassungslos, während sie mit anhörte, wie er vom Flehen zu herrischen Befehlen überging. »Meint er wirklich, dass sie in ihrer Qual auf ihn hören wird? Sie ist kaum noch richtig bei Sinnen!«

»Sieh!«

Lady Liliana griff nach Sophias Hand und deutete bebend auf die Schwangere. Roselynne hatte die Augen aufgeschlagen und starrte zum ersten Mal mit einem Hauch von Bewusstsein in das schroffe Antlitz mit der befremdlichen Narbe.

»Du …«, wisperte sie kaum hörbar. »Ich wollte so stark sein, aber ich glaube, ich kann's nicht länger …«

Roselynne wusste nicht, ob sie das alles nur träumte,

aber es tat so gut, die Last, die sie die ganze Zeit empfunden hatte, in seine Hände zu legen.

»Schscht! Kümmer dich nicht. Ich bin stark genug für uns beide …«, hörte sie ihn antworten und verlor schon fast wieder den kurzen Kontakt zur Wirklichkeit.

Allein, da war noch etwas, das sie ihm unbedingt sagen musste, ehe sie dem ruhigen, schönen Licht entgegen ging, das am Rande ihres Blickfeldes so verlockend schimmerte. Sie konnte ihn nicht verlassen, ohne es wenigstens einmal in Worte gefasst zu haben.

»Ich wollte dich noch einmal sehen … bevor ich gehe … Ich … ich liebe dich so unendlich, mein Ritter! Es warst immer nur du, der mein Herz besessen hat. Seit jenem Frühling, als du nach Hawkstone kamst. Ich wollte nicht mehr leben, als du fortgingst …«

»Ich werde nie wieder gehen, wenn du das möchtest.«

Roselynne erschauerte unter einer neuerlichen Welle des Schmerzes. Es war mehr, als sie ertragen konnte. »Jetzt … bin ich es, die geht … Justin …«

»Du wirst nicht gehen, Roselynne d'Amonceux!«, antwortete Justin mit gepresster Stimme und küsste die trockenen, zitternden Lippen mit unendlicher Zärtlichkeit. »Du kannst mich nicht allein lassen. Ich tauge nichts ohne dich, ich brauche dich. Dich und unser Kind! Wer soll mich denn lehren zu lieben, wenn du nicht mehr da bist … Bleib bei mir, sonst muss ich dir folgen!«

»Justin …«

Sophia-Rose schluckte und wischte sich die Tränen aus den Augenwinkeln. Es waren keine Worte, die für fremde Ohren bestimmt waren, und doch … Es waren wunderschöne Worte, die auch tief in ihr etwas lösten, das seinetwegen noch immer bedrückt und bekümmert gewesen war. Ihre Lippen formten ein Gebet, und ihre Hände falteten sich, ohne dass es ihr bewusst wurde.

»Hilf, heilige Mutter! Hilf diesen beiden Menschen, die so viel gelitten haben!«

Ryan of Hythe kam zu sich, als sein aufgestützter Arm von der Platte des Tisches rutschte und er durch die Wucht der Gewichtsverlagerung fast von der Bank fiel. Im letzten Moment rappelte er sich auf und sah aus brennenden Augen um sich. Die Kerzen waren herabgebrannt. Hinter den Fensterquadraten glomm das erste Ahnen der Morgendämmerung, und gegenüber im großen geschnitzten Stuhl vor dem Kamin saß immer noch der Lord von Hawkstone und starrte reglos ins Nichts.

Die ganze Nacht hatte er so dagesessen, während der Medicus kam und ging, der Priester umsonst darauf wartete, vorgelassen zu werden, und die Mägde nach frischem Wasser, sauberen Tüchern und Kräuterölen liefen. Irgendwann weit nach Mitternacht war auch dann Dame Elisabetta in ihr Gemach verschwunden, aber ihr jüngster Sohn war geblieben und mit ihm der Baron.

Jetzt reckte sich Ryan und bewegte die Schultern, ehe er nach einem herzhaften Gähnen mit allen zehn Fingern durch die blonden Strähnen seines wirren Schopfes fuhr. Ein tiefer Atemzug weitete seine Lungen, dann wandte er sich an den Lord, der aussah, als wäre er in den vergangenen Stunden zu Stein geworden.

»Der Morgen ist da, Vater …«

Plötzlich hörte er Schritte und die Tür schwang auf. Er entdeckte seine Gemahlin im selben Augenblick wie sie ihn. Sophia-Rose lief einfach los und warf sich mit einem trockenen Aufschluchzen in seine ausgebreiteten Arme.

»Um Gottes willen«, murmelte der Baron bestürzt. »Du willst doch nicht etwa sagen, dass …«

Die Worte fehlten ihm, und Raynal de Cambremer stemmte sich schwerfällig aus seinem Sitz hoch.

»Bei Gott, Sophia, hör auf zu flennen und sag uns, was geschehen ist«, fuhr er sie barsch an.

Sie hob den Kopf und schenkte beiden Männern endlich ein zitterndes Lächeln. Ihre schönen grünen Augen schwammen in Tränen, und die vergangenen Stunden hatten tiefe Schatten der Erschöpfung unter ihre Augen gelegt. Dennoch sah sie nicht aus wie eine Frau, die ihre Schwester betrauerte.

»Es ist vorbei«, stammelte sie. »Roselynne hat eine Tochter geboren, wie sie es vorhergesagt hat. Ein winziges Dingelchen, aber kräftig genug, um mörderisch zu schreien. Man kann noch nicht viel sagen, aber es sieht so aus, als könnten wir sie mit ein bisschen Glück am Leben erhalten. Sie trinkt, und das ist viel wert ...«

»Und Roselynne?«

»Schwächer als ihre Tochter, zu Tode erschöpft, aber sie atmet. Wenn sie nicht noch einmal zu bluten anfängt, können wir auch für sie hoffen.«

»Dem Himmel sei Dank«, ächzte der Lord und war schon halb aus dem Raum, ehe Sophia-Rose ihm nachrufen konnte: »Sie schläft, sei behutsam und leise. Sie braucht diesen Schlaf!«

»Lass ihn«, murmelte Ryan und küsste die Stirn seiner Gemahlin. »Er muss sie sehen, damit er es glaubt. Es waren schlimme Stunden für ihn.«

»Wem sagst du das«, seufzte Sophia-Rose. »Ich habe noch nie eine solche Nacht erlebt und möchte dergleichen auch kein zweites Mal erleben. Ohne Justin d'Amonceux hätte sie in einer Katastrophe geendet ...«

»Was hat er getan?«

»Ich kann's dir nicht sagen. Er hat auf Roselynne eingeredet, bis ihm die Stimme versagte. Er hat sie angefleht, gescholten, gefordert, gebeten und beschimpft. Er hat sie mit der Gewalt seiner Gefühle am Leben erhalten. Es war seine Kraft, die am Ende dieses Kind gerettet hat. Ohne ihn hätte Roselynne einfach aufgegeben. Keine Frau hätte diese Nacht ohne Hilfe bewältigt.«

»Er liebt sie.«

»Daran gibt es weiß Gott keinen Zweifel«, stimmte seine Gemahlin zu. »Er weigert sich, ihre Seite zu verlassen, bis sie außer Gefahr ist. Ich hoffe nur, Papa nimmt davon Abstand, ihn in der Wochenstube mit seinem dummen Schwert zu durchbohren.«

Was immer der Lord von Hawkstone vorgehabt hatte, die Szene am Alkoven seiner Tochter entwaffnete ihn. Roselynne lag zwischen frischen Kissen, die Augen geschlossen, aber ihre Brust hob und senkte sich regelmäßig. An ihrer Seite saß der Normanne, die Finger seiner Gemahlin in einer schlanken, sehnigen Hand, die Augen ohne Unterlass auf ihr Antlitz gerichtet.

Er machte ein Eindruck eines Mannes, dessen Welt sich auf dieses Gesicht reduziert hatte. Er sah weder auf, noch bewegte er sich, als der Lord an die Seite seiner Gemahlin trat, die eben das Körbchen mit dem Neugeborenen noch näher an das Feuer im Kamin rückte.

»Deine Enkelin braucht Wärme«, flüsterte sie und deutete auf ein winziges Köpfchen, das unter einer Haube förmlich verschwand. Es bestand eigentlich nur aus zusammengekniffenen Falten und einem kaum sichtbaren Stupsnäschen.

»Himmel, wie klein sie ist …«

»Aber gesund und wohlgestaltet«, beruhigte ihn Lady Liliana. »Im Augenblick können wir sie nur schlafen lassen. Alle beide.«

»Und er?« Die schroffe Kopfbewegung des Lords verriet eine Menge über seine höchst widersprüchlichen Gefühle für den Mann an Roselynnes Bett.

»Lass ihn. Sie scheint es zu spüren, wenn er bei ihr ist. Seine Gegenwart gibt ihr Kraft, und die braucht sie nötiger denn je. Sie hat ihre Wahl getroffen, und wenn du mich fragst, ist es keine schlechte Wahl.«

Raynal de Cambremer zwang sich, nicht zu dem Normannen, sondern in die veilchenblauen Augen seiner

Gemahlin zu sehen. Er hatte gelernt, ihrem Instinkt zu vertrauen, auch wenn dieser ihn manchmal dazu zwang, Entscheidungen zu treffen, die seinem geradlinigen männlichen Gefühl ganz und gar nicht entsprachen.

27. Kapitel

Roselynne tauchte aus ihrem Schlaf auf wie aus den kühlen Tiefen einer erfrischenden Quelle. Sie verspürte keinen Drang, das Aufwachen zu beschleunigen. Es war herrlich, so dazuliegen und außerhalb der Wirklichkeit zu schweben. Sie konnte nicht sagen, wie lange sie geschlummert hatte, sie wusste nur, es war tief und völlig traumlos gewesen. Erholung für Körper und Seele, Stille und totale Entspannung für ihren gemarterten Leib …

Ein grelles, unerwartetes Geräusch drang jäh in diesen Frieden. Ein schrilles Quäken, dünn, jämmerlich und von so dringlicher Mahnung, dass es ein verblüffendes Echo in ihren schweren, sich spannenden Brüsten fand. Sie wurden augenblicklich feucht. Unwillkürlich berührte sie die Stelle mit der Hand: ihr Hemd klebte auf der Haut. Im selben Moment war da eine Bewegung an ihrer Seite, ein kaum merkliches Gewicht, ein Kissen, Wärme …

Sie schlug die Augen auf und blickte in ein winziges, ungnädig verzogenes Säuglingsgesicht, in dem der kirschgroße Mund eine protestierende Höhle war, die gierige, quäkende Geräusche ausstieß. Ihre Tochter … Ihre Tochter lebte!

Eine Welle unendlicher Liebe und grenzenloser Erleichterung stieg in Roselynne auf, und die Milch, nach der das kleine Mädchen so jammernd verlangte, schoss in ihre Brüste. Erst jetzt entdeckte sie die schlanke Männerhand, die das schreiende Köpfchen stützte und den kleinen Körper in seinem Wickelkokon hielt. Ihre Augen wanderten langsam den Arm entlang und die Schulter hinauf in das unrasierte, übernächtigte Gesicht, das direkt aus ihren Träumen zu kommen schien.

»Du musst ihr die Brust geben«, sagte Justin rau. »Sie verbraucht zu viel Kraft, wenn sie zu lange schreien muss. Sie ist noch sehr schwach und braucht dringend Nahrung, sagt die Wehmutter.«

Roselynne fand keine Worte. Sie senkte die Lider, öffnete das Zugband des Hemdes, zog den Stoff zur Seite und barg das Kind, das ihr Justin reichte, an einer prallen Brust, an deren Spitze schon ein Tropfen hing. Das kleine Mädchen stieß mit seiner winzigen Nase dagegen und gluckste. Der Duft brachte es auf den richtigen Weg, die Brustwarze verschwand in der rosigen Höhle und das Gekreisch verstummte jäh.

Roselynne japste vor Überraschung, als sich der zahnlose Kiefer überraschend energisch um ihre Haut schloss und das gierige Saugen des kleinen Mundes eine Fülle von unbekannten, aber durchaus angenehmen Gefühlen in ihr aufwallen ließ.

Erst jetzt hob sie die Lider erneut und sah den Mann an, der den Platz an ihrem Bett nicht verlassen hatte. Seine Kleider waren schmutzig, die Haare wirr, die Bartstoppeln dunkel und ungewohnt. Zum ersten Mal passte die Narbe in das wilde, ungestüme Gesicht. Nur die Augen wollen es nicht. Sie waren leuchtend, durchscheinend blau und von einer neuen, wundervollen Wärme, die sie noch nie in ihnen entdeckt hatte. Er sagte nichts. Zwischen ihnen war nur das leise Schmatzen des kleinen Mädchens, das immer wieder schnaufend Luft holte und weitertrank.

»Du bist gekommen ...«, flüsterte Roselynne endlich. »Wer hat dich geholt?«

»Niemand«, entgegnete Justin. »Ich habe gespürt, dass du mich brauchst. Ich war immer draußen vor deinem Haus. Jede Nacht. Ich habe deinen Schlaf bewacht und mich einen dummen Narren geschimpft, weil ich dir so wehgetan habe. Kannst du mir je verzeihen?«

»Nur wenn du mir wiederholst, was du gesagt hast, bevor sie zur Welt kam«, flüsterte Roselynne leise.

»Was soll ich wiederholen? Dass ich nicht ohne dich leben kann? Dass ich dich brauche wie die Luft zum Atmen, das Wasser zum Trinken, das Brot zum Essen? Dass mein Leben erst durch dich zum Leben geworden ist? Dass ich dich liebe, mein Herz?«

Roselynne rang nach Luft, als er endete. Erst in diesem Moment merkte sie, dass sie die ganze Zeit den Atem angehalten hatte.

»Ich hab gedacht, ich hätt' es geträumt«, flüsterte sie beglückt.

Mit einem leisen ›Plop!‹ glitt ihre Brustwarze aus dem Mund des Säuglings, der mitten im Trinken wieder eingeschlafen war. Roselynne spürte auf der feuchten Haut die kaum merklichen Atemzüge ihrer Tochter und sie berührte das rührend kleine, zerbrechliche Fäustchen, das sich gegen ihre Brust presste. Die Finger gingen auf und umfassten ihren Daumen wie einen Anker. Ein leises Quäken wurde wieder laut und sie wechselte den Säugling ohne nachzudenken zur anderen Brust.

Dieses Mal war sie auf den hungrigen Ruck gefasst, mit dem das kleine Mädchen an der Quelle zog. Die unschuldige Gier rührte und entzückte sie zugleich.

»Ich hatte so unendliche Angst, dass ich euch beide verliere«, wisperte sie, ohne die Augen von ihrer Tochter zu nehmen, und eine Träne löste sich von ihren Wimpern und rann über die blasse Wange.

Justin beugte sich tiefer und küsste diese Träne mit äußerster Sanftheit von ihrer Haut. »Ich gehöre dir. Ich habe dir vom ersten Blick an gehört, auch wenn ich es nicht wahr haben wollte.«

»Das heißt, du wirst bei uns bleiben?«, versicherte sich Roselynne mit einem letzten Rest von Misstrauen.

»Wenn du es erlaubst«, entgegnete Justin d'Amonceux mit ungewohnter, neuer Demut.

»Wie kannst du das fragen«, protestierte sie schwach. »Ich habe immer nur auf dich gewartet, seit Sophia-

Rose dich freigegeben hat. Aber ich bin nicht so schön wie sie. Nicht so elegant und hoheitsvoll …«

»Wer sagt das? In meinen Augen ist Sophia nur eine hübsche Rothaarige mit launischem Temperament. Du aber bist die Sonne und der Mond, das Licht meines Lebens. Du hältst mein Herz in deinen Händen.«

Ein Kichern stieg unwiderstehlich in Roselynnes Kehle auf. Eine Rothaarige mit launischem Temperament! Und das über Sophia-Rose of Aylesbury, die einzige Dame, die sogar König Rufus mit Wohlgefallen ansah! Wenn es noch einen Beweis dafür gab, dass Justin närrisch vor Liebe war, dann hatte er ihn soeben erbracht.

»Würde es dir etwas ausmachen, mich richtig zu küssen?«, bat sie mit kehliger Stimme und hob ihm die zitternden Lippen entgegen.

Justin d'Amonceux umfasste das zarte Antlitz seiner Gemahlin an den Schläfen und senkte seinen Mund auf den ihren. Zuerst wollte er sie nur mit sanfter Vorsicht berühren, aber Roselynne hatte anderes im Sinn. Sie kam ihm mit dem Hunger seiner Tochter entgegen. Sie wollte ihn nicht nur fühlen, sondern schmecken, besitzen und mit Haut und Haaren erkennen.

»Heiliger Himmel, habt Ihr den Verstand verloren, Justin d'Amonceux? Das Mädchen hat eine lebensgefährliche Geburt hinter sich. Ihr müsst die Kleine in Frieden lassen! Männer! Pffft!«

Der überaus verächtliche Laut, mit dem Dame Elisabetta de Cambremer diesen Ausruf krönte, ließ Roselynne und Justin auseinander fahren. Die junge Mutter sah mit einer Mischung aus Erstaunen und Vergnügen, dass der hochfahrende Edelmann schuldbewusst errötete. Sie schenkte ihm ein spitzbübisches Lächeln, bevor sie ihre Großmutter heiter ansah.

»Guten Morgen, Großmama! Hört auf, den armen Justin zu schelten, ich wollte diesen Kuss von ihm! Wir konnten uns gestern schließlich nicht einmal richtig begrüßen.«

»Der arme Justin, pffft!«

Die alte Dame stützte sich auf ihren Stock und trat ein wenig schwerfällig näher. Erst jetzt entdeckte sie das Kind an Roselynnes Brust. Es schlief mit halb offenem Mündchen, sichtbar zufrieden an die Wärme spendende Mutter und die erfolgreich entdeckte Nahrungsquelle gekuschelt. Die winzigen Wangen rosig überhaucht und eine Faust noch immer um einen Finger seiner Mutter geklammert. Das friedliche Bild besänftigte die Dame, und sie strich ihrer Urenkelin mit großer Zartheit über die Wange.

»Dem Himmel sei Dank, dass alles gut gegangen ist.«

Dame Elisabetta bekreuzigte sich zufrieden, ehe sie ihre Aufmerksamkeit von neuem auf das Paar richtete; Roselynne durchscheinend blass und matt, aber lächelnd, ihr Gatte dagegen ein schmutziger Brigant reinsten Wassers. Dennoch hatte sie in den langen Jahren, seit sie ihn kannte, noch nie eine so vollkommene Ruhe und einen so deutlichen inneren Frieden mit sich selbst an ihm bemerkt. Er machte den Eindruck eines Mannes, der endlich nach Hause gefunden hatte.

»Mir scheint, Ihr habt inzwischen doch das Alter erreicht, das es Euch erlaubt, den romantischen Helden zu spielen«, knüpfte sie an ein Gespräch an, das sie vor langer Zeit mit ihm geführt hatte. »Und ich kann Euch tatsächlich in der Schar meiner Enkel willkommen heißen. Was allerdings nicht bedeutet, dass ich die Art und Weise gutheiße, mit der Ihr dieses Ziel erreicht habt, Justin!«

»Hört auf, mich anzubellen, verehrte Freundin«, entgegnete der Normanne mit einer winzigen Grimasse. »Ihr könnt mir nicht mehr grollen, als ich selbst es tue. Ich war ein ausgemachter Narr.«

»Dem kann ich nicht widersprechen«, nickte die alte Dame zufrieden und schenkte ihrer Enkelin und ihrer Urenkelin eines ihrer seltenen Lächeln. »Merk es dir gut, Kind! Ein Gatte mit einem schlechten Gewissen ist etwas Wunderbares. Sorg dafür, dass er es lange behält! Und nun kommt, junger Mann. Eure beiden Damen müssen schlafen, und mir scheint, Ihr braucht vor dem Schlaf ein Bad und eine Mahlzeit. Ihr stinkt, mit Verlaub gesagt, wie ein Landsknecht und seht aus wie ein Wegelagerer.«

Dem war schwer zu widersprechen, dennoch musste Roselynne einen letzten Hauch von Sorge bekämpfen, bevor sie Justin gehen ließ. »Du kommst wieder?«

»So sicher, wie unsere Tochter Hunger haben wird, wenn sie das nächste Mal aufwacht!«

Ihre Blicke trafen sich, und Dame Elisabetta blinzelte gerührt.

»Ich bring ihn dir zurück, Roselynne«, sagte sie ungewohnt sanft. »Soll ich das Kind in die Wiege legen?«

»Nein!« Roselynne barg das winzige Wesen noch enger an ihrem Busen. »Lass sie mir, ich muss sie ansehen, damit ich es glaube.«

Und das tat sie, bis ihr die Augen zufielen und ihr gemarterter Körper sein Recht auf Ruhe und Schlaf forderte. Sie merkte nicht, dass Lady Liliana das kleine Mädchen aus ihrem Arm nahm. Nach Monaten des Kummers, des Kampfes und der Schmerzen war sie zum ersten Mal entschlummert, ohne sich vor dem Aufwachen zu fürchten.

»Was, zum Henker, willst du in Orleans? Es gehört zum Königreich von Frankreich!«

Justin d'Amonceux wartete, bis sich das Poltern seines Schwiegervaters gelegt hatte, dann antwortete er ruhig: »Das ist mir bewusst. Aber ich habe Anteile an einem Handelshaus in Orleans. Ich könnte einen Teil meines Vermögens mitnehmen und Roselynne ein angenehmes Leben bieten.«

»Was soll das Mädchen in Orleans? Sie gehört nach England! Ich werde derlei Unsinn nicht dulden!«

»Er hat Recht«, bestätigte Dame Elisabetta die Worte

ihres jüngsten Sohnes. Sie nahm ebenfalls an diesem Familienrat teil, der alle in der großen Stube versammelte, die auf die Gasse hinausführte und in deren Schauschränken die prächtigsten Stücke von Dame Elisabettas Silbersammlung ausgestellt waren. »Ein Handelshaus in Orleans! Seid Ihr von Sinnen? Ihr seid ein Edelmann, ein Ritter des Königs, und kein Kaufmann!«

»Ein Edelmann, der bei seinem König mit vollem Recht in Ungnade gefallen ist«, erinnerte Justin knapp. »Genau genommen hat er mich nur unter der Bedingung begnadigt, dass ich Roselynne nach unserer Eheschließung verlasse und unverzüglich ins Heilige Land gehe. Erinnert Euch!« Sein Blick wanderte zu Ryan of Hythe. »Ich habe auf Euer Schwert geschworen, dass ich die Dame nicht mit meiner Anwesenheit behellige.«

»Ein alberner Schwur, der sich inzwischen von selbst erledigt hat«, warf Roselynne ein.

Sie saß auf dem gepolsterten Fenstersitz und hatte in der zurückliegenden Woche ihr Temperament und ein Stück ihrer Gesundheit wieder gefunden, wenngleich sie immer noch ein wenig zu dünn und alarmierend zerbrechlich aussah. »Papa wird dafür sorgen, dass Rufus die Verbannung aufhebt. Nicht wahr, Papa?«

»Zum Donner noch mal, welche Verbannung?« Der grauhaarige Lord betrachtete seine Familie, als hätte er unverhofft einen närrischen Haufen von Schwachköpfen vor sich.

»Hier, diesen albernen Brief!« Roselynne hatte das sorgsam aufbewahrte Papier eingesteckt, bevor sie sich zu dieser Familienbesprechung eingefunden hatte.

Der Lord griff danach und überflog die Zeilen. Als er im Aufblicken Justins Miene sah, reichte er das Pergament kommentarlos an ihn weiter.

»Lebenslange Verbannung, da habt Ihr es.«

Justin warf das Papier nachlässig auf den Tisch, an dem Lady Liliana, ihre Tochter und der Baron von Aylesbury saßen, ehe er zu Roselynne trat, ihre Hand ergriff und sie schweigend küsste. Die junge Frau sah mit einem innigen Lächeln auf das blonde Haupt, dessen frisch geschnittene und gewaschene Haare wie eine silberblonde Kappe um den Schädel lagen. Der Kuss kratzte auch nicht mehr vor lauter Bartstoppeln, und statt der ungewaschenen Kleider trug er feine Wolle und enge Beinlinge. Sie war es immer noch nicht müde, ihn einfach nur anzusehen.

Deswegen entging ihr auch das feine Stirnrunzeln ihrer Mutter, die gerade das Pergament las. Auch Sophia-Rose schüttelte den Kopf, und am Ende landeten alle Blicke auf eigentümliche Weise bei Ryan of Hythe, der plötzlich so aussah, als befände sich statt des gepolsterten Stuhles ein Ameisenhaufen unter seiner Sitzfläche.

»Wieso hat Rufus dieses … dieses Pamphlet unterschrieben?«, grollte am Ende Raynal de Cambremer und riss damit auch die beiden Liebenden aus ihrer Versunkenheit. »Er hätte nie ein solches Urteil gefällt, ohne meine Meinung zu hören. Schließlich geht es um meine Tochter!«

»Ihr wart auf dem Weg nach Hause. Habt Ihr es schon vergessen?«, erinnerte Ryan neutral.

»Stimmt, es war das erste Mal, dass Seiner Majestät eingefallen ist, dass ich auf Hawkstone gebraucht werden könnte …«

»Je nun …« Ryan räusperte sich und suchte Unterstützung bei seiner Gemahlin, die ihm eine tröstende Hand auf den Arm legte. »Das Ganze war meine Idee, und er hat es unterschrieben, weil ich ihn im Namen der Freundschaft, die er für diese Familie empfindet, darum gebeten habe. Auch, weil er nach dem ersten wilden Zorn eingesehen hat, dass er auf diese Weise möglicherweise einen Ritter zum Vasallen gewinnt, an dessen Person und Freundschaft ihm trotz allem liegt …«

Sophia-Rose gluckste und Roselynne starrte ihren Schwager aus weit aufgerissenen Augen an. »Was hast du getan?«

»Zum Donnerwetter, warum siehst du mich an, als wäre ich ein Schurke, der dir deine Juwelen gestohlen hat? Ja, was habe ich denn schon so Entsetzliches getan?«, knurrte Ryan, zunehmend gereizter werdend. »Ich habe zwei törichte Dickköpfe dazu gebracht, ihren dummen Stolz zu vergessen. Weil jeder fürchtete, der andere würde Schaden erleiden, wenn er es nicht täte. Ich habe einen Verrückten vor dem Henker gerettet und die Kirche um eine nicht besonders fromme Nonne betrogen. Ich würde es jederzeit wieder tun, zum Henker noch mal!«

Er wollte sich eben wütend aufrichten, als ihn ein wuchtiger Hieb auf die rechte Schulter auf seinen Sitz zurückwarf und ein dröhnendes Lachen die Wände des Raumes erzittern ließ; ein Lachen, das alle Blicke schlagartig auf den Lord von Hawkstone zog.

»Das hast du gut gemacht, Sohn!«, brummte der Lord, sobald er sich endlich wieder beruhigt hatte, und fügte noch einen zweiten Hieb hinzu, den Ryan dieses Mal wie einen Ritterschlag hinnahm und mit einem ausgesprochen selbstgefälligen Grinsen quittierte.

»Gut gemacht?«, protestierte Roselynne. »Ich bin vor Angst fast gestorben, ist dir das klar?«

»Hättest du deinen widerspenstigen Ritter ohne diese Angst geheiratet?«

Roselynne errötete und zog die Unterlippe zwischen die Zähne. Sie wurde nicht gern an ihre dummen Fehler erinnert.

»Na, bitte«, kommentierte der Baron das stumme Eingeständnis. »Ich hatte das Gefühl, dass ich Euch etwas schuldig bin, Justin!«

Der Normanne begegnete dem Blick des Sachsen mit einer Mischung aus aufkeimendem Respekt und vorsichtiger Sympathie. »Wenn es da jemals eine Schuld gab, so ist sie längst getilgt, Aylesbury!«

Es wurde mehr gesagt, als die Worte allein besagten. Alle im Raum wussten es. Auch die Schwestern, die auf so besondere Weise das Leben der beiden Männer bestimmten. Aber es war Dame Elisabetta, die der Rührung ein Ende machte und die Angelegenheit auf ihre drastische Weise kommentierte.

»Schön, dann also keine Verbannung. Es beruhigt mich, das zu vernehmen. Ihr seid zwar ein Sachse, junger Mann, aber ein tüchtiger Bursche. Sophia-Rose hat Recht daran getan, Euch zu nehmen und Justin für Roselynne zu lassen. Ich hätte selbst sehen müssen, dass sie viel besser zusammen passen.«

Dieses Mal lachten alle. Ein gemeinsames, fröhliches Gelächter, das durch das offene Fenster hinaus auf die Gasse drang und die Leute auf der Straße verharren ließ. Geräusche dieser Art hatte man aus dem Hause der strengen Dame Elisabetta seit Menschengedenken nicht mehr gehört.

Epilog

Winchester
September 1090

»Eil dich, Maud, ich bitte dich!«

»Ihr wäret längst fertig, wenn Ihr nicht einen Kopfputz nach dem anderen ablehnen würdet«, beschwerte sich die Kammerfrau und legte das Schleiergebilde in die Truhe zurück, das die Gräfin von Amonceux eben als ›altmodisch‹ bezeichnet hatte.

»Vielleicht einfach nur ein Schleiertuch und einen Stirnreif«, überlegte Roselynne und betrachtete sinnend ihren Kopf mit den hochgesteckten Flechten. »Ja, und den Stirnreif mit dem Mondstein. Er hat mir schon einmal Glück gebracht …«

»Als ob sich Seine Majestät für Frauenputz interessieren würde«, brummte Maud und brachte schnaufend das Gewünschte.

»Ach Maud«, Roselynne bezähmte die eigene Nervosität. »Warum bist du so schlecht gelaunt? Ich bin jetzt eine ehrenwerte Lady, die du nicht mehr pausenlos ausschimpfen kannst.«

»Ihr seid schlimmer als je zuvor«, nörgelte die Kammerfrau mit einem Lächeln, das ihre harschen Worte Lügen strafte. »Ich kenne Euch weder so hoffärtig noch so putzsüchtig!«

»Das ist doch nur, weil ich für meinen Gatten schön sein will«, verteidigte sich Roselynne. »Und den König muss ich blenden, damit er uns nicht länger böse ist. Meinst du, es gelingt mir?«

»Nur ein Blinder könnte Euch widerstehen«, nörgelte Maud und fügte im Stillen hinzu, dass sogar dieser Blinde vermutlich das Übermaß an Zuneigung fühlen würde, das Roselynne mit einem Male großzügig an ihre ganze Umgebung verschwendete.

Es hatte lange Wochen gedauert, bis sie nach ihrer beschwerlichen Schwangerschaft und der gefährlichen Geburt wieder völlig gesundet war. Aber nun strahlte sie die Schönheit einer Frau aus, die neben ihrem jugendlichen Schmelz auch die prägende Erfahrung von Leid und Schmerz besaß. Eine neue Reife spiegelte sich in ihren Zügen, das unschuldige Mädchen war zur Frau geworden. Zu einer Frau, die niemand übersehen konnte.

Ihre zerbrechliche Figur hatte sanfte weibliche Rundungen bekommen, und da sie ihre Tochter noch immer stillte, wölbte sich ihr Busen üppig im eckigen Ausschnitt des prächtigen Hofgewandes. Auf der alabasterfarbenen Haut lag ein Geschmeide aus Amethysten und Diamanten. Violette Blüten und Sterne, mit Gold verbunden, die bei jedem Atemzug Feuer sprühten. Dennoch konnten sie es an Glanz nicht mit den veilchenfarbenen Augen aufnehmen, die sich wie magisch angezogen dem Mann zuwandten, der soeben in den Raum trat.

Auch Justin d'Amonceux trug eines seiner prächtigeren Kostüme. Eine breite Kette aus Goldgliedern lag über dem braunen Samtwams mit den goldverbrämten Kanten, seine schlanken Beine steckten in eng gewirkten, dunkelbraunen Beinlingen, und an seinem Schwertgehänge funkelten Juwelen. Eine flache Samtkappe thronte verwegen über seiner Stirn, und eine makellose Reiherfeder fiel von der Diamantagraffe auf seine Schulter.

Roselynnes geweitete Augen verrieten, wie angetan sie von dieser Pracht war. Aber auch der Graf konnte die Augen nicht von seiner Gemahlin nehmen. Maud schüttelte den Kopf und machte sich daran, ein wenig Ordnung zu schaffen, bis die beiden wieder in die Welt zurückkehrten. Sie hatte sich mittlerweile daran gewöhnt, dass sie alles um sich herum vergaßen, wenn sie sich ansahen.

»Wie schön du bist«, würdigte Justin das veilchenfarbene Seidengewand, das sich wie eine zweite Haut um Roselynnes Oberkörper spannte, ehe es von der Taille aus in Kaskaden zu Boden fiel. Um die zerbrechliche Mitte spannte sich ein Gürtel aus geflochtenen Silberkordeln, und die gleiche Kordel begrenzte das Dekolleté und fasste die weiten Ärmel an den Handgelenken zusammen. Der stolz erhobene Kopf auf dem blütenzarten Hals wurde von einer Krone aus mitternachtsschwarzen Flechten geziert, und die schön geschwungenen Lippen schimmerten wie frisch erblühte Heckenrosen.

Er trat auf Roselynne zu und schloss sie in die Arme. Maud floh mit einem Seufzer aus der Kammer. Es sah ganz danach aus, als störte sie nur in diesem Moment. Roselynne hingegen erwiderte den leidenschaftlichen Kuss ihres Gatten mit einem kleinen, atemlosen Lachen. Es war noch immer wie ein Rausch, ihn berühren zu dürfen. Unverhohlen drängte sie sich an ihn und verschränkte die Hände hinter seinem Hals.

Justin machte sich mit der ihm eigenen Gründlichkeit daran, den süßen Mund zu erforschen, der ihm so bereitwillig Einlass gewährte. Nach ihrer Genesung hatte seine schöne Gemahlin nicht aufgehört, ihn zu erstaunen. Die stolze Prinzessin hatte sich in eine warmherzige, leidenschaftliche Gattin verwandelt, die sich ebenso liebevoll wie unnachgiebig daran machte, die Wunden zu heilen, die er so sorgsam vor aller Welt verbarg.

Es begann damit, dass sie ihrer gemeinsamen Tochter den Namen Lyane geben wollte. Sie konnte es nur von Mutter Laurentine erfahren haben, und er hatte Mühe, die tief vergrabenen Erinnerungen zuzulassen.

»Du bist nicht schuld am Tod deiner Mutter«, hatte Roselynne ihm auf den Kopf zugesagt. »Ein verantwortungsloser Vater hat dich in seiner gnadenlosen Härte für eine Tat gelobt, die ein kleiner Junge in seiner Furcht gar nicht überblicken konnte. Lass zu, dass du dich an die Liebe erinnerst, die dir deine Mutter geschenkt hat. Sie war eine bedauernswerte Lady und sie hat für ihre Verfehlungen gebüßt. Tilge sie nicht länger aus deiner Erinnerung und deinem Herzen. Sie hat es nicht verdient.«

Mittlerweile war Lyane ein rosig-rundes Mädchen, dessen unstillbarer Appetit nicht mehr von seiner Mutter allein bewältigt werden konnte. Roselynne hatte eine zusätzliche Amme für sie in Dienst nehmen müssen, eine junge Bäckerswitwe aus Rouen, die ihr eigenes Kind verloren hatte und Lyane mit derselben Hingabe liebte wie ihre eigene Mutter. Sie war eine sanfte Frau mit aschblonden Zöpfen und einem herzlichen Lachen, das sich in letzter Zeit nur allzu deutlich in Richtung Jacques Boscot richtete.

Zum Ende des Sommers war Roselynne jedoch sowohl der lärmenden Stadt Rouen wie ihrer Großmutter ein wenig müde geworden. Die alte Dame übertrieb es mit der Fürsorge für Enkelin und Urenkelin so arg, dass die junge Gräfin sich mehr und mehr ihren eigenen Haushalt wünschte. Justin teilte diesen Wunsch, um der allzu gefährlichen Nähe von Robert Kurzhose zu entfliehen.

Er hatte schon einmal daran gedacht, dem jüngeren Bruder des Herzogs den Vasalleneid zu schwören, aber noch existierte das Verbannungsurteil mit dem Siegel des Königs von England. Würde Rufus überhaupt zulassen, dass sich Roselynne und ihr Gatte in Ehren in seinem Reich niederließen?

Prinzessin Mathilda, der sich Roselynne als Erstes anvertraut hatte, wagte keine Prognosen abzugeben. Sie hatte ihre Ehrendame und deren Gemahl in den leer stehenden Gemächern der ehemaligen Kinderstube des Palasts untergebracht und ihnen genaue Verhaltensmaßregeln gegeben.

»Bietet ihm doch beim großen Bankett Euren Treueschwur an, das zwingt ihn dann in aller Öffentlichkeit, Farbe zu bekennen. Er hat den Skandal um Euer Verschwinden vertuscht und auch Euren Gemahl nie öffentlich verurteilt. Seine eigene Eitelkeit hinderte ihn daran zuzugeben, dass er sich in dem Seigneur getäuscht hatte. Das ist jetzt ein Vorteil. Allein, ich verschweige nicht, dass Ihr auch ein gewisses Risiko damit eingeht.«

»Ich habe Angst«, wisperte Roselynne jetzt, als sie nach dem innigen Kuss nach Luft rang. »Was tun wir, wenn Rufus so wütend ist, dass er uns seine königliche Gnade für immer verweigert?«

»Mut, mein Herz!«, murmelte Justin an die hübsche rosige Ohrmuschel. »Denkst du nicht, dass Ryan of Hythe ein Wort für uns einlegen wird? Auch dein Vater hat großen Einfluss auf Rufus, obgleich er nicht mehr ständig bei Hofe lebt.«

»Trotzdem!« Roselynnes Brust hob sich in hastigen, nervösen Atemzügen und die Hand ihres Gemahls schloss sich in begehrlicher Vertrautheit um die schöne Wölbung. Ihr Atem stockte.

»Wir sind angekleidet und warten nur noch auf die Fanfaren zum Fest.« Roselynne zog unwillkürlich die Unterlippe zwischen die Zähne, als die Berührung in ihr Bewusstsein drang und sich die Spitzen ihrer Brüste lustvoll verhärteten. Rufus und seine drohende Ungnade machten der vertrauten Sehnsucht nach Justins Zärtlichkeiten Platz.

»Dann lass uns dieses Warten doch nutzen«, raunte er kehlig, den Mund auf die sinnliche Wölbung ihres Busens gepresst. Er liebte den Duft nach Rosen und Muttermilch, die pralle Wärme unter seinen Lippen. Die Bereitwilligkeit, sich ihm zu ergeben, die ihr schneller Atem verriet.

»Du bist närrisch«, lachte sie leise und legte ihre Hand ebenso begehrlich auf die harte Schwellung seiner Männlichkeit. Ihn so zu fühlen machte sie weich und schwindelig vor Verlangen nach ihm.

»Ich bin hungrig nach dir«, entgegnete Justin und öffnete geschickt ein paar Schlingen, um den verlockenden Busen aus seinem Nest aus Seide zu befreien. Seine Zunge tanzte sinnlich um die empfindsamen Spitzen, die er mit seiner Tochter teilen musste und die so dankbar und lustvoll auf seine geschickten Liebkosungen reagierten.

Roselynne wimmerte unterdrückt und befreite ihrerseits hastig die pralle Erektion ihres Liebsten aus dem Gefängnis der Beinlinge. Es gab nur eine Möglichkeit, zueinander zu finden, ohne allzu sichtbare Katastrophen an ihren Staatskleidern anzurichten und Justin verstand ohne Worte, weshalb sie ihn zu dem gepolsterten Taburett drängte, auf dem sie eben noch gesessen hatte.

Er ließ sich darauf nieder und schürzte mit den geschickten Fingern eines Mannes, der um die Tücken weiblicher Gewänder Bescheid wusste, die Röcke und Unterröcke seiner Gemahlin, bis er auch das feine Hemd heben konnte. Seine streichelnden Finger fanden zielsicher die erwartungsvolle Feuchtigkeit hinter dem tiefschwarzen Gelock ihres Schoßes. Eng, süß, seidig und anfeuernd bereit für den pochenden Pfahl, der sich unaufhaltsam und drängend in die heiße Höhle bohrte. Lustvolle und ständig steigende Erwartung, dann das Ankommen in einem Paradies, dessen begehrliche Glut ihre Liebe stets von neuem entfachte …

Roselynne keuchte vor Verlangen, während sie sich auf seine Schultern aufstützte. Die Unruhe, die sie den ganzen Tag verspürt hatte, verband sich mit der drängenden Erregung des Liebesspiels zu glühender Lust. Sie bewegte sich sehnsüchtig auf seinem steinharten Penis auf und ab, um ihn noch tiefer und vollkommener in sich aufzunehmen. Als sie die heiße Lanze mit den Muskeln ihres Schoßes umschloss, spürte sie im selben

Moment, wie sein Mund eine ihrer Brustwarzen heiß umfasste und daran zu saugen begann. Die Milch schoss heraus, und ein tiefes Beben erfasste sie, das ein Echo in den pulsierenden Stößen fand, mit denen sich Justin in ihr verströmte.

Es war Magie, Gewitterblitz, Sternenregen und Auflösung zugleich. Sie konnte nie genug davon bekommen, sie war süchtig nach seinen Berührungen, seiner leidenschaftlichen Zärtlichkeit, dem Gefühl, ihn in sich zu spüren. Je öfter sie ihn besaß, umso heftiger wurde der Wunsch, es wieder zu tun.

»Ich brauche dich so sehr«, hauchte sie atemlos. »Nur wenn ich dich in mir fühle, lebe ich.«

»Ich bin dein«, antwortete er schlicht, während in der großen Halle die Fanfaren den Beginn des Festmahls verkündeten.

Niemandem konnte verborgen bleiben, wie gut die Ehe der Gräfin von Amonceux tat. Niemand hatte sie je so strahlend erblickt, mit sanft geröteten Wangen und einem Lächeln, das Felsen zum Schmelzen brachte. Margaret de Lacey, die mit ihrem Verlobten unter den Gästen des Königs war, erkannte die stolze Freundin kaum wieder. Noch nie hatte sie so sinnlich und zufrieden gewirkt. Auch die finstere Miene des Königs entspannte sich unmerklich, als das glanzvolle Paar auf seinem langen Weg durch die festliche Halle von Winchester auf ihn zuschritt.

»Zumindest brauche ich Euch nicht zu fragen, ob Ihr glücklich seid«, brummte er auf jene mürrische Art, hinter der er seine Rührung zu verbergen pflegte. »Wie ich höre, habt Ihr Euch endlich vermählt.«

Roselynne schenkte ihm mit halb gesenkten Wimpern ein zitterndes Lächeln. Die atemlose Schwäche, die mit dem so hastig beendeten Liebesspiel einherging, ließ ihre Knie zittern, und sie konnte nur hoffen, dass es niemand auffiel.

»Habt Ihr mir das nicht immer dringend anempfohlen, Sire?«

»Und? Wen habt Ihr da gewählt? Freund oder Feind?«, fragte Rufus schroff.

Justin fiel auf ein Knie und hielt Rufus in einer ebenso eleganten wie bewegenden Geste das juwelenbesetzte Schwert entgegen, das er bis zu diesem Augenblick an seiner Seite getragen hatte. »Ich bin bereit, mich Eurem Urteil zu beugen, mein König!«

»Meint Ihr es denn dieses Mal ernst, Messire d'Amonceux?«, murmelte der König so leise, dass nur sie beide es verstanden.

»Bei meiner Seligkeit und dem Leben meiner Frau und dem meines Kindes«, schwor der Normanne feierlich und hielt dem düsteren Blick des Königs stand, ohne mit der Wimper zu zucken.

Rufus ließ ihn knien. Lange. So lange, dass der Hof zu tuscheln begann und sich eine gewisse Unruhe breit machte. Was ging hinter der finster gerunzelten Stirn des Königs vor?

Roselynne brach den Bann mit einer Bewegung. Sie legte ihrem Gemahl die feine Hand auf die Schulter. Im Gegensatz zu ihm blieb sie stehen, plötzlich eine Kriegerin, die Rufus mit einem Blick bedachte, der sowohl Bitte als auch Herausforderung enthielt. Warum tat er das? Warum begriff er nicht, dass Justins Ehre auf dem Spiel stand?

»Bei Gott, wie sie Euch liebt, Justin d'Amonceux und Seigneur von Luthais«, murmelte der König endlich und in seiner Stimme schwang ein Gefühl, das fast wie Neid klang. »Steht auf, bevor sie uns beiden den Krieg erklärt und Feuer auf unsere Köpfe herabbeschwört. Ihr seid willkommen im Kreise meiner Ritter!«

Die Rechte des Königs nahm das Schwert und reichte es an den Seigneur zurück. Ein Seufzen der Erleichterung lief durch die große Halle, und Roselynnes schöner Mund entspannte sich zu einem strahlenden Lächeln. Jetzt sank auch sie vor Rufus in eine Reverenz aus vollendeter Anmut und raschelnder Seide.

Sie bot beiden Männern das Bild einer violetten Blume, von einem stolzen Kopf gekrönt und mit einem so hinreißenden Einblick in ihr verführerisches, edelsteingeschmücktes Dekolleté, dass Justin an sich halten musste, sie nicht schnell wieder auf die Beine zu stellen.

Der König schmunzelte und hob die Stimme. »Das Fest kann beginnen! Nehmt an meiner Tafel Platz, Gräfin, und erzählt mir von Euren Abenteuern.«